教育部人文社会科学研究规划基金项目（14YJA752003）

作为『普通读者』的伍尔夫

胡艺珊 著

中国社会科学出版社

图书在版编目(CIP)数据

作为"普通读者"的伍尔夫/胡艺珊著. —北京：中国社会科学出版社，2019.9
ISBN 978-7-5203-5055-6

Ⅰ.①作… Ⅱ.①胡… Ⅲ.①伍尔夫(Woolf, Virginia 1882-1941)—文学评论—研究 Ⅳ.①I561.065

中国版本图书馆 CIP 数据核字(2019)第 201434 号

出 版 人	赵剑英	
责任编辑	陈肖静	
责任校对	刘 娟	
责任印制	戴 宽	

出 版	中国社会科学出版社	
社 址	北京鼓楼西大街甲 158 号	
邮 编	100720	
网 址	http://www.csspw.cn	
发 行 部	010-84083685	
门 市 部	010-84029450	
经 销	新华书店及其他书店	
印刷装订	北京君升印刷有限公司	
版 次	2019 年 9 月第 1 版	
印 次	2019 年 9 月第 1 次印刷	
开 本	710×1000 1/16	
印 张	25.5	
插 页	2	
字 数	298 千字	
定 价	128.00 元	

凡购买中国社会科学出版社图书，如有质量问题请与本社营销中心联系调换
电话：010-84083683
版权所有 侵权必究

目　　录

前言 / 1

第一章　"普通读者"的成长 / 1

第一节　知识贵族的家庭 / 3
一　父亲母亲的灵魂 / 3

二　亲情的温暖与亵渎 / 17

三　兄长索比的启示与引领 / 20

四　骨肉至亲与生命中的知音 / 24

五　像沃土一样深厚而宽广的爱 / 30

第二节　精神的故乡——圣艾夫斯 / 43
一　温暖而美好的童年时光 / 44

二　回忆和写作的源泉 / 48

三　"存在的瞬间"以及生命哲学的根基 / 57

第三节　布鲁姆斯伯里的氛围 / 73
一　叛逆的出走与精英的会聚 / 73

二　美学观念的启迪与共鸣 / 87

第四节　生命的中心——阅读与写作 / 95
　　一　对阅读超乎寻常的热爱与捍卫 / 95
　　二　写作——抵抗岁月的一种方式 / 108

第二章　不同视角中的"普通读者" / 124

第三章　"普通读者"的文学世界 / 145
　第一节　"普通读者"的视野 / 147
　第二节　英国作家的谱系与肖像 / 161
　　一　英国文学的家族谱系 / 161
　　二　作家肖像的传神描绘 / 167
　第三节　域外文学的别样气象 / 215
　　一　阳光、神庙、橄榄树以及大海的涛声 / 216
　　二　不要用头脑去同情，而要用心灵 / 229
　　三　漫游在美国小说的天地里 / 243

第四章　深度解读中的性情言说 / 264
　第一节　乔叟——说书人的天赋与诗人的魔力 / 265
　　一　杰出的说书人的天赋——"把故事念完" / 271
　　二　惊人的多样性以及自有自己的世界 / 275
　　三　偏偏的力量，一种宝贵的天赋 / 277
　　四　乔叟是个诗人，目光注视着眼前的路 / 280
　　五　并非题外的题外话，还是乔叟 / 286
　第二节　简·奥斯丁——文学的永久性与最持久的生命形式 / 292
　　一　名贵宝石，由仙女点化而成的天才 / 309

目录

二　文学的永久性与为整个世界写作 / 317

三　对人类价值观的敏锐辨别 / 323

四　一贯的讽刺作家,以鞭子似的语言 / 328

五　轻松风趣背后的惆怅与忧伤 / 333

第三节　哈代——诗人,画家,温情与仁爱的灵魂 / 340

一　一位诗人,一位诗性的天才 / 343

二　一位"英格兰风景画家" / 345

三　一颗充满温情与仁爱的灵魂 / 349

第四节　屠格涅夫——高贵而孤独的巨人的背影 / 357

一　他是多么复杂地属于他的祖国 / 358

二　月光,花园,含义隽永的一刻 / 364

三　广袤而深邃的艺术世界 / 367

参考文献 / 371

附录一　与伍尔夫相遇 / 376

附录二　安谧的精神由天上降下来 / 380

附录三　慧眼独具的"普通读者" / 386

在一间自己的屋子里(代后记) / 393

前　　言

在 20 世纪西方现代作家中，弗吉尼亚·伍尔夫也许不是拥有读者最多的作家，但毫无疑问，她是为读者和研究者打开视角窗口最多的作家之一。因为《达洛卫夫人》《到灯塔去》以及《墙上的斑点》，她被认为是意识流小说的代表作家，与普鲁斯特、詹姆斯·乔伊斯、福克纳相提并论；因为《一间自己的屋子》，伍尔夫是无可争辩的女性主义先驱，与西蒙娜·德·波伏瓦遥相呼应，其《一间自己的屋子》开启并奠定了英美女性主义文学批评的传统；因为《普通读者》等数以百万计的文学批评与散文随笔，伍尔夫是文学批评家和散文随笔作家，有"传统散文大师、新散文首创者""英国散文大家中的最后一人"的美誉。甚至可以说，正是以其情感、经历及其创作的独特性与丰富性，弗吉尼亚·伍尔夫为其读者及研究者提供了丰富多元的解读视角和开阔的学术探讨空间。

实际上，在伍尔夫的创作中，除却意识流小说和传记外，其发表在报刊上的大量书评、散文随笔占有相当的比重，构成其文本创作的重要组成部分。这些批评文章与散文随笔，显示出其开阔的视野、广博的学识、不凡的见地及卓越的才华。而且，如果说其意识流小说，因为读者个性禀赋不同、审美趣味有别而见仁见智的话，其散文随笔或文学批评随笔，几乎所有的读者，一旦相遇，都会由衷地欣赏。正如伦纳德·伍尔夫所言："即便是许多不理解、不喜欢甚或嘲笑弗吉尼亚小说的人，也不得不承认她在《普通读者》一书中所体现的非凡批评才能。"

法国作家安德烈·莫洛亚曾这样评价伍尔夫："时间是唯一的批评家，它有着无可争辩的权威；它可以使当时看来是坚实牢靠的荣誉化为泡影；也可以使人们曾经觉得是脆弱的声望巩固下来。在弗吉尼亚·伍尔夫谢世二十五年之后，她仍然在文学史上和在她的读者当中享有崇高的地位。她的全集在英国的大小书店里都有出售。她的威望远远地超过了这个国家的疆界，得到广泛地承认。……她既是英国传统散文的大师，也是一种新散文的首创者。"

但是，在现有的关于伍尔夫文本的研究中，在笔者不无局限的视野里，一个值得注意的现象是，多数的学者、研究者更多地关注了伍尔夫的意识流小说，而对其散文随笔或文学批评随笔的研究，处于相对零星状态。究其原因，大致有四。其一，在文体上，伍尔夫的文学批评是随笔文字，应归于散文之列。在文学的小说、诗歌、戏剧、散文的划分中，散文是最不容易把握的文体。正如伍尔夫所说："随笔集总是最难读的，因为尽管那些文章被编成了集子，但把它们连成一体的往往只是书的封皮而已。而如果书的作者又是一位诗人的话，他的随笔就很有可能只是他在正业的间歇时断时续抒发的感怀和慨叹而已。"这里不妨断章取义地说，随笔难读，而伍尔夫又恰恰是一位具有诗人气质的散文随笔作家。其二，在批评方法上，伍尔夫的文学批评是感性的印象批评。印象批评少理论支撑，无章法和招式可依，这对擅长论证分析的理论家来说，少了思辨的力度和快感。其三，印象批评的困惑。相对于其他各种流派的批评方法，印象批评的特点是"虚"，是"玄妙"。如何将"虚"和"玄妙"落实到批评分析的"实"处，是印象批评一直以来的困惑。其四，伍尔夫文学批评随笔近百万字，其惊人的阅读量所显示出的浩瀚之感，给读者带来了解读的难度。

这里，不免联想到伍尔夫在其随笔《德·昆西的自传》中所说："读者一定常会有这样一种深刻的印象：迄今为止，在英语散文方面写出的可以称之为批评的评论文章实在寥寥无几——我们的大批评家们把他们最卓越的才华都倾注到诗歌方面去了。"这段文字，一定程度上道出了散文在批评家面前的境遇。如果放在伍尔夫创作的研究语境中，不妨不无幽默地套用伍尔夫的表述，那就是，批评家们把他们最卓越的才华倾注到伍尔夫的意识流小说方面去了。至于对伍尔夫散文随笔的研究，却处于一种相对缺席状态。有一些论著和文章，或就伍尔夫散文随笔作出概括性评价；或就其某一篇文章做出解读。但就对伍尔夫文学批评随笔的探讨而言，多是零星的、不系统的。这种状况与伍尔夫文学批评随笔的成就是不相称的。

笔者这几年所做的是，以伍尔夫随笔中有关作家作品的文学批评随笔作为解读和探讨的对象，以其"普通读者"的阅读立场为切入点，从怎样的"普通读者"、学者视角中的"普通读者""普通读者"的阅读和批评三个方面，对伍尔夫的文学批评随笔做出梳理和建构。其中，包括四个部分：其一，"普通读者"的成长；其二，不同视角中的"普通读者"；其三，"普通读者"的文学世界；其四，深度解读中的性情言说。以此，构成了本书——《作为"普通读者"的伍尔夫》——的主要内容。

当然，弗吉尼亚·伍尔夫不是一般意义上的普通读者。其视野、见地、感觉、才情，其在英国乃至欧洲文学史上的纵横捭阖之势，使得伍尔夫既是"普通读者"，又是卓有见地的大批评家。因此，对伍尔夫文学批评随笔的解读和阐释，困惑、偏颇、疏漏是肯定的，以偏概全也是难免的。如果说，这部书稿还有那么一点意思的话，那就是，它写出了笔者许多年来阅读和欣赏的伍尔夫及其文学批评随笔，或者就是笔者感觉中的"作为'普通读者'的伍尔夫"。

第一章 "普通读者"的成长

关于弗吉尼亚·伍尔夫,尽管进入其创作和精神世界的角度不同,途径各异,但几乎所有的学者在探讨伍尔夫之所以成为伍尔夫时,首先注意到的是她得天独厚的出身、生活和成长的环境,以及所受教育的方式。正如法国学者富尔所说:"环境、教育、情趣,一切都使得弗吉尼亚·伍尔夫注定要成为女作家。日后写出《飞蛾之死》的这个人,是在高贵、雅致、有教养的环境中出生长大的。"①

《普通读者》Ⅰ和《普通读者》Ⅱ是伍尔夫生前出版的、也是最能显示其创作才华和艺术个性的散文随笔集,因而可以看作伍尔夫散文随笔中最有代表性的文本。其中,《普通读者》Ⅰ经伍尔夫本人编订出版。在这本书的序言里,伍尔夫借18世纪英国作家约翰逊博士的话,阐明了自己作为一个读者的阅读立场:"'……我很高兴能与普通读者产生共鸣,因为在所有那些高雅微妙、学究教条之后,一切诗人的荣誉最终要由未受文学偏见腐蚀的读者的常识来决定。'

---

① 瞿世镜编选:《伍尔夫研究》,上海文艺出版社1988年版,第82页。

这段话定义了普通读者的性质……"①

序言开宗明义，表达了对约翰逊博士阅读态度的赞许，也阐明了自己作为一个读者的姿态和立场。正如伍尔夫援引约翰逊博士关于普通读者的看法："普通读者不同于批评家和学者，他受教育程度较低，也没有过人的天资。他读书是为了消遣，而不是为了传授知识或纠正他人的看法。他首先是出于一种本能，希望从他能够得到的零碎片段中，为自己创造出某种整体———个人的肖像，一个时代的速写，一种写作艺术的理论。他在阅读过程中……足以容许热爱、欢笑和争论，使他从中得到暂时的满足。"②

当伍尔夫借用约翰逊博士的话表明自己普通读者的立场时，这样的姿态看似低调、漫不经心，但透着一位"读者—作家—批评家"的大气和自信。其实，尽管弗吉尼亚·伍尔夫以"普通读者"自居，但她却不是一般的普通读者。在其行云流水的文字背后，是一个文思敏捷、才情卓著的文学大家的品位和品格。所以，如果说弗吉尼亚·伍尔夫是普通读者的话，那么她应是一位学识渊博的普通读者，一位高屋建瓴的普通读者，一位才华横溢的普通读者。这样的普通读者，是真正的批评大家。不同于学院派批评家的是，伍尔夫的文学批评远离了概念、思辨、逻辑与论证，以及各种流派、各种主义甚至批评的正襟危坐与八股气，其文学批评随笔中对作家作品的理解和见地，以一种感性的、散文化乃至诗化的方式表达出来，由此形成了伍尔夫文学批评随笔的印象性特征，使文学批评真正切近了文学。读伍尔夫的文学批评随笔，对于读者和研究者而言，既有对

---

① [英] 弗吉尼亚·吴尔夫：《普通读者》Ⅰ，马爱新译，人民文学出版社 2003 年版，第 1 页。
② 同上。

其学识、视野和见地的感动，又有对其才思、才华及才情的激赏，更有对其生花妙笔的欣赏与品味。

伍尔夫文学批评随笔的不凡品格，一方面来自其个性、气质和作为一位作家的天赋；另一方面与其知识贵族的出身、家庭氛围、个性化教育，以及一生所处的生活环境息息相关。知识贵族出身，一流思想的陪伴，父亲所给予的严格和系统的阅读训练。从阅读伊始，完全用"第一流的思想来陪伴自己"；在康沃尔度过的13个夏天，圣艾夫斯海风的轻拂和海浪的浸润，强化着伍尔夫的敏感、善感和想象；布鲁姆斯伯里团体成员之间精神上的交流碰撞与相互激赏，无疑影响着伍尔夫的文学观念和审美趣味。可以说，出身、教育、环境与个人的禀赋资质，相辅相成，造就了一个意识流小说家的伍尔夫，一个散文随笔作家的伍尔夫，一个女性主义先驱的伍尔夫，一个在20世纪西方文学中拥有越来越重要的地位和影响的弗吉尼亚·伍尔夫。

第一节 知识贵族的家庭

一 父亲母亲的灵魂

这样一来，弗吉尼亚的继承就具有两面性，不管怎样，这种继承在她的想象中是足够真实的。为父系和母系方面各自贴上标签不是件难事：判断力和感受力、散文和诗歌、文学和艺术，或说得更简单些，阳性的和阴性的。所有这些标签都不能让人满意，可它们显示了真实的东西。①

---

① ［英］昆汀·贝尔：《伍尔夫传》，萧易译，江苏教育出版社2005年版，第23页。

出身于书香门第之家，被认为非常高贵地带着书卷气降生的弗吉尼亚·伍尔夫，原名弗吉尼亚·斯蒂芬，1882年出生于英国一个典型的知识贵族家庭。父亲莱斯利·斯蒂芬出身中产阶级。这个家庭自父亲莱斯利·斯蒂芬起上溯三代，男性大多有剑桥大学的读书经历，受过良好的教育，家族成员多从事律师、法官、教师等职业，且有成员出任过校长、剑桥大学导师。莱斯利·斯蒂芬的第一任妻子，是19世纪英国作家萨克雷的女儿。写出了长篇小说《名利场》的威廉·梅克皮斯·萨克雷（1811—1863），在文学史上几乎与狄更斯齐名。当然，从文学史的角度看，19世纪的英国文学，狄更斯以《大卫·科波菲尔》《双城记》等十多部长篇小说独步文坛，被认为是最杰出的现实主义作家。但就单部作品而论，萨克雷的长篇小说《名利场》，其揭示人性的深度和力度，一定程度上不逊于狄更斯。正是萨克雷的女儿，梅丽安，作为莱斯利·斯蒂芬的前妻，让斯蒂芬家族与文学史上鼎鼎有名的文学家萨克雷联系在一起。

弗吉尼亚·伍尔夫是父亲莱斯利·斯蒂芬与第二任妻子朱莉亚所生。就出身而言，朱莉亚所属的帕特尔家族也属绅士阶层，且在社会地位、生活水准上比斯蒂芬家族优越。也许是遗传的原因，也许是上帝的眷顾，帕特尔家族每一代都以女性居多，而且多以美貌著称。几乎所有的伍尔夫研究者或者传记作家都关注到了这个家族女性的美。对此，昆汀·贝尔在其《伍尔夫传》中有过这样的描述："似乎有一种美貌在他们家族中不断重现，有时隐约，有时醒目地从一个化身转世到另一个化身。这种美潜伏在家族的男性身上，再现在他们的女儿那里，这些女儿们让接连几代艺术家欢喜不已。最欣赏这些女性的是画家。很难望着她们的容貌而不加以称赞；她们被优美地塑造出来，庄重、高贵、威严，不过既不活泼也不很容易亲近。她们的美貌暗示着（有时是联系着）一种道德上的高贵，一种品质上的不朽。"①

家族遗传的美体现在弗吉尼亚母亲朱莉亚身上，则是一种"惊人的美"。朱莉亚美丽、典雅、端庄，气质略显忧郁又神态沉静，是许多画家钟爱的画笔下的模特。实际上，这样"一位亲切和蔼、带有忧郁气质的美人，她是前拉斐尔画家们的缪斯女神，是伯恩—琼斯的画作《天使报喜》中那身着一袭白裙的圣母玛利亚的原型……"是"维多利亚艺术之梦中不可捉摸、令人着迷的元素之一"②。朱莉亚的姨妈朱莉亚·卡梅伦是一名摄影家，被昆汀·贝尔认为"具有纯粹天才的特质"，以拍摄名人肖像而著名。卡梅伦为朱莉亚所拍摄的一张肖像，被奈杰尔·尼科尔森所著《伍尔夫》传记评价为"具有明显前拉斐尔派风格"。而奈杰尔·尼科尔森的母亲，被认为是伍尔夫曾经的恋人和最亲密的朋友。上述种种，可以看出朱莉亚的绝世容貌所蕴藉的风度和气韵。诚然，作家创作关乎才情性情，似乎与外貌无关。但正是母亲的基因，使得成年后的弗吉尼亚和姐姐范尼莎因其不凡才情和"纯然美貌"，在此后的布鲁姆斯伯里文化圈备受注目和欣赏。这大概也是这个才子云集的知识精英团体拥有魅力的一个原因吧。

母亲朱莉亚所给予弗吉尼亚·伍尔夫的，还不仅仅是呈现在伍尔夫身上的纯然美貌，当然，这种纯然美貌经过后天的书香浸染，后来演化为一种娴静优雅的书卷气质。朱莉亚所给予伍尔夫

---

① [英]昆汀·贝尔：《伍尔夫传》，萧易译，江苏教育出版社2005年版，第22页。
② [英]哈里斯：《伍尔夫传》，高正哲、田慧译，时代文艺出版社2016年版，第7—8页。

精神上的影响，是这位被认为是"世界上最美丽的圣母同时又是最完美的女人"①的美丽、沉静与坚韧。在朱莉亚身上，有着被认为是完美无缺地被展现出的"维多利亚时代的女性风范"。在莱斯利眼里，她是"华兹华斯所讴歌过的理想女性"②，几乎所有的人都崇拜她，爱怜她，无论男性和女性。朱莉亚本来有很高的文化修养，懂得鉴赏艺术，对文学有浓厚的兴趣，尤其热爱司各特的小说。但如信仰一般充盈于其身体和心灵中的牺牲精神，让这位典型的"房子里的天使"，将自己大部分的精力投入为他人服务中。与莱斯利的爱好和趣味迥然不同的是，朱莉亚在第一任丈夫去世之后，在寡居期间养成了一种习惯，那就是她要定期去医院义务看护病人，参加社会服务事业。这对朱莉亚而言，不是一时的、可有可无的慈善冲动或偶一为之的行为，而近乎于一种信念，甚至有一种神圣的使命感，持久而坚定。在答应莱斯利·斯蒂芬的结婚请求之前，朱莉亚就郑重其事地提出过这个问题，而莱斯利则表示理解并尊重朱莉亚的这个习惯。婚后，在承担了全家十多口人的照料和管理职责的同时，即使负担沉重，即使全家都在度假休息的时候，朱莉亚也经常被召唤到病人的身边。朱莉亚身体力行的护理经历，最后凝聚为一本关于护理经验的书《病室笔记》。其中，凝聚着朱莉亚多年的护理经验，带有一定的专业性质。许多年之后，已经长大成人的伍尔夫，在自己的霍加斯出版社重印了这本书。以此方式，弗吉尼亚·伍尔夫表达了对母亲的怀念之情。

---

① 伍厚恺：《弗吉尼亚·伍尔夫：存在的瞬间》，四川人民出版社1999年版，第14页。

② 同上书，第15页。

不可否认的是，朱莉亚对女儿的影响是矛盾而纠结的。一方面，当朱莉亚以一种牺牲精神，忘记了自我甚至忘记了家庭，常常奔波忙碌在病人床前的时候，对于家庭，对于孩子，肯定有意无意地有一种疏忽。成年后的伍尔夫在回忆起母亲时，也曾不无怨言。另一方面，朱莉亚独特的个性，其沉静中的力量，贤淑中的坚韧，影响着弗吉尼亚的人生追求，在其文学之路上，无论是终其一生的阅读还是写作的坚持和执着，都与母亲无形中的潜移默化不无关系。至于朱莉亚近乎信念一样的奉献与自我牺牲精神，在伍尔夫的代表性作品《到灯塔去》中，最终升华为慈爱并温和的拉姆齐夫人，代表着伍尔夫理想或者记忆中的感性、同情、母性的价值和人性的温暖，与拉姆齐先生所代表的理性、真理、普遍原则和冷酷无情相对立。虽然"伍尔夫承认，这部小说让来自她家族过去的灵魂得到安息"[1]，而且在传记作家哈里斯看来，拉姆齐先生对工作忘我的投入，也可以理解为伍尔夫自身的写照。但艺术源于生活又高于生活，尽管在小说《到灯塔去》中有父亲和母亲的灵魂，但已经是带着弗吉尼亚·伍尔夫对父亲和母亲的回忆、审视和反思，已经是对父亲母亲灵魂的超越和升华了。

朱莉亚对女儿造成一定影响的，还有她作为母亲在女儿教育问题上的观念。作为一位"全面证实了维多利亚时代女性行为的典范"[2]的母亲，朱莉亚是一位反女权主义者。在对于女性以及女性的教育问题上，她的态度和观念甚至比具有传统男权意识的莱斯利·斯蒂芬还要保守。在朱莉亚看来，女性的天职就是服务他人。

---

[1] [英]哈里斯：《伍尔夫传》，高正哲、田慧译，时代文艺出版社2016年版，第107页。

[2] 伍厚恺：《弗吉尼亚·伍尔夫：存在的瞬间》，四川人民出版社1999年版，第21页。

至于女儿的教育，在朱莉亚眼里则显得无足轻重。这种态度，一定程度上也影响着这个家庭在儿女教育问题上的取舍和选择，对于弗吉尼亚姐妹的教育不可能没有影响。不幸而又有幸的是，在弗吉尼亚刚刚13岁、姐姐范尼莎16岁的时候，母亲朱莉亚，这位"房子里的天使"，这位"世界上最完美的女人"，因为长期的劳累和忧郁，在未及天命之年的49岁就因病去世。因此，在弗吉尼亚姐妹未曾成年之前，在她们作为艺术家和作家的人生走向还未曾确定之前，朱莉亚对女儿的的影响，就以一种令人伤感的方式结束了。

但母亲给予弗吉尼亚的是永远的记忆："我进入不惑之年以后——具体的日期可以定位在我写《到灯塔去》的时候，但我现在真不想在这个日期上花费更多的心思——母亲的样子还会时时刻刻出现在我的生活里。我耳畔总能回响起她的声音，眼前也会浮现出她的形象。在日常的点滴中，我常想象如果母亲在场的话会怎么做，她会说些什么。母亲就是一个隐形的存在，在我的日常生活中扮演着非常重要的角色。"① 在弗吉尼亚看来，母亲的去世"称得上是一场灾难"：

母亲去世的那天早晨，我探出育婴室的窗户向外张望。我觉得那会儿大概是六点钟吧。我看到西顿大夫离开，他低着头走上了那条小路，双手紧紧地攥在背后。我看到鸽子飞过又静静地落下来，平静、悲伤、终结的感觉向我袭来。那是一个美

---

① ［英］弗吉尼亚·伍尔芙：《存在的瞬间》，刘春芳、倪爱霞译，花城出版社2016年版，第100—101页。

丽的春天的早晨,天空蔚蓝,寂静无声。世界末日的情绪再次席卷了我。①

以上是弗吉尼亚·伍尔夫在其《存在的瞬间》中对母亲和母亲之死的回忆。时隔多年之后,当弗吉尼亚·伍尔夫在50多岁的年龄写作《往事札记》时,她仍然能够感觉到"母亲无所不在的形象,这一切造就了我那个拥挤但欢乐的孩提时代"②。所以,对她而言,母亲不仅是"最漂亮的女人,同时也是卓尔不群的一位。"可惜的是,"她的一生是如此匆忙,那些本应绽放、从容结果的人生经历全部压缩进去,注定了生命的短暂。"③ 在对往事的回忆中,流溢在伍尔夫笔端和字里行间的,仍然是无所不在的母亲形象,是母亲去世所造成的伤感和绝望。可以说,母亲的形象、品质和行为,已经深深植根于伍尔夫的记忆中,对其一生都有着深远的影响。

当然,毋庸置疑的是,给予伍尔夫最大影响的还是父亲。伍尔夫之所以能够成为一位作家,父亲的影响至关重要。正是父亲的有意熏陶与刻意培养,使得弗吉尼亚·斯蒂芬成为父亲所希望的人,成为读者后来看到的弗吉尼亚·伍尔夫。

关于父亲莱斯利·斯蒂芬,几乎所有熟悉伍尔夫作品的读者都知道,他是小说《到灯塔去》中拉姆齐先生的原型。《到灯塔去》被认为是"既是伍尔夫母亲的又是她父亲的幽灵,构成了小说的中心"。在作品中,拉姆齐先生是知识分子、哲学家、大学教授,有

---

① [英]弗吉尼亚·伍尔芙:《存在的瞬间》,刘春芳、倪爱霞译,花城出版社2016年版,第110页。
② 同上。
③ 同上书,第15页。

"卓越的脑袋"、理性但却不近人情。与作品中以伍尔夫母亲朱莉亚为原型的拉姆齐夫人所代表的感性、浪漫、温暖、善良形成对比。实际上,《到灯塔去》中的拉姆齐先生,的确在一定程度上显示了莱斯利的个性。

但是,现实不同于小说。真实的莱斯利·斯蒂芬不同于小说中的拉姆齐先生。一方面,莱斯利·斯蒂芬是奈杰尔·尼科尔森传记里的"一个足以让人敬畏的男人,一个性格坚强的登山爱好者"[①];另一方面,在昆汀·贝尔的笔下,莱斯利曾经"是个神经质的娇弱男孩","热爱诗歌,为了它激动过度、太敏感,以致不能承受一个故事的不幸结局"[②]。温和,缺乏自信和不那么出众,是剑桥时代的莱斯利·斯蒂芬留给他人的印象。按照预设,莱斯利本来可能会是一位神职人员,但在剑桥大学三一学院获得了研究员职位之后,莱斯利却放弃了自己的信仰。就像他自己意识到的那样:"首先他是最没有宗教信仰的人,其次他是男人中最恋老婆的人。"实际上,"他逐渐发现自己多么渴望外面的世界,他一向是何等缺乏信仰"。当他结婚之后,"他发现自己其实是个非常热爱家庭生活的人"[③]。

在伦敦,离开剑桥的莱斯利开始了自己的记者和文学生涯。他成为编辑、文学批评家和历史学家,成为"举足轻重的知识分子,《大英传记辞典》的创始人和第一任编辑"[④]。作为学者,莱斯利受到"剑桥理性主义的熏陶和逻辑思维方式的训练",这构成了他人格

---

① [英]奈杰尔·尼科尔森:《伍尔夫》,王璐译,生活·读书·新知三联书店 2014 年版,第 6 页。
② [英]昆汀·贝尔:《伍尔夫传》,萧易译,江苏教育出版社 2005 年版,第 10 页。
③ 同上书,第 12—13 页。
④ [英]奈杰尔·尼科尔森:《伍尔夫》,王璐译,生活·读书·新知三联书店 2014 年版,第 8 页。

生成中的重要因素。同时，莱斯利既是伦敦雅典娜神庙的成员，又是阿尔卑斯俱乐部的成员。前者是1824年成立的致力于文学和科学的俱乐部，后者是世界上最早的登山俱乐部。对此，昆汀·贝尔版本的《伍尔夫传》里有特别记载。作为一个学者，莱斯利对剧院、画廊毫无兴趣，唯一喜爱的运动就是登山。从莱斯利·斯蒂芬在性情兴趣上的倾向可以看出，莱斯利是理性的，刻板的，有着浸润着清教精神的执着和斯巴达式的坚毅。

莱斯利的个性，尤其体现在他作为一个学者对于声誉和名望的追求上。像许多对学术功名有执着追求的学者一样，莱斯利十分在意自己的学术声名。他"尤其关注自己去世之后的声誉，究竟自己在文学史上会成为一个注脚还是能占据一段的篇幅"[①]。因此，即使是在他第二次结婚后，当弗吉尼亚的母亲朱莉亚忙于操持家务并且经常外出做义务护理时，在海德公园门那座高高的房间顶层的图书室里，莱斯利仍然会全神贯注地阅读和书写，不时有条不紊地用吸墨纸吸干一篇文章的墨渍，然后开始新的一篇文章的写作。正是这种执着、坚毅和全神贯注的追求，莱斯利·斯蒂芬虽然没有像自己曾经期望的那样，作为一名哲学家或文学家名留青史，但他以其对写作和学问的笃诚和虔敬，使自己成为在传纪、史学、文学评论、哲学诸方面的知名学者，著有《十八世纪英国思想史》《英国文学家》《科学与伦理》等著作，被认为是19世纪英国文化界的一位重要人物。他编辑的《英国名人辞典》，记载了英国伟大公众人物的生平成就，为此，莱斯利组织统筹并编辑了600多件稿件，并亲自

[①] 易晓明：《优美与疯癫：弗吉尼亚·伍尔夫传》，中国文联出版社2002年版，第21页。

撰写了其中的近400多词条。其工程浩大，被认为"是一座不朽的丰碑"①。

透过各种传记和回忆，呈现在读者和世人面前的，是一个矛盾的莱斯利。作为学者，一方面，严格、理性，对知识笃诚，具有剑桥出身的学者所拥有的崇高的学术精神，在意自己身后的功名；另一方面，又怀疑自己的才能和学问，且甚至曾经不无伤感地对聪慧的女儿承认自己"只有还算不错的二流头脑"。对此，美国学者哈罗德·布鲁姆这样评价：在弗吉尼亚的眼中，"父亲自私自利、孤僻自负，总认为自己是个失败的哲学家。她心目中的莱斯利·斯蒂芬演化为《到灯塔去》中的莱姆塞先生，是最后一个维多利亚时代的人物"②。的确，与智力超群、才情卓越甚至"才华横溢得令人不可思议"③的弗吉尼亚相比，莱斯利无论是才情还是成就，显然不可相提并论。

所以，作为男人，莱斯利·斯蒂芬，一方面，理性、严峻，具有清教徒式的性格和斯巴达人的气质，喜爱登山运动；另一方面，当和孩子们在一起时，莱斯利却又温柔单纯，充满了孩子气。作为丈夫，莱斯利虽是剑桥出身的知识分子，有非同一般的学养和正直淳朴的品德，但在对待妻子和女性的态度上，维多利亚时代的男权中心意识，不可避免地在他身上打下印记。这就是，一方面，他认为自己是最热爱家庭生活的人。在莱斯利看来，没有妻子朱莉亚的生活是不能容忍的，也是不可想象的。另一方面，又

---

① [英]哈里斯：《伍尔夫传》，高正哲、田慧译，时代文艺出版社2016年版，第9页。
② [美]哈罗德·布鲁姆：《西方正典》，江宁康译，译林出版社2011年版，第364页。
③ [美]桑德拉·吉尔伯特、苏珊·古芭：《阁楼上的疯女人：女性作家与19世纪文学想象》，杨莉馨译，上海人民出版社2015年版，第23页。

不能免俗地带有强烈的男权意识。实际上，莱斯利在与朱莉亚的相处中，有一种显而易见的人格矛盾或曰病态倾向，既有父权制家长式统治的屈尊、恩赐或者君临的姿态，又有单纯的大男孩式的脆弱、依赖和索取。这种家长式和大男孩式的矛盾性格，在朱莉亚去世之后，甚至转化为莱斯利和继女及女儿相处时的心理模式和行为模式。

莱斯利的矛盾人格，影响着作为父亲的莱斯利。自然，对弗吉尼亚·伍尔夫的成长，对其个性、兴趣及人生走向都产生了深远的影响。实际上，莱斯利对登山运动的热爱，也或多或少地被弗吉尼亚所继承。对此，不同版本的伍尔夫传记都有所涉及："弗吉尼亚常会独自一人或者跟别人一起骑自行车长途旅行，冬天会去滑雪，还经常进行一些高强度的远足。……通过这些运动，弗吉尼亚证明自己不愧是莱斯利的女儿。"[①] "她继承了父亲的斯巴达式的坚韧，能够徒步行走无尽头的许多英里路程，而且在旅行时能精神振奋地忍耐令人气馁的境遇。"[②] 在儿女的教育方式上，尽管剑桥出身，尽管对知识和理性有着非同常人的热诚和尊重，但莱斯利仍然不可避免地遵循着那个时代的习俗惯例，带有维多利亚时代的男性中心意识。在此，有必要替莱斯利申辩一下的是，本来以其自由主义知识分子的态度，莱斯利还有可能让自己绝顶聪明的女儿们成为那个时代的例外，让她们像男孩子一样进入学校。但因为妻子朱莉亚在女性角色问题上持有比丈夫更为传统和保守的观念，莱斯利也就顺理成章

[①] [英]哈里斯：《伍尔夫传》，高正哲、田慧译，时代文艺出版社2016年版，第32页。

[②] [英]林德尔·戈登：《弗吉尼亚·伍尔夫——一个作家的生命历程》，伍厚恺译，四川人民出版社2000年版，第76页。

地接受了妻子的决定。于是，斯蒂芬夫妇将家庭中更多的资金资源用来给男孩子，为男孩子们提供了最优越最纯正的受教育机会。而弗吉尼亚和姐姐范尼莎，都是毫无例外地在家庭中完成其初级乃至全部教育的。

法国学者富尔曾经这样评价伍尔夫的父亲对子女尤其是对弗吉尼亚的教育方式，在此，可以看作莱斯利对弗吉尼亚·斯蒂芬精神启蒙、文学启蒙的概括和总结：伍尔夫的父亲莱斯利·斯蒂芬爵士，"是十九世纪末的某种自由主义、不可知论、理性主义和极端思潮中最伟大的人物之一。……这个热衷于精神世界的人，不让任何人插手她的子女文尼莎、索比、弗吉尼亚、艾德里安的教育。对于十三岁丧母，天性忧郁——这也是她日后自杀的原因——，体质虚弱的孩子弗吉尼亚，他尤其尽心。他唤起了弗吉尼亚对读书的兴趣，无限制地向这个小姑娘敞开丰富的家庭图书，这在《船长弥留之际》(1950)中得到了证实。他还将自己对知识的酷爱也传给了她。就在她的兄弟时常出入剑桥的时候，弗吉尼亚已经怀着热情涂涂写写，在她的日记中，开始了持续终生的这种内心探索"[①]。

父亲莱斯利·斯蒂芬对女儿弗吉尼亚的影响是无论如何估计都不过分的。尽管在妻子朱莉亚去世之后，他以过分的自怜和夸张的戏剧化的忧伤，让弗吉尼亚和她的姐姐斯特拉、范尼莎不胜其烦，甚至在从1895年到1904年，即从朱莉亚去世到莱斯利去世的9年时间，在弗吉尼亚和父亲的相处中存在着一种感情僵局。但在弗吉尼亚和父亲的关系中，一直有一种文人的联系。如同戈登所言："使得弗吉尼亚比其他孩子同父亲更接近的那条不可消融的联系，乃是他

[①] 瞿世镜编选：《伍尔夫研究》，上海文艺出版社1988年版，第83页。

作为文人的职业。"① 莱斯利影响弗吉尼亚的，不仅是他对女儿的教育方式，还有他作为学者身上所具有的品格。这使得他们父女之间有一种"更单纯的感情纽带"。当然，更重要的是，莱斯利比谁都更清楚弗吉尼亚的才华和天赋。"正是父亲清楚她的才华资质，并坚信她将来会成为一位作家。"② 从弗吉尼亚童年时代启蒙伊始，莱斯利就按照一个作家的品质来培养她。这样的慧眼识才并亲力亲为的教育方式，让弗吉尼亚在成为一个作家的过程中，几乎没有走过弯路。所有的启蒙、熏陶、阅读与文字训练，都是在朝着一个作家的路上走。心无旁骛，坚定不移。在这一点上，弗吉尼亚在几乎所有的女作家中，的确是绝无仅有的、得天独厚的。

很多伍尔夫的传记作家和学者都不胜详尽地探析弗吉尼亚与父亲莱斯利之间的精神联系。林德尔·戈登是牛津大学出身的学者，著名的传记作家。其副标题为"一个作家的生命历程"的《弗吉尼亚·伍尔夫》传记，被认为是"不以叙述生平或记载逸事为主，而是努力寻觅作家生命的成长轨迹，描绘其心灵历程"。为此，其传记"在生活和著作之间进行来回反复的印证"③。在戈登看来："莱斯利·斯蒂芬对他女儿的影响，在我看来似乎还不是她从这位退休大学教师身上得到的任何正式教导，也不在于他允许她享有阅读的自由，而在于较为不可捉摸的、非正式的交流：即他的冒险精神（这更多地显示在他的徒步旅行和登山运动中，而不是在写作中）；他辨

---

① [英]林德尔·戈登：《弗吉尼亚·伍尔夫——一个作家的生命历程》，伍厚恺译，四川人民出版社2000年版，第24页。
② [英]哈里斯：《伍尔夫传》，高正哲、田慧译，时代文艺出版社2016年版，第34页。
③ [英]林德尔·戈登：《弗吉尼亚·伍尔夫——一个作家的生命历程》，伍厚恺译，四川人民出版社2000年版，译本前言，第2页。

识真理的眼光;他捍卫真理的警觉性;他作为一个阅读者的敏感。对于弗吉尼亚来说,他一直是一种激昂地朗诵着英国文学的声音,仿佛他是英国文学的发言人一样:'当他往后靠在他的椅子里,闭上眼睛说着那些美丽的词语时,我们觉得他不仅在说着丁尼生或华兹华斯的语言,而是在说着他自己所感受到和了解到的东西。这样,许多伟大的英国诗歌至今对我来说似乎还和父亲难以分割;我在里面不仅听见了他的声音,而且多少听到了他的教诲和信念。'"①

这就是弗吉尼亚·伍尔夫和父亲莱斯利·斯蒂芬内在精神上的联系。在这一点上,弗吉尼亚·伍尔夫的确得天独厚。很少有一位作家或者女作家,自启蒙时代起,就如弗吉尼亚一样受到来自父亲的悉心培养。更有甚者,在文学史上,不乏有些作家从创作伊始就遭到家人的强烈反对。单以女作家而言,与伍尔夫几乎同时代的诗人阿赫玛托娃,在开始诗歌创作时,就遭到来自父亲的强烈反对。这与弗吉尼亚深得父亲的悉心呵护和刻意培养,在写作之初的境遇上,可以说有天壤之别。有"俄罗斯诗歌的月亮"之称的阿赫玛托娃,是20世纪享有世界声誉的俄罗斯女诗人。甚至可以说,在20世纪的西方女作家中,俄罗斯女诗人阿赫玛托娃和英国女作家弗吉尼亚·伍尔夫,是女作家中少有的集不凡才情与绝世美貌于一身的两位女性。不同的是,弗吉尼亚·伍尔夫的美,蕴蓄着一种书卷气,优雅而沉静;阿赫玛托娃的美,则是惊艳的,带着俄罗斯女性的浪漫、奔放与女诗人的万种风情。与弗吉尼亚·伍尔夫一生平顺、生活优裕不同的是,阿赫玛托娃的一生,可以说是极度悲剧性的,既

---

① [英]林德尔·戈登:《弗吉尼亚·伍尔夫——一个作家的生命历程》,伍厚恺译,四川人民出版社2000年版,译本前言,第100页。

充满戏剧性的变故,"堪称一部个人史诗",又集苦难与不幸于一身,无论是个人生活还是诗歌创作,几乎都是在备受挫折中度过。

与一生坎坷不幸的阿赫玛托娃相比,作为作家,弗吉尼亚·伍尔夫无疑是极度幸运的。而幸运的源头,就是既是学者又是智者的父亲莱斯利·斯蒂芬。正是父亲的殷切期许和着力打造,造就了20世纪文学史上的一位著名作家,一位声望越来越高且焕发出永远光芒的文学大家,而且弗吉尼亚·伍尔夫文学成就的卓越,毫无疑问地,已经出乎并远远超出了父亲的期望和想象。

其实,不止父亲母亲,在父母之外,这个家庭给予弗吉尼亚影响的还有其哥哥和姐姐们。在弗吉尼亚的父亲莱斯利·斯蒂芬和母亲朱莉亚结婚之前,他们分别都有过一段婚姻。各自婚姻的结果是,莱斯利和前妻育有一个女儿劳拉,朱莉亚与前夫育有儿子乔治、杰拉尔德和女儿斯特拉。当莱斯利和朱莉亚带着各自儿女组成家庭时,已经是莱斯利鳏居3年、朱莉亚守寡8年之后。梅开二度的婚姻,让这个已经非常热闹的家庭又拥有了范尼莎、索比、弗吉尼亚和安德里安四个儿女。在弗吉尼亚同父异母以及异父同母的兄弟姐妹中,除却同父异母的姐姐劳拉心智不健全外,其他的如同母异父的哥哥乔治、杰拉尔德及姐姐斯特拉,同父母的姐姐范尼莎、哥哥索比,他们或者在心理乃至性心理上,或者在个性与艺术趣味上,都不同程度地给予了伍尔夫不同层面、不同能量但都同样深远的影响。

二 亲情的温暖与亵渎

斯特拉,是母亲朱莉亚与前夫所生,但在伍尔夫"同母异父姊妹们的生活中是一个非常重要的人物。她是母亲的代理,虽然并不是母亲最宠爱的孩子"①。从外貌上看,斯特拉没有母亲那么美丽,也不是特别聪明,但在她身上,有一种"女性的智慧",仁慈、文雅、安静,因而有"一种更亲切的可爱"和美丽。斯特拉是母亲牺牲精神和奉献激情的继承者,对母亲有着强烈的感情,希望为母亲分担负荷,并常常不无理由不无焦虑地担心着母亲的健康。当然,这种担心很快就应验了。在母亲去世之后,斯特拉像母亲曾经做到的那样负担起这个家庭的照料和管理,尽管其中的负担繁重而艰难,且斯特拉"苍白得像一株从来找不到阳光的植物",但她"耐心、可靠、毫无怨言"。令人惋惜的是,在母亲去世两年之后,在刚刚品尝了新婚的欢愉和幸福之后,斯特拉的生命就永远地停在了最美好最盛开的 28 岁。那一年,弗吉尼亚 15 岁。但斯特拉留给弗吉尼亚的回忆美好而神圣,呈现在弗吉尼亚《前尘旧事》里的斯特拉卓尔不群,显现出璀璨光华:"她非常漂亮,远比照片上要漂亮得多,因为她身上有一种梦幻般的魅力,能够在举手投足间尽展无余——苍白但娇柔明丽的容颜;顾盼生辉的闪亮双眸;行动时如涟漪般展开的感染力。……她也是一件希腊艺术品。只是她的美丽属于希腊后期凋零颓微的时代,此时的艺术品线条更加柔和,形体更显慵懒,而魅力也更加平易近人。……斯特拉所有心满意足的成就感只是来自于她对母亲全神贯注的关心与奉献,……她那时才 26 岁,在那个如花的年纪,她就黯然地拱手让出了她整个生命中最美好的岁月,以及享受上天赋予她的各种人生的权力。"②

就对弗吉尼亚的影响而言,斯特拉远没有母亲朱莉亚那么深刻。

---

① [英]昆汀·贝尔:《伍尔夫传》,萧易译,江苏教育出版社 2005 年版,第 40 页。
② [英]弗吉尼亚·伍尔芙:《存在的瞬间》,刘春芳、倪爱霞译,花城出版社 2016 年版,第 33—36 页。

但在斯特拉身上所表现出的对母亲精神的传承,对家人对他人的付出、奉献以及默默的隐忍,一定程度上影响着弗吉尼亚此后对女性处境的看法。此外,在斯特拉与杰克·希尔斯短暂的爱情和婚姻中所体验到的那种喜悦和幸福感,斯特拉"过去苍白、麻木、沮丧"的脸上那种"容光焕发、满脸微笑",使得伍尔夫在此后的岁月里,"以记忆中的斯特拉的爱情为一种计量杆"①。

> 正是从他俩的订婚以后,我对男女之爱开始有了美好的想象。我想象中的爱情浓烈深刻、激情振奋、销魂摄魄。那年冬天他俩的爱情在我眼里如红宝石般闪亮、绯红、透彻、浓烈。从此我知道了爱情的概念,确立了爱情的标准,从此我知晓了世间万事万物都比不上年轻男女的初恋,他们的爱情热情奔放,他们的爱情悦耳动听。偷偷摸摸的爱情、没有家人祝福的爱情不会带给我这样美妙的感觉,只有体面、正式的订婚才会如此。杰克和斯黛拉的爱情正如彭斯的诗里描绘的那样:"我的爱人像一朵红红的玫瑰,六月里迎风初放。"以后我只要听到有人订婚的消息就会有这种美妙体验,但听说风流韵事的时候就没有这种感觉。这种美妙体验是杰克和斯黛拉带来的。②

这是斯特拉的爱情所带给弗吉尼亚的感受,尽管无论是作为弗吉尼亚·斯蒂芬还是弗吉尼亚·伍尔夫,大概一直都没有体会到如斯特拉和杰克的那种快乐,甚至"她从不曾想过人类能品尝到这样的快

---

① [英]昆汀·贝尔:《伍尔夫传》,萧易译,江苏教育出版社2005年版,第52页。
② [英]弗吉尼亚·伍尔芙:《存在的瞬间》,刘春芳、倪爱霞译,花城出版社2016年版,第154—155页。

乐"。但在她此后的生活中，弗吉尼亚·伍尔夫常常以斯特拉和杰克的爱情，作为琢磨一对夫妻爱情是否幸福的标杆。而且，伍尔夫意识到，斯特拉"要我们学会体验生活中的点滴爱意"。

在弗吉尼亚同母异父的兄弟中，乔治、杰拉尔德扮演了暧昧的、不光彩的角色。他们分别比弗吉尼亚大14岁和12岁。当弗吉尼亚正值豆蔻年华、正在成长为娉娉袅袅的少女的时候，乔治和杰拉尔德正是青春旺盛的年龄。在母亲朱莉亚去世后，乔治对弗吉尼亚所表现出的同情，明显地，已经超出了一个哥哥对妹妹的情感和界限。那些从教室发展到晚间保育室里的爱抚，那些拥抱中明显的肆无忌惮，带着强烈的性的冲动和欲望，让年幼的弗吉尼亚感觉惶恐而不知所措。弗吉尼亚姐妹所受的教育，使她们在害羞、拒绝、惶恐、不知所措的同时，表现出一种类似"无知的纯洁"和长期的沉默。尽管乔治和杰拉尔德的行为大概没有造成事实，但对弗吉尼亚的伤害和影响是毫无疑问的，也是长久乃至终生的。毋庸讳言，少女时代受到同母异父兄长带有猥亵性质的侵犯，影响了弗吉尼亚此后一生的心理、性心理以至于婚后和伦纳德的夫妻生活，甚至在某种程度上影响了弗吉尼亚的性取向。正如昆汀所言：乔治"玷污了一个最神圣的春天，亵渎了她们最纯真的梦想"。本来应该是最美好最动人的男女之爱与被爱的初次经历，在弗吉尼亚这里变得沮丧、乏味、令人恶心。"弗吉尼亚觉得自己的生活还没有真正开始就已经被乔治毁掉了。"[①]

三 兄长索比的启示与引领

从弗吉尼亚·伍尔夫的很多传记中可以看出，"在弗吉尼亚的童

[①] ［英］昆汀·贝尔：《伍尔夫传》，萧易译，江苏教育出版社2005年版，第48页。

年中最举足轻重的人是她的父母、姐姐瓦奈萨（Vanessa）和哥哥索比"①。索比是莱斯利与朱莉亚所生，年长弗吉尼亚2岁。在伍尔夫的生命历程中，索比是一个短暂的存在。在年仅26岁的时候就因急性伤寒离开了人世。但在这短暂的时光中，弗吉尼亚看着"索比在我们眼皮子底下慢慢地从一个烂漫的小男孩长成翩翩少年，从翩翩少年变成英俊青年"②。索比的影响，就像星光璀璨般一直闪烁在伍尔夫生命的星空，影响着弗吉尼亚童年、少年乃至成年后的生活。"在弗吉尼亚后来的作品中，索比的形象一直挥之不去。"③对弗吉尼亚而言，索比是伙伴是知己。创办于1892年的《海德公园门报》是弗吉尼亚最初的文学尝试。实际上，一起参与这一行动的还有索比，在昆汀的传记里，索比是"这项冒险计划的合伙人"。

从文学接受的角度来看，索比对弗吉尼亚的影响至为重要。少年时代的索比和剑桥时期的索比，启发了弗吉尼亚对文学的兴趣，尤其是引发了弗吉尼亚对希腊文学的向往和憧憬。当弗吉尼亚和姐姐范尼莎在家庭中接受教育的时候，每当索比从学校回来，这个仅仅年长弗吉尼亚2岁的大男孩，就"以一种古怪的害羞方式……告诉弗吉尼亚有关希腊人、特洛伊和赫克托尔的事儿，还跟她谈起了一整个让她遐想联翩的新世界"④。索比还让伍尔夫"意识到希腊人属于索比和属于她的方式是不同的，它们构成了广阔的男性教育的

----

① ［英］奈杰尔·尼科尔森：《伍尔夫》，王璐译，生活·读书·新知三联书店2014年版，第5页。
② ［英］弗吉尼亚·伍尔芙：《存在的瞬间》，刘春芳、倪爱霞译，花城出版社2016年版，第183页。
③ ［英］哈里斯：《伍尔夫传》，高正哲、田慧译，时代文艺出版社2016年版，第21页。
④ ［英］昆汀·贝尔：《伍尔夫传》，萧易译，江苏教育出版社2005年版，第30页。

一部分……"① 而她和范尼莎被排斥在外。正是索比的影响，坚定了弗吉尼亚学习希腊文的决心。正像希腊文学是整个欧洲文学或者西方文学的源头一样，是索比不经意的点拨和启发，让弗吉尼亚意识到希腊文学的源头意义。这对于后来成为作家的弗吉尼亚·伍尔夫来说，也可谓文学启蒙的另一个源头。

索比对弗吉尼亚·伍尔夫的影响，还体现在布鲁姆斯伯里团体的初创上。众所周知，布鲁姆斯伯里集团或曰文化圈，对于弗吉尼亚来说，不是一个可有可无的存在。正是布鲁姆斯伯里及其这个团体的才子才女们，一定程度上影响了弗吉尼亚的审美趣味。而这个团体的参加者，除了弗吉尼亚和范尼莎外，其他成员多是索比在剑桥时的大学同学。当索比在人生最美好的时光26岁，因为意外的急性伤寒去世的时候，无论对弗吉尼亚还是对他剑桥的朋友，都是一个沉重的打击。在弗吉尼亚和朋友们的眼里，索比"英俊潇洒、活泼开朗，极富个人魅力。他是弗吉尼亚的偶像。当他还是中学生的时候，她爱他；后来他上了大学，她更是仰慕他"②。甚至弗吉尼亚后来决定嫁给伦纳德·斯蒂芬，其部分原因是因为伦纳德"不仅是在面容上"让她想起了索比。尽管这样的原因令很多人感觉匪夷所思，因为"他们彼此不能再不相像了"③。但仅此一点，可以看出索比在弗吉尼亚心目中的地位。

因此，当1940年的那个奶油色的秋天，当伍尔夫停留在圣艾夫斯的回忆里，磨磨蹭蹭地不愿意再回到海德公园门的时候，部分原

---

① [英]昆汀·贝尔：《伍尔夫传》，萧易译，江苏教育出版社2005年版，第30页。
② [英]奈杰尔·尼科尔森：《伍尔夫》，王璐译，生活·读书·新知三联书店2014年版，第36页。
③ [英]林德尔·戈登：《弗吉尼亚·伍尔夫——一个作家的生命历程》，伍厚恺译，四川人民出版社2000年版，第196页。

因是因为"索比在圣艾夫斯的画面我还有好几个没有提及"。在伍尔夫的回忆里,当母亲离世,生活的皮鞭任性而毫无征兆地鞭打在他们身上时,索比变得沉默寡言"但却真诚地与我们亲近起来"。兄妹之间的关系更加紧密,相互吸引:

> 我们都各自扩大了阅读领域,增长了见识。他在无人指导的情况下一个人通读了莎士比亚,然后就被莎士比亚深深迷住了。我们之间发生的第一次争论,就是关于书籍的争论,那次的争论很激烈。他当时用横扫一切的肯定口吻说,莎士比亚的作品包罗万象。索比说这话的时候一副一切尽在掌握的神态,我极为反感他这种神情,但是他在这场争论中大获全胜。①

在弗吉尼亚的兄弟中,索比所以让弗吉尼亚亲近的原因,不仅是因为他们两人同父同母,实际上,弗吉尼亚与同父同母的弟弟艾德里安的关系,一直处于不很和谐的状态。如同弗吉尼亚与父亲的情感更胜于与母亲的情感,精神的因素至关重要,与哥哥索比的情感亦是如此。共同的兴趣和热爱,让他们相互吸引相互激赏。晚年的伍尔夫在回忆起索比当初对莎士比亚的激赏时,《第十二夜》、福斯塔夫、《奥赛罗》、苔丝德蒙娜……仿佛莎士比亚已经潜移默化到索比的思想里。索比说到莎士比亚时的那份骄傲与愉悦,以及眼神里透露出的对人生定位了然于胸的淡定和沉静,许多年后,伍尔夫回想起来,都仿佛如同昨天,历历如在眼前。此后,索比成为伍尔夫两

---

① [英]弗吉尼亚·伍尔芙:《存在的瞬间》,刘春芳、倪爱霞译,花城出版社2016年版,第181页。

部小说《雅各的房间》《海浪》里主人公的化身。在戈登看来,"弗吉尼亚通过两部小说来追寻他未知的幽灵"①。

四 骨肉至亲与生命中的知音

在众多的兄弟姐妹中,弗吉尼亚与姐姐范尼莎的关系是最亲密也是最持久的。"两姐妹从一开始就热烈地喜爱着对方,而且终生都是这样。不过,她们感受或至少表达互相欣赏的方式颇为不同,很具有各自的特性。瓦奈萨在察觉到弗吉尼亚的早熟才华、她的机灵和对语言的掌握的同时,尤其震惊于弗吉尼亚的纯然美貌。……弗吉尼亚,在意识到瓦奈萨的秀美的同时,特别重视她姐姐那种镇定的诚实,对年幼者稳重地承担责任,悄然的无止境的仁爱,还有她的讲求实际和良好的判断力。……她不但爱她的姐姐,看来还爱着她们之间那种饱含深情的关系。就这样,对姐姐来说,外貌始终是世界上最迷人的东西,或至少当她爱的时候,爱向她呈现的是一种视觉形式。对妹妹来说,姐妹之爱的魅力完全在于彼此间的亲密交流,还有对对方性格特征的喜爱。从一开始,两人之间的瓦奈萨就注定了会当上画家,而弗吉尼亚会成为作家。"②

范尼莎长弗吉尼亚3岁,在弗吉尼亚以59岁的年龄告别世界之后,此后的20年时光,范尼莎经历了失去长子朱利安·贝尔的不幸,但仍然坚强地坚持绘画,最终以82岁高龄去世。姐妹两人在一起相伴的岁月长达59年,贯穿弗吉尼亚生命的始终。自童年时代起,她们就一起在家中接受教育,彼此依靠,始终相伴。尤其是在

---

① [英]林德尔·戈登:《弗吉尼亚·伍尔夫——一个作家的生命历程》,伍厚恺译,四川人民出版社2000年版,第176页。
② [英]昆汀·贝尔:《伍尔夫传》,萧易译,江苏教育出版社2005年版,第26页。

母亲和姐姐斯特拉去世之后,弗吉尼亚和范尼莎之间就形成了紧密的反叛同盟。"我们生活中有各式各样的男士,所以我俩形成了私密的核心……在这个大世界里形成了我们自己的小世界,形成了稳固紧密的同盟。"像所有早慧而且有所成就的才女一样,她们一开始就知道自己将来要干什么。在弗吉尼亚看来,从1897年到1904年的那几年,即她从15岁到22岁的整个青春期,是她生命中最不快乐的7年,"但仍然有一些快乐的事情值得追忆。这段时光是她和范尼莎亲密无间、相互理解的时光,这段感情使家庭生活不是那么难耐。"①

　　弗吉尼亚似乎一直清楚自己要成为一名作家,而范尼莎则知道自己要当一名画家。她们很早就清楚各自的选择,并且在她们各自选择的艺术领域里锤炼自我,使自己学有所长。有很多年,弗吉尼亚坚持用一个很高的写字桌,高得以至于她只能站着写东西,这使得她的写作多了几分仪式感,也为她的创作多注入了几分严肃和庄重,而且这使得她与范尼莎"同甘共苦"——因为范尼莎也要站在画板前作画。就这样,两个女孩在位于家中三楼的自己的房间中,一个小时接着一个小时地站着。她们俩坚定不移:她们要在自己选择的人生之路上有所成就。②

这是哈里斯《伍尔夫传》中所描述的少女时代的弗吉尼亚和范尼莎。

---

① [英]哈里斯:《伍尔夫传》,高正哲、田慧译,时代文艺出版社2016年版,第30—31页。
② 同上书,第11页。

实际上，从少女时代的相伴，到后来的布鲁姆斯伯里，范尼莎在弗吉尼亚的生命历程中，不仅是骨肉至亲的姊妹，更是"伍尔夫创作的动力、灵感源泉与表现对象"①。在弗吉尼亚和范尼莎的关系中，有一点同性之间过分的亲密，"混合着骑士式的迷恋和未成熟的依恋"②。因为在范尼莎生育第一个儿子朱利安·贝尔期间，弗吉尼亚与姐夫克莱夫·贝尔有过不无暧昧的调情。在后人眼里，弗吉尼亚的行为和克莱夫的行为一样"都是不可原谅的"。在意识到对范尼莎的背叛和伤害后，此后一生，弗吉尼亚都对范尼莎爱护有加。

弗吉尼亚写作于1907年的《前尘旧事》，记述了弗吉尼亚和范尼莎共同度过的童年及青春时光。在弗吉尼亚诗意而饱含温情的笔下，范尼莎柔和迷离的眼睛里含着淡淡的哀愁，在无忧无虑的幼小年纪，"天赐的美貌已经崭露头角，长大后必将拥有绝世的姿容。"在弗吉尼亚的回忆里："我们的生活被安排得极其简单，也极其有规律，从没有熙熙攘攘的人来人往的繁杂与纷扰。从某种程度上说，那种生活处于极其天然的状态，以后的生活再也没有这样质朴过。我们的职责简单明了，而我们的快乐也都循规蹈矩、适度平和。大地满足了我们所有的需要。……我依旧记得育婴室的大桌子下面那片黑黢黢的世界，无比神秘，又无尽广阔。尽管我们在桌子下度过的时光其实并不是很多，可是那里却不断地上演着冒险传奇，一幕接着一幕。……我们就像在浩渺无垠的大海中飘荡的两叶扁舟，不期然地相遇了。"③

---

① 杨莉馨：《伍尔夫小说美学与视觉艺术》，中国社会科学出版社2015年版，第148页。
② [英]林德尔·戈登：《弗吉尼亚·伍尔夫——一个作家的生命历程》，伍厚恺译，四川人民出版社2000年版，第69页。
③ [英]弗吉尼亚·伍尔芙：《存在的瞬间》，刘春芳、倪爱霞译，花城出版社2016年版，第9页。

这是《往事杂忆》中的片段，以写给范尼莎的大儿子朱利安·贝尔的口吻展开，这使得记忆的开篇氤氲着一种温暖的情绪。这是弗吉尼亚关于姐姐的童年记忆。收录在弗吉尼亚·伍尔夫《存在的瞬间》里的回忆录，几乎每一篇，范尼莎都在弗吉尼亚的记忆中出现。后来成为艺术家且是美学家克莱夫·贝尔妻子的范尼莎，在风格和气质上虽然与弗吉尼亚不同，但同样地继承了帕特尔家族无与伦比的美丽。在回忆录《记忆俱乐部》中，伍尔夫曾经描绘过一个细节。当正值二八年华的范尼莎身着白色的绸缎长裙，颈上戴一串纯天然紫色水晶项链，头上别着蓝色的珐琅蝴蝶发饰的时候，在伍尔夫的眼里，范尼莎的美"令人窒息"，让人"怦然心动"。"但是，很不幸的是，范尼莎的内心与她可人的外表并不一致。在熠熠生辉的水晶项链和闪闪发光的珐琅发饰下隐藏着一颗狂热的心，一颗狂热地追求艺术的心。"①

很快地，范尼莎的个性显现出来。与弗吉尼亚的略带羞涩、矜持、书卷气不同，在范尼莎的心里，住着一个带有波西米亚性格的艺术家灵魂。即使在少女时代，范尼莎就"已经开始感受到内心涌动着的、未曾察觉的天赋，如同亟待描绘的美丽大海"。"她的艺术天赋是如此的灵敏，又是如此的生机盎然。"② 与弗吉尼亚的柔弱相比，范尼莎更率性，更有担当。当然，其中不乏一位艺术家的叛逆与不羁。在弗吉尼亚看来，在范尼莎"平静的外表下面藏着许多座火山"。正是有一颗狂热的不羁的心，在父亲去世后，范尼莎就果断地带领着年轻的斯蒂芬们，从原来的由达克沃斯的子女们和斯蒂芬

---

① [英]弗吉尼亚·伍尔芙：《存在的瞬间》，刘春芳、倪爱霞译，花城出版社2016年版，第232页。
② 同上书，第14页。

的子女们共同居住的家中搬了出来,由此开始了年轻的斯蒂芬们尤其是弗吉尼亚和范尼莎两姐妹的布鲁姆斯伯里时代。这样举动的结果,在范尼莎看来,"就好像一个人从黑暗中突然走进了阳光里。"尽管,布鲁姆斯伯里文化圈情趣氛围、美学观念的形成,与这个团体的每个成员有关。但范尼莎的率性热情、叛逆不羁及担当情怀,其与索比剑桥的才子朋友们不相上下的智慧,以及来自帕特尔家族的惊人美貌,使得范尼莎魅力四射,卓尔不群。自然而然地,范尼莎就成为布鲁姆斯伯里集团的核心人物。正如戈登所说:"对弗吉尼亚的巨大影响不是来自团体内的任何作家,而是来自她姐姐。除了她们实际生活上的相互作用以外,她们还以一种更微妙的方式成为合作者。假如两姐妹的确是布鲁姆斯伯里的源泉,那么由范尼莎·贝尔最后来画出团体的肖像画是很合适的,正如她妹妹在《海浪》里使这个团体获得不朽一样。"[1] 所以,弗吉尼亚的姐姐范尼莎"则是在弗吉尼亚生活中的重要性与伦纳德平分秋色的另一个人物。而由于她作为'布鲁姆斯伯里文化圈'中女王的特殊地位以及画家的身份,她所给予妹妹的影响亦是长久而深刻的"[2]。

因为是骨肉至亲,是事业上相互影响并相互激赏的伙伴和知音,更因为同是艺术家且审美性情上的相通,在弗吉尼亚的生命历程中,范尼莎的伴随和影响,无论如何估计都不会过分。国内学者杨莉馨是弗吉尼亚·伍尔夫研究的专家,著译有多部关于伍尔夫的专著和译著。其《伍尔夫小说美学与视觉艺术》是研究伍尔夫小说美学的理论著作。在这部著作的"范尼莎拥有我渴望拥有的一切"这一章

---

[1] [英]林德尔·戈登:《弗吉尼亚·伍尔夫——一个作家的生命历程》,伍厚恺译,四川人民出版社 2000 年版,第 181 页。

[2] 杨莉馨:《伍尔夫小说美学与视觉艺术》,中国社会科学出版社 2015 年版,第 18 页。

节中,既梳理了弗吉尼亚与范尼莎非同一般的亲情和依恋,又探讨了她们艺术及精神上的关联。"范尼莎是伍尔夫创作的动力、灵感源泉与表现对象,还通过提供帮助与合作、交流思想与供给创作素材等方式,给予妹妹的创作以启发、成为她创作背后不可或缺的智囊与支撑力量。因此,作为不同艺术形式的实验者与反叛者,范尼莎·贝尔与弗吉尼亚·伍尔夫以各自喜爱的方式水乳交融。"[1] 这种姐妹之间水乳交融的亲密关系,既体现在伍尔夫的回忆录、日记和书信中,也升华为艺术形象,出现在伍尔夫的文学作品中。在伍尔夫处女作《远航》中,在《到灯塔去》《夜与日》《海浪》和《岁月》中,甚至在其小说《弗拉西》中,都有范尼莎的化身、处境和影子。正是这些形象的原型和背后的影子,"缄默、感性、充满母性、强大、慷慨和无可替代的范尼莎无论在现实还是小说中都承担起母亲、女神与保护者的角色,成为妹妹生命故事中永恒的主角"[2] 当然,作为艺术事业上终生的知己和同伴,范尼莎还为弗吉尼亚20多部作品设计了封面和插图。这其中,既包含着两姐妹之间在艺术和审美趣味上的相互理解,更显示出她们在文学感受与绘画感受上的相互启发和相互提升。

正是因为有父亲莱斯利·斯蒂芬、母亲朱莉亚、兄长索比、姐姐斯特拉及范尼莎,弗吉尼亚的家庭,如其在《海德公园门新闻》中所描绘的那样,是"一个其乐融融、才华横溢并且风趣幽默的家庭"[3]。这个家庭中的几乎每一个成员,都以其各自不同的性格和行

---

[1] 杨莉馨:《伍尔夫小说美学与视觉艺术》,中国社会科学出版社2015年版,第148页。
[2] 同上书,第152页。
[3] [英]奈杰尔·尼科尔森:《伍尔夫》,王璐译,生活·读书·新知三联书店2014年版,第9页。

为方式,影响着弗吉尼亚生命历程中的每一段时光。正是在这样的家庭环境和氛围中,伍尔夫度过了她的童年、少年和青春时代,确立了此后的人生走向。可以说,对于伍尔夫来说,家,是她生命成长的地方,是文学启蒙的摇篮,是她人生的出发地,更是其许多文学作品取之不尽、用之不竭的精神源泉。

五 像沃土一样深厚而宽广的爱

范尼莎引导弗吉尼亚走向了自由。不过说到爱,弗吉尼亚·斯蒂芬则要等待她生命中的另一位行动者,伦纳德·伍尔夫。[①]

他没有利顿·斯特雷奇的智慧、罗杰·弗莱的活力,也没有克莱夫·贝尔的亲切,但他的思想像沃土一样丰富并具有创造力。弗吉尼亚早已经因为他曾经爱索比而爱上了他。……很难想象这样一个身材瘦削、衣着不合身的男人竟会是个充满激情的爱人,但他确实如此。[②]

在弗吉尼亚·伍尔夫的生命历程中,除却哥哥索比短暂但深远的影响之外,在现实层面和精神层面上,给予她最大影响的两位男性,一是父亲莱斯利·斯蒂芬,二是丈夫伦纳德·伍尔夫。当父亲莱斯利·斯蒂芬在弗吉尼亚的童年、少年和青年时代,悉心培养了女儿对读书的热爱、对知识的热忱和对文学写作的热情之后,弗吉

[①] [英]林德尔·戈登:《弗吉尼亚·伍尔夫——一个作家的生命历程》,伍厚恺译,四川人民出版社2000年版,第185页。
[②] [英]奈杰尔·尼科尔森:《伍尔夫》,王璐译,生活·读书·新知三联书店2014年版,第64—65页。

尼亚真正开始为书刊写作并发表作品，则是在父亲去世两年之后。尽管在弗吉尼亚的身边，一段时间内有哥哥索比的引领，终其一生中都有姐姐范尼莎在亲情和艺术上的陪伴和理解，有布鲁姆斯伯里文化圈中诸位才子如克莱夫·贝尔、罗杰·弗莱等在美学和艺术上的影响。但是，当父亲去世之后，当弗吉尼亚成年之后，无论是在男女情感还是在文学创作的理解和判断上，都需要一个忠诚而智慧、温情而理性的陪伴者，需要一位心灵伴侣。当然，对于年届而立的弗吉尼亚来说，这个陪伴者的要求很高，无论是在智力、视野和见地上，还是在精神的深度上和广度上，都要与其匹配和契合。而且，对于像弗吉尼亚这样一位才华横溢得不可思议、精神极度敏感的女作家来说，未来的这位陪伴者，还要有慧眼识才的眼光，懂得欣赏并珍惜弗吉尼亚的才情；要有温暖而深厚的胸襟，足以呵护并包容弗吉尼亚的极度敏感甚至神经质甚至时而精神疾病的发作。当弗吉尼亚接近30岁的时候，时间就到了这个节点。在弗吉尼亚的生命中，仿佛有一种不曾言说的呼唤，又有一种未曾期许的等待。这时，伦纳德·伍尔夫出现了。

实际上，在伦纳德·伍尔夫出现之前，在弗吉尼亚·斯蒂芬的身边，不乏其他的求婚者可以考虑婚嫁。但当弗吉尼亚先是拒绝了他人的求婚，接受又马上拒绝了剑桥学子、同属布鲁姆斯伯里文化圈的利顿·斯特雷奇的求婚之后，从锡兰回来并重新融入布鲁姆斯伯里的伦纳德·伍尔夫，开始进入弗吉尼亚的生活和生命中。与罗杰·弗莱的才华与激情、克莱夫·贝尔的活力与热情不同，伦纳德则显得羞涩，甚而阴郁。但在其理性的外表下，有一种充满激情的坚持，而且"思想像沃土一样丰富并具有创造力"。当伦纳德出现在布鲁姆斯伯里的时候，作为这个圈子里的人，虽然"弗吉尼亚·斯蒂芬后来认为伦纳德·伍尔夫是她哥哥那种类型的人,而将现实中的伦纳德·伍尔夫同这种看法相比较,会令人感到很奇怪"[1]。但实际情形也确实是"弗吉尼亚早已经因为他曾经爱索比而爱上了他"[2]。就这样,因为利顿·斯特雷奇的鼓励,更因为伦纳德本人对弗吉尼亚的欣赏,在被拒绝过一次并相处一段时间之后,弗吉尼亚接受了伦纳德·伍尔夫的求婚。

正如范尼莎对伦纳德的鼓励:"我认识的人当中,你是我唯一可以想象成为弗吉尼亚丈夫的人。"[3] 在此一点上,浪漫而不羁的艺术家范尼莎,的确不愧为布鲁姆斯伯里文化圈中的女王,具有不凡的识人眼光。而弗吉尼亚·斯蒂芬最终决定接受伦纳德·伍尔夫的求婚,可以说是其一生中所作出的最智慧、最明智的决定。当然,人生是不能任意预设和想象的。对于才智非凡、敏感至极的弗吉尼亚·伍尔夫来说,除却伦纳德·伍尔夫,不能想象有伦纳德·伍尔夫之外的其他人来担当这位才女的丈夫。或者说,如果弗吉尼亚嫁给其他人的话,即使是剑桥出身、即使是布鲁姆斯伯里的学者才子,弗吉尼亚能否成为后来的那个写出了数篇意识流小说、近150万字散文批评随笔的弗吉尼亚·伍尔夫,答案的确令人迷惑。

英国传记作家林德尔·戈登在论及伍尔夫的作品《海浪》时,曾经探讨婚姻对弗吉尼亚·伍尔夫的影响:"那么在她本人的生活中,婚姻又构成了怎样的部分呢——它是否影响了她的思想和价值观,爱情是否起了重要作用,或者说她选择伦纳德只因为他是个注重实际的文

---

[1] [英]林德尔·戈登:《弗吉尼亚·伍尔夫——一个作家的生命历程》,伍厚恺译,四川人民出版社2000年版,第195页。
[2] [英]奈杰尔·尼科尔森:《伍尔夫》,王璐译,生活·读书·新知三联书店2014年版,第64页。
[3] 同上书,第67页。

职官员,愿意给她安排生活并护理她度过疾病呢?""这个问题的另一种提出方式可以从下述事实切入,即写作是弗吉尼亚·伍尔夫生命的核心。她的婚姻对她的写作是否产生了影响?或者它只是一个外围事件?显而易见的是,伦纳德·伍尔夫支撑了她写作生活的外部结构:他成立了一个出版社来出版她的作品;他使不受欢迎的来访者无缘接近她;他阅读她的最后定稿并作出公正的评价。不过,他是否影响到了他妻子为自己的作品所保留的那个自我呢?"[1]

设想、想象、猜测以及疑惑都是可以的,但过程和结局无可置疑地说明了一切。在弗吉尼亚的童年和少年时代,莱斯利·斯蒂芬独具慧眼,悉心启迪和刻意培养了弗吉尼亚作为一位作家的品质和品位;而丈夫伦纳德·伍尔夫,则是在更长久的时间里,珍惜并呵护着弗吉尼亚·伍尔夫的才华、情绪、敏感且易于受到伤害的身体和心灵,并非常周到地有规律地打理着妻子的生活和写作。众所周知,弗吉尼亚自少女时代起,就深受精神疾病的折磨。不时发作的精神疯癫,既给弗吉尼亚自己造成伤害,同时对其家人也是一种压力和负担。尤其是在婚前和婚后的最初几年,几次极度疯癫和狂躁的精神病发作,断断续续达两三年之久,令伦纳德身心疲惫,几近崩溃。而伍尔夫所以于1941年,在其艺术生命最辉煌的顶峰时刻自杀,也是因为感觉到疾病的即将发作,并且预感自己再也不会康复。其实,即使在不是精神疾病发作的时间里,灵魂极度敏感如弗吉尼亚·伍尔夫者,与其相处都是需要极大的耐心和智慧的。

当说到弗吉尼亚与丈夫伦纳德·伍尔夫之间的夫妻关系,一个

---

[1] [英]林德尔·戈登:《弗吉尼亚·伍尔夫——一个作家的生命历程》,伍厚恺译,四川人民出版社2000年版,第186页。

令人遗憾并尴尬的事实是，他们几乎很少有两性之间的融合与交流。或许是心理的病态，或许是少女时代同母异父的哥哥乔治和杰拉尔德不无暧昧、不无猥亵意味的举动，给弗吉尼亚造成了莫名但显而易见的伤害，以至于成为其终生都挥之不去的心理阴影。在弗吉尼亚·伍尔夫成人之后，在其两性交流和心理取向中，男女之间的两情相悦并不能令其满足和欢愉。或者说，弗吉尼亚·伍尔夫一直对男女之间两性交融的幸福和快乐持怀疑态度，认为人们夸大了这种感觉和体验。相反，更让她心动的，是同性之间、尤其是才智对等的同性之间的倾慕和亲近。所以，尽管伍尔夫夫妇的爱情甜蜜而深远，他们相互来往的信件充满了炽热的爱意，但在最初的蜜月之后，他们的夫妻关系大抵不是两性意义上的相互拥有。这对伦纳德·伍尔夫来说，不能不说是婚姻生活中的严重缺失。

　　伦纳德·伍尔夫不是圣人，但难能可贵的是，在经过了婚姻之初最初的失望和尴尬后，在与弗吉尼亚的情感交流过程中，伦纳德逐渐升华了其情感中温情和神圣的一面。在婚姻的初期，伦纳德·伍尔夫曾写过小说《智慧的童贞女》，其中隐藏着对弗吉尼亚的潜在谴责和对婚姻生活的失望。在意识到对弗吉尼亚的伤害之后，从此，伦纳德对其夫妻生活保持了一种沉默。实际上，在伦纳德·伍尔夫这位理性而有点阴郁的犹太人身上，其"富有激情的性格对应着一种苛刻的清教主义"[1]。这位总是被纯净的女性心灵强烈吸引，对温和、微妙、敏感、高智力的女性品质和精神世界感兴趣的人，在经历了"从对性的极度轻蔑摇摆到情欲激荡的另一极端"[2]之后，在婚姻之初的急切、

---

[1] [英]林德尔·戈登：《弗吉尼亚·伍尔夫——一个作家的生命历程》，伍厚恺译，四川人民出版社2000年版，第195页。
[2] 同上书，第212页。

挫折、失望和狂躁之后，正如奈杰尔·尼科尔森在其《伍尔夫》传记中所归纳的："在他们三十年的婚姻中，在一次又一次被拒绝后，伦纳德实际上一直过着单身生活，并最终将对弗吉尼亚的激情升华了。"①

当然，这样的升华需要一个过程。林德尔·戈登的弗吉尼亚·伍尔夫传记，是伍尔夫传记中对弗吉尼亚·伍尔夫与伦纳德·伍尔夫的夫妻关系探讨比较深入的版本。在其《弗吉尼亚·伍尔夫——一个作家的生命历程》中，曾专辟一个章节"爱的磨难"，结合弗吉尼亚和伦纳德各自的作品，从不同角度对伍尔夫夫妇的情感进行探讨。其中，特别谈到伦纳德对弗吉尼亚的最初印象：

> 伦纳德对弗吉尼亚·斯蒂芬的最初印象在某种程度上是理想化的和符合传统的。他把她看作一个漂亮的英国女士，疏远，不愿意被人接触。他第一次见到她是在她18或19岁时，在三一学院索比的房间里，她显得很娴静，穿着一身白色衣服，拿着一把女式阳伞，看来是"维多利亚时代年轻女士中最维多利亚式的"，然而他也注意到在这个安静的动物的眼光背后有一种神情，聪慧、苛刻和嘲讽，"一种警告我要非常、非常小心的神情。"当莱斯利·斯蒂芬从一个满怀崇拜的距离看到她母亲时——她的可接近程度对那个谦逊的大学导师而言大概就像西斯廷的圣母——因此在伦纳德眼里的斯蒂芬姐妹就像西西里岛的西格斯塔神庙一样精美高贵，当年他在大路上绕了一个弯看见那座神庙时曾使他屏住了呼吸。当他从锡兰回国

---

① ［英］奈杰尔·尼科尔森：《伍尔夫》，王璞译，生活·读书·新知三联书店2014年版，第71页。

时,这种审美观点虽历经 11 年却没有多大改变。在他那部具有实际背景的小说《智慧的童贞女》里,来自里奇斯特德的犹太求婚者(普拉尼)在卡米拉(弗吉尼亚)身上看到山岗和白雪的纯净与寒冷。他私下还有另一种幻想,觉得自己接近弗吉尼亚就像一个叙利亚流浪者造访俄林匹斯山。①

正如《纽约时报书评》中卡洛琳·海尔布伦所言:"《弗吉尼亚·伍尔夫——一个作家的生命历程》的想象性阐释既是慎重的,也是勇敢的。……林德尔·戈登在这本著作中所给予我们的东西,对于任何作家传记而言都是最本质的:分析那些缄默无声的内在体验。"② 的确,在这部努力寻觅作家生命轨迹,并在作家的生活和作品之间来回反复印证的传记中,林德尔·戈登将伦纳德对弗吉尼亚的情感和弗吉尼亚对伦纳德的情感历程进行了合乎事实又合乎心理逻辑的探讨。从这种探讨中,读者可以看到,伦纳德对弗吉尼亚的最初印象是,沉静优雅的外表下,有一颗聪慧、苛刻,甚而戒备的内心。其外在形象与内在的精神气质,恰如为读者所熟悉的弗吉尼亚·伍尔夫。而伦纳德对弗吉尼亚情感的神圣性质,恰如当年莱斯利·斯蒂芬对圣母式的朱莉亚的情感的神圣性——精美高贵。当然,无论是弗吉尼亚还是其母亲朱莉亚,都当得起这样的至上美誉。

就这样,面对着敏感、病态,甚至时常疯癫的弗吉尼亚,伦纳德·伍尔夫做到了一位丈夫或男人难以做到的一切。他以其像沃土

---

① [英]林德尔·戈登:《弗吉尼亚·伍尔夫——一个作家的生命历程》,伍厚恺译,四川人民出版社 2000 年版,第 197 页。
② 同上书,封页三。

一样的深厚、宽广和仁慈,以其对弗吉尼亚的欣赏、理解与深沉的爱,以其非同寻常的悉心与耐心,陪伴、呵护、关照着美丽如斯、才情如斯的弗吉尼亚。可以这样判断,如果说是父亲莱斯利·斯蒂芬敏感地捕捉到了女儿的文学才华,引导弗吉尼亚走上了文学道路的话,那么,在更长久的时间里,伦纳德·伍尔夫则是以真切的守护与关照、温情的宽容与隐忍,以及智慧且理性的珍惜与包容,让作为妻子和作家的弗吉尼亚·伍尔夫最大限度地发挥了她的文学才华。作为一位智者,其对弗吉尼亚深情的爱以及对疾病的理性认知,让伦纳德认为:"弗吉尼亚的天才与她的不稳定的精神状况,是紧密联系在一起的。在她的小说中,充满着创造性的想象力和联想,决非平凡心灵的产物。"① 伦纳德甚至还用诗人德赖登的名言阐释弗吉尼亚的疯狂:"疯狂几乎与天才联姻"。因此,伦纳德在爱着弗吉尼亚的纯然美貌、爱着其绝世才华的同时,也就一并接受了弗吉尼亚的疯狂。

当然,伦纳德所以能够隐忍如此,宽厚如此,这与其个性品质有关,也与他对弗吉尼亚的情感和欣赏有关,反之亦然。"伦纳德的吸引力在于他对女性具有一种特殊的意识,对此他本人曾作过总结:'我总是被纯净的女性心灵强烈吸引,就像被女性肉体所吸引一样。'"② 实际上,在伍尔夫夫妇的相处过程中,不仅是伦纳德对弗吉尼亚,还有弗吉尼亚对伦纳德,都有一种在智力、才华、个性、行为方式上的契合与相辅相成。就性格而言,弗吉尼亚和伦纳德不是属于同一类型的人。但正是他们在个性气质上的参差和差异,才

---

① 瞿世镜:《意识流小说家伍尔夫》,上海译文出版社2015年版,第30页。
② [英]林德尔·戈登:《弗吉尼亚·伍尔夫——一个作家的生命历程》,伍厚恺译,四川人民出版社2000年版,第188页。

使得他们的相处因参差而互补，因差异而丰富。

　　弗吉尼亚·伍尔夫的婚姻对她来说是至为关键的，但这与其说是基于伦纳德给她提供了生活保护这一理由，或者是因为他提供了文学创作上的条件，就像她父母为她的作品提供了题材一样，倒不如说是因为婚姻本身对她成为一个艺术家提出了一种补充性的挑战：要在私人生活中也富于创造性。她代表着这一类型的作家，他们相信创造力不一定是仅仅保留来写作品的。她给丈夫写的书信显示了她的婚姻的构成是多么富于想象性，多少语言技巧进入了她的日常行为之中。显然，这场婚姻熔铸进了弗吉尼亚·伍尔夫在性格刻画方面的鉴别力。伦纳德的贡献则不是那么显而易见了——这不是指他对作为女人的弗吉尼亚的贡献，而是指对艺术家的弗吉尼亚、特别是对他妻子的正确行为观念的贡献。[①]

在此，对弗吉尼亚和伦纳德的想象不是一般意义上的好奇，也肯定不是出于对其夫妇生活的所谓兴趣。实际上，当很多的传记作家和学者在对伍尔夫夫妇婚姻关系的探讨中，关注更多的是作为作家的弗吉尼亚·伍尔夫，在与伦纳德的婚姻生活中，其个性、精神以及创作受到了什么影响。正如《弗吉尼亚·伍尔夫——一个作家的生命历程》所显示的，林德尔·戈登在其传记著作中，更多地融入了创作的因素、想象的因素，实际上也就是艺术家的因素。

---

① ［英］林德尔·戈登：《弗吉尼亚·伍尔夫——一个作家的生命历程》，伍厚恺译，四川人民出版社 2000 年版，第 206—207 页。

实际上，弗吉尼亚也在以自己的聪慧和理解探讨一种新奇的婚姻。如前所述，在她的少女时代，同母异父姐姐斯特拉的订婚，使弗吉尼亚感受到一种特别美好的幸福。但随着两位同母异父哥哥的暧昧举动或曰亵渎，她的关于爱情的观念遭遇了挫折。这一切，影响着她对男女两性关系和婚姻幸福的看法和感受。自然，此后的病态是难免的。但伦纳德和弗吉尼亚毕竟是理性、聪明、充满智慧的人，所以，他们能够在观念和行为方式上不断探索、磨合并逐渐契合。不断增长的亲密使两人之间的关系变得充满温情而甜蜜。当然，两性之间尤其是夫妻相处是所有人与人关系中最隐秘的关系，他人的阐释难免有臆测之嫌。但"不论伍尔夫夫妇是怎样解决他们的分歧的，重要的事实是，大约从1917年起他们逐渐在彼此身上发现了'神圣的满足'"[1]。"正是神圣的满足，而不是驯服的护理，铸成了这位作家的性格；在1925年春天当她构思她的两部最伟大的作品《到灯塔去》和《海浪》时，这种性格终于形成了。"[2] 弗吉尼亚·伍尔夫在和伦纳德的关系中感觉到了他人所不能理解的幸福。

可以说，正是因为生命中两个最重要的男人——父亲和丈夫，才成就了后来成为20世纪文学大家的弗吉尼亚·伍尔夫。而在伦纳德和弗吉尼亚长期的婚姻生活中，伦纳德是丈夫，是兄长，是父亲，是挚友。更重要的是，他是弗吉尼亚·伍尔夫写作的第一位读者，也是一位最忠诚的读者和最有权威的批评家。众所周知，弗吉尼亚从少女时代开始写作时，就对他人的看法表现出非同一般的不安和紧张。甚至在编辑《海德公园门新闻》的时候，弗吉尼亚就表现出

---

[1] [英]林德尔·戈登：《弗吉尼亚·伍尔夫——一个作家的生命历程》，伍厚恺译，四川人民出版社2000年版，第224页。
[2] 同上书，第226页。

对他人评论的敏感：

> 当她父母走进客厅时，她几乎无法抑止自己的激动心情。报纸暂时没有引起人们的注意，后来茱莉娅终于拿起了它，开始阅读。她会说出什么意见来吗？那是个可怕的问题。当茱莉娅平静但清楚地对莱斯利说："相当灵巧，我觉得。"女作家就一时间来到了天堂。①

由此细节可以看出，从写作伊始，弗吉尼亚就异乎寻常地在意他人的反应。这首先是因为其极度敏感的精神气质，但作为一个视写作为生命的人，这种在意，显示出弗吉尼亚最初的对于读者反应的敏感意识，尽管这种意识还没有达到自觉。实际上，在此后更长的创作过程中，即使是在她成为一位有名气、有影响力的作家之后，这种不安也未曾有所减弱。弗吉尼亚对于批评的敏感，一直延续到其整个创作生命中。如果说童年时代的弗吉尼亚对于批评的敏感，是因为初学写作的羞怯和不自信，成人之后的在意，一方面，可以理解为"弗吉尼亚对于别人对她作品的批评极为敏感，甚至可以说是一种病态的神经过敏"；另一方面，与其严谨的创作态度有关，"她不能容忍低于她本人的审美标准的作品存在"②。

另外，作为一位既是作者又是读者、既是作家又是批评家、既是文学作品的创造者又是文学作品的接受者的伍尔夫，其对于读者反应的敏感和在意，也是一位成熟的作家和批评家对于读者反应和

---

① [英]昆汀·贝尔：《伍尔夫传》，萧易译，江苏教育出版社 2005 年版，第 32 页。
② 瞿世镜：《意识流小说家伍尔夫》，上海译文出版社 2015 年版，第 28—29 页。

读者接受的看重和考量。按照读者批评的观点,"文学作品是为读者阅读而创作的","意义是在阅读过程中产生的,读者对文学作品意义的实现具有决定性的作用"①。

20世纪兴起的读者批评,从以往传统文学批评的作者中心和作品中心开始向读者转向。读者批评主张把读者接受作为批评的主要对象,着重探讨读者与作家、作品的相互关系和相互影响。当然,弗吉尼亚·伍尔夫不是理论家,但其读者—作者—批评家的三重身份,使之对读者反应的看重,某种程度上与读者批评的观念不谋而合。如果更进一步说,实际上,作为文学作品的接受者,伍尔夫所有的文学批评随笔,已经自觉不自觉地带着自己的"期待视野""召唤结构"以及"创造性阅读"。如此,才有其品位不凡、卓有见地、才情卓著的文学批评随笔。当然,作为批评家更作为读者,伍尔夫深谙读者反应的重要。如此,其对他人反应和批评的在意,一定程度上,大抵可以理解为,伍尔夫已经具有了读者批评意义上的敏感意识。

所以,难能可贵的是,面对着对读者反应如此在意的弗吉尼亚,面对着其不可思议的敏感和极易受到伤害,伦纳德的批评也绝非言不由衷地一味肯定和赞美,更不是没有原则的取悦或曲意逢迎。因为,伦纳德诚实的禀赋、剑桥出身学者特有的严谨和智性的认知,以及同时作为一位小说家的实践经验,使其在对伍尔夫及其作品阅读和评判的过程中,保有一位学者、一位智者,同时也是一位作家的见地和判断。正如伦纳德·伍尔夫对伍尔夫散文随笔的评价和判断:"即便是许多不理解、不喜欢甚或嘲笑弗吉

---

① 王先霈主编:《文学批评原理》,华中师范大学出版社1999年版,第190—191页。

尼亚小说的人,也不得不承认她在《普通读者》一书中所体现的非凡才能。"①

而弗吉尼亚在意和看重伦纳德的判断:

> 每当她写完一部小说,伦纳德就成了这部作品的第一位读者和最有权威的批评家。弗吉尼亚很关心布鲁姆斯伯里的朋友们对她的作品的意见,但只有她丈夫的判断才是举足轻重的。弗吉尼亚的创作态度十分严谨,她不能容忍低于她本人的审美标准的作品的存在。在写完一部作品之后,她往往忧心忡忡地等候她丈夫的判决:究竟这部作品应该出版还是销毁。弗吉尼亚把艺术置于高于一切的地位,当她殚精竭虑写完一本小说,极度的疲劳和精神紧张几乎快要使她发疯。但她相信丈夫的正确判断,因为他十分公正,既不溢美,也不夸张。②

弗吉尼亚对伦纳德的信任基于两个层面:其一,对伦纳德审美判断的信任;其二,对伦纳德公正心的信任。而这种信任正是由伦纳德·伍尔夫的审美智慧和诚实禀赋所奠定的。当弗吉尼亚作为作者、伦纳德作为第一读者和批评家相遇的时候,这样的一种关系,升华了伦纳德·伍尔夫和弗吉尼亚·伍尔夫之间的夫妻关系。这对于一位终其一生都以写作为生命追求的作家而言,这样的夫妻关系,可以说是可遇而不可求。这一点,伍尔夫夫妇与不是夫妇但却是终生伴侣的萨特与波伏瓦之间的关系有些类似。在文学史和思想史上,像

---

① [英]伦纳德·伍尔夫:《一个作家的日记》序,见弗吉尼亚·伍尔芙《伍尔芙日记选》,戴红珍、宋炳辉译,百花文艺出版社2012年版,第3页。
② 瞿世镜:《意识流小说家伍尔夫》,上海译文出版社2015年版,第28页。

弗吉尼亚·伍尔夫与伦纳德·伍尔夫、像让—保罗·萨特与西蒙娜·德·波伏瓦这样的夫妻和终生伴侣是非常罕见的。他们的才华、个性、智慧与相互欣赏，使之在创作了文学和哲学作品的同时，创造了自我也创造了对方。因而，他们创造出的是一个丰富而圆满的艺术世界和思想世界。能够达到这样层面的夫妻抑或伴侣关系，可以说是弥足珍贵。弗吉尼亚与伦纳德的关系达到了，萨特和波伏瓦也达到了。

第二节　精神的故乡——圣艾夫斯

说起那些年真正无忧无虑的日子——我最先想到的就是圣艾夫斯。[①]

每个作家都有其写作的出发地，都有其精神的故乡。对于伍尔夫来说，圣艾夫斯就是其创作的出发地，也是其精神的永远的故乡。

了解弗吉尼亚·伍尔夫的读者，都知道圣艾夫斯之于她的意义。在弗吉尼亚出生的前一年，莱斯利在一次徒步旅行中发现的圣艾夫斯，是弗吉尼亚·伍尔夫最初的也是永远的精神故乡。圣艾夫斯位于英国最西南部的康沃尔郡，用莱斯利的说法是"正好就在英格兰的脚趾甲上"。这里，因为受到墨西哥暖流的影响而比较温暖，是英国的海岸度假胜地。自从莱斯利发现了这里并在海湾上方的高地上租下了托

[①] ［英］弗吉尼亚·伍尔芙:《存在的瞬间》，刘春芳、倪爱霞译，花城出版社2016年版，第13页。

兰德屋后,每年夏天,全家人都来这里度假。直到 1894 年屋前建起了旅馆,挡住了托兰德屋的海上风景为止。对于弗吉尼亚·伍尔夫而言,"圣艾夫斯是唯一真正的故乡"①。伍尔夫自己这样说过:"圣艾夫斯给了我全部纯粹的快乐,甚至此时此刻,在那里度过的日子我仍历历在目。"②

作为地理意义上的一块地域,作为时间意义上的一段经历,对伍尔夫而言,圣艾夫斯如何描述、如何估价也不过分。因为,在圣艾夫斯度过的十多个夏天,既是弗吉尼亚童年时代一段温暖而美好的时光,也是其许多文学作品中回忆与想象的永不枯竭的源泉,更是其生命哲学不可动摇的根基。因此,圣艾夫斯对于作家弗吉尼亚·伍尔夫来说,不仅是一段时光,一处场景,在现实层面的时空之外,圣艾夫斯对于伍尔夫更具有文学写作的意义,生命存在乃至审美层面的意义。

一 温暖而美好的童年时光

快乐的童年时光对于弗吉尼亚而言是第一位的。正是康沃尔,正是圣艾夫斯,承载了她太多的"熠熠生辉的过去的回忆"③。在她的记忆里,"我看到童年的我在 1882 到 1895 年的时空里游荡嬉戏。我觉得这段时光像宽广明亮的厅堂"④。当回首这段幸福童年时光时,回忆的闸门一经打开,眼前浮现的都是圣艾夫斯的景象,耳畔掠过

---

① [英]昆汀·贝尔:《伍尔夫传》,萧易译,江苏教育出版社 2005 年版,第 35 页。
② [英]奈杰尔·尼科尔森:《伍尔夫》,王璐译,生活·读书·新知三联书店 2014 年版,第 11 页。
③ [英]弗吉尼亚·伍尔芙:《存在的瞬间》,刘春芳、倪爱霞译,花城出版社 2016 年版,第 92 页。
④ 同上书,第 99 页。

的都是圣艾夫斯海浪的声音。

  当时我们也许正在前往圣艾夫斯的路上，从当时的光线判断应该是晚上，所以更有可能是从圣艾夫斯返回伦敦的车上。如果从艺术的角度上看，把这趟行程看成是前往圣艾夫斯的更好些，因为这样可以更顺畅地连接起我的下一个回忆。这一个回忆也可以叫作我最初的记忆，事实上，这是我一生中最重要的一段回忆。如果人生需要根基，如果人生是个容器，需要以后的经历来丰富、来填充的话，那么我的人生器皿、我的人生根基就是这段回忆。在回忆里，我住在圣艾夫斯，似醒非醒地躺在育婴室的床上。耳畔传来海浪声。那声声海浪在淡黄色的百叶窗后哗啦、哗啦颇有韵律地时近时远。微风吹起百叶窗的窗帘，窗帘轻轻拂过地面，掠过小橡果的声响便沙沙传来。我就这样躺在床上，听着窗内外的美妙声响，看着迷蒙微明的光线，感谢上天对我的眷顾，使我可以静静地躺在那里，满怀欣喜地感受这份极致的快乐。[①]

这是弗吉尼亚·伍尔夫在其回忆录《存在的瞬间·往事札记》中的文字。写下上面这一段文字时，是在1939年4月，正值弗吉尼亚·伍尔夫生命的暮年。在《往事札记》的开篇，伍尔夫不无幽默地借用范尼莎的话，以此来说明写作回忆录的缘由："星期天——尼莎对我说，我要是再不提笔写回忆录就太老了。我到时就成了85岁的老太太，什么都想不起来了……"[②] 当然，弗吉尼亚没有活到85岁，

[①] ［英］弗吉尼亚·伍尔芙：《存在的瞬间》，刘春芳、倪爱霞译，花城出版社2016年版，第72—73页。
[②] 同上书，第71页。

更没有活到什么都想不起来的老太太的年龄。仅仅两年之后,伍尔夫就纵身一扑,让自己尚有艺术创造力的生命投入了乌斯河。但此刻,回忆如潮水一般涌起的时候,流淌在弗吉尼亚最初记忆中并自然而然地诉诸笔端的,是康沃尔的夏天,是圣艾夫斯的海浪,是海风飘浮中的百叶窗,是池塘边银莲花像触须一样的花蕊。

其实,从少女时代起,到其生命的终点,弗吉尼亚·伍尔夫就一直被死亡、疯癫所缠绕。在《往事札记》里,伍尔夫这样说:

> 我不想再回到海德公园门我卧室里的生活了。我像缩头乌龟一样逃避1897到1904年这七年不幸的日子。这七年里,有多少人摆脱了尘世的负担离我们而去。为什么我们的生活要遭受折磨,平添烦恼呢?生活的皮鞭任性而又毫无征兆……①

实际上,对于弗吉尼亚而言,不幸从1895年就开始了。先是这一年的5月,母亲朱莉亚去世。两年之后,成为家庭支柱、像母亲一样甚至有过之而无不及地富有奉献和牺牲精神的斯特拉去世。在弗吉尼亚看来,母亲和斯特拉的死,给这个家庭带来了"残忍又愚蠢的伤害"。但伤害并不到此为止。1904年,父亲莱斯利因病去世。因为在母亲去世之后,莱斯利所表现出的夸张的戏剧性的痛苦,其先是对斯特拉然后是对范尼莎过于自私的依恋和索取,一定程度上缓解了他的死亡所造成的伤害。如果说莱斯利的死对于范尼莎和弗吉尼亚姐妹是一种不幸也是一种解脱的话,1906年的深秋,同父同母

---

① [英]弗吉尼亚·伍尔芙:《存在的瞬间》,刘春芳、倪爱霞译,花城出版社2016年版,第179页。

的哥哥索比因急性伤寒导致的令人猝不及防的死亡,无论对于这个家族、对于范尼莎还是弗吉尼亚来说,都是难以愈合的永远的伤痛。用伍尔夫的话说:"命运女神总是随心所欲地处置人们的命运。""痛苦是我们的宿命,而我们所能做的就是勇敢地面对。"①

就这样,11 年的时间,从母亲到斯特拉,从父亲到哥哥索比,死神以两年间隔一次的频率降临这个家庭。即使死神放过的1897—1904 年,即从斯特拉去世到莱斯利去世的七年时间,对于弗吉尼亚来说,也是一段要逃避的"不幸的日子"。从母亲去世到父亲去世,弗吉尼亚两度精神崩溃,几次试图自杀。太多的疾病和死亡的缠绕,使得暮年的伍尔夫,在那个"奶油色的秋天","想停留在圣艾夫斯的记忆里"。所以,伍尔夫在其回忆录的不同部分,都不厌其烦、充满深情和激情地写着圣艾夫斯。在《前尘旧事》部分如此,在后来的《往事札记》部分也是如此。

这时,出现在伍尔夫记忆里的圣艾夫斯,是由淡黄色的百叶窗、浅绿色的海和银白色的西番莲构成的画面,间或有海浪、乌鸦、海滨的贝壳。在记忆中,是海边隐没在林荫小路中美丽的花园,是果园里的枝叶、诱人的苹果、蜜蜂浅吟低唱的嗡嗡声,吟唱成"纯净的狂喜,引我驻足,让我吮吸、使我沉醉"。在这样的画面中,弗吉尼亚感受到的是心中充满的"无法言说的欣喜",甚至"真的无法用语言描绘这种狂喜。这是狂喜,绝不仅仅是一般的欣喜而已"②。所以,"我可以写满满的好几页。父母租下德兰小屋的时候,我觉得他们至少带给我一个无价之宝。不然的话,我以后回忆童年的时候只

---

① [英]弗吉尼亚·伍尔芙:《存在的瞬间》,刘春芳、倪爱霞译,花城出版社 2016 年版,第 16 页。
② 同上书,第 76 页。

能回想起萨里、苏克塞斯郡或是怀特岛这几个地方,那该有多么枯燥乏味啊。"①

二 回忆和写作的源泉

  我现在回首往事,才发觉康沃尔郡的夏天是我们孩提时代最美好的回忆。一到夏天,我们就搬到英格兰的尽头,在那里我们有自己的房子,自己的花园,我们有澎湃的海湾,蔚蓝的大海,绵延的青山。……还有无数风景优美的地方,令人无比陶醉。我还能清楚地记得到圣艾夫斯的第一晚,我躺在黄色的百叶窗后面侧耳倾听海浪声声。我还记得在池塘里驾驶小帆船时的欢愉;记得海边挖沙的快乐;记得爬到池塘边的大石头上观察水里的银莲花,端详着银莲花花蕊像触须一样向上伸展。我记得池塘里的鱼会时不时地拍打起水花;我记得在餐厅读书的时候,目光会掠过书本,凝视波浪上的灯光变化;我记得……我可以继续回忆圣艾夫斯的夏天,回忆我最美好的童年,回忆一桩桩趣事,一处处美景,我可以写满满的好几页。②

  这也是出现在《往事札记》中的圣艾夫斯。当弗吉尼亚·伍尔夫在此再度回首圣艾夫斯的时候,已经是1940年的9月。这时的伍尔夫年过半百,正值人生的知天命之年。所有的花朵,都已经在春天璀璨地绽放,然后,在这个季节结出累累果实。伴随着成功、荣誉和赞美的不期而至,此时的伍尔夫,不必为金钱分心焦虑,人生

---

① [英]弗吉尼亚·伍尔芙:《存在的瞬间》,刘春芳、倪爱霞译,花城出版社2016年版,第165页。
② 同上。

和写作都处于相对自由甚至自在的状态。对于已经写出了《达洛卫夫人》《到灯塔去》等数部意识流小说,写出了《普通读者》《一间自己的屋子》等数百篇文学批评随笔的弗吉尼亚·伍尔夫而言,回忆录的写作是驾轻就熟的事情。甚至不需要构思,不需要停下笔来寻找写作的方式。因为她早已胸有成竹,直接下笔就可以了。所谓信笔拈来、倚马可待。对此,英国伍尔夫研究专家珍妮·舒尔坎德有过一段非常到位的评论:"《往事札记》轻松自然的写作风格与《前尘旧事》形成了鲜明对比,它展现出来的自我已经摆脱了个体的禁锢,变得自由而洒脱。这时的伍尔芙已经相当自信,成为整合材料的大师,她在开始动笔之前根本不会再为采取何种写作形式这样的事情烦恼。……这篇回忆录如行云流水般恣肆,看似不动声色,实则气象万千。"[1] 当晚年的伍尔夫回忆起圣艾夫斯的时候,其内心充盈着的无限欣喜和眷恋,使得蕴蓄在这位文学大师神来之笔笔端的,已经不再是文字,而是音符和旋律,是画面、线条和色彩。

因为伍尔夫几乎所有的作品甚至回忆录,其中都不乏圣艾夫斯的片段和影子,因此,几乎所有的伍尔夫传记作家和研究者都特别注意到圣艾夫斯之于弗吉尼亚·伍尔夫写作的意义。英国作家哈里斯所著的《伍尔夫传》是伍尔夫基金会唯一认可的传记,这部传记为读者提供了一个崭新的视角,即从伍尔夫的人生与作品两个角度,通过伍尔夫作品中的经典片段,追溯其文字背后的真实图景。实际上,伍尔夫几乎所有的作品,都带着自己经历的影子。"那是在圣·艾维斯育婴室的床上,在半睡半醒之间。那是海浪拍打在岸上的声

---

[1] [英]弗吉尼亚·伍尔芙:《存在的瞬间》,刘春芳、倪爱霞译,花城出版社2016年版,编者前言,第15页。

音,一声接着一声,并且海水飞溅到沙滩之上;海浪又击打海岸,一浪盖过一浪,在黄色的百叶窗之外。那是风吹开百叶窗,吹着橡子扫过地板的声音。躺在床上听着雨滴溅落的声音,看到一阵光,并且慢慢地感受这一切,仿佛我不太可能在这里;感受我所能想象的最纯粹的心醉神迷之境。"①

这是伍尔夫《往事札记》中的片段,哈里斯对此做了如下的分析和评述:"这是弗吉尼亚处于安适静谧状态下的记忆,她敏锐地察觉到了外面世界的异彩纷呈。在那一刻,原本熟悉的周围场景变得如奇迹般不可思议。伍尔夫在此时听到的这个声音,是响彻在《海浪》和她所有伟大作品中的韵律。现实世界其实平静如初:没有哪个站在育婴室的门边目睹这一切场景的人会了解其中的重要性。伍尔夫的小说中常常通过这些隐秘的启示,揭示我们生活中种种具有架构意义的原则。"② 在这里,哈里斯说的是圣艾夫斯之于伍尔夫小说的意义,同时也是伍尔夫"所有伟大作品中的韵律"。因此,我们可以结论性地说,圣艾夫斯的意义可以延伸到伍尔夫的整个创作中。

伍尔夫《往事札记》中的上述片段,在不同学者的笔下,有着不同的译文,具有不同的风格和节奏,但对其所作的分析和评述却具有共同的指向,即圣艾夫斯对于伍尔夫创作的本源性意义。伍厚恺《弗吉尼亚·伍尔夫:存在的瞬间》结合弗吉尼亚·伍尔夫的生平、思想与创作的关系进行了深入的辨析,"进而探索其中潜存的某种共同核心,如她所说的在'隐秘的深处'寻找某种'生命的

---

① [英]哈里斯:《伍尔夫传》,高正哲、田慧译,时代文艺出版社2016年版,第12—13页。
② 同上书,第13页。

模式'"①。所以，这部著作以"存在的瞬间"作为标题的中心。在这部著作中，作者以"生命的根基"一章，用大段文字和篇幅揭示了圣艾夫斯对于伍尔夫的意义。那就是，圣艾夫斯既是弗吉尼亚·伍尔夫童年的乐园，又是其小说的素材，更是其生命的根基。其中，关于康沃尔之于伍尔夫写作的意义，不约而同地，著者也引用了伍尔夫《存在的瞬间》中的片段：

> 如果生命具有一个赖以依靠的根基，如果它是一只碗，可以不断地往里装了又装——那么，我的碗无疑完全依赖于这个回忆。那是在圣·艾维斯的儿童室里，我半睡半醒地躺在床上。我听见海浪冲击的声音：一、二，一、二，将飞溅的浪头送上海滩；接着是再一次冲击声：一、二，一、二，在黄色窗帘后面响着。当风吹开窗帘的时候，我听见窗帘在地板上拖动着它上面的小橡果的声音。我躺在床上，听着海浪的泼溅声，看着这片光影，感受着，几乎不相信自己身在此地；我体验着所能想象到的最纯粹的迷醉。②

无独有偶，在《弗吉尼亚·伍尔夫：存在的瞬间》里，作者也在感受并阐释着伍尔夫的回忆对于其写作和生命的意义。"康沃尔海浪那'一、二，一、二'的节奏，将响彻弗吉尼亚·伍尔夫最伟大的著作——《到灯塔去》和《海浪》。甚至可以说，海浪的韵律弥漫在她的一切作品中，海浪那永不停息的涌起和碎裂，碎裂和

---

① 伍厚恺：《弗吉尼亚·伍尔夫：存在的瞬间》，四川人民出版社1999年版，前言，第3—4页。
② 同上书，第34—35页。

涌起，代表着她对生命存在模式的感悟与理解。"①

圣艾夫斯之于弗吉尼亚·伍尔夫的意义，不只是海滩、海浪、海风以及灯塔，给予了弗吉尼亚创作的素材和灵感，更重要的是，正是在圣艾夫斯，让弗吉尼亚领悟了写作之于一个作家的深刻意义。

> 人只有随着阅历的增长，越来越能够通过理性的分析解读世界，人才会拥有更强大的能力来缓冲残酷的事实砸下来时所造成的巨大冲击波。我觉得这是千真万确的。现在的我虽然还会遭受突如其来的残酷事实的打击，但我却越来越能够坦然接受这些事实了，有时甚至欢迎它的到来。……很快我就会发现这些事件的价值所在。正是我对打击的强大的接受能力才使我成为作家的吧。打击来临的时候，我立刻会充满欲望，……我把一切付诸笔端的时候感觉确实如此。……我在把残酷的碎片用笔墨拼凑在一起的时候感到非常愉悦，可能是因为写作带走了痛苦吧。这也是写作最让人愉悦的地方，我在写作中发现事物的真正归属：事件现场得到还原，人物形象变得完整、鲜活。这个经验使我总结出一条哲理，或者说这条哲理一直存在我的脑海中：在生活的棉絮背后隐藏着一条真理，我们——我是说所有人类——都与它紧密相连；整个世界就是一件艺术品；我们都是这艺术品的组成部分。《哈姆雷特》和贝多芬的四重奏都是真理，因为它们都与我们称为世界的这个巨大球体有关。而莎士比亚并不存在，贝多芬并不存在，同样的道理，上帝也

---

① 伍厚恺：《弗吉尼亚·伍尔夫：存在的瞬间》，四川人民出版社1999年版，第35页。

绝不存在。我们就是语言,我们就是艺术,我们就是事物本身。我感受到震惊与意外的时候,对这条真理的感受也就更加深刻和强烈。①

我在圣艾夫斯前门观赏花坛的时候这条真理就已经蹦入了我的生命,它是直觉的产物,本能的结晶,所以不是我找到了它,而是它走向了我。②

许多致力于伍尔夫研究的学者和传记作家都富有诗意地描写了康沃尔—圣艾夫斯:"童年时代在圣·艾维斯度过的夏季,作为不可复得的乐园在她的记忆里留下了印记。海浪,散步,海滨花园,唤起了'崇高的感觉'。康沃尔所给予弗吉尼亚的,正如昆布兰湖所给予华兹华斯的,乃是置身于大自然之中的一种情感的真实感,在日后生活中没有任何体验能够超越它。"③ 在此,林德尔·戈登将康沃尔—圣艾夫斯之于弗吉尼亚·伍尔夫生命的意义,提升到如昆布兰湖之于湖畔派诗人华兹华斯等诗人意义的高度。

众所周知,华兹华斯、柯勒律治、骚塞,是19世纪英国第一代浪漫主义诗人。因为对工业文明和城市文明的不满,隐居在英国的昆布兰湖区,为这里的湖区风光所吸引,寄情山水,潜心诗歌创作。其大量描写湖区风光和普通人生活的诗篇,其朴素的口语和清新自然的风格,在英国文学史上开一代诗风。他们的创作,宣告了英国浪漫主义文学的诞生。华兹华斯、柯勒律治、骚塞三位诗人,因此

---

① [英]弗吉尼亚·伍尔芙:《存在的瞬间》,刘春芳、倪爱霞译,花城出版社2016年版,第85页。
② 同上书,第86页。
③ [英]林德尔·戈登:《弗吉尼亚·伍尔夫——一个作家的生命历程》,伍厚恺译,四川人民出版社2000年版,第17页。

而成为19世纪英国文学史上著名的"湖畔派诗人"。作为文学史上一个重要的诗歌流派,可以说,湖畔派诗人的创作,源于昆布兰湖区的湖光山色,而昆布兰湖区,也因为诗人的创作而出名。由此可见昆布兰湖畔之于华兹华斯等三位诗人的意义。但是,如果更深入地考察昆布兰湖区之于湖畔派诗人的意义,是否也可以这样理解:从创作的角度,是诗人遇到了湖区;但从山水的角度,则是湖区遇到了诗人。大千世界中,人与草木山水抑或草木山水与人的相遇,就是这么不可思议的微妙和神奇。人和自然,自然和人,互为主体和客体。如此相遇相逢相互映照,在自我彰显的同时又创造和升华着对方。如此生命体验与生命价值、审美体验与审美价值,就在这样的相互融合中显示出来。如此审美关系,湖畔派诗人和昆布兰湖区是,伍尔夫与圣艾夫斯也是。

但与湖畔派诗人不同的是,如果说华兹华斯、柯勒律治、骚塞是作为诗人自觉地将自己置身于湖区并写下大量诗歌的话,圣艾夫斯对于弗吉尼亚来说,则是从童年到少年的一段不自觉的经历,经由岁月的沉淀,最终升华为伍尔夫记忆和心灵深处永远的"存在的瞬间"。这样的一些瞬间,定格在其内心世界的某一个角落,并在经意与不经意的时刻,彰显出意味与意义。其熠熠生辉的神奇光芒,照亮和温暖着作家的心灵,最终升华为弗吉尼亚·伍尔夫笔下如《到灯塔去》《海浪》等作品中意味深长的意象。

在世界文学史上,有许多伟大的作家因其特殊的地域,写出了经典的文学作品。这个特殊的地域,就成为一个作家的出发地,也是其永远的精神故乡。如被伍尔夫毫无保留地给予赞许和欣赏的英国作家哈代,其著名的"性格与环境小说",就是以其家乡多塞特郡为背景的。多塞特郡古称威塞克斯,在这片土地上,既有爱敦荒原的高原沟壑与绵延丘陵，也有如茵绿草，如画风景。这片土地上的自然风光所蕴蓄的神秘和美丽，成为哈代作品中富有神秘色彩的景象与背景，也赋予了其作品以独特的神秘、恐怖与美丽。正是以威塞克斯为背景，才有了《远离尘嚣》《还乡》《德伯家的苔丝》《无名的裘德》等被称为"性格和环境小说"或"威塞克斯小说"的作品，才有了聪颖独立的芭斯谢芭、浪漫风情的游苔莎、纯洁善良的苔丝这样一些女性形象。当这些美丽而又令人牵挂甚至心疼的女性出现在哈代作品中时，背景一定是荒原、牧场、草地或者田园。这是哈代曾经生活过的地方，更是他永远绕不过去的灵魂故乡。这些带有鲜明的地域意味的作品，就这样进入了世界文学的行列：带着爱敦荒原或威塞克斯浓郁的乡土气息，带着哈代的田园理想，带着哈代对这片土地的挚爱和眷恋。它们，既是英国文学的骄傲，也是世界文学作品中永远的经典。

地域之于一个作家的意义，不只是体现在哈代的威塞克斯和弗吉尼亚·伍尔夫的圣艾夫斯。在中外文学史上，有许多地域性的作家，根植于自己生活并眷恋的土地，从此出发，最后走向了世界。如沈从文之于湘西，福克纳之于他想象中的约克纳帕塔法。可以说，是湘西，是密西西比河北部的约克纳帕塔法，各自给予了沈从文、福克纳创作的背景和灵感，也让他们在创造了一部部作品的同时，创造出一个个属于自己也属于全人类的艺术世界。当然，这些作家，因个性不同、所属地域不同，即使同是地域性的作品，也显示出不同的艺术风格。如与弗吉尼亚·伍尔夫同是意识流小说大家的美国作家威廉·福克纳，其创造的约克纳帕塔法世系，由诸多长、中、短篇小说构成。按照福克纳的解释，约克纳帕塔法源于契卡索印第安语，意思是"河水慢慢流过平坦的土地"。对于福克纳的创作来说，约克纳帕塔法虽是虚构，但也真实，地理背景位于密西西比河北部。这里，是福克纳生活并熟悉的地方。正是以这一片虚构同时又是作者所熟悉的地方为出发点，福克纳创作出了 15 部长篇小说和绝大部分短篇小说，写出了若干个家族几代人的命运。福克纳曾经为自己虚构的这个世界精心绘制了一幅地图，并不无幽默和调侃地称自己是"唯一的拥有者和业主"。正是从这里，福克纳走向了世界，并成为 1950 年诺贝尔文学奖得主。同样是意识流小说作家，在运用意识流手法挖掘内心世界、联想独白、多角度叙述等方面，福克纳的意识流与伍尔夫的意识流有异曲同工之妙。福克纳的作品多描写时代变迁和家族兴衰，在构架上更恢宏、画面更辽阔。与之相比，伍尔夫更多心灵印象和记忆片段，一定程度上是作家的心灵言说。因而，在表达上更蕴藉更有诗意。但是，无论风格怎样迥异，从文学的意义上来说，约克纳帕塔法之于福克纳，圣艾夫斯之于弗吉尼亚·伍尔夫，皆具有创作的地域、源泉和世界性的意义。所谓越是地域性的作家，就越是世界性的作家。

只是，与哈代、沈从文、福克纳等作家不同的是，如果说，他们写作的是自己生于斯长于斯的地方，伍尔夫写的则是童年的一段时光，一段经历，一处场景，一段记忆。如果说他们的作品包括福克纳的意识流小说，反映更多的是现实人生的话，那么，伍尔夫的作品则更多带有回忆意味和心灵意味。

在时过境迁之后，在母亲去世 10 年之后，弗吉尼亚兄妹四人曾经重访过托兰德屋。现实中的康沃尔—圣艾夫斯—托兰德屋，已经不再属于伍尔夫。但在伍尔夫的小说里，在其回忆录中，在其心灵和记忆的深处，这片处于"英格兰脚趾甲"上的土地，以及这里的海滩海风海浪，永远地属于了弗吉尼亚·伍尔夫。

圣艾夫斯滋润了弗吉尼亚的童年时光,对圣艾夫斯的回忆和书写,提升和丰富了圣艾夫斯的意义。正如英国伍尔夫研究专家、《存在的瞬间》的编者珍妮·舒尔坎德在《存在的瞬间》编者前言中所说:"过去丰富了现在,现在同样丰富了过去。"[①] 对于普通的旅行者而言,圣艾夫斯不过是一处场景、一段经历,是曾经游历过的一片海滩,是记忆中回响在耳畔的阵阵海风和声声海浪。但在作家伍尔夫这里,既是童年美好时光的回忆,又是艺术创作永不枯竭的源泉。正是在艺术创作的意义上,伍尔夫的回忆和圣艾夫斯相互升华并相互丰富,才有了"现实—作家—作品—读者"层面的圣艾夫斯,才有了伍尔夫《雅各的房间》《海浪》《到灯塔去》中富有意蕴的海滩、涛声和灯塔。正是写作,伍尔夫让日常生活中的圣艾夫斯以及自己经历和记忆中的无数个瞬间,提升为其作品中富有生命和哲学意味的"存在的瞬间"。至此,圣艾夫斯之于弗吉尼亚·伍尔夫的意义得以彰显和升华。

三 "存在的瞬间"以及生命哲学的根基

由珍妮·舒尔坎德编辑出版的弗吉尼亚·伍尔夫回忆录以"存在的瞬间"命名,国内学者伍厚恺所著伍尔夫传记《弗吉尼亚·伍尔夫:存在的瞬间》亦以此命名。探讨伍尔夫,"存在的瞬间"是一个绕不开的话题。可以说,"存在的瞬间"深刻地渗透在对伍尔夫的探讨中,无论是对于其人、其内心世界,还是其写作观念、作品意蕴以及生命哲学。

[①] [英]弗吉尼亚·伍尔芙:《存在的瞬间》,刘春芳、倪爱霞译,花城出版社2016年版,编者前言,第11页。

以"存在的瞬间"命名的回忆录是由弗吉尼亚·伍尔夫的5篇自传性作品构成,写于20世纪的10年代和30—40年代。5篇作品是伍尔夫对自己生活轨迹的描述和回忆,其中主要涉及了弗吉尼亚·伍尔夫的父母、哥哥索比、姐姐斯特拉、范尼莎以及布鲁姆斯伯里团体等。珍妮·舒尔坎德根据伍尔夫的5篇回忆录进行整理,并从其中提取了"存在的瞬间"这一短语作为回忆录的总标题。《存在的瞬间》中的5篇回忆录,最初为伦纳德·伍尔夫版权所有,后交给昆汀·贝尔,再经伦纳德遗孀帕尔森夫人慷慨地赠予苏赛克斯大学收藏。在珍妮·舒尔坎德看来,这些文稿"价值之高毋庸置疑",而整理和出版这些文稿,无疑"是向伍尔芙致敬的一种方式"①。其中珍贵的史料文献,更可以丰富和深化对伍尔夫其人其文的研究和认知。

关于伍尔夫"存在的瞬间"的意义,珍妮·舒尔坎德在其编者前言中做了细致、到位、具有开创性且高屋建瓴的论述。在舒尔坎德看来,在其自传性作品中,伍尔夫有意识地探索那些塑成并指导了她的人生信仰:"其中一个信仰就是,被日常生活所浸润的个体被切断了与社会的联系,然而却在某个特殊的瞬间,受到惊醒和刺激。……当卓越的精神透过个体或者宇宙的维度,凭借瞬间的直觉感知到真理时,这个特殊的瞬间会被认为是一般意义上的宗教体验,而在特殊意义上,它是神秘思想的体现,也是自柏拉图以来理想主义哲学的重现。不过在这本回忆录中,弗吉尼亚·伍尔芙把这种信仰置放在独特的个体生活体验中进行考察,使这种信仰不可避免地成为她自己极深极重的敏感个性的宿命。"② 在这里,舒尔坎德关于伍尔夫

---

① [英]弗吉尼亚·伍尔芙:《存在的瞬间》,刘春芳、倪爱霞译,花城出版社2016年版,编者的话,第2页。
② 同上书,编者前言,第17—18页。

"存在的瞬间"的几个关键词是：信仰、真理、宗教体验、神秘思想、理想主义哲学。"伍尔夫用寥寥数语就把她在自己的生命寻找到的重要意义表达了出来，也把她在创作时所坚持的基本信念表达了出来。"① 但是，"要把表面的存在和延伸到深处的存在这两层意义都表达清楚，那么无论对作为回忆录作家的伍尔芙，还是对小说家伍尔芙而言，都是不小的挑战。"②

在此，有必要梳理一下出现在《存在的瞬间》里的"存在的瞬间"。首先，在《前尘旧事》中，出现的是"瞬间"这一字眼：

> 有时我们也会疾风骤雨般吵闹一阵，有时那种场面已经隐约要把心中的同情唤醒了，可是最后我们还是要从大自然中、从不带个人色彩的草木虫鱼中获得巨大的慰藉。大自然的味道、花朵、枯叶，还有各种坚果，得以让我们分辨出不同的季节，而每个季节都让人产生无尽的联想，正是这些联想拥有让精神瞬间得到充实和慰藉的魔力。③

在此，弗吉尼亚用的是"精神瞬间"的表述。

其次，在写于20世纪30年代末的《往事札记》中，"存在的瞬间"出现了，而且出现的次数最多。同时出现的还有"存在""非存在"这样的描述：

---

① ［英］弗吉尼亚·伍尔芙：《存在的瞬间》，刘春芳、倪爱霞译，花城出版社2016年版，编者前言，第18页。
② 同上书，编者前言，第20—21页。
③ 同上书，第10页。

我这两段刻骨铭心的回忆有个共同之处，就是它们都非常简单。在回忆中，我很少意识到自我的存在，能够意识到的唯有感觉。①

我在写我那些所谓的小说的时候，经常会被同样的问题困扰：我该如何描述被我简称为"非存在"的那些东西。每天的非存在要大大多于存在。②

这本回忆录非常有趣。这些独立的存在的瞬间却被嵌入更多非存在的瞬间。……你看，虽然昨天还是不错的一天，但美好总被一些难以归类的棉絮般的非存在填充着。古往今来总是这样。生活中有很大一部分光阴毫无意识地度过。……我几乎一整天都是非存在。真正的小说家可以准确地传达存在和非存在。我觉得简·奥斯丁能做到；特罗洛普能做到；还有萨克雷、狄更斯和托尔斯泰都能做到。③

我那时候还小，这种棉絮，这些非存在塞满了大部分的日子，现在我长大了，情况依旧没有改观。在圣艾夫斯的日子一天天、一周周地过去，没留下什么印记。可是不知为什么，有些当时发生得很突然的事情，在当时也带来了不小震撼，而且一直到今天、一直到老去都会清清楚楚地留在记忆中。④

---

① ［英］弗吉尼亚·伍尔芙：《存在的瞬间》，刘春芳、倪爱霞译，花城出版社2016年版，第77页。
② 同上书，第81页。
③ 同上书，第82页。
④ 同上书，第83页。

> 在生活的棉絮背后隐藏着一条真理，我们——我是说所有人类——都与它紧密相连。
>
> 我在圣艾夫斯前门观赏花坛的时候这条真理就已经蹦入了我的生命，它是直觉的产物，本能的结晶，所以不是我找到了它，而是它走向了我。
>
> 昨天我散步的时候意识到我的存在的瞬间不过是生活的背景，是我孩童生活中隐匿起来的无声的组成部分。但生活中引人注目的是人的存在，就像狄更斯笔下的人物一样。①

> 我们一天要在肯辛顿公园散步两次，简直无聊至极。而对我来讲，正是非存在塞充了那些岁月。②

> 那么，到底是什么越沉淀，便越发觉得有意思呢？当然还是存在的瞬间。③

在《往事札记》的开篇，是"存在的瞬间"这一表述出现频次最多的部分。与"存在的瞬间"同时出现的，还有"存在""非存在""感觉""直觉"等类似的字眼。如前所述，写作《往事札记》时，伍尔夫正值57岁，正是知天命的年龄。这样的年龄，对于伍尔夫而言，既是生命的秋天，也是人生的暮年。这段时间，是伍尔夫写作《弗莱传》的时刻，也是人生和艺术最有成就、最从容、最丰富的阶

---

① [英]弗吉尼亚·伍尔芙：《存在的瞬间》，刘春芳、倪爱霞译，花城出版社2016年版，第85—86页。
② 同上书，第94页。
③ 同上书，第96页。

段。人生的大部分岁月已经过去了，从童年到少年，从青年到中年及至老年。痛苦有过，快乐有过，疾病疯癫有过，失去和获得有过。当绚烂归于平淡，在这个感觉中的奶油色的秋天，伍尔夫在追寻自己最初的记忆时，最先想到的就是圣艾夫斯。其实，对于伍尔夫来说，在圣艾夫斯度过的13个夏天，就时间长度而言，远不及同时期在伦敦在肯辛顿在海德公园门度过的日子。但正如伍尔夫所说，在肯辛顿，"正是非存在塞充了那些岁月"，"无聊至极"。所以，当她回首往事的时候，伍尔夫沉静的目光，掠过了许多年的岁月，回到童年；同时，也掠过了同时期的海德公园门掠过了肯辛顿，直接抵达那个"承载了很多熠熠生辉的过去的回忆"的地方。这大概就是伍尔夫所谓的"存在的瞬间"之于其生命的特殊意义之所在。

这里，回到伍尔夫的"存在的瞬间"。如果把这一短语或者概念加以分析的话，在这个表述里，"瞬间"是一个时间概念，"存在"是一个空间概念。从语法的角度看，修饰语"存在"，中心词落脚在"瞬间"。但如果考虑到伍尔夫在谈到"存在"时，又有许多"非存在"的表述，因此，在伍尔夫这里，"存在"与"非存在"，就成为其判断"瞬间"是否有价值和意义的标杆和尺度。至此，在这篇自传性的回忆录里，伍尔夫的沉思和记忆，就包含了对于时间和存在进行哲思的意义。

本来，类似"存在""非存在"这样的话题，似乎应该出现在哲学家的著作里，而不应该出现在文学家的作品中，尤其不应该出现在像弗吉尼亚·伍尔夫这样一位以感性、直觉见长的作家笔下。从历史的角度看，"存在"与"非存在"是西方哲学的主要问题。从古希腊的巴门尼德、亚里士多德将存在作为哲学研究的对象，到中世纪经院哲学把存在问题转化为对上帝存在的探讨，再到近代哲学家康德、黑格尔力图解决思维与存在的关系问题,再到 20 世纪西方现代哲学家对物的存在和人的存在的思考。"存在"问题构成了西方哲学的一条主线。从个体的角度看,诸多哲学家终其一生的问题就是"存在",譬如海德格尔。

海德格尔明确主张"存在是哲学真正的和唯一的主题"。尽管他的思想前后期发生了一些变化,但那是追问存在道路的变化,不是思想问题的改变。前期的"《存在与时间》意在通过此在追问存在,但是这部著作只是完成了对此在的生存论分析,而一般存在则付之阙如。以二十世纪 30 年代为期,之后,在极为相对的意义上,我们说有两类文本:一是直接探讨存在本身的,如《形而上学是什么》《论根据的本质》《论真理的本质》《时间与存在》《从本有而来》等,这类文本按海德格尔的自称就是追问存在本身,这其实走的是一条思的道路。是论艺术、诗歌、语言、物的,如《荷尔德林诗的阐释》《艺术作品的起源》《作为艺术的强力意志》(《尼采》第一卷)《在通向语言的途中》《物》《诗人何为》《筑·居·思》等,这类文本走的是诗的道路"。[1]

海德格尔的思想转向给予我们的启示是,思和诗是不分家的。思想家的深处一定是一位诗人,诗人的深处也一定是一位思想家。哲思抵达的最高度和最深处,一定是诗思抵达的地方,反之亦然。当一位智者、一位诗人的思索抵达最高境界的时候,神意降临了。对自我、对生命、对自然的感觉达到颖悟、顿悟,世界豁然开朗。此刻的存在,即使是"瞬间"也是百年、千年乃至永远,恰如伍尔

---

[1] 张云鹏:《海德格尔的思想转向与存在追问的结构》,《文艺理论研究》2016 年第 5 期。

夫所谓的"存在的瞬间"。而这样的境界,是艺术的世界,更是信仰的世界。从这一点上说,诗人或者艺术家所承担的,不止是哲人的使命,而且是神的使命,是上帝所赋予诗人的使命。对此,19 世纪最伟大的浪漫主义诗人惠特曼在其《草叶集》前言中有过直白的陈述:

> 很快就不会有更多牧师了。他们的使命完成了。他们可以等待一阵儿……也许一代或两代人……逐渐消失。一种优秀的人将取代他们的位置……各种思想体系和新思想的鼓吹者将整个地取代他们的位置。一种新的秩序将会出现,他们将是人类的牧师,每个人将是他自己的牧师。在他们的庇护下建造的教堂将是男男女女们的教堂。通过他们自己的神性,新的思想体系和新一代的诗人将成为男男女女和所有事物和事件的解释者。①

当然,惠特曼是诗人,诗人有着奇异的想象和浪漫的夸张,但是,在惠特曼这里,伟大的诗人是有着神明一般的智慧的。所以,"一首伟大的诗不是结束而是开始。"在惠特曼自信和豪迈的感觉里,诗人通过自己的诗歌,能够带领人"进入以往从未到达过的生活领域……他们看到的空间和难以言喻的光辉,使他们以往生活的地方和光照成为死寂的真空。他的伙伴看到了群星的诞生和运行,懂得了其中的一个含义"②。

由此可以说,探讨"存在"问题,不仅是哲学家的专属。哲学

---

① [美]沃尔特·惠特曼:《草叶集:沃尔特·惠特曼诗全集》,邹仲之译,上海译文出版社 2015 年版,第 19 页。
② 同上。

家所思考的问题,诗人和艺术家也在思考。只是,他们思维的方式不同,表达方式各异罢了。当哲学家以思辨的方式在思索"存在"的时候,诗人采用的则是感性的方式,譬如法国象征派诗人瓦雷里。在20世纪的现代派诗人中,保尔·瓦雷里(1871—1945)是一位独具特色的象征主义诗人。当然,就声名而言,瓦雷里不及艾略特,后者因其"对当代诗歌作出的卓越贡献和所起的先锋作用"被授予1948年的诺贝尔文学奖,其《荒原》被认为是现代西方诗歌中的里程碑。但就对世界、对存在、对人的思考即哲思和诗思而言,瓦雷里的诗歌与艾略特的诗歌,可以说是各有千秋。瓦雷里写作于1926年的代表作《海滨墓园》,是诗人50岁之后的作品。此时的瓦雷里如同写作《存在的瞬间》时的弗吉尼亚·伍尔夫,也是处于人生的知天命之年。在写作这首诗的时候,瓦雷里采取的是自己"独白"的方式,恰如伍尔夫作品常常采用"自传"的方式。如同《存在的瞬间》之《往事札记》是从圣艾夫斯开始沉思和回忆,《海滨墓园》则是在瓦雷里的家乡赛特海滨的墓园。呈现在诗人眼前和笔下的,是大海、白鸽、松林和坟丛。这时,诗人开始沉思并感慨:"多好的酬劳啊,经过了一番深思,终得以放眼远眺神明的宁静。"在《海滨墓园》里,诗人的诗思在动与静、生与死、现在与未来之间徘徊。其实,当一位诗人在自己的诗歌里探讨动静、生死、现在与未来的时候,究其根本,诗人探讨的也是"存在"与"时间"层面的问题。所以,呈现在瓦雷里《海滨墓园》里的,既是一位诗人的丰富想象,又是一位哲人的深邃思考。

不同于海德格尔哲学家的思辨,也不同于马拉美诗人的奇崛想象,在《往事札记》里,诉诸伍尔夫笔端的,是其一段段的经历、一个个的场景,是直觉,是"平静中回忆起来的情感"。所以,当伍尔夫在谈到"存在的瞬间"这个类似哲学话题的时候,不是概念,不是思辨,不是逻辑推理,也不是诗人天马行空式的任意驰骋和想象。如同其一贯的自传方式,作者用诗化、散文化的叙述手法,写出了童年时代在圣艾夫斯的一些场景和事件。透过作者平静的、娓娓道来的回忆,那些影响了伍尔夫生命的人物和情景,出现在作者的记忆里。而所有这一切回忆的源头或者根基,就在圣艾夫斯。值得注意的是,伍尔夫并不是在写作回忆录伊始,就要表达"存在的瞬间"的意思,或者刻意地贴上"存在""非存在"的标签。"存在""非存在",以及"存在的瞬间"的出现,在伍尔夫的文字里,既是作者思绪积淀的结果,又是一位意识流小说家在其回忆和想象中的灵感闪现。当伍尔夫以沉静的目光打量往事的时候,当回忆的闸门一经打开,在其平静舒缓的叙述中,童年、往事、海滩、圣艾夫斯出现了。为什么是圣艾夫斯?为什么不是肯辛顿?为什么不是布鲁姆斯伯里?这时,"存在""非存在",以及"存在的瞬间",就自然而然地出现在伍尔夫的文字里。

那么,伍尔夫所谓的"存在""非存在""存在的瞬间"是什么呢?当然,伍尔夫不是哲学家,无意也不可能在哲学的层面上谈论"存在"如海德格尔;伍尔夫也不是象征派诗人如瓦雷里,思接千载,神游八荒。这时的伍尔夫,其宁静的心境和纯净的目光,恰如她在《一间自己的屋子》里的描述——"安谧的精神由天上掉下来",类似云在青天水在瓶的感觉。在伍尔夫的感觉里,生活中大部分的时间是一些无意义的时候,伍尔夫将之称为"棉絮般"的"非存在"。这些非存在的时光没有印记,没有意义,但却塞满了一个人的大部分岁月。但是,在这些"棉絮般"地塞满岁月的"非存在"的日子里,总有一些很突然的事情让人震撼,而且自始至终都会清清楚楚地留在记忆中。伍尔夫将这些引人注目的、显现了意义、越沉淀越有意思的时刻,称为"存在的瞬间"。

在《往事札记》中,伍尔夫特别提到了她童年时代的三个情景:一是和索比在草坪上打架时,那种突然闪过的、不期而至的念头:无助、伤痛、可怕、恐怖,以及垂头丧气、无比抑郁;二是在圣艾夫斯花园里赏花时,看到花坛里一株植物正舒展着嫩绿的叶子和花朵,有一种豁然开朗的惊喜;三是听到一位名字叫瓦尔皮的人自杀的消息后,夜晚散步时走过一棵苹果树的奇特感觉:"我总觉得这棵苹果树和瓦尔皮先生的自杀有关,于是吓得不敢往前走。我直愣愣地站在那儿,呆呆地看着树皮上灰绿色的干枯褶皱——月光洒落下来——我神情恍惚、心惊胆战,好像被拖入了绝望的漩涡,想要挣脱却无能为力。"[①] 这三件事情并不相关,但就这样留在她的记忆里。此后,伍尔夫曾经不止一遍地讲给别人听,也曾不止一次地突然跑出来,令其无法防备。当写作《往事札记》将这三件事情付诸笔墨时,此时的伍尔夫,已经能够很清晰地意识到"之前没有注意到的东西。这里面有两件事以绝望收尾,另外一件却称心如意"。

如果把上述三个事件之于伍尔夫的意义稍加梳理和分析的话,这三件事情分别引发伍尔夫的,是对生命、生死,以及自我与世界联系的理性和非理性的感觉。与索比打架的事件,让伍尔夫意识到"人与人会相互伤害",所以,伤痛、无助、可怕、恐怖,以及垂头丧气、无比抑郁。这样的情绪,无论对童年时代弱小无助的弗吉尼亚,还是对步入知天命之年的伍尔夫,都是可以用理性来分析的。

---

① [英]弗吉尼亚·伍芙:《存在的瞬间》,刘春芳、倪爱霞译,花城出版社2016年版,第84页。

瓦尔皮先生的自杀，以及由此引发的对一棵苹果树莫名的惶惑，在可以分析的理性之外，具有更多的非理性因素。至于弗吉尼亚在看到叶子和花朵时，那种"浑然一体的美"的感慨和豁然开朗，则完全诉诸其直觉和通感了。

面对伤心绝望，弗吉尼亚是一个容易伤感的女孩，是一位精神极度敏感的诗人。所以，"我无法忍受真相带来的苦楚，无法面对残酷的现实：人与人会相互伤害；我遇见的人会自杀。当时恐惧攫获了我，使我无力反抗。……这种时候，这些事件能够主导一切，而我只是成为被动的接受者。"① 但随着阅历的增长，当伍尔夫能够通过理性分析世界时，就变得"越来越能够坦然接受这些事实了，有时甚至欢迎它的到来"。因为她已经能够"发现这些事件的价值所在"，而且，作为作家，伍尔夫懂得这些"存在的瞬间"之于一个作家的意义。

> 正是我对打击的强大的接受能力才使我成为作家的吧。打击来临的时候，我立刻会充满欲望，不管不顾地想要解读整个事件的来龙去脉。现在我不再像小时候一样，把打击看成是藏在生活的棉絮后面、要摧残我的人生的敌人了。我把人生的打击看成或者说它会变成生活秩序的映射，变成表面现象背后真实事件的表征。我把一切付诸笔端的时候感觉确实如此。也只有将事实变成文字时这件事才变得圆满，这件事变得圆满就意味着残酷的事实丧失了打击我的能力。我在把残酷的碎片用笔墨拼凑在一起的时候感到非常愉悦，可能是因为写作带走了痛

---

① ［英］弗吉尼亚·伍芙：《存在的瞬间》，刘春芳、倪爱霞译，花城出版社2016年版，第84页。

苦吧。这也是写作最让人愉悦的地方,我在写作中发现事物的真正归属:事件现场得到还原,人物形象变得完整、鲜活。①

正如有的学者所论述的那样:"'存在的瞬间'应该包含伍尔夫的生命哲学与写作观念两个层面的内涵,两个层面之间密切相关,而不仅仅就是艺术技巧。就第一个层面而言,'存在的瞬间'原意指伍尔夫个人生活中为数不多的一些重要而特殊的时刻。伍尔夫又推己及人,认为在每个人的生命历程中,总会出现一些关键性的时间节点。至于哪些属于这些时间节点,则首先必须涉及对'存在'(being)的理解。……就第二个层面而言,作为一个力主'生命写作'(life-writing)的作家,伍尔夫认为写作时要摒弃纷繁的物质表象,在对自然与生命本质的探求中捕捉与定格人类'存在的'或'有意味的''瞬间'与'时刻'。因此,她笔下的人物常会在经历一段时间的精神探索之后产生如电光火石般的精神顿悟时刻,从而更好地理解时间、生命、宇宙与永恒。"②

如果说让伍尔夫一直念念不忘的与索比打架、瓦尔皮先生自杀两个事件,是关乎情感、生死,因而对作家伍尔夫显示出意义的话,那么,在圣艾夫斯花坛面对花朵的感觉,则显示出伍尔夫即使正值童年但已具备哲人的思维。"花朵本身就是世界的一部分;一圈黄土围住的才是花,是真正的花:既是花朵,又是世界。我将这些想法藏在心底,也许日后的某个时候能派上用场。"③ 正所

---

① [英]弗吉尼亚·伍尔芙:《存在的瞬间》,刘春芳、倪爱霞译,花城出版社2016年版,第85页。
② 杨莉馨:《伍尔夫小说美学与视觉艺术》,中国社会科学出版社2015年版,第41页。
③ [英]弗吉尼亚·伍尔芙:《存在的瞬间》,刘春芳、倪爱霞译,花城出版社2016年版,第83页。

谓见花是花——见花不是花——见花还是花，亦所谓一花一世界，一沙一天堂。当伍尔夫在那个"存在的瞬间"领悟到"既是花朵，又是世界"的时候，其对部分与整体、个别与一般、自我与世界的颖悟（而非思索），已经超越了现实和理性分析的层面，直达哲学与信仰的高度和深度。这是精神—灵魂的高度。正如珍妮·舒尔坎德所言："当卓越的精神透过个体或者宇宙的维度，凭借瞬间的直觉感知到真理时，这个特殊的瞬间会被认为是一般意义上的宗教体验，而在特殊意义上，它是神秘思想的体现，也是自柏拉图以来理想主义哲学的重现。不过在这本回忆录中，弗吉尼亚·伍尔芙把这种信仰置放在独特的个体生活体验中进行考察，使这种信仰不可避免地成为她自己极深极重的敏感个性的宿命。"[①] 在此，舒尔坎德将伍尔夫的这种体验上升到了哲学和信仰的高度。

当我们将伍尔夫的内在体验上升到哲学高度的时候，其实也就上升到了审美体验的高度。圣艾夫斯作为一段经历，甚至可以说是一种具有广度和深度的生命意象，在伍尔夫这里就具有了非同寻常的审美价值。在此，如果从文学创作与文学批评的角度来考察的话（实际上，伍尔夫的文学批评就是其文学创作的一部分），在伍尔夫《墙上的斑点》《到灯塔去》等意识流小说中，在其著名的女性主义文学批评文本《一间自己的屋子》中，都有一个或数个意象。如《墙上的斑点》中引发主人公意识流联想和想象的那只蜗牛；《一间自己的屋子》中象征女性经济独立和精神自由、既是物质空间又是心灵空间的"一间自己的屋子"。至于《到灯塔去》中的灯塔，既凝聚着小詹姆斯未曾

[①] ［英］弗吉尼亚·伍尔芙：《存在的瞬间》，刘春芳、倪爱霞译，花城出版社2016年版，编者前言，第18页。

实现的童年梦想和一颗幼小心灵对温暖的诉求,又可以理解为拉姆齐夫人的精神之光。甚至拉姆齐夫人本人,既是作品中孩子们的母亲,也可以视为这部由伍尔夫母亲和父亲的幽灵所构成的小说中的一个意象,代表着"一种富有感性、同情、浪漫的想象和人性的温暖,并努力化解纷争达成和解的母性的价值——一种非正统的价值"①。另外,在作品中,灯塔这一意象,无处不在,无时不在,无所不在。其明暗转换之间所显示的人生的悲与喜、幸与不幸、温暖与冷漠、抵达与背离,甚至画家莉丽小姐对艺术创造与人生意义的瞬间顿悟,都和灯塔这一意象有关。当然,当伍尔夫写作这部作品时,既有对母亲父亲的纪念与思考,更有对圣艾夫斯挥之不去的心灵印象。其中的大海、灯塔等意象,和伍尔夫童年时代在圣艾夫斯的经历,有着极为密切的关系。

所以,对于作家尤其是对于像伍尔夫这样一位重在内心体验的作家来说,当其进行文学创作这一审美活动时,在其眼睛里,看到的与其说是生活场景和现实景象,不如说是即将呈现在艺术作品中的审美意象;所体验到的与其说是现实生活本身,不如说是作为精神意味的审美体验。德国现象学美学家莫里茨·盖格尔在《艺术的意味》中提出了两个概念:"意象"(艺术作品)和"实在"(现实客体)。"在盖格尔看来,即使意象忠实于自然,它也比实在多了一层因素——对主观意味的某种强化,这可以使人们通过他们所看到的东西的充实完满和质的存在更纯粹地体验这种东西。这实际上是在讲主观性对于客观性的渗透融入。""意象不仅通过突出表现出来的外表使人们走向体验,而且也通过自身本质所具有的精神意味使

---

① 陈晓兰主编:《外国女性文学教程》,复旦大学出版社2017年版,第30页。

人们走向体验。"① 按此观点看,圣艾夫斯对于伍尔夫而言,既是实在——存在于童年经历中的一段时光,又是意象——蕴含着独特人生体验的审美意象,它存在于伍尔夫的精神世界和艺术作品中。正是作为审美意象,其所保有的精神意味被作为作家的伍尔夫不断体验和回味,并在伍尔夫诸如《存在的瞬间》《到灯塔去》等作品中,被不断地充实和完满,其独特的审美价值在此过程中得以彰显和实现。

综上所述,在现实层面上,圣艾夫斯之于伍尔夫是一段经历、一处场景;在哲思层面上,这是伍尔夫感悟生命、生死以及存在的地方;在诗思和审美层面上,圣艾夫斯既是其创作《海浪》《到灯塔去》等小说的灵感源泉,也是其创作中显示出独特审美价值的意象。而对于伍尔夫后来的文学批评随笔而言,无论是圣艾夫斯的海滩、海风和海浪,还是苹果树下莫名的惶惑,以及花坛前豁然开朗的惊喜,这一切,都启迪并强化着伍尔夫的感觉和想象,并与伍尔夫极度敏感的精神禀赋相呼应。正如印象批评所追求的,只有灵魂和灵魂的对话,才能完成对艺术的深入把握。实际上,当伍尔夫面对着圣艾夫斯的苹果树和花坛时,其灵魂深处,是在完成着自己和花树进而和自然的一次精神交流。正是这样的心灵感应,成就了一位以直觉、感悟、体验见长的印象批评家伍尔夫。至此,可以说,正是在圣艾夫斯,弗吉尼亚·伍尔夫领悟了"存在的瞬间"之于她写作的意义、生命的意义、存在的意义。

---

① 张云鹏:《审美价值与存在的自我——莫里茨·盖格尔美学思想研究》,《人大复印资料·美学》2005 年第 5 期。

第三节　布鲁姆斯伯里的氛围

一　叛逆的出走与精英的会聚

就这样，戈登广场 46 号出现在我们的生命中。在今天看来，戈登广场并不是布鲁姆斯伯里的广场中最富浪漫情调的。它既没有菲茨罗伊广场的卓然风姿，又没有麦克林伯格广场的恢宏气势。它完全是维多利亚中期的味道，诉说着中产阶级的繁荣。不过，我可以向你保证，在 1904 年的 10 月，戈登广场一定是全世界最美丽、最刺激、最浪漫的所在。[①]

这是出现在弗吉尼亚·伍尔夫《存在的瞬间》之《记忆俱乐部》之《老布鲁姆斯伯里》中的文字。其写作时间大概在 1921 年到 1922 年年底。这段文字记录的是伍尔夫记忆中的布鲁姆斯伯里，以及其中的人物和事件。在莱斯利去世之后的 1904—1906 年，这是被弗吉尼亚称为"光辉的迸发"的两年。在个性不羁且有担当情怀的范尼莎带领下，莱斯利和朱莉亚所生的四个儿女——索比、范尼莎、弗吉尼亚、艾德里安，从原来的海德公园门搬到了伦敦布鲁姆斯伯里的戈登广场 46 号。年轻的斯蒂芬们终于摆脱了达克沃斯家的兄长，"过上了无拘无束逍遥自在的日子"。不论布鲁姆斯伯里对别人来说意味着什么，对弗吉尼亚来说，"它是对海德公园门的一次反

[①] ［英］弗吉尼亚·伍尔芙：《存在的瞬间》，刘春芳、倪爱霞译，花城出版社 2016 年版，第 252 页。

叛。"在伍尔夫的记忆里,最初的一些聚会和谈话恰恰是在几个星期四的晚上。"在我看来,这些周四晚上的聚会就像一剂种子,由它萌生出从此被大家称作'布鲁姆斯伯里'的圈子。这个名称出现在报纸上,出现在小说中,出现在德国,出现在法国。我甚至敢说,在土耳其,在廷巴克图,人们都不会对它感到陌生。"①

当然,关于布鲁姆斯伯里团体或曰布鲁姆斯伯里文化圈,不同的学者对此有不同的看法。甚至连克莱夫·贝尔,这位被认为是文化圈中的中心人物,都对这一团体是否真实存在持怀疑态度。正如昆汀·贝尔所以为的,布鲁姆斯伯里更像是一个由共同的生活态度、相互之间的友谊相联结而形成的松散的团体。聚集在这里的是一批剑桥的青年才俊,以及拥有同样智慧且有绝世美貌的弗吉尼亚姐妹。这些在艺术和性情上志趣相投的年轻人,"几乎全是维多利亚时代的杰出人物的后裔"②,而且大多剑桥出身,是索比在大学时代的朋友。利顿·斯特雷奇、克莱夫·贝尔,以及后来加入的邓肯·格兰特、罗杰·弗莱等。他们或者是传记作家、评论家、记者,或者是画家、美术评论家、美学家。后来,这个团体中的几乎每一个成员,都成为在文学、绘画、美学领域堪称大师的人物,都或多或少地在英国文学史、美术史、美学史上留下了印记。当然,其中如弗吉尼亚·伍尔夫、克莱夫·贝尔、罗杰·弗莱等,最终成为在世界文学史和西方美学史上的大家。因此,无论这个团体或者文化圈怎样松散,怎样没有纲领或者组织,他们的相遇和相聚,无论是个人与个人,

---

① [英]弗吉尼亚·伍尔芙:《存在的瞬间》,刘春芳、倪爱霞译,花城出版社2016年版,第257页。

② [法]莫尼克·纳唐:《布鲁姆斯伯里》,见瞿世镜编选《伍尔夫研究》,上海文艺出版社1988年版,第195页。

还是个人与团体,都相互衬托,相互造就,成为英国文化史上一个重要的象征或者符号。而这个文化圈中的人物,都在不同程度上影响或者进入了弗吉尼亚、范尼莎的生活,并对弗吉尼亚的写作产生了影响。

安德烈·莫洛亚(1885—1967)是法国著名小说家、传记作家。曾经为法国作家雨果、巴尔扎克著有传记,也曾为英国诗人拜伦、雪莱等作传。在其《伍尔夫评传》中,安德烈·莫洛亚高度肯定伍尔夫在文学史上及在读者中享有的崇高地位,并坦称"时间是唯一的批评家",随着时间的流逝,伍尔夫的声望已经越过了国家的疆界,得到广泛承认。正是安德烈·莫洛亚,对伍尔夫的散文极尽推崇,认为"她既是英国传统散文的大师,也是一种新散文的首创者"[①]。其中,关于布鲁姆斯伯里,安德烈·莫洛亚这样评价:"它是一个唯我独尊、美妙有趣、令人赞叹不已的小圈子。"在列举了范尼莎、克莱夫·贝尔、伦纳德·伍尔夫、罗杰·弗莱、德斯蒙德·麦卡锡、爱·摩·福斯特等鼎鼎大名的作家、美学家、艺术家之后,安德烈·莫洛亚不无欣赏地感叹说:"真是一群灿若明星的人物,把这些人才荟萃到一道的东西是:对美的忘我追求,对道德教养的怀疑,以及对只有热爱艺术和文学的人才是最有教养的人的看法的坚信。"[②]安德烈·莫洛亚在高度肯定了这个团体后,又顺便敲打了一下那些对这个团体不以为然的人:"正如所有能干的小集团一样,那个派别也有它的敌人。像 D. H. 劳伦斯那样的粗暴作家,就把这些很好的审美家视为附庸风雅之徒。这是不公正的。附庸风雅之徒是指那些

[①] [法]安德烈·莫洛亚:《伍尔夫评传》,见瞿世镜编选《伍尔夫研究》,上海文艺出版社1988年版,第94页。
[②] 同上书,第95页。

假装欣赏一些他们其实并不真正欣赏的东西的人。而布鲁姆斯伯里这个派别仅仅欣赏那些在他们看来是真正值得欣赏的东西,这个派别有着最敏锐的审美观。"① 当然,将 D. H. 劳伦斯这样的文学大家称为粗暴作家,不无安德烈·莫洛亚的偏激和偏颇。但其实也可以理解为,安德烈·莫洛亚正是以这样略带偏激的话语,表达了对弗吉尼亚·伍尔夫以及布鲁姆斯伯里团体的由衷欣赏。

莫尼克·纳唐是法国评论家、伍尔夫研究专家,在其专著《弗吉尼亚·伍尔夫》一书中,曾专辟"布鲁姆斯伯里"一章,探讨伍尔夫与布鲁姆斯伯里的联系。在纳唐看来,当年轻的斯蒂芬们推开戈登广场最沉重的一扇木门,两次世界大战之间伦敦的思想、艺术和文化中心在此获得定居权的时候,"布鲁姆斯伯里集团给这个中心染上了自己的色调"。这种色调就是"对精神自由的一种真正的向往";而且,"依照布鲁姆斯伯里的伦理观,人,只有在他的道德感从对艺术作品的精妙赏析中得到升华时,才成其为文明人。文明人的标志,就是'爱好真理和美,宽容并且具备诚实的精神,对无聊的东西深恶痛绝,有幽默感而又有礼有节,好奇,厌恶平庸、粗暴和虚荣的东西,不迷信,不假装正经,毫不畏惧地接受生活中美好的东西,畅所欲言,关心艺术教育,蔑视功利主义和无知,总之,是热爱甘美的和光明的东西。'"② 可以说,莫尼克·纳唐对布鲁姆斯伯里的看法,极尽赞赏且高屋建瓴。其中宽容而诚实的品德,对艺术、真理和精神自由的爱好和向往,对甘美和光明的热爱,对平

---

① [法]安德烈·莫洛亚:《伍尔夫评传》,见瞿世镜编选《伍尔夫研究》,上海文艺出版社 1988 年版,第 95—96 页。
② [法]莫尼克·纳唐:《布鲁姆斯伯里》,见瞿世镜编选《伍尔夫研究》,上海文艺出版社 1988 年版,第 199 页。

庸、粗暴和虚荣的厌恶，对功利和无知的蔑视，将对布鲁姆斯伯里团体中艺术家们的评价提高到了人、文明人，同时也是真正意义上的审美的人的境界和高度。

正如安德烈·莫洛亚所谓"时间是唯一的批评家"的论断，正是经过时间的涤荡，其无可争辩的权威，让平庸化为泡影，真正的美的东西、有价值的东西留了下来。美国评论家大卫·邓比曾经是一位影评人。在"厌倦了被现代媒体割裂成碎片的生活"后，毅然重返校园，和年轻人一起"重新阅读荷马、柏拉图、康德、尼采……简·奥斯丁、康拉德、伍尔夫等人的作品"，并写出了《伟大的书——西方经典的当代阅读》。这时，已经是20世纪90年代，1991年的秋天。在这部45万字的大部头的关于西方经典的巨著中，大卫·邓比与读者一起分享阅读从荷马、萨福、索福克勒斯、亚里士多德、埃斯库罗斯、欧里庇得斯、维吉尔——到但丁、薄伽丘、莎士比亚、蒙田——再到卢梭、黑格尔、尼采——最终直到波伏娃、康拉德、伍尔夫的阅读经验。邓比在经典重读中所表现出的诚恳、谦逊、聪明、睿智以及勃勃兴致，让当时的纽约州州长甚至认为"我觉得我欠哥伦比亚大学和邓比一笔学费"。在这部被认为是美妙绝伦的巨著中，邓比用了一章大约两万多字的篇幅探讨伍尔夫。邓比将伍尔夫称为"现代主义高傲却脆弱的女王；伦敦一群美学家与生活优渥的知识分子圈的中心人物；她是天才，但也奇怪又疯狂"。寥寥数语，精当又不无风趣地道出了邓比对伍尔夫的看法：即伍尔夫之于现代主义的地位、之于精神疾病、之于布鲁姆斯伯里的联系，以及布鲁姆斯伯里这个知识分子文化圈。

几乎所有的伍尔夫传记作者或研究专家在论及弗吉尼亚·伍尔

夫时,都对布鲁姆斯伯里多有论述。昆汀·贝尔所著的《伍尔夫传》,被认为是最具权威性的传记之一,且"怀着堪称典范的热诚,对弗吉尼亚·伍尔夫作为家族的一员和布鲁姆斯伯里团体的成员等等作了精确的叙述"①。作为布鲁姆斯伯里文化圈的第二代成员,其《隐秘的火焰:布鲁姆斯伯里文化圈》一书,以自身经历和所见所闻为资料来源,对布鲁姆斯伯里文化圈的形成、发展及其成员的独特而鲜明的个性,做了精练、精彩的书写,且带着作者本人的感知和思考,可谓"一幅粗细结合的布鲁姆斯伯里'素描图'"。在昆汀看来:"布鲁姆斯伯里作出了很大的努力,倡导一种理性、平和、自由主义的生活,舍弃英雄主义的品德,为的是避免由此滋生的英雄式的恶行。"对于布鲁姆斯伯里文化圈的人而言,"是情感而不是理性必将成为我们心灵的航灯"②。而弗吉尼亚作为"这个团体的重要成员,也是这个团体活动最重要的记录者。她对于人类文明、英国社会的历史与现实的思考、她的文学观念都与这个团体密不可分。从外部的物质的世界转向人的内在心灵,从理性的秩序转向感性的纷乱,她赋予日常生活的碎片和转瞬即逝的感觉以意义"③。

对于布鲁姆斯伯里,不同国别不同背景的学者有不同的看法。正如尼科尔森所说:"美国的学者们可能过高地评价了这一群人的影响和成就,而我们的英国同行们却低估了他们。……我们的弗吉尼亚已经变成了他们的伍尔夫,但她们俩并不是同一个人。对美国学者而言,布鲁姆斯伯里群体仍然在20世纪女性主义、社会主义以及

---

① [英]林德尔·戈登:《弗吉尼亚·伍尔夫——一个作家的生命历程》,伍厚恺译,四川人民出版社2000年版,第8页。
② [英]昆汀·贝尔:《隐秘的火焰:布鲁姆斯伯里文化圈》,季进译,江苏教育出版社2006年版,第128页。
③ 陈晓兰主编:《外国女性文学教程》,复旦大学出版社2017年版,第26页。

和平主义的意识发展上起到了举足轻重的作用,对此看法英国学者却谨慎得多,有时甚至完全反对。……美国人可能对布鲁姆斯伯里群体有某种先入为主的印象,从而无意间过分解读了他们的话语或思想,而英国人则没有充分认识到他们的重要性,将其见解视为人云亦云的陈词滥调。"①

米哈尔斯卡娅是苏联学者,长期从事20世纪英国文学研究。在其《二十世纪二、三十年代英国小说的发展道路》一书中,以专节论述了弗吉尼亚·伍尔夫。米哈尔斯卡娅首先承认弗吉尼亚·伍尔夫是和现代主义小说联系在一起的"心理学派"的领袖,认为伍尔夫将现代主义心理小说的各种可能性发挥到了顶点,但却暴露出极其明显的局限性和软弱无能。这样的论断,几乎在米哈尔斯卡娅文章的开篇,就确定了一个基调,那就是对伍尔夫及其创作以及所属团体,实际上是持一种保留态度的。在《弗吉尼亚·伍尔夫》一文中,首先谈到了伍尔夫的出身和所处环境,并对伍尔夫的父亲莱斯利·斯蒂芬作为一位学者作了高度评价,认为其"堪称最有修养的英国人之一","饱学博览"。说到伍尔夫的家庭,米哈尔斯卡娅的描述近乎"谈笑有鸿儒,往来无白丁"。所谓高朋满座,往来者多是作家、学者及艺术家,且出类拔萃。这样的家庭,其兴趣广泛的文化氛围是自然而然的。然后是关于布鲁姆斯伯里,在历数了这个团体的成员后,米哈尔斯卡娅肯定这个团体对于伍尔夫创作及美学观念毫无疑问的影响:"正是在这里,在一次次关于文学和艺术的讨论中,形成了布鲁姆斯伯里集团成员的哲学和美学原则,

---

① [英]奈杰尔·尼科尔森:《伍尔夫》,王璐译,生活·读书·新知三联书店2014年版,第46—47页。

它们对弗吉尼亚·伍尔夫美学观的形成和日后的创作产生了一种决定性的影响。"① 至于布鲁姆斯伯里对于弗吉尼亚·伍尔夫是怎样的影响,从其对这个团体的评价中,就不难看出米哈尔斯卡娅对这种影响的基本看法:

> 布鲁姆斯伯里集团成员的艺术观十分一致,他们认为,艺术是社会生活的一个最重要的方面,也是人的能力的最高表现。……他们并不是势利小人。相反,他们在主观上还努力扩大艺术对社会的影响,把许多艺术大师的作品介绍给社会。然而,关于怎样使艺术为人民群众所掌握,这个问题在他们中间当然无人涉足。他们那些高高在上的精神范畴距离时代的迫切问题极为遥远,显然带有一种与世隔绝的性质。因此毫不奇怪,第一次世界大战的爆发,完全出乎他们意料之外。战争爆发之际,布鲁姆斯伯里的成员正在新文艺复兴的幻想中流连忘返。他们把目光一心投注在艺术上,对充满尖锐社会矛盾和非正义现象的世界视而不见,深信唯独艺术能使人们的生活变得完美无缺。②

在确定布鲁姆斯伯里成员所持立场和观点的性质时,人们约定俗成地惯用一个固定的术语——"高级趣味"(high brow)。这个术语用作他们身上,完全是理所当然,它非常准确地表达了布鲁姆斯伯里集团所关心的那些高深的精神问题的封闭性,

---

① [苏]米哈尔斯卡娅:《弗吉尼亚·伍尔夫》,见瞿世镜编选《伍尔夫研究》,上海文艺出版社1988年版,第50页。
② 同上书,第51页。

表达了这个小圈子的与世隔绝，以及它那些成员企图把自己看作精华分子的热切意向。侍奉他们为之献身的艺术，在他们看来，无异于某种祀神的仪式。……

布鲁姆斯伯里的成员示威性地向各种粗野鄙俗、重商主义和鼠目寸光的东西挑战，与此同时，又公然居高临下地冷视一切事物和一切人，把资产阶级凡夫俗子的种种恶习无一例外地栽到任何人头上。这种居高临下的眼光，这种示威性地对抗"功利主义"生活立场的"精神"立场，产生出一种对现实生活的迫切需要的轻蔑态度，因此，很自然地也把布鲁姆斯伯里集团直接带向了"为艺术而艺术"的封闭领域，带向了他们那种麻木不仁的实验，这种实验使艺术丧失了生活内容，从而也丧失了重大社会意义。[①]

当然，引用难免以偏概全，如果只看引用难免有断章取义之嫌。上述米哈尔斯卡娅关于布鲁姆斯伯里的评价，并不意味着米哈尔斯卡娅对布鲁姆斯伯里团体成员的艺术追求、哲学及美学原则的全盘否定。实际上，米哈尔斯卡娅对于这个团体成员的艺术才华、对事物敏锐的反应力、广泛的兴趣以及对艺术异乎寻常的热情和专注是有非常到位的认识的。在米哈尔斯卡娅看来，这个团体的"高级趣味"即"high brow"在其成员那里隐藏着更深刻的含义，那就是伍尔夫所谓的具有高度发达的智力、富有浓厚的精神兴趣、把观念看得比安乐生活更重要的人。但与此同时，与多数学者对布鲁姆斯伯里团

[①] ［苏］米哈尔斯卡娅：《弗吉尼亚·伍尔夫》，见瞿世镜编选《伍尔夫研究》，上海文艺出版社1988年版，第52—53页。

体的肯定和欣赏不同的是，在米哈尔斯卡娅的文章中：高高在上，距离时代的迫切问题极为遥远；与世隔绝，在幻想中流连忘返，对社会矛盾和非正义现象视而不见；高级趣味，封闭性，自视为精华分子；居高临下，冷视一切，示威性的精神立场，对现实生活的轻蔑态度；麻木不仁，生活内容和重大社会意义丧失……诸如此类带有明显否定意味的评价出现了。不可否认的是，当米哈尔斯卡娅对伍尔夫、对布鲁姆斯伯里团体作出评价时，作为一位 20 世纪上半叶的苏联学者，其思想观念和意识形态背景，使其认知和论断，既带有一种学者的理性和严谨，同时，又不可避免地戴着一副有色眼镜。这样的观念和意识形态，有意或无意、自觉或不自觉地影响着米哈尔斯卡娅对布鲁姆斯伯里团体及其成员的评判，影响着对这些艺术家和作家的艺术原则和艺术创作的评判。当然，任何人、任何团体、任何观念和主张，都不可避免地带有两面性和复杂性，即使由出类拔萃的知识精英们组成的布鲁姆斯伯里集团，即使这个团体中的才子才女们亦是如此。但是，在此可以不无偏见地说，米哈尔斯卡娅的评论难免带有意识形态的有色眼光。

在这篇论及弗吉尼亚·伍尔夫的文章里，米哈尔斯卡娅特别提到了这个团体的美学原则，是受摩尔唯心主义哲学影响且将摩尔的《伦理学原理》当作启示录，认为只有美才真正有价值。作为"自然主义的天敌"的罗杰·弗莱，就认为真正的艺术是一个"自我封闭的世界"，而揭示感觉的和谐是艺术家的任务。作为布鲁姆斯伯里团体的精神领袖，弗莱的观点一定程度上影响或者代表着布鲁姆斯伯里的美学观点。所以，在米哈尔斯卡娅不无成见但也不无准确的评判里，布鲁姆斯伯里的所谓唯心主义美学的特点是："在他们看来，艺术的任务，就是传达'想象中的生活'之特点；艺术应该彻底摆脱现实生活的需要，在艺术和生活之间建立任何联系，都是不合法的。艺术的世界，是一个由情感、丰富的想象和无穷的联想组成的世界，艺术是一种细腻入微地传达瞬息的印象、流逝的时间以及无限多样的感觉的本领。"① 在《弗吉尼亚·伍尔夫》一节中，当米哈尔斯卡娅以大量的篇幅对布鲁姆斯伯里作出评述后，其意图是要探讨这个团体对于弗吉尼亚·伍尔夫的影响，或者说论述了伍尔夫是怎样在其创作和文学批评中实践了布鲁姆斯伯里的美学原则的。

无独有偶，与米哈尔斯卡娅的观点异曲同工或者具有相互呼应意味的，是另一位苏联学者娜塔莉亚·亚历山德罗夫娜·索洛约娃。这位在莫斯科大学担任客座讲师、主讲外国文学史的历史比较语言学家，在其20世纪80年代出版的《二十世纪英国文学的苏联观点》一书中，曾以《弗吉尼亚·伍尔夫：一个色彩趋于暗淡的世界》为标题，论述伍尔夫及其美学观念与创作。由此题目，不难看出这位学者对伍尔夫的定位、认识和态度。文章首先肯定英国文学中的一个时期，是和弗吉尼亚·伍尔夫联系在一起的。此时，英国文学的主要倾向是被称为"现代主义"的现代艺术。此现代艺术的特点是反映人类意识、内心深处。其次是关于伍尔夫的《贝内特先生与布朗夫人》《论现代小说》（《现代小说》），这被其认为是新的心理小说的宣言。再次是伍尔夫与布鲁姆斯伯里，他们在理智和美学上的共同努力；复次是伍尔夫之于弗洛伊德、之于荣格；最后是伍尔夫的美学观点及对马塞尔·普鲁斯特的无比敬仰。

---

① ［苏］米哈尔斯卡娅：《弗吉尼亚·伍尔夫》，见瞿世镜编选《伍尔夫研究》，上海文艺出版社1988年版，第54页。

然而，娜塔莉亚·亚历山德罗夫娜·索洛约娃的态度和倾向性出现了：

> 然而，在她的思想中，布鲁姆斯伯里集团关于艺术在一个文明衰退和崩溃时期中的重要意义的想法，也占了一个同样重要的地位。一种心情绝望、精神枯竭、焦虑不安和迷失方向的感觉，一种对于受到死神威胁的美的病态观念，一种对于英国的往昔的怀念，试图用那种向人展示真正价值的纯艺术的诗来对抗那种所谓与生活一样的小说——这是弗吉尼亚·伍尔夫作出文学上最初努力时的精神气候；《远航》《夜与日》和《雅各的房间》代表着这最初的努力。①

然后，是关于伍尔夫的《论现代小说》（《现代小说》），是关于伍尔夫的《俄国人的观点》。值得肯定的是，娜塔莉亚·亚历山德罗夫娜·索洛约娃把握住了伍尔夫在论及托尔斯泰、陀思妥耶夫斯基、契诃夫等俄国作家作品时关于"灵魂"的观点。"确实，灵魂是俄国小说的主要特征。顺便提一下，弗吉尼亚·伍尔夫是最早为二十世纪英国批评界对俄国文学的批评奠定基础的人们之一。"② 应该说，这样的评价是到位而且客观的。但紧接着，又认为伍尔夫的观点，"反映了这个孤立的小圈子的情绪"。在文章中，娜塔莉亚·亚历山德罗夫娜·索洛约娃或详或略地评述了弗吉尼亚·伍尔夫的《雅各之室》（《雅各的房间》）《达洛卫夫人》《到灯塔去》《海浪》《幕间》等作

---

① ［苏］娜塔莉亚·亚历山德罗夫娜·索洛约娃：《弗吉尼亚·伍尔夫：一个色彩趋于暗淡的世界》，见瞿世镜编选《伍尔夫研究》，上海文艺出版社 1988 年版，第 121 页。
② 同上书，第 122 页。

品，并对其作品中的阴郁色调作出了如下的评析：

> 伍尔夫的小说的阴郁色调是由一定范围的特定颜色所构成的，但它又为作家的哲学观念所决定，也为她生活于其中的环境与她那个时代的精神气候所决定。这就是她与她的人物一起经历的生活，但她却甚至没有意识到这一点。一个人度过了充满智慧和富于想象的一生；一个女人，对她来说，与现实的接触只是有助于把记录和深陷在记忆之中的形象释放出来；一个作家，她以悲剧性的眼光来观察着美，把世界上的一切事物都看成是转瞬即逝，注定了要消失、衰朽和死亡的——这就是弗吉尼亚·伍尔夫，她试图用艺术中的"客观真实"来对抗活生生的现实。①

在此，索洛约娃在对伍尔夫作品色调的分析上，与其文章的题目不无二致，同样使用了色彩暗淡的字眼：阴郁、消失、衰朽、死亡等，而且是精神气候。然后，娜塔莉亚·亚历山德罗夫娜·索洛约娃断然认定："她的艺术幻象是没有前途的，这是由于她对这种（悲剧）人物感到兴趣，以及由于她人为地把个人与现实分离开来。生活的历程，现实的多样性与独特性，都被对于人物内心深处戏剧性地展开的无意识冲突的复杂逻辑的解释所取代了。"②

娜塔莉亚·亚历山德罗夫娜·索洛约娃称得上擅思辨、有才华的女学者了。在其富有诗性和想象力的字里行间，对于伍尔夫的评价可谓既生动形象又势如破竹。其才情、其力度、其盎然的诗意，

---

① ［苏］娜塔莉亚·亚历山德罗夫娜·索洛约娃：《弗吉尼亚·伍尔夫：一个色彩趋于暗淡的世界》，见瞿世镜编选《伍尔夫研究》，上海文艺出版社1988年版，第131页。
② 同上。

非一般四平八稳的评论文章所能及。但是，其关于弗吉尼亚·伍尔夫所谓心情绝望、精神枯竭、焦虑不安、迷失方向、死神威胁、病态观念的论断，其艺术幻象没有前途的结论，仿佛弗吉尼亚·伍尔夫几近日落西山、气息奄奄。其语气、其论断、其描述，也与米哈尔斯卡娅相类似，带着一位苏联学者的观念和眼光。

毋庸讳言，布鲁姆斯伯里集团的信仰、观念及行为方式，在当时也遭遇到不少质疑和指责。"人们谴责这些出身于名门世家、聪明富有和衣食丰足的青年变成了自命高雅的人、浪荡鬼和冒牌艺术家。"[①] 这样的一些声音，几乎与布鲁姆斯伯里团体同时存在。当然，论及文学艺术，没有完全的始终的正确。见仁见智是难免的，这符合艺术创作和艺术批评的原则和规律。

对于伍尔夫与布鲁姆斯伯里的关系，几乎所有的国内学者，在其所著伍尔夫传记和伍尔夫研究中多有论述。如伍厚恺《弗吉尼亚·伍尔夫：存在的瞬间》中"走向布鲁姆斯伯里"之专题，易晓明《优美与疯癫——弗吉尼亚·伍尔夫传》中"布鲁斯伯里的精英们"之专节，杨莉馨《伍尔夫小说美学与视觉艺术》中的多个章节。其中，杨莉馨所著《伍尔夫小说美学与视觉艺术》一书，开篇第一章就是："'布鲁姆斯伯里文化圈'与伍尔夫"。在此一章中，对"布鲁姆斯伯里文化圈"的形成、弗莱与后印象派之于弗吉尼亚·伍尔夫、贝尔夫妇与弗吉尼亚·伍尔夫等，都有专节论述。可以说，正是这样的专章专节论述，将布鲁姆斯伯里对于伍尔夫小说美学观念的影响作出了系统且到位的探讨，尤其对于罗杰·弗莱、克莱夫·

---

① ［法］莫尼克·纳唐：《布鲁姆斯伯里》，见瞿世镜编选《伍尔夫研究》，上海文艺出版社1988年版，第199页。

贝尔、范尼莎·贝尔之于伍尔夫小说视觉艺术的精神资源意义，作出了深入且富有创见的论述。

说到伍尔夫，无论是关乎其生平，还是关乎其个性以及所受到的影响，布鲁姆斯伯里都是一个绕不开的话题。布鲁姆斯伯里之于弗吉尼亚，不仅是团体中的成员之间如昆汀所谓"崭新的诚实而宽容的人际关系"。更重要的是，在这个智慧的团体里，由几乎每一个个性独具的成员所凝聚而成的环境氛围，以及情趣相投的美学观念。所以，无论是高估还是低估布鲁姆斯伯里对于伍尔夫的意义，无论是将布鲁姆斯伯里看作伍尔夫的一段经历、一处环境还是一张标签，布鲁姆斯伯里之于伍尔夫，伍尔夫之于布鲁姆斯伯里，都可以说是互相成就，互相造化，所谓相辅相成、相得益彰，两者都具有非同寻常的引领和导向意义。

二 美学观念的启迪与共鸣

在布鲁姆斯伯里文化圈的诸多才俊中，除却范尼莎、伦纳德·伍尔夫外，可以说，克莱夫·贝尔和罗杰·弗莱，是对伍尔夫影响最多的人物。

克莱夫·贝尔是范尼莎的丈夫，也是弗吉尼亚亲近的人中第一个非达克沃斯家的男人。在范尼莎将自己几乎全部的热情和精力，投入初为人母的忙碌与喜悦中时，弗吉尼亚和克莱夫·贝尔的相处开始了。这期间，曾经有过不无危险的调情，弗吉尼亚"过分纵容了克莱夫对自己的奉承，但所幸未让它演变成一场风流韵事"[①]。如

[①] ［英］哈里斯：《伍尔夫传》，高正哲、田慧译，时代文艺出版社 2016 年版，第 48 页。

果忽略贝尔和弗吉尼亚相处中不无调情和若有若无的暧昧因素,可以说,在写作方面,克莱夫·贝尔是给予弗吉尼亚忠告最多、影响最重要的人。

在弗吉尼亚的写作经历中,父亲莱斯利看到了在弗吉尼亚身上的文字能力和写作天赋,以一个作家的品质对其进行培养。但当弗吉尼亚真正进入创作阶段的时候,其发展趋向与父亲的培养初衷不无相左。尽管弗吉尼亚曾经因父亲的死而悲伤过度,但是"许多年后,弗吉尼亚表示,父亲未能活到高龄也是一种幸运。'他可能会彻底毁掉我的生活。可能会发生什么事?无法写作,没有书可以读——简直无法想象。'对弗吉尼亚而言,这是极大的解脱,她可以过上属于自己的生活"[1]。期间,一段时间内,在剑桥读书的哥哥索比,也是弗吉尼亚文学上的启蒙者。至于伦纳德·伍尔夫,则是在两人结婚之后,作为弗吉尼亚忠实的伙伴和丈夫,对弗吉尼亚有着无微不至的照顾和实际的支持。可以说,父亲莱斯利·斯蒂芬、兄长索比、丈夫伦纳德·伍尔夫,都是弗吉尼亚文学启蒙阶段或写作历程中最重要的人。他们在不同时期、从不同层面给予弗吉尼亚关爱和扶持。所以,在父亲莱斯利和哥哥索比相继去世、伦纳德出现之前,在弗吉尼亚的生命历程中,有一段需要智性朋友的空档,这时,克莱夫·贝尔适时地出现了。在贝尔的个性中,有一种天生的懂得取悦他人的天赋,同时又是懂得艺术、富有眼光和独特见地的美学家,由他做弗吉尼亚阅读和写作的引路者尤为合适。克莱夫·贝尔温暖、热情并带有赞赏性质的鼓励、评论和点拨,对于这时年

---

[1] [英] 哈里斯:《伍尔夫传》,高正哲、田慧译,时代文艺出版社 2016 年版,第 34 页。

第一章 "普通读者"的成长

轻而敏感的弗吉尼亚来说，就显得尤为重要。

关于克莱夫·贝尔对初试写作的弗吉尼亚的导引，许多传记作家都注意到这一点。"贝尔是第一个认真地对待她的写作的人。……克莱夫·贝尔的作风完美无缺：他既温暖又热情，作为他们在1908年开始的长期调情的一部分，他极力鼓励她那潜在的禀赋。"① 林德尔·戈登进而这样评述贝尔指导弗吉尼亚写作的重要性：在弗吉尼亚·伍尔夫漫长的阅读与写作过程中，既有如古希腊文学中的作品作为标杆令其高山仰止，又有父亲莱斯利的教导和训诫令其超越，更有一个受制于维多利亚时代的年轻女性的敏感谦逊甚至"自我蔑视"，"在这个漫长的过渡阶段中的若干年里，克莱夫·贝尔是一种至关重要的催化剂，因为他给了她既作为女人也作为艺术家的自信心，使她敢于从既定规范中去寻求独立。"② 可以这样说，在贝尔出现之前，父亲莱斯利有意识地引导弗吉尼亚进入了历史学家和传记作家所创造的世界；之后兄长索比有意无意的导引，使弗吉尼亚进入了希腊文学和文艺复兴时代的文学世界。当然，这其中一直有弗吉尼亚自己自觉而不懈的探索。而克莱夫·贝尔，则在法国现代文学方面对弗吉尼亚做出指点和启发。此时的贝尔，可以说既是弗吉尼亚在文学上的知己，又是这个时期弗吉尼亚心目中艺术上的权威。因为在昆汀·贝尔看来："克莱夫能够讲出上路子的批评"，而且弗吉尼亚"能够接受而且看来好像能够采用他的一些批评"③。对于克莱夫·贝尔与弗吉尼亚·伍尔夫的关系，国内学者杨莉馨的评论则

---

① [英]林德尔·戈登：《弗吉尼亚·伍尔夫——一个作家的生命历程》，伍厚恺译，四川人民出版社2000年版，第124页。
② 同上书，第127页。
③ [英]昆汀·贝尔：《伍尔夫传》，萧易译，江苏教育出版社2005年版，第144、149页。

更为到位:"克莱夫填补了弗吉尼亚在失去哥哥之后和与伦纳德·伍尔夫相爱结婚之前的智性交流真空,这一点构成了两人之间关系的本质。"① 如此,克莱夫·贝尔对弗吉尼亚的文学启蒙意义就显示出来了。

罗杰·弗莱的出现,无论对于布鲁姆斯伯里,还是对于弗吉尼亚而言,可以说称得上是一个事件。1910 年的"莫奈与后印象派画家"的开幕展,弗莱担任了组织者的角色。"他是一位热情洋溢的评论家,对法国现代绘画有着极大热情。他像一阵旋风般刮入布鲁姆斯伯里,并使得绘画成为这里的谈论焦点。"② 在弗莱看来,"画家要在画布上表现自己的真切感受,以色彩与形状来创造与表达激情。对范尼莎来说,弗莱表达的正是她一直心有所感、但却未能获得清晰表达的观念。范尼莎尤其喜欢弗莱温暖的人情味和他的勃勃生机。"③ 正是弗莱的博学与见解、其对艺术的热情与激情,使他成为布鲁姆斯伯里的中心,并得到这个圈子里才子才女们的拥戴。弗莱的出现首先在范尼莎的心中激起了波澜,一段时间内,弗莱成为范尼莎的情人。在经过了两年浪漫的爱情生活后,终其一生,范尼莎都和弗莱保持着知己和挚友的关系。

1938 年,在弗莱去世 4 年之后,伍尔夫开始写《弗莱小传》。当时的欧洲,每天都给人世界末日的感觉。收音机里充斥的是阿道夫·希特勒狂暴而野蛮的叫嚣。但此时的伍尔夫却将精力全部投入弗莱传记的写作中。她甚至"还意识到自己的文字很大程度是决定

---

① 杨莉馨:《伍尔夫小说美学与视觉艺术》,中国社会科学出版社 2015 年版,第 14 页。
② [英]哈里斯:《伍尔夫传》,高正哲、田慧译,时代文艺出版社 2016 年版,第 50 页。
③ 杨莉馨:《伍尔夫小说美学与视觉艺术》,中国社会科学出版社 2015 年版,第 19 页。

着弗莱的身后名誉"。因此,大量的阅读,查阅资料,专注而投入。"一直以来,弗莱的美学观对她的写作产生着深远、持久的影响,他们的友谊对她的生活也十分有益。弗莱总是活力四射、热情洋溢地和她探讨着艺术。"① 莫尼克·纳唐在《弗吉尼亚·伍尔夫》中,谈到弗莱对伍尔夫的影响:"在他看来,艺术家要关心的不是创造一种取悦于人的东西,而是抓住隐藏在表象背后的,由经验酿成的一种精神真实,他把这种真实称为幻象。弗莱伊向弗吉尼亚·伍尔夫揭示了这种艺术,她感到这种艺术与她的艺术是如此的相似。"②

这里有必要从美学的角度考量一下克莱夫·贝尔和罗杰·弗莱对伍尔夫的影响。对于弗吉尼亚·伍尔夫以及布鲁姆斯伯里团体的成员而言,贝尔先是索比在剑桥的同学,然后是范尼莎的丈夫,同时成为弗吉尼亚的姐夫,也是布鲁姆斯伯里团体的核心成员;弗莱则是后来进入布鲁姆斯伯里并成为这个团体的类似精神领袖的人物。对于西方美学史而言,克莱夫·贝尔和罗杰·弗莱就像现代美学史上的"双子星座",其审美观念和美学思想,构成了一个20世纪非常重要的美学流派即形式主义美学。这一流派被认为是"20世纪初最早在欧洲成熟的美学流派之一;它将形式从审美对象当中'纯化'出来,并置于美学体系的至高无上位置,甚至宣称艺术即是'纯形式'"③。在20世纪20年代,形式主义美学在欧洲盛极一时。两位国际上知名的美学大家克莱夫·贝尔和罗杰·弗莱,就是出现在弗吉尼亚·伍尔夫身边的亲人和朋友。不受到影响是不可能的,即使是

---

① [英]哈里斯:《伍尔夫传》,高正哲、田慧译,时代文艺出版社2016年版,第156页。
② [法]莫尼克·纳唐:《布鲁姆斯伯里》,见瞿世镜编选《伍尔夫研究》,上海文艺出版社1988年版,第198页。
③ 汝信主编:《简明西方美学史读本》,中国社会科学出版社2014年版,第479页。

潜移默化的影响。

　　使得克莱夫·贝尔和罗杰·弗莱在欧洲声名大震抑或名噪一时的，是他们对"后印象派"所做的辩护，而使他们在美学史上留下地位的，则是他们各自的美学思想。克莱夫·贝尔对于美学史或者形式主义美学的最大贡献在于，他提出了著名的"有意味的形式"的理论，"这种有意味的形式是某种特殊的现实情感的表现"①；罗杰·弗莱提出的则是"双重生活"论。在贝尔这里，"始终强调一种特定的、独特的、单纯的、必然的'审美情感'是实际存在的"②，他反复使用"审美情感"这一术语。"总而言之，'意味的形式'包括意味和形式这两个方面。'意味'就是审美感情，是不同于一般感情的特殊的感情；'形式'则是视觉艺术品的构成因素所组成的纯形式，这两方面本质上是同一的。"③ 而在弗莱这里，认定"人具有过'双重生活'的可能性，一种是'现实生活'，另一种是'想象生活'。因此，'艺术是这种想象生活的表现，也是对想象生活的刺激'"④。当然，作为形式主义流派的两位美学家，弗莱和贝尔的观点不尽相同。但其共同的理论倾向将他们紧密联系在一起，那就是："贬低艺术中的本来存在的任何内容要素，而将独立自主的形式提升到美学知识论的首要地位。"⑤ "弗莱与贝尔的内在逻辑是一样的：艺术要通过纯形式表现想象生活的情感，或者说表现审美情感。审美情感就是关于形式的情感，艺术作品的基本性质是形式。"⑥

---

① 汝信主编：《简明西方美学史读本》，中国社会科学出版社2014年版，第479页。
② 同上书，第482页。
③ 同上书，第485页。
④ 同上书，第487页。
⑤ 同上书，第480页。
⑥ 同上书，第487页。

也许，当弗吉尼亚·伍尔夫与贝尔及弗莱相处时，她并没有意识到或者说没有清晰地意识到两位美学家的美学思想。实际上，克莱夫·贝尔与罗杰·弗莱作为形式主义美学家的声名和地位，在当时尚不及后来这样清晰和卓著。作为作家的弗吉尼亚·伍尔夫，肯定也不会对其美学理论和观念做出理性的了解和判断。但布鲁姆斯伯里团体成员之间，本来就是一种内在精神上的联系。其实，形式主义美学，在严格意义上，应该称为"视觉形式主义"。当"借助于塞尚等艺术家的艺术实践，贝尔提出了著名的'有意味的形式'[①]"这一概念时，贝尔的观念是与对后印象派艺术的关注密切相关的。其"对塞尚这些艺术家的评论已经成为西方艺术批评史上的经典之作"[②]。实际上，当早期印象主义出现的时候，是以对古典主义和欧洲造型艺术的"求似"传统的反叛开始的。非常巧合的是，在伍尔夫一篇名为《绘画》的随笔中，谈到绘画对于文学的影响，其中提到塞尚：

> 比方说吧，塞尚，再也没有哪位画家比他更能激起文学创作的欲望。因为他的画作如此汪洋恣肆，如此动人心魄地跃然纸上，以至于，他们说，光是那颜色就仿佛在向我们挑战，压迫着某根神经，在激励着你，在让你兴奋不已。[③]

无独有偶，是罗杰·弗莱，把后印象派艺术从法国介绍到英国，而

[①] 汝信主编：《简明西方美学史读本》，中国社会科学出版社2014年版，第479页。
[②] 同上书，第482页。
[③] [英]弗吉尼亚·伍尔芙：《伍尔芙随笔全集》Ⅱ，王义国、张军学、邹枚、张禹九、杨羽译，中国社会科学出版社2001年版，第752页。

有"现代绘画之父"之称的塞尚,正是后期印象派绘画的大师。当后期印象派出现在英国的时候,轰动是可想而知的。也正是贝尔和弗莱两位美学家,"为'后印象派'艺术的合法性做出了理论论证"。可以说,后期印象派在英国的轰动和影响,贝尔和弗莱功不可没。而伍尔夫在《绘画》一文中对塞尚的极度欣赏,仿佛与贝尔、弗莱的理论遥相呼应,显示出伍尔夫作为一位文学家或文学批评家与两位美学家之间的心有灵犀。

不仅如此,伍尔夫对于现代小说,抱有的也是反对物质主义即反对"求似"的理念。如她在《现代小说》一文中对贝内特先生形象的讽喻:贝内特先生带着他那套捕捉生活的良好技术设备来追踪,方向稍微追偏了一点,结果让生活逃掉了。"因此,为了证明故事的可靠逼真而付出的巨大劳动,有很多不但是白费力气,而且是力气用错了地方,错到遮暗了挡断了内心所感受的意象的程度。"① 在此,如果联系到弗吉尼亚·伍尔夫具有宣言意义的《现代小说》,联系到其中对偏重"物质"和偏重"精神"的作家之划分,联系到其《班奈特先生和布朗太太》一文中对爱德华时代作家和乔治时代作家的区分,联系其关于"生活是一圈光晕"、其对俄国作家"靠心"而不是"靠头脑"的肯定和敬意,如此等等,就可以看出,弗吉尼亚·伍尔夫对精神和情感的偏重,与克莱夫·贝尔的"审美情感"、与罗杰·弗莱的"想象生活",虽概念不同,表述不同,但在反对"求似"和"可靠的逼真"这一点上,在对于情感或审美情感的强调上,是有着内在的精神上的一致性的。不如此,无论是弗吉尼

---

① [英]弗吉尼亚·伍尔芙:《伍尔芙随笔全集》Ⅰ,石云龙、刘炳善、李寄、黄梅译,中国社会科学出版社2001年版,第136—137页。

亚·伍尔夫还是克莱夫·贝尔或者罗杰·弗莱,都不可能成为布鲁姆斯伯里文化圈中的核心人物。因此,可以毫无疑问地说,罗杰·弗莱作为后期印象派绘画"热情的推崇者和宣传者"及布鲁姆斯伯里集团的理论家和精神领袖,克莱夫·贝尔作为形式主义美学的核心人物,无疑都对伍尔夫有着显性的或者潜在的影响。

行文至此,昆汀·贝尔所著《隐秘的火焰:布鲁姆斯伯里文化圈》封底的一段文字,可以看作对布鲁姆斯伯里团体到位且形象的总结:

> 20世纪初期,伦敦的布鲁姆斯伯里城区会集了一群充满智性的年轻人——弗吉尼亚·伍尔夫、克莱夫·贝尔、罗杰·弗莱、E. M. 福斯特、梅纳德·凯恩斯……他们聚谈终夜,彼此欣赏,珍视理性碰撞的火焰,信奉宽容和怀疑精神,蔑视"维多利亚英国"的审美情趣和道德习俗。他们的交往圈松散而富有个性,备受攻击也极享尊崇。在五花八门的定义下,在褒贬不一的评论中,为英国现代文化史留下了精彩的一笔。[①]

第四节 生命的中心——阅读与写作

一 对阅读超乎寻常的热爱与捍卫

我们这个世纪或许还有其他一些重要作家像伍尔夫一样喜

---

① [英]昆汀·贝尔:《隐秘的火焰:布鲁姆斯伯里文化圈》,季进译,江苏教育出版社2006年版,封底。

爱阅读,但自黑兹利特与爱默生之后,再也无人像她那样令人难忘又十分有效地表达出这种热望。需要得到一间自己的房间只是为了用于阅读与创作。①

尽管伍尔夫几乎一生都对自己在家庭中所受教育的过程和方式抱有微词和怨言,但可以肯定地说,正是这种个性化的教育方式,才契合了敏感至极的弗吉尼亚·伍尔夫的个性和禀赋,才成就了后来是20世纪现代作家的弗吉尼亚·伍尔夫。试想,倘若不是在家庭中而是在学校里接受正规教育的话,伍尔夫或许也学识渊博,成为一位一般意义上的学者,但很可能就不是读者现在所看到的弗吉尼亚·伍尔夫——一位意识流小说家,一位文思灵动、才华横溢的文学批评随笔作者,一位影响了20世纪西方现代文学的文学大家。甚至可以不无理由地设想,以伍尔夫的极度敏感和极度神经质,以其一生都备受精神病缠绕的身体和心理素质,如果在学校接受传统的学院化教育,伍尔夫是否能够顺利地完成学业都很难说。事实上,无论是朱莉亚试图教给弗吉尼亚的拉丁文、历史和法语,还是莱斯利试图进行的数学启蒙,都是不怎么成功的。尤其是对于终生靠数手指来记数的伍尔夫而言,看不出她在数学方面有任何天赋。就像当伍尔夫后来成为文学大家之后,不能设想其作品由穿戴着长袍方帽的学院派学者评论一样,伍尔夫的教育也很难设想由穿戴着长袍方帽的学院派教师来引领。关于这一点,对伍尔夫的读书态度极为赞赏,并像伍尔夫一样视约翰逊博士为阅读导师的20世纪美国批评

---

① [美]哈罗德·布鲁姆:《西方正典》,江宁康译,译林出版社2011年版,第359页。

家哈罗德·布鲁姆,在其名作《西方正典——伟大作家与不朽作品》中,有过一段非常到位的评述:"尽管她一直否认家学对她的影响,但生性敏感细腻的弗吉尼亚·斯蒂芬如果是在剑桥或牛津学习,她的精神可能会更频繁、更彻底地崩溃,而且她在那里也不会得到她父亲的图书馆以及沃尔特·佩特的妹妹那样博学多识的老师提供给她的文学教育。"①

因此,自然而然地,父亲莱斯利·斯蒂芬,就成为伍尔夫启蒙与成才教育的引领者和设计者。这一点,为几乎所有研究伍尔夫的传记作家和学者所关注。"在弗吉尼亚的早年教育和文学才能的培育上,莱斯利无疑起着举足轻重的作用。他对指导女儿读书、激励她对文学的兴趣和培养她的鉴赏品位,可谓乐此不疲,而且隐隐以弗吉尼亚为他的写作事业的继承人"②。当莱斯利夫妇更多地出于传统观念,让这个家庭中的男孩子们出入于克莱夫顿学院和西敏寺学院,然后进入剑桥接受大学教育的时候,家中的女孩子范尼莎和弗吉尼亚姐妹都是在家中,在父亲母亲和家庭教师的引导下完成其教育过程的。当然,这样的教育方式,有其不够规范和不够系统的局限,但就对弗吉尼亚和范尼莎姐妹的职业或者事业选择甚至人生走向而言,是契合了她们各自的性情和兴趣的。在家庭教师的引导下,范尼莎学习绘画,弗吉尼亚学习希腊语。这样的教育方式,是深知两姐妹禀赋和兴趣的父亲为她们作出的个性化规划。从她们后来各自的发展看,绘画之于范尼莎,是最初也是永远的兴趣和职业;而希

---

① [美] 哈罗德·布鲁姆:《西方正典》,江宁康译,译林出版社2011年版,第364页。

② 伍厚恺:《弗吉尼亚·伍尔夫:存在的瞬间》,四川人民出版社1999年版,第31页。

腊语之于弗吉尼亚，是最初的文学启蒙。

事实上，大概从少女时代起，弗吉尼亚就清楚自己要成为一名作家，范尼莎则知道自己要当一名画家。正是通过希腊文的教育和学习，让伍尔夫从启蒙伊始，就回到了西方文学的故乡，触摸到了西方文学源头的气息。希腊语就像她每天的面包，让弗吉尼亚感受到了强烈的欢乐。当姐姐范尼莎每天在学习绘画的时候，弗吉尼亚就独自在楼上的房间，借助一本希腊语字典阅读着荷马和索福克勒斯的作品。这时的弗吉尼亚·斯蒂芬，强烈地感受到希腊文学的辉煌与灿烂，沐浴着荷马、索福克勒斯等希腊文学的神光，弗吉尼亚下决心要成为一名作家。

父亲之于弗吉尼亚成长的重要，不仅是对女儿的教育方式，而是从一开始，莱斯利就清楚弗吉尼亚的才华和兴趣，要把弗吉尼亚培养成一个作家。最初的设想，莱斯利是有意识地想把弗吉尼亚培养成一个历史学家和传记作家。按照这个初衷，莱斯利·斯蒂芬提供给弗吉尼亚的书单，都是如弗劳德、麦考利、卡莱尔等英国历史学家和传记作家的著作。当然，弗吉尼亚的阅读是如饥似渴的，其阅读的速度和热情甚至超过了父亲的计划和期望。每天的上午到中午，她都待在自己的房间里，读着从父亲藏书室里取来的书。然后，很快就会去换另一本。除了中午固定的读书时间外，几乎所有的空闲时间都用来阅读，甚至晚上临睡之前被禁止阅读的时光，弗吉尼亚都在做偷偷的阅读。而且对于弗吉尼亚来说，"这种秘密的阅读体验正是文学诱惑力的一部分"①。当然，

---

① ［英］哈里斯：《伍尔夫传》，高正哲、田慧译，时代文艺出版社2016年版，第26页。

这和父亲的言传身教和濡染陶冶有关，而这个过程可以说是"随风潜入夜，润物细无声"的：

> 莱斯利·斯蒂芬对他女儿的影响，在我看来似乎还不是她从这位退休大学教师身上得到的任何正式教导，也不在于他允许她享有阅读的自由，而在于较为不可捉摸的、非正式的交流：即他的冒险精神；他辨识真理的眼光；他捍卫真理的警觉性；他作为一个阅读者的敏感。对于弗吉尼亚来说，他一直是一种激昂地朗诵着英国文学的声音，仿佛他是英国文学的发言人一样："当他往后靠在他的椅子里，闭上眼睛说着那些美丽的词语时，我们觉得他不仅在说着丁尼生或华兹华斯的语言，而且在说着他自己所感受到和了解到的东西。这样，许多伟大的英国诗歌至今对我来说似乎还和父亲难以分割；我在里面不仅听见了他的声音，而且多少听到了他的教诲和信念。"①

在母亲朱莉亚去世之后，从13岁到15岁的这个阶段，弗吉尼亚几乎每天都在父亲莱斯利的书房里上课。从15岁到20岁的这几年里，是弗吉尼亚阅读的黄金时期。在莱斯利看来，弗吉尼亚对于读书的热情，类似于如饥似渴地吞噬。其阅读的速度，已经超出了父亲的预期，甚至比父亲还快。1897年的上半年，对弗吉尼亚可谓是一次阅读的狂欢季。对此，弗吉尼亚在日记中做了细致的记录，记载了

---

① ［英］林德尔·戈登：《弗吉尼亚·伍尔夫——一个作家的生命历程》，伍厚恺译，四川人民出版社2000年版，第100页。

每本书的起始和结束时间。昆汀·贝尔所著《伍尔夫传》中所罗列的从1897年1月1日到6月30日弗吉尼亚的阅读书目，就有大约30余部，涉及了英国史与罗马史；名人传记如《伊丽莎白女王》《沃尔特·司各特爵士生平》《柯勒律治生平》《克伦威尔》；小说如狄更斯的《老古玩铺》《双城记》以及亨利·詹姆斯等人的作品。阅读数量之多、阅读视野之开阔，足可见出这个时期弗吉尼亚的阅读速度与阅读趣味。

这就无怪乎莱斯利感慨弗吉尼亚是在吞书："天啊，孩子，你是多么贪吃！"这是莱斯利·斯蒂芬的感叹。很快地，莱斯利就意识到，弗吉尼亚在阅读上已经不再需要自己的指导。对于读什么样的书，弗吉尼亚已经有了自己的眼光和判断。尤其是在父亲的生命快要走到尽头的时候，弗吉尼亚对父亲的依赖则越来越少，自我教育成为其学习的主要手段。在度假的时候，她的行囊中装有《圣经》和莎士比亚的作品。她尤其享受旅行中这些闲暇而美妙的阅读时光。"对弗吉尼亚而言，阅读也切切实实是一种生存方式。"[1]

这个期间弗吉尼亚阅读的书目，如果罗列出来，不亚于一串大学本科专业学生的阅读清单，而且这一清单不仅限于文学作品。19世纪的传记、历史、小说，司各特、夏洛蒂·勃朗特、霍桑的作品，卡莱尔、麦考利所著传记和历史，开始进入弗吉尼亚的阅读视野。在弗吉尼亚18—19岁的时候，希腊文成为她每天的面包，每天的学习是一种强烈的快乐。索福克勒斯、欧里庇得斯、阿里斯托芬的悲

---

[1] ［英］哈里斯：《伍尔夫传》，高正哲、田慧译，时代文艺出版社2016年版，第26页。

喜剧、柏拉图的对话录以及荷马史诗，在她的生活中"提供了一种对美与真的试金石"①。当弗吉尼亚20岁的时候，又迎来了她生命中的另一个"读书狂欢节"。斯宾塞、勃朗宁、雪莱、简·奥斯丁，以及一点萧伯纳和全部的易卜生作品，成为她的阅读书目。她甚至将简·奥斯丁的作品读过两遍或三遍。弗吉尼亚对于阅读，有一种不同于常人的痴迷和热切。在此，将这个阶段弗吉尼亚的阅读称为"读书狂欢节"，丝毫没有夸张的意思。或许弗吉尼亚的身体里或者心灵中就有一颗读书的种子，经过父亲莱斯利的点拨和栽培，在此后的岁月里生根发芽。日复一日的勤勉阅读，在其传记作家哈里斯看来，其学习的课程让她日后可以与任何一位博学之士或与她有着同样经历的文学大家不相上下。

有意思的是，在弗吉尼亚的阅读书目中，几乎不包括任何当代作家。如果说大抵同时代或稍早的梅瑞狄斯、哈代所以进入其阅读视野的话，也是因为他们在当时已经确定了经典作家的地位。在弗吉尼亚看来，"同时代的任何男子都没有影响过她，像卡莱尔、丁尼生或者罗斯金影响他们的同时代人那样。因为在她的头脑里还根本没有她可以接受的巨人，她决定不同比较渺小的男人打交道。她要同经典作品待在一起，并'完全用确实第一流的思想来陪伴自己'"。②

关于伍尔夫对于阅读的执着和热爱，与弗吉尼亚·伍尔夫同样视约翰逊博士为阅读典范的哈罗德·布鲁姆，在其《伍尔夫的〈奥兰多〉：女性主义作为对阅读的爱》一文中，多次谈到伍尔夫

---

① ［英］林德尔·戈登：《弗吉尼亚·伍尔夫——一个作家的生命历程》，伍厚恺译，四川人民出版社2000年版，第119页。
② 同上书，第107页。

的阅读：

> 弗吉尼亚·伍尔夫共创作了五部世人瞩目的小说——《达洛威夫人》(1925)、《到灯塔去》(1927)、《奥兰多》(1928)、《海浪》(1931)、《幕间》(1941)——它们极可能会成为经典之作。近来，她被广泛地认可和解读为"女性主义文学批评"的所谓奠基人，尤其是她论辩性的《一间自己的房间》(1929)与《三个基尼》(1938)两部作品更是如此。我自己尚无资格去评判女性主义批评，所以这里我仅仅集中关注伍尔夫女性写作中的一个因素，即她对阅读超乎寻常的热爱与捍卫。①

> 我想不出其他优秀的女小说家中还有别人能像伍尔夫那样将对阅读的特别之爱作为一切的中心。②

借由奥兰多对读书的情有独钟，布鲁姆对伍尔夫的阅读与写作做了充分的阐释。哈罗德·布鲁姆甚至还认为"伍尔夫对阅读的酷爱既是她确证无疑的情欲冲动，又是她世俗的神学。"这里，用了"情欲冲动"和"世俗的神学"的表述，可以说是对伍尔夫阅读姿态和心态的最独特最个性化的断语。当然，对于伍尔夫阅读的痴迷和执着，究其原因，不同的读者有不同的见解。但在接下来的文章中，布鲁姆特别引用了伍尔夫《普通读者》最后一篇文章《应该如何阅读?》(《我们应该怎样读书?》)中结尾的一段文字：

---

① [美] 哈罗德·布鲁姆：《西方正典》，江宁康译，译林出版社2011年版，第358页。
② 同上书，第363页。

当然话又说回来，谁会在阅读时老想着要实现一个目标呢，不管它多么令人向往？生活中我们从事某些追求是因为它们值得如此，因为我们乐在其中，而获得某些快乐才是最重要的。读书之乐不正是其中之一吗？我有时这样遐想：当世界审判日最终来临，那些伟大的征服者、律师、政治家此刻前来领取他们的奖赏：王冠、桂冠以及永久地镂刻在不会磨灭的大理石上的名字。而当万能的主看见我们夹着书向他走来时，他会转向圣·彼得，不无妒意地说："看啊，这些人不需要任何奖赏。我们这里也没有给他们的奖赏。他们热爱读书。"①

实际上，布鲁姆所引用的上述文字，与其说是分析了伍尔夫对阅读的执着、热爱，抑或捍卫，不如说是写出了伍尔夫对阅读痴迷的根本特质，那就是单纯的阅读或者阅读的单纯与阅读的无功利性。这可以说是阅读的最高境界。在布鲁姆看来，伍尔夫正是"在阅读、写作以及与朋友们交流中找到了生命中最美好的东西"②。当引用了伍尔夫关于"应该怎样读书"的文字之后，布鲁姆表明，自己在童年时代就读过伍尔夫这段文字，并将前三句视为自己的信条，且敦促自己身体力行。在布鲁姆看来，不带功利心的阅读，是检验阅读的无上快乐的典型准则："不排除阅读是为了获得控制自己及他人的力量，但只有借助于一种最终的乐趣，一种艰深的、真正的乐趣。伍尔夫的天真条理明晰，这一点与布莱克相同，她的阅读感受不是

---

① [英] 弗吉尼亚·吴尔夫：《普通读者》Ⅱ，石永礼、蓝仁哲等译，人民文学出版社 2003 年版，第 257 页。
② [美] 哈罗德·布鲁姆：《西方正典》，江宁康译，译林出版社 2011 年版，第 360 页。

天真无邪的阅读神话,而是莎士比亚传授给包括伍尔夫在内的思想深刻的读者们的不带功利心的阅读。在伍尔夫的寓言中,上天的任何奖赏都不及普通读者的幸福,或约翰逊博士所说的普通读者的常识,最终惟有莎士比亚提出的无功利阅读的无上快乐可以作为检验经典性的准则。"①

哈罗德·布鲁姆将自己对读书的信条和信仰归之为伍尔夫所谓阅读所给予人的美妙和乐趣:最终的乐趣、艰深的乐趣、真正的乐趣,与莎士比亚、约翰逊博士的不带功利心的无上快乐相提并论。从这一点来说,莎士比亚、约翰逊博士、弗吉尼亚·伍尔夫、哈罗德·布鲁姆,这些文学大师及文学批评大师,在作为读者这一点上,都是深得读书三昧的。他们都是单纯的但又至高无上的读者,在阅读的初衷和目的性上一脉相承。可以说,当布鲁姆在论及《奥兰多》的文章中,以大量笔墨书写着伍尔夫对阅读异乎寻常的热爱与捍卫时,既不无坦诚地表达了自己的阅读态度,又可以看作对"最后的审美家"伍尔夫的称许,是对其将阅读之爱作为一切的中心的极度赞赏。

实际上,在阅读兴趣和文学批评方面,以意识流小说家著称并兼写文学批评随笔的英国女作家弗吉尼亚·伍尔夫,与专事理论与批评的美国文学理论家、文学批评家哈罗德·布鲁姆,在对文学的阅读和文学批评方面,是有很多相似或者相通之处的。首先是阅读,无论是作为读者还是作为批评家,在对阅读的兴趣和目的方面,布鲁姆与伍尔夫有着惊人的相似。就像伍尔夫以作为

---

① [美]哈罗德·布鲁姆:《西方正典》,江宁康译,译林出版社 2011 年版,第366—367页。

"普通读者"而感觉自豪一样，布鲁姆甚至将约翰逊博士视为自己终生崇拜的英雄。

布鲁姆在其《如何读，为什么读》的《序曲：为什么读》中这样说："我理想的读者（和终生的英雄）是塞缪尔·约翰逊博士，他知道并表达了不间断阅读的力量和局限。"[1]

当布鲁姆写作《如何读，为什么读》这部著作时，已经是近70岁的年龄。正如孔子所谓"七十而从心所欲，不逾矩"。布鲁姆大抵也到了此种境界："我快七十岁了，不想读坏东西如同不想过坏日子，因为时间不允许。我不知道我们欠上帝或自然一个死亡，但不管怎样，自然会来收拾，但我们肯定不欠平庸任何东西，不管它打算提出或至少代表什么集体性。"[2] 如此坦率、坦然的表达之后，布鲁姆仍然肯定地承认："五十年来，我理想的读者一直是塞缪尔·约翰逊博士。"布鲁姆所以如此激赏约翰逊博士，究其原因，在于其对读书乐趣的理解。在《如何读，为什么读》这本书的前言部分，布鲁姆开宗明义，认为读书是孤独所提供给人的最大乐趣同时又能减轻寂寞感："善于读书是孤独可以提供给你的最大乐趣之一，因为，至少就我的经验而言，它是各种乐趣之中最具治疗作用的。它使你回归另一性，无论是你自己的，或朋友的，或那些将成为你的朋友的人的另一性。想象性的文学即是另一性，本身即能减轻寂寞感。我们读书不仅因为我们不能认识够多的人，而且因为友谊是如此脆弱，如此容易缩减或消失，容易受时间、空间、不完美的同情和家庭生活及感情生活种种不如意事

---

[1] ［美］哈罗德·布鲁姆：《如何读，为什么读》，黄灿然译，译林出版社2011年版，第5页。
[2] 同上书，第12—13页。

情的打击。"① 布鲁姆言简意赅地承认:"我师法的批评大师——尤其是塞缪尔·约翰逊和威廉·哈兹里特……"紧接着,笔锋一转,不足两千字的前言,布鲁姆把近乎三分之二的文字给了弗吉尼亚·伍尔夫:

> 在我看来,"如何读"这个问题,永远指向读的动机和用途,因此我绝不会把本书的主题"如何"和"为什么"分开。弗吉尼亚·伍尔夫在《普通读者续集》(《普通读者》Ⅱ)一书最后一篇短文《我们应该怎样读书》中迷人地警告说:"事实上,关于读书,一个人可以给另一个人的唯一建议是不要接受任何建议。"但她接着又添加了很多附言,谈论读者所享受的自由,最后提出这个大问题:"我们从哪里开始?"……如此看来,似乎在我们完全变成自己之前,听一些关于读书的建议是有益的,甚至可能是必不可少的。
>
> 伍尔夫本人是在沃尔特·佩特著作中获得那个建议的(她妹妹曾是她的家庭教师),还有在约翰逊博士和浪漫派批评家托马斯·德昆西和威廉·哈兹里特著作中。关于哈兹里特,她曾有过一番妙论:"他是那种罕见的批评家,他们思考得那么多,可以省掉阅读。"伍尔夫不停地思考,且从未想要停止阅读。她本人有很多建议给其他读者,而我在本书中从头到尾都欣然采纳这些建议。她最好的建议是提醒我们:"我们身上总有一个恶魔,它低语,'我爱,我恨,'而我们不能阻止它出声。"我无法

---

① [美]哈罗德·布鲁姆:《如何读,为什么读》,黄灿然译,译林出版社 2011 年版,第 3 页。

阻止我的恶魔出声，但无论如何，在这本书中，只有当他低语"我爱"时我才会聆听他，因为我在这里不是要与人争辩，而是要教人阅读。①

实际上，在对待阅读的态度上，无论是伍尔夫还是布鲁姆，他们所秉承的原则，就是作为普通读者，享受纯粹的无功利的阅读所获得的无上快乐。当两位文学大家都不约而同地将塞缪尔·约翰逊博士作为自己师法的理想读者时，一生都沉浸在阅读中的伍尔夫和布鲁姆，也像约翰逊博士一样，在读书中体会到的是作为"普通读者"的乐趣。这是最初的乐趣，也是纯正的乐趣，更是最终而永远的乐趣。这样的乐趣，无论是伍尔夫还是布鲁姆，从阅读伊始就体会到了，并且受用终生。这种纯粹的的阅读，在无功利性方面，与文学史上主张无功利写作的唯美主义文学有相似之处。当然，作为创作者和阅读者，写作与阅读各自居于文学作品的两极，分属于艺术生产和艺术接受的不同层面。但在强调文学创作的非功利性，主张美的纯粹与绝对等方面，主张为艺术而艺术的唯美主义创作，与主张为乐趣而读书的纯粹阅读，的确有异曲同工之妙。而且，无论读者还是作家，其性情禀赋一定是靠近了文学的，如读者之哈罗德·布鲁姆；如作家之奥斯卡·王尔德；如读者及作家之弗吉尼亚·伍尔夫。

至于阅读的艰深的乐趣，在布鲁姆这里，是在一个友谊脆弱的时代，读书可以减轻寂寞并享受孤独；在伍尔夫这里，既是情欲冲动，又是世俗的神学，更是比所有的王冠、桂冠以及镌刻在大理石

---

① ［美］哈罗德·布鲁姆：《如何读，为什么读》，黄灿然译，译林出版社2011年版，第4页。

上不会磨灭的名字都更高的奖赏。阅读,就像一粒种子,根植于伍尔夫及布鲁姆的内在生命中,不可或缺。然后,生根发芽开花结果。如此,他们在此后的写作中,在面对浩瀚而经典的文学作品时,其阅读、其欣赏、其评论,才能举重若轻、行云流水、水到渠成。才有了如弗吉尼亚·伍尔夫《普通读者》《瞬间集》《船长临终时》《现代作家》《书和画像》中几百篇文学批评随笔;才有了哈罗德·布鲁姆《西方正典——伟大作家与不朽作品》《如何读,为什么读》、《影响的焦虑》等堪称经典的文学批评著作。如此,才有了最有天赋、最有原创性的大作家式的批评家哈罗德·布鲁姆,才有了意识流小说大家、传统散文大师和文学批评大家的弗吉尼亚·伍尔夫。

二 写作——抵抗岁月的一种方式

直到生命的最后,伍尔夫都会时不时地读一读父亲的书,这使她与父亲能保持一种精神上的联系。相比之下,母亲朱莉亚并未留下如此坚实可依靠的身后之物。那她到底是谁呢?活了一辈子,最终却只留下如此少的印记,这个问题有那么重要吗?这正是伍尔夫在《到灯塔去》中始终追问的问题之一。什么东西会延续长久,难以磨灭?对弗吉尼亚·伍尔夫而言,写作是抵抗岁月滚滚洪流的一种方式,如果你写下些什么的话,你会使它牢牢定格在时间洪流之中。[①]

上述文字出自哈里斯所著《伍尔夫传》。这部传记不愧为弗吉尼

[①] [英]哈里斯:《伍尔夫传》,高正哲、田慧译,时代文艺出版社2016年版,第9页。

亚基金会唯一认可的传记。作者哈里斯以文化历史学家、作家的身份，以对伍尔夫卓有见地的理解，使其在所著伍尔夫传记中，从伍尔夫的人生经历与作品的视角，写出了一个伟大作家的成长过程。像所有注定视写作为生命的作家一样，伍尔夫所以能够成为一个作家，有父亲的期待和培养，有索比的引领和影响，有克莱夫·贝尔温暖而热情的激励和点拨，有伦纳德·伍尔夫的呵护与关注。但是，所有这一切都是外在的因素。一个作家之所以能成为一个作家，这是需要天分和慧根的，无论其接受教育的程度如何，或者无论其以怎样的方式接受教育，甚至无论其是否接受过文学教育。作家如此，艺术家亦如此。对于文学艺术的创造者而言，创作的诉求恰如生命的欲望和神灵的召唤，而这样的欲望和召唤常常表现在有天赋的创作者身上。天赋在的地方，是神意降临的地方。至于神意何时降临、如何降临，因人而异。所以，在文学艺术史上，既有像高更这样在而立之年才感知到天赋和神灵召唤的画家，又有像弗吉尼亚·伍尔夫这样在懵懂之年就体会到写作的快意的作家。当然，大器晚成值得敬佩，但聪敏早慧则更为神奇。而弗吉尼亚·伍尔夫恰恰就是这样一位令人感觉神奇的聪明而早慧的作家。

在大多数的伍尔夫传记中，弗吉尼亚的发表习作是从9岁办报开始的。这份名为《海德公园门新闻》的报纸创始于1891年。开始是由弗吉尼亚与姐姐范尼莎（有时也有兄长索比）合伙，后来则主要是由弗吉尼亚一人承担。这份报纸大概维持了四年之久，其中的文字和每一个故事，都可以看作弗吉尼亚最初的练笔。但作为一位作家，一位注定要以语言文字为工具进行写作的人，弗吉尼亚的语言文字训练和表达可能更早。对于弗吉尼亚而言，语言的天赋是从幼童时代就显示出来了。昆汀·贝尔版本的《伍尔夫传》甚至将弗吉尼亚对语言的运用称为拥有了武器:"一旦她学会了说话,从那时起直至她的余生,语言就成了她选中的武器。我用了'武器'这个词,因为那间保育室里既有爱,也有冲突。"① 瓦奈萨(范尼莎)在察觉到了弗吉尼亚早熟才华的同时,也察觉到了她的机灵和对语言的掌握。"从一开始,两人之间的瓦奈萨就注定了会当上画家,而弗吉尼亚会成为作家。"② 当斯蒂芬家的孩子们在顶楼的保育室里过夜的时候,"从很小的时候起,弗吉尼亚就成了家里的讲故事人。"

就像绘画的工具是画笔、颜料和画板,写作的材料则是最抽象也最形象同时也最富想象力和丰富性的语言文字一样,不同的兴趣会成就不同的人。对语言文字和画笔颜料的不同兴趣,在弗吉尼亚和姐姐范尼莎的童年时代就表现出来了。有意思的是,当姐姐范尼莎从小就知道自己要成为一名画家,因而每天都几小时地面对画板、痴迷于色彩和线条的时候,弗吉尼亚则是面对着书籍和文字,时常聆听着父亲的诵读,痴迷于语言的韵律和节奏。在弗吉尼亚的童年时代,几乎每天傍晚,父亲莱斯利都会和孩子们一起,在客厅度过一个多小时的阅读时光。在那些美妙的黄昏时分,伴随着父亲富有韵律的阅读,这种对于语言的韵律感、节奏感,就在弗吉尼亚幼小的心灵里萌生了。

他在平时的夜晚里朗读散文,在礼拜天里朗读诗歌,在圣诞夜则朗读弥尔顿的《基督诞生的早晨》。弗吉尼亚首先记得

---

① [英]昆汀·贝尔:《伍尔夫传》,萧易译,江苏教育出版社2005年版,第25页。
② 同上书,第26页。

的是 32 卷"威佛利小说",以及简·奥斯丁和霍桑的作品。从早年起,弗吉尼亚的耳朵就受到了接受英语天然韵律的训练。作为一个职业作家,她认识到重要的是在写作中"获得韵律"。"我是否能够把我第二天早晨的韵律调整好——在正确的时刻获得语句的跳跃——我要滔滔不绝地写……这严格说来还不是风格——只是正确的词语——这是使一个人的思想漂浮起来的方式……"①

所以,有一天,当 13 岁的弗吉尼亚在肯辛顿公园的草地上向姐姐朗读帕尔格雷夫的诗歌时,"她说了一句奇特的话:在那长长的热烘烘的草地上:'诗歌正在变为真实'"②。正是阅读,让弗吉尼亚感觉到了创作的冲动。许多年之后,当弗吉尼亚·伍尔夫为罗杰·弗莱写作传记的时候,"内心有一种如同创作一部音乐作品一样的念头"③。其实,不止音乐,语言也是有节奏和韵律的,所以才会有诗歌。少年时代的弗吉尼亚立志要成为一名作家,因为她清楚,自己对语言文字有感觉。童年时代的《海德公园门新闻》成为弗吉尼亚最初的练笔报纸。弗吉尼亚对此充满了兴致。周围发生的一切,家里造访的客人、街上卖坚果和鞋带的女人,都被写进了《海德公园门新闻》。弗吉尼亚的想象和自编故事,成为这份家庭报纸的主要内容。

及至年龄渐长,日记和书信成为弗吉尼亚书写抑或练笔的主要手段。不同于一般日记的流水账,伍尔夫的日记其实就是她写作的

---

① [英]林德尔·戈登:《弗吉尼亚·伍尔夫——一个作家的生命历程》,伍厚恺译,四川人民出版社 2000 年版,第 100—101 页。
② 同上书,第 102 页。
③ 瞿世镜编选:《伍尔夫研究》,上海文艺出版社 1988 年版,第 5 页。

一种方式。对此，在哈里斯的《伍尔夫传》中，通过弗吉尼亚在1895—1896年期间，因精神崩溃而被迫中断写日记的经历，从一个侧面可以看出日记实际上就是伍尔夫创作的一个部分：

> 回首那段往事，给予弗吉尼亚最沉重打击的，是在茱莉娅死后的那两年里，她虽然读了很多书，但什么都没有写下。"创作的欲望离我而去；除了那两年的空白期，创作一直是我毕生不息不止的欲望。"在此后的岁月，她还会多次经历无法写作的时期。伍尔夫的日记一向文思泉涌，满溢着惊人的活力，可这时突然走向沉寂，并且一连数月如此，这是因为她无法——或者说，是因为医生们不允许她——像往常那样写下她对世界那倏忽而至又充满想象力的感知。①

从哈里斯的这段描述里，可以看出，伍尔夫的日记之所以被认为"文思泉涌，充满着惊人的活力"，在于其日记中写的是伍尔夫"对世界那疏忽而至而又充满想象力的感知"。对于后来的或者今天的读者而言，伍尔夫的日记实际上就成为其写作内容的一个重要的部分。

1917年10月份，伍尔夫开始坚持记日记，并将这个习惯一直坚持下去。一开始，她的记述都很简洁并且只记述事实，但很快就变得详尽而充实。对人物的描写栩栩如生，篇幅两倍三

---

① ［英］哈里斯：《伍尔夫传》，高正哲、田慧译，时代文艺出版社2016年版，第23—24页。

倍地增长，仿佛因不受定量约束而肆意生长似的。①

伍尔夫还试图记录下那些看似无关紧要，但是日后回望时却可能变成"被时光掩埋的璀璨钻石"的事情。这与她在小说创作上的发展密切相关。在文学创作中，她感觉到那些看似平凡的事物所具有的重要意义，并且明白情绪情感会在你可能一开始并不关注的地方蕴积。同她的小说一样，伍尔夫的日记是她对抗生命无常的一种方式。岁月流逝而去，却未被记录下来，使得她心中充满失落感。伍尔夫厌恶那种觉得"生命可以挥霍，不过就像水龙头流着的水"的想法。②

不止是哈里斯，几乎所有的伍尔夫研究者都注意到了日记和书信之于伍尔夫写作的重要性。作为一位有自觉写作意识的作家，实际上，不仅是创作伊始的练笔，伍尔夫几乎终生都意识到书信和日记之于一个作家的重要。"通过写散文和记日记，当然更多的是通过给家人和朋友写信，弗吉尼亚发现了挖掘语言的宝藏来表达确切想法的乐趣。"③ 奈杰尔·尼科尔森是英国作家、政治家、出版人。其母亲维塔·萨克维尔—韦斯特是弗吉尼亚·伍尔夫曾经的恋人与最为亲密的朋友。因此，尼科尔森在少儿时代就有机会接触到伍尔夫。在其后来的传记《伍尔夫》里，尼科尔森回忆了儿时与弗吉尼亚相处的情景，为这位20世纪英国最著名的女性描绘了一幅真实而传神的肖像。在奈杰尔·尼科尔森的传记里，弗吉尼亚"很早就产生了将生

---

① ［英］哈里斯：《伍尔夫传》，高正哲、田慧译，时代文艺出版社2016年版，第72页。
② 同上书，第73页。
③ ［英］奈杰尔·尼科尔森：《伍尔夫》，王璐译，生活·读书·新知三联书店2014年版，第14页。

活中的点点滴滴转化成文字的创作欲望"。她当时的那些书信和日记,比其后来的回忆录更可信。尼科尔森尤为记得弗吉尼亚对自己所说的话:"任何事情直到它们被记录下来才算是真正地发生过。所以你必须给你的家人和朋友写很多很多的信,还要养成记日记的习惯。"① 因为伍尔夫近乎自觉地意识到:

> 如果你想确信你的生日 300 年后会有人庆祝,那么,最好的办法无疑就是记日记。只是首先要肯定你有将自己的天才妥善地藏在一本个人的书中的勇气,而且还要有满足于看待名声只有死后才属于你的心情。因为一个好的日记作者不是只替自己写作就是替遥远的后代写作,这样,读者就可以有把握地听到每一个秘密并且恰如其分地掂量出每一个动机。对于这样的读者,既没有必要装模作样,也没有必要闪烁其词。真诚是读者所要求的,还有细节和容量。写作技巧可以在适当时候采用,但卓越才华就没有必要;天才甚至会成为障碍。如果你明白自己的职责,并且坚定果断地完成了它,后代们就会从轻发落你,让你与伟人们相提并论,叙述众所周知之事,或者让你与国家的第一夫人们埋葬在一起。②

一切都被天才的伍尔夫说中了。当伍尔夫在这篇随笔中写着伊夫林的时候,实际上,对于今天的几乎所有的读者而言,有谁能熟悉或

---

① [英] 奈杰尔·尼科尔森:《伍尔夫》,王璞译,生活·读书·新知三联书店 2014 年版,第 3 页。

② [英] 弗吉尼亚·伍芙:《伍尔芙随笔全集》Ⅰ,石云龙、刘炳善、李寄、黄梅译,中国社会科学出版社 2001 年版,第 77 页。

者知道伊夫林呢？即使伊夫林写了很多日记。如果不是恰好阅读了伍尔夫的这篇《漫谈伊夫林》，或者伍尔夫没有写伊夫林，这位生活于17世纪的英国作家、英国皇家学会的创始人之一，这位在文学、艺术、政治等方面多有见解的人，如果不是伍尔夫或者可巧读了伍尔夫并且读了这篇文章，估计很少有人会知道他。尽管这位约翰·伊夫林（1620—1706）活到了86岁，且有《日记》和传记作品，也称得上是多产作家。对于多数读者而言，伊夫林实在是太陌生了。但伍尔夫阅读并写了伊夫林，由此见出伍尔夫阅读的视野，对英国文学的了然于胸。当然，这里看到的是伍尔夫对于日记写作的态度。对于像伍尔夫这样一位作家而言，日记绝对不是流水账，而是其才华的记录。对此，伍尔夫极为自信。

1918年8月7日　星期三

在阿什罕的日记录下了我的观察，鲜花、云彩、甲虫，点点滴滴，琐碎得很。独处一隅，实在没有什么可说。一条毛毛虫被碾死了，令我们悲伤；佣人昨晚从路易斯回来，又令我们兴奋。他带回了伦纳德所有关于战争的书籍和有关我的英语评论书刊，……还有凯瑟琳·曼斯菲尔德的《幸福集》。"她给毁了！"我扔下此书，大叫起来。我真不知道，她作为一个女性或者一个作家，经这类故事折腾后身上还留有多少信仰。事实上，她的头脑是一片贫瘠之地，岩石之上只覆盖了一二英寸厚的薄薄的一层土。我恐怕只好接受这一事实了。[①]

[①] [英]弗吉尼亚·伍尔芙：《伍尔芙日记选》，戴红珍、宋炳辉译，百花文艺出版社2012年版，第1页。

不管怎样，真高兴可以继续读拜伦了。至少，他具备了男性的优点。事实上有趣得很，我可以轻易地想象出他对女人的魅力，尤其是愚昧无知的女人，她们根本无力抗拒拜伦的吸引力。也有很多女人企盼赢得他的心。……拜伦的性格总使我联想起罗伯特·布鲁克，尽管这是对布鲁克的不恭。但不管怎样，拜伦的诗歌健劲有力，其语言风格证明了这一点，而且在其他许多方面也都具有良好的秉性。好像没有人敢嘲笑他，使他摆脱孤傲之气，因而他也超乎人们意料地变得更像他笔下的霍拉斯·科尔了。他只能让女人来嘲笑他，而她们又只会倾慕他。我还没有读到有关拜伦夫人的文章，可我想她只会不赞同他，而不会笑话他。因而拜伦就成了拜伦式的英雄。①

1919年4月12日　星期六

在阅读《摩尔·弗兰德斯》时，我抽出十分钟把未写完的日记结束了。昨天我止不住内心的欲望，放下书本去伦敦走了一趟。结果没按工作日程写完日记。但我看到了伦敦，特别是透过笛福的目光，站在亨格福德大桥上，眺望了伦敦城内白色的教堂与宫殿群。我用他的目光打量着卖火柴的老年妇女。一个女孩衣衫褴褛，沿着圣·詹姆斯广场的人行道向前走着。她在我眼中化成了《摩尔·弗兰德斯》或《若塞娜》中的人物。是的，一个伟大的作家，当然会在两百年之后，在这儿将他的灵魂依附在我身上。如此伟大的作家，福斯特竟会从未读过他

---

① ［英］弗吉尼亚·伍尔芙：《伍尔芙日记选》，戴红珍、宋炳辉译，百花文艺出版社2012年版，第2—3页。

的作品。快到市图书馆时，福斯特看见了我，他用手示意我过去。我俩热烈地握了握手。但我一向感到，福斯特很敏感，局促不安的，似乎不想与我太近乎。而我是个女人，一个聪明的女人，一个入流的女人。想到这一点，我便向他推荐了笛福的作品，然后与他分了手。一路上我在贝克斯买了本笛福的书，以后还得多买几本。①

上面所引是《伍尔芙日记选》中的几则片段。每一个片段中都透露着大量的信息及对文学的思考。关于作家，关于曼斯菲尔德、关于拜伦、关于笛福。这本日记是在伍尔夫去世之后，由其忠诚善良、见识卓越的伴侣伦纳德精心挑选、整理、编辑而成，1953年由霍加斯出版社出版。为此，伦纳德·伍尔夫还写了《一个作家的日记》序。在序言部分，伦纳德指出，选本中的日记几乎都与弗吉尼亚的创作有关，同时又包含三方面内容。其一，"伍尔芙明显地把日记作为练笔和试验写作艺术的一种方法"；其二，部分篇幅可以"让读者对她的精神世界及其艺术创作最初的素材有一个直接而鲜明的印象"；其三，"有关她对所读书籍的评论"②。在伦纳德看来："这本日记选向读者阐明了弗吉尼亚·伍尔芙作为一个作家的创作意图，她所关注的对象，及其所采用的写作方式。同时也提供了一幅艺术创造的非同寻常的心理学图景。它的价值和趣味自然在很大程度上有赖于弗吉尼亚的艺术创造本身，……我认为弗吉尼亚是一位严肃的艺术家，她的所有著作都是严肃的艺术品。这些日记起

---

① ［英］弗吉尼亚·伍尔芙:《伍尔芙日记选》，戴红珍、宋炳辉译，百花文艺出版社2012年版，第9—10页。
② ［英］伦纳德·伍尔芙:《〈一个作家的日记〉序》，第3页。

码表明了她非凡的精力和信念,她对于艺术创作的钟情独注,以及在其作品的创作和反复修改中体现的坚持不懈的精神和认真谨慎的态度。"①

读伍尔夫的日记,会有一种强烈的体会,那就是:这不是一般意义上的日记,其中没有一篇是流水账,没有一篇是庸常日子的录入。日记中的每一篇都可以当作散文随笔来读,每一篇都笔底生花,带着思考,带着真知灼见。一篇一篇读下来,感受到的是蕴蓄于其中的精神光芒。当然,当我们说伍尔夫的日记不是庸常日子记录的时候,其实也包含着这样的意思,那就是,伍尔夫的日记,不是世俗意义上的庸常生活的记录,但的确是其日常生活的记录,这就是伍尔夫的日常生活。或者说,伍尔夫的日常生活,就是读书和写作,就是一位作家审美意义上的审美生活。因此,其记录,无须修饰和粉饰,每一篇,都是一位作家所思所想所作所为的文学篇章。

除却日记外,书信也是伍尔夫写作的一部分。由弗吉尼亚的个性可以看出,她对社交不感兴趣,但其独特的天分使其书信,既是与朋友的联系,又成为其写作的一部分。正如伍尔夫所强烈意识到的那样,任何事情只有被记录下来才算是真正发生过。所以,伍尔夫自己给家人和朋友写信,也鼓励尼科尔森给朋友写信,包括养成记日记的习惯。说到其书信,从小就接触并熟悉伍尔夫的传记作家奈杰尔·尼科尔森,都对其书信内容的丰富感到惊奇:

---

① [英]弗吉尼亚·伍尔芙:《伍尔芙日记选》,戴红珍、宋炳辉译,百花文艺出版社2012年版,第3页。

她可以在一个晚上分别给三个不同的人写信,但这三封长信里没有一个词组是相互重复的。这些信件的深度和节奏各不相同,如同一条小溪时而湍急地在卵石间奔流,时而静静地汇入池塘。信件所表达的情绪永远都是愉悦和关切。①

由此可见,日记和书信之于作家弗吉尼亚·伍尔夫,不只是生活的记录和与外界沟通的媒介,更是其思想的闪光与精神的流程,是倏忽而至又转瞬即逝的才思、深思和神思,是其生活抑或存在的证明,正如弗吉尼亚所谓"被记录下来才算是真正发生过"。正是通过记日记和给家人朋友写信,弗吉尼亚·伍尔夫的确感觉到,使用语言来表达自己的想法,既是工具又是武器,但更多的是一种乐趣。甚至就像她欣赏的简·奥斯丁,伍尔夫自觉不自觉地具备的讽刺天分,带着她的聪明智慧,呈现在其致亲友的书信里。实际上,这样的天赋后来也成为其散文随笔的一种特质一种风格。

几乎所有了解弗吉尼亚的人都深知其对于写作的热情、热诚与热爱。爱·摩·福斯特是英国著名小说家、评论家,也是布鲁姆斯伯里团体成员之一。在弗吉尼亚去世后,在一次为剑桥大学里德讲座所做的学术报告中,特别提到了弗吉尼亚对于阅读和写作的兴趣:"她喜欢写作,并且带着一种专心致志的狂热来写作,很少有作家具有或者企求这种品格。大多数人写作时,四分之一的心思放在版税上,四分之一的心思放在批评家身上,又有四分之一的心思放在如

---

① [英]奈杰尔·尼科尔森:《伍尔夫》,王璐译,生活·读书·新知三联书店2014年版,第41页。

何改进这个世界上,只剩下最后的四分之一的心思放在他们集中了全部想象力的那个任务上。她不愿意东张西望,她周围的环境与她本人的气质使她做到专心致志。"① 在此,福斯特既是以一位布鲁姆斯伯里同道,又是以一位有着写作经历和体验的作家身份来看伍尔夫的。在福斯特看来,弗吉尼亚·伍尔夫是以四分之四也就是百分之百的全部经历和生命来从事写作的作家。全部的心思和想象力都在自己的写作上,全神贯注,心无旁骛。

无论是生活在弗吉尼亚·伍尔夫身边的人还是伍尔夫的传记作者,都毫无例外地感受或者体会到伍尔夫对于写作的痴迷。当然,最了解弗吉尼亚·伍尔夫的还是伴随其多年的丈夫伦纳德·伍尔夫。对于弗吉尼亚的写作热情甚至痴迷,伦纳德体会最深。甚至弗吉尼亚与伦纳德新婚蜜月,成果竟然是每人都有一部小说初稿。而弗吉尼亚·伍尔夫写成的就是最终成为《远航》的作品。在伦纳德眼里,"我还从来没见过有谁工作起来比弗吉尼亚还要紧张、不知疲倦和全神贯注,特别是她在写小说的时候。小说成了她的一部分,而她自己也被吸了进去。"②

实际上,在此之前,在父亲去世至范尼莎与贝尔婚后的日子里,在读书和孜孜不倦地写作评论的同时,弗吉尼亚也常常去乡下旅行,"她被乡野的美景所俘获,徜徉漫游于其间,并且在日记和信件中用美妙绝伦、引人遐想的辞藻描述这一切。"③ "她希望花更多时间在

---

① [英]爱·摩·福斯特:《弗吉尼亚·伍尔夫》,见瞿世镜编选《伍尔夫研究》,上海文艺出版社1988年版,第5页。
② [英]奈杰尔·尼科尔森:《伍尔夫》,王璐译,生活·读书·新知三联书店2014年版,第83页。
③ [英]哈里斯:《伍尔夫传》,高正哲、田慧译,时代文艺出版社2016年版,第47页。

乡间平静地阅读和写作，于是在苏塞克斯山谷租了一处租金便宜的小房子。"① 哈里斯的传记中多次记载了弗吉尼亚热衷于写作的心态和状态。

1904年，时至岁末。弗吉尼亚·伍尔夫经由维奥莱特的推荐和介绍，开始为《卫报》写作散文和书评。对此，昆汀·贝尔在其传记中做了这样的记录：

> 感谢维奥莱特·狄金森最初的引荐和不断的鼓励，《卫报》成了弗吉尼亚发表早期报刊习作的相当固定的渠道。她长久以来都在训练自己成为一个作家，就是说她一直在大量地阅读和勤勉地写作。她这些年的日记几乎总是由用心的随笔构成，好像是为了发表而写的，它们是一些习作，描述了乡间一日、对伯爵宅邸的拜访和一个倾听邻居舞会之音乐的夜晚，……因为这些随笔没有传记的趣味，它们只是表明了弗吉尼亚为文学职业做准备时的那种高度严肃和极其彻底的态度。她那不歇的、几乎强迫性的阅读和写作是为了补偿一件事，就是她没受过她所谓的"真正的教育"，她指的是大学教育。她在写作方面的实践赋予了她一种行云流水的风格，一种极年轻的报刊作者很少拥有的轻松自如；……从这时起，弗吉尼亚成了一个长期受雇的短文和评论作家。她几乎什么题材都写。②

---

① [英]哈里斯：《伍尔夫传》，高正哲、田慧译，时代文艺出版社2016年版，第52页。
② [英]昆汀·贝尔：《伍尔夫传》，萧易译，江苏教育出版社2005年版，第100—101页。

作为弗吉尼亚·伍尔夫最亲近的传记作家，昆汀·贝尔了解并熟悉伍尔夫的阅读和写作。在对其为《卫报》写作的初始做出描述的同时，对伍尔夫随笔写作的风格做了到位的概括，即行云流水、轻松自如。可以说，这样的轻松自如的写作方式与行云流水的文字风格，贯穿于伍尔夫一生的随笔写作中，成为其一以贯之的写作风格。最初，弗吉尼亚的投稿，一定程度上是因为囊中羞涩。但很快地，弗吉尼亚·伍尔夫就受邀为《泰晤士报·文学副刊》《国家评论》撰写稿件和书评。当然，弗吉尼亚·伍尔夫的写作并不是从为报刊写作开始的。大概从学会用语言做"武器"的时候起，弗吉尼亚就在为成为一名作家做准备。无论是大量地阅读，还是勤勉地写作，包括日记书信都成为其用心构成的随笔。此时的为报刊写作，既是伍尔夫长久以来阅读和写作的水到渠成，也是其写作从为自我到为自我和公众写作的一个转折，更是其写作从自发到自觉最终走向自由的一个开始的时间节点。正是从为《卫报》写作开始，弗吉尼亚·伍尔夫成为一个长期为报刊写稿的随笔作家和书评作者。至此，弗吉尼亚·伍尔夫完成了其作为一个作家的准备阶段。她的人生、她的写作人生，开始了新的一页。

当然，人生很难预设，人生也不可能重新来过。但是，如果弗吉尼亚·伍尔夫的人生可以重新预期和设计的话，她一定还是一个作家。因为，如果说弗吉尼亚的父亲莱斯利作为一位写作者，其禀赋是后天获得的一种学养和品位的话，而天赋如此、禀赋如此的弗吉尼亚，就是为写作而且是为文学写作而生的人。很难想象如伍尔夫这样如此执着地热爱阅读的人，这位以文学创作为生命的人，这位敏感到极致甚至疯癫的人，除了阅读和写作外还会干什么。写作是她逃避世界的方式，也是她进入世界的方式，更是她创造世界的方式。

所以，弗吉尼亚·伍尔夫走向写作是必然的，其所有的文字都指向文学创作也是必然的。对于伍尔夫来说，在她自觉地将自己定位为一位作家后，的的确确地，她没有写过一点没有价值的文字。她的小说是文学创作，散文批评是文学创作，回忆录是，日记和书信也是。正是其无论是在意识流小说还是散文随笔还是日记书信中表现出的不凡才华，使得弗吉尼亚·伍尔夫，最终成为20世纪群星闪耀的作家星座中闪烁出独特光芒的文学大家。

本章结语：

这就是伍尔夫的知识分子的家庭，这就是她置身于其中的环境，这就是她的教育方式，这就是她的经历和成长。了解了这一切，就会理解关于弗吉尼亚·伍尔夫的很多个为什么。为什么弗吉尼亚从童年时代起就对读书有超乎寻常的热爱？为什么她有如此惊人的阅读量以及阅读速度与深度？为什么伍尔夫会成为意识流小说家而不是现实主义作家？为什么她会有独特的现代小说观念？为什么其散文随笔或文学批评随笔有如此开阔的视野、卓越的见地和不凡的才思？为什么其文学批评不是学院派的理性思辨而是充满了才情的印象、直觉和诗意的想象？……当然，即使在了解了伍尔夫的出身经历及个性禀赋后，面对伍尔夫的作品，迷惑、困惑乃至疑惑还是在所难免。但有一点可以肯定的是，对伍尔夫身世及成长经历的了解，至少可以作为一把锁钥，引导我们进入弗吉尼亚·伍尔夫所创造出来的丰富且丰满的文学世界。

第二章　不同视角中的"普通读者"

从1904年12月开始，伍尔夫获得了为《卫报》写作散文和书评的机会。《卫报》是伦敦一家面向神职群体的周报，因朋友的引荐和介绍，伍尔夫开始为这家教会报纸撰稿。很快地，弗吉尼亚·伍尔夫又受邀为《泰晤士报·文学副刊》、《国家评论》撰写书评。而后两份报刊比起以神职人员为主要读者的《卫报》更负盛名。而且，"在她与《泰晤士报·文学副刊》的编辑布鲁斯·里奇蒙德多年长期的通信联系之中，后者发现弗吉尼亚·伍尔夫一直是他的写作队伍中最有技巧与最可依赖的贡献者，为他的刊物写了无数的评论……"[①]

在一般读者的心目中，在20世纪文学史中，伍尔夫是以一位意识流小说家而著名的。其著名的意识流小说《墙上的斑点》、《达洛卫夫人》、《到灯塔去》，几乎与弗吉尼亚·伍尔夫的声名与地位紧密联系在一起。就像《追忆逝水年华》之于马塞尔·普鲁斯特，《尤利西斯》之于詹姆斯·乔伊斯，《喧嚣与骚动》之于威廉·福克纳。对

[①] 易晓明：《优美与疯癫：弗吉尼亚·伍尔夫传》，中国文联出版社2002年版，第287页。

于大多数读者而言,一说到弗吉尼亚·伍尔夫,就是意识流小说家,就想到《墙上的斑点》、《达洛卫夫人》、《到灯塔去》。当然,如果视野再开阔一些,在意识流小说作家之外,弗吉尼亚·伍尔夫还是一位女性主义者。因为《一间自己的屋子》,伍尔夫与写出了《第二性》的西蒙娜·德·波伏瓦并称为女性主义的先驱。如果说伍尔夫的《一间自己的屋子》被认为是"英美女性主义文学理论的奠基文本"[①]的话,西蒙娜·德·波伏瓦的《第二性》,则被认为是"女性主义理论书籍中最有说服力和最彻底的一部"[②]。由此,可以说,意识流小说家和女性主义者,是弗吉尼亚·伍尔夫最著名也最鲜明的身份和标签。

但是,如果对伍尔夫的写作过程作一回顾的话,弗吉尼亚是从少年甚至童年时代起就开始写作的。从六岁开始,弗吉尼亚就立志成为一名作家。尽管这个时期的书写尚处于懵懂的、不自觉的状态。弗吉尼亚·伍尔夫曾经也期望自己如父亲莱斯利·斯蒂芬所设计和期望的那样写历史著作。但无心插柳柳成荫,伍尔夫没有成为父亲期待的历史或者传记作家,她选择了写小说和散文。当弗吉尼亚·伍尔夫开始自觉地以文字写作为乐趣、为职业、为使命乃至为生命的时候,在其漫长的创作经历中,书评或散文随笔或文学批评随笔,几乎贯穿于其创作生命的整个过程中。除了作为《泰晤士报·文学副刊》几乎固定的专栏作家外,伍尔夫还为《耶鲁评论》、《纽约先驱论坛报》、《大西洋月刊》等报刊特约撰稿。在弗吉尼亚·伍尔夫生前结集出版的《普通读者》Ⅰ(1925)和《普通读者》Ⅱ(1932)

[①] 程锡麟、方亚中:《什么是女性主义批评》,上海外语教育出版社2011年版,第14页。

[②] 同上书,第16—17页。

中,只收集了伍尔夫随笔和评论的约五分之一。但就是这五分之一的文字,已经明显且充分地显示伍尔夫作为一位散文作家的才华,为当时尚未成名的弗吉尼亚·伍尔夫带来了声誉。所以,从创作历程而言,"真正使她声名鹊起的是她在报纸杂志上发表的文章。越来越多的人知道她是一位专业的评论家。"①

从为报刊撰稿开始,终其一生,伍尔夫都在写作散文随笔,著述丰富。但在其生前,结集出版的只有1925年的《普通读者》Ⅰ和1932年的《普通读者》Ⅱ,两部文集约三十多万字。其他随笔多是在她去世之后,由他人搜集整理并编辑出版。当弗吉尼亚·伍尔夫作为布鲁斯·里奇蒙德"写作队伍中最有技巧与最可依赖的贡献者"、为其编辑的《泰晤士报·文学副刊》写了无数的评论时,当伍尔夫几乎同时为其他报刊写作随笔文章时,因其文章常常匿名发表,这就给此后其散文随笔的整理带来了可想而知的难度。就已经发现和整理出来的文章看,弗吉尼亚·伍尔夫一生写过大约300—350余篇散文随笔或书评。即使仅仅是一位随笔作家,300余篇的文章也是一个十分可观的数字。正如有学者所意识到的:"弗吉尼亚·伍尔夫以一位伟大的意识流小说家的身份在英国文学史上占据一席重要地位,而弗吉尼亚·伍尔夫在批评散文方面的贡献常常为人们所忽略。实际上,最初,弗吉尼亚·伍尔夫也是通过写文章与评论开始其文学生涯的。她一生都一直坚持这方面的写作。"② 或许是"弗吉尼亚·伍尔夫在小说方面的才华与名声掩盖了或者说夺去了她作为散文家的

---

① [英]哈里斯:《伍尔夫传》,高正哲、田慧译,时代文艺出版社2016年版,第45页。

② 易晓明:《优美与疯癫:弗吉尼亚·伍尔夫传》,中国文联出版社2002年版,第287页。

光彩",作为散文随笔作家的伍尔夫,其所拥有的读者、所产生的影响,显然不及作为意识流小说家的伍尔夫。但是,如果对伍尔夫的散文随笔稍加关注,或者"如果独立地看她的散文,弗吉尼亚·伍尔夫在散文世界里同样是非常杰出的。如果弗吉尼亚·伍尔夫只作为一个散文批评家被知道,而不是同时作为一位小说家,她同样是她的时代最伟大的人物之一。一百多万字的散文批评文字对于一个专门从事评论职业的人也不算数量太少"[①]。

的确,"一百多万字",看似简单的一组数字,其中却凝聚着伍尔夫自 1904 年以来几乎全部的散文随笔文章。当这些文章以书评、散文或文学批评随笔的形式呈现在读者面前的时候,读进去,就会发现在这些散文随笔中,蕴蓄着一位散文大家和批评大家的视野与品位、见地与才华。正是因此,伍尔夫获得了"传统散文大师,新散文首创者"、"英国散文大家中的最后一人"的美誉。

但是,显而易见地,与对伍尔夫意识流小说的研究相比较,对伍尔夫散文随笔的关注与探讨,与其散文随笔的成就不成比例。而且,这种关注,无论是国内学术界还是国外学术界,更多地是和对伍尔夫的生平经历与整个创作经历联系在一起。在目前国内研究弗吉尼亚·伍尔夫生平和创作的著作中,涉及伍尔夫散文随笔或文学批评随笔的评述,大致出现在以下著作中:

  布鲁姆斯伯里是弗吉尼亚·斯蒂芬开始文学处女航的出发港。1904 年 12 月 14 日,她在《卫报》(The Guardian)上发表

[①] 易晓明:《优美与疯癫:弗吉尼亚·伍尔夫传》,中国文联出版社 2002 年版,第 288 页。

了第一篇小说评论，21日又有发表了第二篇文章。在1905—1906年间，她接连在《卫报》上发表了30篇定期书评，此外也开始为《学院与文学》、《发言者》和她父亲曾任主编的《康希尔评论》撰稿。最后，她的文章出现在最高规格的《泰晤士报文学增刊》上，从此至1930年，她与这份著名刊物保持了长达33年的翰墨姻缘。根据统计，1905年弗吉尼亚共发表了35篇文章，1906年23篇，1907年35篇，1908年29篇，平均每年超过30篇。弗吉尼亚·伍尔夫的随笔写作持续了终生，它们构成了她作品的一个重要组成部分，而她本人也成为了最重要的现代英国散文作家之一。[①]

这是出现在国内学者伍厚恺所著伍尔夫传记《弗吉尼亚·伍尔夫：存在的瞬间》中的记录。一段不长的文字，信息翔实而丰富。由这段文字看出：从1904年开始，主要是在1905年到1908年期间，伍尔夫发表随笔文章的数量之多。因其随笔写作伴随终生，所以，弗吉尼亚·伍尔夫当之无愧地成为了英国现代最重要的散文作家。伍厚恺出版于1999年的《弗吉尼亚·伍尔夫：存在的瞬间》，是国内学者探讨研究弗吉尼亚·伍尔夫生平与创作最早的传记之一。这部著作不仅意在为弗吉尼亚·伍尔夫作传，而且同时对其思想及创作作出评述。与其他传记不同的是，面对伍尔夫的生命历程，这部著作突出了在所有的经历、思想及作品的背后，有一个存在于伍尔夫生命深处的"生命的模式"，即伍尔夫意义上的"存在的瞬间"，并

[①] 伍厚恺：《弗吉尼亚·伍尔夫：存在的瞬间》，四川人民出版社1999年版，第76页。

以此作为传记的标题。在《弗吉尼亚·伍尔夫：存在的瞬间》一书中，作者通过伍尔夫几部有代表性的作品《雅各的房间》、《达洛卫夫人》、《到灯塔去》、《海浪》、《奥兰多》等，对伍尔夫的创作历程作出梳理。至于对伍尔夫文学随笔的评述，则出现在部分章节里。但就已经涉及的伍尔夫散文随笔或文学批评随笔看，除却对伍尔夫关于乔叟、笛福、简·奥斯丁、勃朗特姐妹、乔治·爱略特、哈代以及俄国作家托尔斯泰、陀思妥耶夫斯基、契诃夫等随笔的评述外，《现代小说》和《贝内特先生和布朗太太》是该传记中着墨较多的篇章。当伍尔夫在《现代小说》中探讨着是"物质主义"还是"精神主义"时，当她在《贝内特先生和布朗太太》中，将作家划分为爱德华时代的作家和乔治时代的作家两个阵营时，实际上，伍尔夫是在阐释着自己作为一位现代主义作家的创作理念和小说理念。当然，将贝内特和高尔斯华绥等作家归属为爱德华时代的作家，即所谓"物质主义者"，不无伍尔夫的一点偏激；但对于如福斯特、劳伦斯、詹姆斯·乔伊斯等作家冠以乔治时代作家的称谓，是伍尔夫对这些作家的肯定，是对他们在创作中所表现出的关注人的内心、关注人的灵魂和生命的肯定。可以说，"《现代小说》一文是弗吉尼亚·伍尔夫第一篇重要的文学论著，被人们视为其现代主义宣言，历来批评家在阐释伍尔夫的小说理论时也无不以此为首要例证"[1]。在此，伍厚恺所著传记，对伍尔夫随笔中带有纲领性和理念意义的文章《现代小说》、《贝内特先生和布朗太太》等作出阐释和论述，显示出该书在写作伍尔夫传记时

---

[1] 伍厚恺：《弗吉尼亚·伍尔夫：存在的瞬间》，四川人民出版社1999年版，第149页。

所呈现出的理论深度。

易晓明出版于 2002 年的《优美与疯癫——弗吉尼亚·伍尔夫传》，也属国内学界较早的有关弗吉尼亚·伍尔夫生平及创作的传记。其中"第七章 批评散文"，将伍尔夫的文学批评随笔和散文随笔称为"批评散文"。在此章节中，作者分别从"普通读者"、"给作家画像"的角度，对伍尔夫批评散文即文学批评随笔等文章作出梳理、分类和评论。在易晓明看来：

> 弗吉尼亚·伍尔夫的批评散文粗略地可以划分为四类。一类是描画英国的著名作家，给个体作家作评估。这个范围可达于整个英国文学，从英国文学之父乔叟一直到弗吉尼亚·伍尔夫自己同时代的作家，这类批评散文在弗吉尼亚·伍尔夫的批评散文中占有最大的比重。第二类同样也是一些知名人士，但他们是非文学家的其他历史人物。……第三类是弗吉尼亚·伍尔夫喜欢将之称为"无名的人生"的一类画像。这类作家是我们比较陌生的，弗吉尼亚·伍尔夫在她的散文中提升出这些已故去、被遗忘了几百年甚至更多岁月的人，使他们被文学史所略过的面貌，又活在我们的面前，使我们嘲笑他们或同情他们。最后一类是非个体性的文章，它们常常表达一种主张，往往与作家本人的观念与写作目的相关。如《现代小说》、《俄国人的观点》、《班奈特先生与勃朗太太》等，这些所表述的都是伍尔夫本人的创作主张。此外，《一间自己的房间》、《妇女和小说》等，宣传的是作家本人对妇女问题的观点。这一类散文影响非常之大，它们因与伍尔夫本人的创作比较一致，因此，在她的小说被普遍关注的同时，这些理论类的散文也同样受到了应有

的关注。①

在《优美与疯癫：弗吉尼亚·伍尔夫传》中，作者将伍尔夫三百余篇批评散文做了大致的分类。当然，相对于伍尔夫数量之多、涉及作家与作品之深之广、内涵极其丰富的批评散文或文学随笔而言，不同的学者有不同的角度和不同的理解。即使是分类，见仁见智也是难免的。易晓明在其著作中对伍尔夫批评散文的分类和阐释，有其独特的角度和理解，是国内学术界对伍尔夫散文随笔的较早分类和研究，亦可谓筚路蓝缕，具有开创意义。

杨莉馨出版于2009年的著作《20世纪文坛上的英伦百合——弗吉尼亚·伍尔夫在中国》，是国内学术界较早地研究和探讨弗吉尼亚·伍尔夫在中国的译介与接受的学术著作。在此著作中，作者独辟一章，特别厘清了伍尔夫作为随笔与传记作家在中国文坛的译介与接受情况。尽管限于篇幅和角度，对伍尔夫散文随笔的写作以及在中国的译介只是做了初步的探讨，但在当时甚至到目前对伍尔夫散文随笔的研究中，该书的资料收集和研究探讨既是基础性的，又具有开拓和建构意义。在该书第九章"作为随笔与传记作家等的伍尔夫"之"散文、随笔的翻译与研究"一节中，作者用将近两万字的篇幅，对伍尔夫散文、随笔的翻译与研究作了梳理。由书中大量的资料和数字统计，可以看出国内译者与研究者、期刊及出版社对伍尔夫散文随笔的翻译、介绍与出版情况。从1980年《世界文学》上刊发的由著名翻译家杨苡翻译的《〈简·爱〉与〈呼啸山庄〉》开始，期间，

---

① 易晓明：《优美与疯癫：弗吉尼亚·伍尔夫传》，中国文联出版社2002年版，第291页。

1985年由三联书店出版的《英国作家论文学》中收录的《当代文学》《现代小说》《俄国观点》《感伤旅行》等；20世纪80年代，由瞿世镜翻译、上海译文出版社出版的《论小说与小说家》一书，其中对伍尔夫批评随笔做了如此分类：其一，提纲携领的文章如《普通读者》《论现代小说》；其二，"对于英国妇女小说的探讨"的文章如《论简·奥斯丁》《〈简·爱〉与〈呼啸山庄〉》《论乔治·爱略特》《妇女与小说》；其三，对从18世纪至20世纪英国作家的评论如《论笛福》、《论托马斯·哈代的小说》等；其四，对俄国、美国等其他国家文学做出阐释的《俄国人的观点》《论美国小说》等；其五，表达"对于传统的小说创作方式的批评、对于现代主义小说成就的估价以及对于未来小说发展方向的看法"①的文章，如《对于现代文学的印象》《贝内特先生与布朗夫人》《狭窄的艺术之桥》；其六，书评《小说解剖学》《小说的艺术》等。瞿世镜不愧为国内最早最有权威性的伍尔夫研究专家，所编译的散文随笔集《论小说与小说家》，其中包括了弗吉尼亚·伍尔夫散文随笔中的大多名篇。然后，1994年，由刘炳善翻译、三联书店出版的同是"文化生活译丛"之一的《书和画像》；2001年中国社会科学出版社出版的《伍尔芙随笔全集》；2003年人民文学出版社的《普通读者》Ⅰ和《普通读者》Ⅱ……如此等等，不一而足。在所有已经翻译出版的伍尔夫散文随笔中，中国社会科学出版社2001年出版的四卷本《伍尔芙随笔全集》，可以说是目前伍尔夫散文随笔收录最多的文集。至此，伍尔夫的散文随笔几乎全部被收录。当然，这里只是部分地引

---

① 杨莉馨：《20世纪文坛上的英伦百合——弗吉尼亚·伍尔夫在中国》，人民出版社2009年版，第238页。

述了杨莉馨著作中关于伍尔夫散文随笔的翻译与出版信息。在杨莉馨的著作中，就资料的厘清及梳理而言，可以说是翔实而清晰。从中可以看出，在意识流小说之外，伍尔夫的散文随笔或文学批评随笔在国内的翻译、介绍、出版及研究情况。

在梳理和评介之外，在《20世纪文坛上的英伦百合——弗吉尼亚·伍尔夫在中国》中，作者杨莉馨对伍尔夫的散文随笔和文学批评文章给予了极高的评价：

> 除了提出"现代小说"理论与展开意识流小说探索之外，伍尔夫还是一位卓越的散文、随笔作家和传记艺术家。自1905年开始，她即为伦敦的《泰晤士报文学副刊》撰写书评。此后，文学评论与随笔写作纵贯于伍尔夫的整个创作生命之中，成为建构她文学声誉的一个重要组成部分。①

在此，作者将弗吉尼亚·伍尔夫的书评、散文、随笔界定或者命名为散文、随笔、文学评论与随笔，并对其作出分类。在作者看来，"伍尔夫的随笔大体可以分为两类：一类重点阐述她的美学观念与文学主张，对各国作家、作品加以评论；一类则集中考察与分析处于文化边缘的女性的境遇，包括对众多名不见经传的女作家、女才子的生活状态、感情世界和写作环境展开讨论。"② 可以说，杨莉馨论著一方面按时间先后顺序，厘清了伍尔夫散文随笔在中国的译介与接受过程，另一方面就伍尔夫散文随笔及书评中的名篇作出探讨。

---

① 杨莉馨：《20世纪文坛上的英伦百合——弗吉尼亚·伍尔夫在中国》，人民出版社2009年版，第228页。
② 同上书，第230页。

资料的翔实与论述的概括，使这部著作在伍尔夫研究中具有珍贵的史料价值和学术参考价值。

在生活·读书·新知三联书店1994年出版的由"维吉尼亚·吴尔夫"所著的《书和画像》中，译者刘炳善从伍尔夫两部《普通读者》的五十多篇文章里，选取了伍尔夫"阐述其创作与批评原则、评论英国文学史上一些男女作家以及其他方面的有代表性的文章二十四篇"辑成《书和画像》中的篇目。在篇首题为"维吉尼亚·吴尔夫的散文艺术译序"中，译者对伍尔夫的散文随笔做了如此概括："这些文章是作者呕心沥血从事小说创作之余的'副业产品'。但这样说丝毫不能减低它们本身的价值。因为，这里是一位具有高度文化修养和丰富创作经验的作家在勤奋创作的间歇，以随笔的形式、轻松的笔调、无拘无束地漫谈自己对历代作家、作品的印象，以精致的文笔写出她对于文学、人生、历史的细腻感受，而读者的获益不只是一个方面的。"① 《书和画像》是国内出版界出现较早的伍尔夫散文随笔集。其中，对伍尔夫散文随笔的评价，带着译者对伍尔夫随笔的最初印象，即轻松的笔调、精致的文笔、细腻的感受和无拘无束的漫谈方式。这样的印象，在弗吉尼亚·伍尔夫进入中国读者视野的初期，有助于帮助读者理解和把握伍尔夫散文随笔的内涵与风格。像所有接触到伍尔夫散文随笔和文学批评随笔的学者一样，在译者看来，伍尔夫虽为"普通读者"，但其随笔的内涵、其阅读视野的开阔、其估价文学大师时所具有的"洞察力的真实性"，都为一般的"普通读者"所不能及。

---

① ［英］维吉尼亚·吴尔夫：《书和画像》，刘炳善译，生活·读书·新知三联书店1994年版，译序，第7页。

上百篇包罗诸端、行云流水般的论文、随笔和书评是伍尔夫成为经典作家的基石。她在生前采撷精华，将这些通常发表在《卫报》《康西尔评论》《泰晤士报文学增刊》等刊物上的文章大多收入《普通读者》的文集中。她为这两卷本的评论冠名《普通读者》，意在将自己比做一名普通读者，随性而至、信笔拈来书写了一些感想。然而，她这位普通读者绝非普通之辈，她以轻盈的笔触夹叙夹议，娓娓地谈古论今，畅述对文学与人生的感受与见解，敏锐严谨而又风趣迭生。在她离世后，《普通读者》连同其他未及被收入两卷本的随笔被纳入《伍尔夫文集》出版。如她以散文的手法写小说一样，她以小说的形式书写着文学评论。①

这是国内学者吕洪灵对伍尔夫散文随笔的论述。这部题为《走进弗吉尼亚·伍尔夫的经典创作空间》的专著，主要是对伍尔夫的小说作出深入研究。作者意在通过文本细读和个性化的分析，对伍尔夫不同时期的10部小说进行研讨。在作品分析的基础上，探讨伍尔夫写作成就背后的写作方式与思想，并通过自己的研究，领略伍尔夫所赋予其作品的广阔的阐释空间。如此，对伍尔夫小说的阐释就与伍尔夫的小说理论联系在一起，也必将与伍尔夫对经典小说的解读联系在一起。可以说，探讨伍尔夫在文学批评随笔中对经典的认知，其解读经典的视角以及其对作品作出评判的审美态度，这样的探讨，超出了一般梳理和介绍评析的层面，而与伍尔夫对经典的热情和认

---

① 吕洪灵：《走进弗吉尼亚·伍尔夫的经典创作空间》，人民出版社2013年版，第14页。

识、其小说理念和文艺主张等联系在一起。而且，作为对伍尔夫随笔的特征界定，已经捕捉到了伍尔夫文学批评的印象主义特点："在她不乏印象主义色彩的表述中，我们感受她对于经典的热情，……在言说中，她通过对小说作品的细读，从文学的真实性和作品的情感表达等方面展现了她对于经典的认知，并将她的文艺主张娓娓道来，透露出她解读经典的视角以及对当代小说发展的分析与预测。"①

在国外学者中，对伍尔夫散文随笔抑或文学批评随笔作出系统阐释的是多米尼克·斯皮埃斯·富尔。富尔是法国现代文学研究专家，是国外伍尔夫研究中涉及伍尔夫散文随笔较多的评论者。选自法国大罗拉斯百科全书中的《弗吉尼亚·伍尔夫》一章，有专节论及伍尔夫的《普通读者》。其中，富尔有选择地梳理了伍尔夫文学批评的过程和内涵：

> 自一九〇五年起，弗·伍尔夫埋头于文学批评，这并没有中止她的长篇小说……的创作，以及霍加斯出版社的创办……她为许多杂志撰过稿。然而，她的绝大部分创作（将近二百九十一篇文章中的二百十九篇）却在三十多年中陆续散见于《泰晤士报文学副刊》上。《普通读者》就是以这些文章为重点构成的（第一卷，1925；第二卷，1932）——按照塞缪尔·约翰逊的见解，阅读是为了使自己得到享受，而不是为了成为教条主义者，她所接受的就是他的哲学……

---

① 吕洪灵：《走进弗吉尼亚·伍尔夫的经典创作空间》，人民出版社2013年版，第15页。

> 弗吉尼亚·伍尔夫在这些著作中涉及到很多内容和作家。然而，她的一贯特征却是：她的批评的敏锐性。……她并没有因此局限于文学上出现的一般问题（《一个人应该怎样阅读？》），或者仅仅做些赞赏希腊人博学多才的练习，她懂得怎样在乔叟、笛福或者康拉德身上发现生活的价值，在荷马的作品中发现闪光的东西。她的力求客观和她的衡量标准，丝毫没有妨碍她产生与乔伊斯相同的精神感受，他的《尤利西斯》既让她赞叹不已，又使她感到苦恼，而且主要是使她感到苦恼。
>
> 作为俄国小说的忠实欣赏者，她在霍加斯出版社——她和她丈夫以及曼斯菲尔德都是这家出版社的资助人——采用了S.科特利娜丝翻译的托尔斯泰、陀思妥耶夫斯基和高尔基的作品。①

> 在作家的理想和小说的虚构概念上，在这个领域的创新和经验上，弗·伍尔夫都背叛了爱德华七世时代的"物质主义"和自然主义作家（《论现代小说》）。如今，英国文学出现了一条崭新的道路。②

在上面所引关于伍尔夫"文学批评"的评述中，富尔首先论及伍尔夫的阅读态度，那就是以塞缪尔·约翰逊博士的见解为自己的读书宗旨，读书是为了享受阅读的乐趣而不是其他。进而，富尔捕捉到了伍尔夫文学批评最鲜明最闪光的特质，那就是批评

---

① ［法］多米尼克·斯皮埃斯·富尔：《弗吉尼亚·伍尔夫》，见瞿世镜编选《伍尔夫研究》，上海文艺出版社1988年版，第84—85页。
② 同上书，第86—87页。

的敏锐性。而这正是伍尔夫所以能够成为一位视野开阔、见地卓越的批评家的根本所在。其后,富尔间接地谈到了伍尔夫对希腊文学和对英国作家的赞赏,即在乔叟、笛福、康拉德等作家这里看到了生活的价值,在荷马的作品中发现了闪光的东西。至于让伍尔夫不无苦恼的《尤利西斯》,之所以令其在苦恼之外又赞叹不已,在于伍尔夫与詹姆斯·乔伊斯之间所产生的共同的精神感受。与之相关的是伍尔夫作为一个小说家的理念和理想,那就是其对爱德华时代作家的背离,在《论现代小说》中表现出的对"物质主义"的背叛。当然,富尔也特别注意到了伍尔夫作为俄国小说的忠实欣赏者,她的霍加斯出版社出版托尔斯泰和陀思妥耶夫斯基作品的情况。

苏联学者米哈尔斯卡娅在其关于弗吉尼亚·伍尔夫的研究中,对伍尔夫的文学批评随笔着墨较多。像所有注意到伍尔夫与布鲁姆斯伯里联系的研究者一样,米哈尔斯卡娅关于伍尔夫的评论,也与对布鲁姆斯伯里的评价联系在一起。在其所著《二十世纪二、三十年代英国小说的发展道路》之《弗吉尼亚·伍尔夫》一节中,当米哈尔斯卡娅以大量的篇幅对布鲁姆斯伯里作出评述后,其意图是要探讨这个团体对于弗吉尼亚·伍尔夫的影响,或者说论述了伍尔夫是怎样在其创作和文学批评中实践了布鲁姆斯伯里的美学原则:"弗吉尼亚·伍尔夫的创作,最充分地体现了布鲁姆斯伯里集团的美学原则,她的文学批评活动,也为发挥这些原则的使命服务。"① 值得注意的是,在国外学者评论弗吉尼亚·伍尔夫的文章中,米哈尔斯

---

① [苏]米哈尔斯卡娅:《弗吉尼亚·伍尔夫》,见瞿世镜编选《伍尔夫研究》,上海文艺出版社1988年版,第56页。

第二章　不同视角中的"普通读者"

卡娅是少有的在其文章中对伍尔夫的文学批评作出评价的学者。不乏有学者论及伍尔夫的散文随笔，但米哈尔斯卡娅不仅探讨伍尔夫的创作，包括其创作组成部分的散文随笔写作，而且特别提到了伍尔夫的"文学批评活动"。

在二、三十年代，伍尔夫堪称现代主义阵营的一大批评家。她写过大量评论文章，涉及许多历代大师和当代作家。弗吉尼亚·伍尔夫虽是现代主义文学的代表作家之一，倘若说她不承认英国民族文化传统，却也有失公正。她的一些评论十八、十九世纪大作家的文章，说明她对他们的技巧特点怀有浓厚的兴趣。[①]

显而易见的是，米哈尔斯卡娅特别关注到了弗吉尼亚·伍尔夫对简·奥斯丁、托马斯·哈代、夏洛蒂·勃朗特和艾米莉·勃朗特、乔治·艾略特等作家的文学批评随笔，更关注到了伍尔夫诸如《论现代小说》、《俄国人的观点》等具有纲领意义和宏观视野的随笔文章。在对伍尔夫的上述文学批评随笔做了不无深度的分析后，又不无成见地评论伍尔夫的文学立场和观念。诸如：伍尔夫立场的片面性，局限性很大的美学原则；只注重一些表达"情绪和感觉的世界"；未能理解狄更斯的意义，与狄更斯心性不同；虽推崇勃朗特姐妹的创作但是看法片面，将她们创作的意义"仅仅归结为表达爱情、憎恨、痛苦等各种激情的力量的本领"，艾米莉·勃朗特《呼啸山庄》中描

---

① ［苏］米哈尔斯卡娅：《弗吉尼亚·伍尔夫》，见瞿世镜编选《伍尔夫研究》，上海文艺出版社1988年版，第56页。

写情绪的技巧,"使得伍尔夫心醉神迷";哈代之于伍尔夫的可贵,是其小说"是印象,而非证明";然后是《论现代小说》、《俄国人的观点》……在对伍尔夫的上述批评随笔做了深入的解读后,米哈尔斯卡娅得出的结论是:

> 总之,伍尔夫对待同时代作家和前人创作的态度,显而易见是带有片面性的。主观主义的评价标准,是她那些文学论文最突出的特点。由于伍尔夫把"表现人类的精神生活"看作艺术的基本使命,在现代和以往艺术家的创作中,她只注重那些与展现"情绪和感觉的世界"这一任务相适应的特征。描绘现实的现实主义方法,在她的文章里受到了严厉批评。伍尔夫在艺术创作中,实现了自己美学纲领所提出的要求。然而,她正因为遵循着这些要求,结果不可避免地走向了创作危机。①

这就是米哈尔斯卡娅的结论,一位苏联学者对伍尔夫文学批评随笔的评价。其语气,其评价,其结论,可谓旗帜鲜明,斩钉截铁。应该说,作为英国文学研究专家,米哈尔斯卡娅无论是对于英国文学还是对于弗吉尼亚·伍尔夫,都是有着严谨且深入的了解和研究的。关于伍尔夫的文学随笔或文学批评,不得不承认的是,米哈尔斯卡娅的理解是到位的。她非常准确地把握住了伍尔夫的文学主张,即对人类精神生活的关注,展现情绪和感觉的世界。这也就是伍尔夫文学创作和文学批评的理念和准则。但立场和观念的不同,无论是

---

① [苏]米哈尔斯卡娅:《弗吉尼亚·伍尔夫》,见瞿世镜编选《伍尔夫研究》,上海文艺出版社1988年版,第61页。

对于伍尔夫的散文还是小说抑或文学批评，米哈尔斯卡娅都自觉不自觉地戴着一副有色眼镜。所以，尽管肯定了伍尔夫的创作才华，肯定了伍尔夫对个人价值的坚持，但在米哈尔斯卡娅眼里，总而言之，言而总之：伍尔夫与世隔绝，对生活对人的看法过于狭隘，其创作方法的局限性使之创作"不可避免地走向了危机"，"走进了一条没有出路的死胡同"。读米哈尔斯卡娅的论述，仿佛伍尔夫如其小说中的人物那样，"她对世界知道得不多，对生活知道得更少"[①]。由此，可以看出作为苏联学者的米哈尔斯卡娅对弗吉尼亚·伍尔夫评论中所持有的倾向性。

一个饶有意味的细节是，当伍尔夫的《普通读者》I在1925年出版后，她的《达洛卫夫人》也在几周后出版。奈杰尔·尼科尔森版本的《伍尔夫》，记录了两本书出版后评论界的反应："这两本书不可避免地被拿来比较，评论家因为小说刻意的含糊风格困惑不已，而散文却因为清晰的表达以及蕴含的智慧被赞为'经验的微光'。"[②]至于尼科尔森的母亲，那位既是弗吉尼亚曾经的恋人和最亲密的朋友，同时又是一位作家的维塔·萨克维尔—韦斯特，则称《普通读者》是"一本指南，一位哲学家和朋友"。当然，维塔·萨克维尔—韦斯特的评价，不无对伍尔夫过于赞赏之嫌，但的确道出了伍尔夫文学随笔的精神导引意味。而且就随笔的风格而言，伍尔夫的文学随笔不是正襟危坐的思辨和理论，而是于行云流水、富有情趣的文字中对文学作品作出欣赏和判断。因此，1925年出版的散文随笔集

[①] [苏] 米哈尔斯卡娅：《弗吉尼亚·伍尔夫》，见瞿世镜编选《伍尔夫研究》，上海文艺出版社1988年版，第65页。

[②] [英] 奈杰尔·尼科尔森：《伍尔夫》，王璐译，生活·读书·新知三联书店2014年版，第124页。

《普通读者》Ⅰ，当然也的确具有指南、哲学家和朋友的意义。

至于其他学者和评论家，对伍尔夫散文随笔或文学批评随笔的评论多是零星的，点到为止，但常常一语中的，高屋建瓴。如布鲁姆斯伯里集团成员之一的英国作家爱·摩·福斯特，其关于伍尔夫的演说，涉及伍尔夫其人，其诗人气质，其写作热忱，其意识流小说。说到伍尔夫的散文随笔或批评随笔，一言以蔽之："两卷《普通读者》显示了她广博的知识和深厚的文学感受力。"[①] 虽一笔带过但点评精辟。大作家式的批评家哈罗德·布鲁姆不无风趣不无幽默地将伍尔夫关于读书的态度说成是"迷人的警告"；伦纳德·伍尔夫在《伍尔芙日记选》序言中则态度坦诚且直言不讳："我在这篇序言里想指出这样的事实：即便是许多不理解、不喜欢甚或嘲笑弗吉尼亚小说的人，也不得不承认她在《普通读者》一书中所体现的非凡批评才能。"[②] 此番评价既有对读者面对伍尔夫小说见仁见智的理解，又言简意赅地对伍尔夫的"非凡批评才能"这一事实做了非常坦率的肯定。这大抵也是许多阅读伍尔夫散文随笔或文学批评随笔的读者一致的、不约而同的感受和体会。

当然，相对于弗吉尼亚·伍尔夫研究成果的深度、广度以及丰富而多元，可以毋庸置疑地说，在此，对于伍尔夫散文随笔研究资料的梳理，以偏概全甚至挂一漏万是难免的，也是肯定的。但是，仅由以上关于伍尔夫散文随笔的评述和研究就可以看出，在伍尔夫生平与小说创作之外，总有一些读者和学者，看到了伍尔夫文学批

---

① [英]爱·摩·福斯特：《弗吉尼亚·伍尔夫》，见瞿世镜编选《伍尔夫研究》，上海文艺出版社1988年版，第10页。
② [英]弗吉尼亚·伍尔芙：《伍尔芙日记选》，戴红珍、宋炳辉译，百花文艺出版社2012年版，第2—3页。

评随笔中所蕴蓄的才华和光芒。于是，就有了不同视角中伍尔夫文学批评随笔的欣赏与解读。

当然，就像弗吉尼亚·伍尔夫的文学批评随笔带着她自己的个性、才情和见地一样，对伍尔夫文学作品包括文学批评随笔的评价也是仁者见仁、智者见智。对伍尔夫的散文随笔或文学批评随笔的批评，不同国度、不同个性的读者和研究者，读伍尔夫随笔的角度不同，观点也难免各异。国内学者对伍尔夫的研究，将对伍尔夫散文随笔的考察与评价，放在其整个创作中，与其创作过程联系在一起。就现有的国内学者的评论来看，对伍尔夫的散文随笔或文学批评随笔几乎都是持肯定和褒奖的态度。其中，既有资料的翔实与梳理清晰的，又不乏学理的严谨和论述的深刻，也有对伍尔夫散文随笔中所显示出的才华的赞赏。但或许是国内学者气质中特有的敦厚中和，体现在对伍尔夫散文随笔的评论中，无论是笔调、风格还是文气，大多给人以温和、平和、平稳之感。虽有不同分类和文字表述，但鲜少在观点观念及评价倾向上的相左和针锋相对。

与国内学者对伍尔夫散文随笔的评价不同的是，国外学者对伍尔夫散文随笔或"文学批评活动"的评价，更多带着批评者个人的个性特点和气质风格。欣赏就是欣赏乃至激赏，不认同就是不认同，态度鲜明。因而在批评的行文之间，更多率性或曰放得开。如富尔之"批评的敏锐性"，福斯特之"深厚的文学感受力"，布鲁姆之"迷人的警告"，乃至伦纳德·伍尔夫之不得不承认的"非凡批评才能"。至于在米哈尔斯卡娅这里，伍尔夫则因观念的局限性"走向了创作危机"、"走进了一条没有出路的死胡同"。国外学者对伍尔夫散文随笔及其文学观念评判倾向的旗帜鲜明，由此可见一斑。

当然，平稳中和也好，几近激赏也好，不无批判也好，一个显而易见的事实是，如伦纳德·伍尔夫所说的那样，尽管对伍尔夫的意识流小说有许多不理解、不喜欢甚或嘲笑，但对于伍尔夫在其散文随笔中所显示出的视野、见地、才华，几乎所有的读者和学者——无论是福斯特、富尔、布鲁姆、伦纳德，还是米哈尔斯卡娅——他们都捕捉到了，而且给予了高度肯定。

本章结语：

1925年，当经作者弗吉尼亚·伍尔夫本人编辑出版的散文随笔集《普通读者》Ⅰ出版的时候，伍尔夫将其命名为"普通读者"。此后，1932年，又有《普通读者》Ⅱ出版。作为纵贯于其整个创作生命之中、数量达三百余篇一百多万字的散文或文学批评随笔，在《普通读者》Ⅰ《普通读者》Ⅱ中，只收录了四十余篇三十多万字，由此可见伍尔夫对自己散文随笔出版的在意、看重甚至谨慎。而伍尔夫将自己的两部散文集都命名为"普通读者"，可以视为伍尔夫对普通读者这一身份的自许和自诩。如果是前者，是伍尔夫的低调；如果是后者，则是伍尔夫不无幽默的风趣和自信。之后，当伍尔夫以其散文随笔获得声名，并被视为英国现代最重要的散文作家时，这大概既是伍尔夫所未曾始料的，也可以理解为这正是她所追求和期许的。正是这些以"普通读者"自许和自诩，以"普通读者"为乐趣为初衷的书评、散文和文学批评随笔，为伍尔夫赢得了读者和地位。所以，"传统散文大师"、"新散文首创者"、"英国散文大家中的最后一人"这样的美誉，花落伍尔夫是必然的。这对于弗吉尼亚·伍尔夫的散文随笔和文学批评随笔而言，可以说是实至名归。

第三章 "普通读者"的文学世界

弗吉尼亚·伍尔夫的文学批评随笔，包括其生前编辑出版的《普通读者》Ⅰ和《普通读者》Ⅱ在内，大概有300—350余篇。篇目多，涉及面广，内容丰富是毫无疑问的。但是，在伍尔夫100多万字的散文随笔中，几乎所有的文字都是关于文学的。无论是其关于英国作家作品、希腊文学、俄国小说及美国文学的解读与评论，还是关于现代小说理念和文学理念的阐发，甚至其一般意义上的随笔或者漫谈；无论是与文学有关的题目，还是就题目看似与文学无关或关系不大的随笔，其中，几乎所有的内容都与文学相关。

当然，这与弗吉尼亚·伍尔夫的出身、环境、教育方式以及阅读和成长经历有关。从童年时代开始，近乎痴迷的阅读以及由此所拓展出的视野，使得弗吉尼亚从小就立志成为一名作家，深层次的原因是对文学作品的兴趣及在语言表达上的天赋与才华。对此，弗吉尼亚·伍尔夫有着清醒的认识。这种认识是从童年时代就开始的，而且自始至终。很少有一位作家如伍尔夫这样从启蒙伊始，就清楚地知道自己的兴趣和才能之所在。正如伍尔夫在其《简·奥斯丁》中对简·奥斯丁的评述：当简·奥斯丁被守在摇篮边的仙女带着在世上飞了一圈被放回到摇篮里时:"她不仅知道了世界是什么样子,而且已选择了自己的王国。如果能让她统治那片领土,她将不贪求其他。"① 这就是伍尔夫随笔中的简·奥斯丁,懂得自己熟悉并且感兴趣的世界在哪里。因此,简·奥斯丁固守着自己的领地,创造了一个只有简·奥斯丁才能创造出的完满而丰富的文学世界。而弗吉尼亚·伍尔夫亦是如此。像她所理解并欣赏的简·奥斯丁一样,她也清楚地知道自己的兴趣和才能在哪里。因此,终其一生,伍尔夫都固守在自己的领地里,别无他求,心无旁骛。所有的努力、所有的阅读、所有的文字书写都指向了文学。最后,伍尔夫成为了这一方领地的领主,并且也像简·奥斯丁一样,创造出了一个丰富多彩的文学世界。而伍尔夫自己,就成为了自己所创造的这个世界的女王。

所以,伍尔夫的小说是文学作品,传记是文学作品,其散文随笔或文学批评随笔也是关于文学的文学作品。伍尔夫的文学批评随笔,带着她的阅读经历,带着她的品位和视野,带着她富有见地的眼光,带着她的个性气质和不凡才情。所以,读弗吉尼亚·伍尔夫的散文随笔抑或文学批评随笔,看到的不是一般意义上的文学作品,也不是文学史上的文学作品,更不是专家学者论文论著中的文学作品,而是伍尔夫这个"普通读者"眼中的文学作品。正是如此,伍尔夫的散文随笔或文学批评随笔,呈现给读者的,是一个丰富的、经由伍尔夫慧眼打量的、异彩纷呈的文学世界。

---

① [英]弗吉尼亚·伍尔夫:《普通读者》Ⅰ,马爱新译,人民文学出版社2003年版,第115页。

第一节 "普通读者"的视野

本书所论及的伍尔夫文学批评随笔，是指伍尔夫散文随笔中有关作家作品的评论、文学理念及文学批评观点的阐发以及与文学话题相关的散文随笔文章。这些文章篇目多，写作时间长，分散在不同的文集中。在国内现已出版的伍尔夫散文随笔中，中国社会科学出版社2002年出版的四卷本《伍尔芙随笔全集》，是收录伍尔夫散文随笔最多的文集。从现有的伍尔夫各种随笔文集中可以看出，这套四卷本的《伍尔芙随笔全集》，除却《普通读者》Ⅰ和《普通读者》Ⅱ，是在伍尔夫生前分别于1925年和1932年结集出版外，其他散文随笔集《自己的一间屋》、《瞬间集》、《船长临终时》、《三枚旧金币》、《飞蛾之死》、《现代作家》、《花岗岩与彩虹》、《书和画像》等，都是在伍尔夫去世之后搜集整理出版的。《伍尔芙随笔全集》包括了第二卷中《自己的一间屋》（又译《一间自己的屋子》）在内的大约近250余篇文章。除却一般意义上的散文随笔，其中属于文学随笔或文学批评随笔的文章大约有180余篇。其中，以《普通读者》Ⅰ和《普通读者》Ⅱ中收录的最多。由辑录于《伍尔芙随笔全集》中的文学批评随笔，大致可以看出弗吉尼亚·伍尔夫的文学阅读与文学批评的范围或视野。由此，也可以看出呈现在伍尔夫文学批评随笔中的丰富而多元的文学世界。

1.《伍尔芙随笔全集》第1卷，包括了《普通读者》Ⅰ和《普通读者》Ⅱ。

从《普通读者》Ⅰ和《普通读者》Ⅱ中所选篇目看，这两部伍尔夫生前编辑出版的随笔集中的文章，除《论不懂希腊文》、《蒙田》、《俄罗斯观点》外，所论作家作品几乎全在英国文学。从文艺复兴到启蒙时代再到19世纪，从鼎鼎有名的文学大家到鲜见经传或者在文学史上名气和地位稍逊的"小"家。既有乔叟、莎士比亚、笛福、斯威夫特、斯特恩、简·奥斯丁、勃朗特姐妹、狄更斯、乔治·爱略特、哈代等杰出作家及其经典作品，又有为一般文学史及普通读者所忽略的作家作品，如《纽卡斯尔公爵夫人》、《漫谈伊夫林》中的纽卡斯尔夫人、约翰·伊夫林等。就题目及内容看，当伍尔夫写作《普通读者》Ⅰ和《普通读者》Ⅱ时，其阅读视野和评论的笔触，多在英国的作家作品中流连。

在英国文学之外，《论不懂希腊文》和《俄罗斯视点》，是《普通读者》中论及希腊文学和俄罗斯文学的篇章。《论不懂希腊文》显示了伍尔夫对希腊文学的熟悉和热爱。一定程度上，可以看作是年轻时代的弗吉尼亚系统地学习和阅读希腊文和希腊文学的结晶。对于熟悉其阅读经历及成长环境的读者来说，很容易联想到少年时代的弗吉尼亚与在剑桥读书的兄长索比讨论希腊文学的情景。在《普通读者》Ⅱ中，当《俄罗斯观点》出现的时候，当列夫·托尔斯泰、陀思妥耶夫斯基、契诃夫等俄罗斯文学大家出现在伍尔夫散文随笔中的时候，这位书卷气的、出身真正的知识贵族且长期置身于象牙塔中的、优雅而沉静的女作家的笔触，在行云流水和举重若轻之外，有了一些属于俄罗斯文学的厚重和悲悯。至于《普通读者》Ⅰ中的《现代小说》，可以说是伍尔夫文学随笔中影响最大的一篇文章，被视为现代小说的宣言书。

2.《伍尔芙随笔全集》第2卷，包括了《自己的一间屋》（又译《一间自己的屋子》）、《瞬间集》、《船长临终时》三部随笔集。

《一间自己的屋子》是伍尔夫为纽南姆女子学院所作的讲座文稿。正是这部文稿，开启并奠定了英美女性主义文学批评的传统，与西蒙娜·德·波伏瓦的《第二性》一起，被认为是女性主义批评文本最重要的著作。因此，弗吉尼亚·伍尔夫与西蒙娜·德·波伏瓦并称为无可争辩的女性主义先驱。

在《瞬间集》中，对英国杰出作家及其作品的热爱和欣赏，使得伍尔夫的视野仍然流连在英国文学的经典作家作品中。那些影响了一个时代或代表着一个流派的作家，如文艺复兴时代著名诗人埃德蒙·斯宾塞；以一部《感伤的旅行》而开感伤主义和浪漫主义文学先河的斯特恩；因《艾凡赫》等几十部历史小说，不仅在当时的英国极负盛名，且影响波及欧洲其他国家，司汤达、巴尔扎克、托尔斯泰都对其创作经验有所借鉴，因而有一个时期文坛盟主之称的司各特；19世纪前期英国最杰出的现实主义作家狄更斯及其自传体小说《大卫·科波菲尔》；因男女情爱或性爱描写而备受争议却广有影响的劳伦斯等，次第出现在伍尔夫的文学批评随笔中。

除英国作家作品之外，随着《论美国小说》的出现，惠特曼、爱默生、霍桑、亨利·詹姆斯、德莱塞、舍伍德·安德森、辛克莱·刘易斯等美国文学史上鼎鼎有名的作家出现在伍尔夫的视野里，同时也出现在伍尔夫的文学随笔中。伍尔夫所论作家的国别，由英国扩展到美国，文学的地理版图扩大了。

辑录在《瞬间集》中的散文随笔，伴随着地域意义上的扩展，还有文学艺术话题的延伸。随笔《绘画》一文，题目是关于绘画，但内容却涉及绘画和文学。在文学之外，伍尔夫的聪慧的眼光和灵动的笔触，偶尔在其他艺术领域逗留。因其视野开阔而拓展出的评论话题，无疑丰富了其散文随笔或文学批评随笔的内涵。

在《瞬间集》中，就题目看，有相当部分的文章是一般意义上的随笔或者漫谈。或者说单看题目，根本就不是文学随笔。但是读进去就会发现，这些貌似一般话题或者就题目而言看不出作者要写什么的散文随笔，又分明是有关作家作品而且是有关文学话题的大文章。如《生病》、《个性》、《倾斜之塔》等。还有一些文章，不是单纯的作家作品解读，而是有关文学欣赏和文学批评的一般话题或者大话题，如《小说的艺术》、《论小说的重读》等，可以视为伍尔夫小说理念或曰文学理念的表达。此类文章，高屋建瓴，与《现代小说》、《班奈特先生和布朗太太》等具有宣言意味的文章相呼应，显示出作为"普通读者"的弗吉尼亚·伍尔夫对小说对文学思考的深度与高度。

上述文章之外，《罗杰·弗莱》是弗吉尼亚·伍尔夫在罗杰·弗莱纪念画展揭幕式上的演讲。罗杰·弗莱是美学家，是20世纪形式主义美学的代表人物，又是布鲁姆斯伯里的精神领袖。弗莱对于弗吉尼亚·伍尔夫的影响，是蕴蓄于布鲁姆斯伯里团体成员之间的艺术交流与精神交流之中的。这种影响，既体现为文学艺术观念，也体现为审美趣味。在这篇既是纪念又深表怀念的演讲中，伍尔夫对于这位给予了自己友谊和影响的朋友和大师的理解和激赏，可以说是呼之欲出、溢于言表。

在随笔集《船长临终时》中，最重要也最有影响的文章是《班奈特先生和布朗太太》。正是在这篇文章里，伍尔夫提出了关于作家划分的观点，即将作家划分为爱德华时代的作家和乔治时代的作家。当然，将威尔斯、班奈特、高尔斯华绥归类为"爱德华时代的人"，将福斯特、劳伦斯、詹姆斯·乔伊斯及艾略特称为"乔治时代的人"，其中，不无伍尔夫的洞见和偏见，但文学批评本来就是见仁见智。在理念表达的意义上，《现代小说》与《班奈特先生与布朗太太》，可以看作是弗吉尼亚·伍尔夫阐发其小说理念或文学理念随笔中最重要的两篇文章。

在这部文集中，除《托马斯·哈代的一半》、《莱斯利·斯蒂芬》和《康拉德先生：一次对话》外，有些作家，既不著名，也非大家，甚至不见诸一般的文学史，或者就是英国文学史上的"小家"。但是，伍尔夫的阅读视野和阅读趣味，使之将散文随笔中的许多篇目给予了他们，如《奥利弗·哥尔德司密斯》中的18世纪英国作家奥利弗·哥尔德司密斯；《克拉布》中的18世纪英国诗人乔治·克拉布；《罗斯金》中的19世纪英国作家、评论家和艺术家罗斯金；还有《沃尔特·罗利》中著有《英国小说》、《华兹华斯传》、《莎士比亚传》的英国文学学者沃尔特·罗利等。

当然，与阅读趣味的广泛相映成趣的是伍尔夫视野的继续拓展。在随笔集《船长临终时》中，伍尔夫的眼光和笔触又一次延伸到了俄罗斯，延伸到屠格涅夫、列夫·托尔斯泰等俄国作家。随着文学地理版图的再次扩大，广袤而深邃的俄罗斯文学再次进入弗吉尼亚·伍尔夫的视野。对俄罗斯作家的欣赏和敬意，如果说在《普通读者》Ⅰ中的《俄罗斯视点》一文，是体现在对契诃夫、陀思妥耶夫斯基、托尔斯泰等作家的认知中，这些作家深邃而悲悯。而在《屠格涅夫的小说》一文中，伍尔夫则以专章评述的方式，引领读者进入由屠格涅夫所创造出来的艺术世界。与托尔斯泰、陀思妥耶夫斯基艺术世界之深邃厚重不同的是，屠格涅夫的艺术世界，或者说经由伍尔夫眼光打量的屠格涅夫的艺术世界，澄明清澈且含义隽永。

3.《伍尔芙随笔全集》第3卷，包括了《三枚旧金币》、《飞蛾之死》、《现代作家》三部随笔集。其中的《三枚旧金币》是对一封关于如何阻止战争的来信的回复，属于一般意义上的随笔文章。

《飞蛾之死》辑录随笔26篇。其中，《老维克剧院的〈第十二夜〉》，写的是伦敦维多利亚皇家剧院与莎士比亚的喜剧《第十二夜》。值得注意的是，在伍尔夫的散文随笔中，不乏对简·奥斯丁、勃朗特姐妹、哈代、劳伦斯、乔叟以及俄国作家如陀思妥耶夫斯基、屠格涅夫等大家的单篇解读，唯独对莎士比亚的戏剧，伍尔夫没有独辟一章。但毫无疑问的是，伍尔夫对莎士比亚的激赏和热爱几乎遍布于其随笔的不同篇章。

阅读兴趣的广泛仍然是伍尔夫随笔的特点。《塞维涅夫人》写17世纪法国著名的书简作家。《人际艺术》是有关霍勒斯·沃尔浦尔的书信集。《历史学家与"这种吉本"》、《谢菲尔德的沉思》是关于历史著作《古罗马帝国衰亡史》的。当然，即使是评论历史学者，伍尔夫佩戴着的还是一副文学的眼镜，这体现在《历史学家与"这种吉本"》一文中："我们不禁怀念起麦考利那生动活泼毫无避讳的党派偏见，以及卡莱尔那捉摸不定狂放无忌的诗人气质。""这些岂不都应是历史小说作家的艺术精粹么，比如司各特和福楼拜？""艺术家毕竟是寂寞的一类人。"[①] 其中，诗人气质、历史小说作家、司各特与福楼拜等，这样的一些表述，分明带着一位文学家的眼光和知识背景。

《站在门边的人》、《萨拉·柯勒律治》分别是关于柯勒律治书信及柯勒律治的女儿萨拉·柯勒律治的文章。在《站在门边的人》

---

① [英] 弗吉尼亚·伍尔芙：《伍尔芙随笔全集》Ⅲ，王斌、王保令、胡龙彪、肖字、童未央译，中国社会科学出版社2001年版，第1247、1250、1255页。

中，呈现在读者面前的是一个多面体的诗人柯勒律治。而《萨拉·柯勒律治》，写的是柯勒律治的女儿，但伍尔夫笔下描绘出的，仍然是柯勒律治的肖像，也有伍尔夫对柯勒律治这位伟大诗人的肯定。《非我辈中人》写19世纪英国浪漫主义诗人雪莱。当然，关于雪莱，已经有很多的传记和资料，伍尔夫所做的，是通过佩克教授的传记著作，让雪莱的轮廓变得更为清晰。《亨利·詹姆斯》是有关美国作家亨利·詹姆斯的书信和回忆录。《乔治·莫尔》写爱尔兰诗人、小说家和批评家乔治·莫尔。这篇随笔像其所有评论非一流作家作品的文章一样，显示出伍尔夫阅读兴趣的开阔和多元。

至于《传纪文学的艺术》一文，论及布鲁姆斯伯里重要成员和传记作家利顿·斯特雷奇。《福斯特的小说》写伍尔夫同时代、同时也是布鲁姆斯伯里团体成员的英国小说家E. M. 福斯特。两位作家都是伍尔夫的朋友且属于布鲁姆斯伯里文化圈。对斯特雷奇和福斯特的评论，是伍尔夫的文学批评随笔中少有的评述同时代、近距离作家的文章。

严格地说，《平庸之人——致〈新政治家〉编辑》和《致青年诗人的一封信》，不是一般意义上的文学随笔文章。两篇文章都不是关于某一作家及其作品的解读和批评，但却自始至终都围绕着文学话题展开。前一篇文章论及作家其人其身份与个性；后一篇文章则是作为散文家、小说家及批评家的伍尔夫对诗歌的看法。

《女人的职业》原是为"女性服务同盟"所做的报告。当做这个报告的时候，伍尔夫是以一个职业作家的身份出现的。在这篇文章中出现的"房子里的天使"，正是伍尔夫对于一直以来女性身份和地位的形象表述。在这篇文章中，伍尔夫写出了女性的生存处境，写出了传统的性别观念以及道德观念对一位职业女性作家或隐或现、挥之不去的影响。可以说,《女人的职业》一文,以非常感性和富有想象力的方式,表达了伍尔夫对女性生存处境与写作困境的感同身受。而杀死"房中的天使",就像拥有"一间自己的屋子"一样,成为伍尔夫关于女性写作的最有影响力、最富标志性的表达和诉求。

随笔集《现代作家》包括了46篇随笔,是伍尔夫随笔中篇目最多的文集。由"原书前言"看,这本书的"主旨在于收集弗吉尼亚·伍尔芙所著的有关当代小说的随笔以及评论"。这部文集除《罗曼司与心跳》之外,其余都是作为评论文章刊登在《泰晤士报文学副刊》上。在前言部分,琼·古杰特就这部随笔的内容做了如下概括:"第一部分包括三篇随笔:《生活的权利》、《谨慎与批评》、《在图书馆里》,读者通过这些文章,可以发现作者首先表达的,是她的文学批评观,这三篇随笔与第二部分所收文章的写作时间大致同步,因此,它们能帮助我们理解全书的精神,把相互关联的各篇文章安放在妥帖的地方。""第二部分的文章基本上按照写作时间顺序排列,但凡有对一个作家几部作品的评论,则按年代顺序排列。"[1]由上述前言,可以看出《现代作家》文集的基本内容。

随笔集《现代作家》一个显而易见的特点是,每一篇书评、随笔或评论文章的题目,都毫无例外地备注了发表时间。这是伍尔夫其他随笔集中的文章题目不曾有过的现象。由这些题目上的时间可以看出,其中,发表时间最早的是1905年5月20日的《在西班牙的旅行》一文,最晚的是1926年11月23日的《在图书馆里》。从1905年春天到1926年的深秋,期间跨过了将近21个春夏秋冬,可

---

[1] [英]弗吉尼亚·伍尔芙:《伍尔芙随笔全集》Ⅲ,王斌、王保令、胡龙彪、肖宇、童未央译,中国社会科学出版社2001年版,第1542页。

见这部散文集写作和发表时间跨度之大。从文章所写内容看，其中既有相当部分的文章是对英国作家作品的评论，又有部分文章论及美国作家作品。从伍尔夫写作书评或文学评论文章的勤奋与密度看，仅仅是1918年，辑录在《现代作家》集中的书评随笔就有10篇之多。而且从具体时间看，发表于同年9月和12月的几篇文章，是以每周一篇的频率出现的。从书评或评论跟踪的速度看，这部随笔集中所评对象尽管都是当代作家，有的作品出版过一段时间，如塞缪尔·巴特勒的《众生之路》等。塞缪尔·巴特勒（1835—1902）的《众生之路》，出版时间是1903年，即作者刚刚去世之后。尽管这位作家生前文名寂寞，其死后不久出版的《众生之路》最初亦销量缓慢，但几年之后却声誉渐起。伍尔夫发表于1919年6月26日的《众生之路》，将此评价为"明智的作家或许宁可选择这样的命运，而不要一时的灿烂辉煌"[1]。而在伍尔夫所写书评中，不乏有的作品刚刚面世不久，如E. M. 福斯特的《看得见风景的房间》，出版时间是1908年，而伍尔夫评论的时间是1908年10月22日。由此可以看出，作为书评作者、文学批评家的弗吉尼亚·伍尔夫阅读之迅速、捕捉之敏锐、文字之快捷。由如上几种情形可以看出，随笔集《现代作家》名实相符，的确是伍尔夫一部评论当代作家与当代小说的散文随笔集或文学评论集。

4.《伍尔芙随笔全集》第4卷，包括了《花岗岩与彩虹》、《书和画像》两部随笔集。

其中，《花岗岩与彩虹》共有随笔27篇。关于随笔集《花岗岩

---

[1] [英]弗吉尼亚·伍尔芙：《伍尔芙随笔全集》Ⅲ，王斌、王保令、胡龙彪、肖宇、童未央译，中国社会科学出版社2001年版，第1400页。

与彩虹》,琼·古杰特在《现代作家》"原编者前言"也有一段表述:"伍尔芙的一多半随笔作品还湮没在杂志里默默无闻。《花岗岩与彩虹》的出现,是伦纳德·伍尔夫发掘这些被隐蔽的宝藏所迈出的第一步,……《花岗岩与彩虹》中的随笔有一个同样的主题,构成了此前的文集中大多数文章的基础,并将它们集合在一处,因此,它是对以前的文章所做的补充和完善。在弗吉尼亚·伍尔芙广泛涉猎的文学领域里,《花岗岩与彩虹》中的随笔并没有开辟新的景观,我们追踪着的依然是文学'伟大传统'的大道小径。……这些文章基本关涉的都是宏观文学或者过去的作家,他们全部属于一个明确的范畴——批评……"① 这段话,可以看作是对伍尔夫《花岗岩与彩虹》随笔所涉话题和内容的表述与概括。

在这部文集中,《狭窄的艺术桥梁》、《读书时光》、《生活与小说家》、《小说的剖析》、《哥特式小说》、《小说中的自然现象》、《小说概观》等篇,其中蕴含着伍尔夫对作家、作品以及读书等问题的思考,可以视为具有广义意味的文学批评随笔。《妇女与小说》一文,对于女性写作的历史、状况、女性写作的难题作出论述。其中,"空闲、钱财和属于自己的一个房间"的重要性,与其《一间自己的屋子》异曲同工,表现了伍尔夫对女性写作的黄金时代、女性写作的物质保障、物质空间和精神空间的期待和向往。

在此,伍尔夫的目光仍然继续打量着英国文学,《充满激情的散文》写19世纪英国散文作家和评论家德·昆西(1785—1859);《一个非常敏感的头脑》则是关于同时代英国女作家凯瑟琳·曼斯菲尔

---

① [英] 弗吉尼亚·伍尔芙:《伍尔芙随笔全集》Ⅲ,王斌、王保令、胡龙彪、肖宇、童未央译,中国社会科学出版社2001年版,第1543—1544页。

德的日记；至于《斯特恩》一文，显而易见是有关19世纪英国小说家中为伍尔夫特别欣赏的小说作家劳伦斯·斯特恩的。

《一篇文学批评》和《沃尔特·惠特曼访问记》，是《花岗岩与彩虹》中评论美国作家随笔中非常精彩的篇章。前者写20世纪美国小说家海明威，后者是关于J.约翰生和J.W.华莱士所著《1890—1891年间沃尔特·惠特曼访问记》的评论。

随笔集《书和画像》辑录随笔文章48篇。其中，《评论家柯勒律治》、《帕特莫尔的评论》、《托马斯·胡德》、《往昔》、《吉卜林先生的笔记本》、《鲁珀特·布鲁克》、《理性的想象力》、《萨松先生的诗》、《写个不停的妇人》、《玛丽亚·艾奇渥斯和她的朋友们》、《简·奥斯丁和愚蠢的鹅》、《盖斯凯尔夫人》、《威尔考克斯夫人记事》、《雪莱和伊丽莎白·希琴娜》、《文学地理学》、《河流与森林》、《海华兹，一九〇四年十一月》等随笔文章，是关于英国作家的。其中，发表于1904年12月21日《卫报》上的《海华兹，一九〇四年十一月》，是伍尔夫发表的第一篇散文随笔，内容主要是关于夏洛蒂·勃朗特的。当然，从题目和内容看，出现在《书画画像》中的英国作家，除个别如简·奥斯丁、夏洛蒂·勃朗特、盖斯凯尔夫人外，对于大多数的读者来说相对陌生。但正因如此，伍尔夫阅读兴趣的广泛以及文学批评的独辟蹊径，由此可见一斑。

除却英国作家作品外，《爱默生的〈日记〉》、《梭罗》、《赫尔曼·梅尔维尔》，是《书和画像》中依次集中出现的有关美国作家的文章。三篇文章写的都是19世纪美国浪漫主义文学史上赫赫有名的几位作家。其中爱默生和梭罗是超验主义运动的代表人物，他们对人的精神作用和直觉的强调，对生命和自然的至诚崇尚和信仰，对人的精神自由的追求，都对美国浪漫主义文学产生了举足轻重的影响。对于大多数读者而言,梅尔维尔的名字是和他那部具有传奇意味的小说《白鲸》联系在一起的,就像同时代的霍桑与《红字》联系在一起一样。与多数读者由《白鲸》了解梅尔维尔不同,在《赫尔曼·梅尔维尔》一文中,伍尔夫提到的是梅尔维尔的两部早期作品《泰皮》和《欧穆》。但是,伍尔夫特别关注到了梅尔维尔曾经在捕鲸船上的冒险经历。对于梅尔维尔来说,海上冒险的经历对于其创作具有不可或缺的源泉意义,所谓"捕鲸船是我唯一进过的耶鲁和哈佛"[①]。正是那些在伍尔夫看来"许多不可思议的奇遇",才有了被视为美国文学的经典作品《白鲸》。而创造了小说《白鲸》的梅尔维尔,就成为了美国浪漫主义文学中最重要的浪漫主义小说家。

出现在《书和画像》中的《一个俄国学童》、《屠格涅夫掠影》、《胆小的巨人》、《女儿眼中的陀思妥耶夫斯基》、《再论陀思妥耶夫斯基》、《陀思妥耶夫斯基在克兰福》、《俄国背景》等几篇随笔,是有关几位俄罗斯作家的。其中《屠格涅夫掠影》和《胆小的巨人》写屠格涅夫;《女儿眼中的陀思妥耶夫斯基》、《再论陀思妥耶夫斯基》、《陀思妥耶夫斯基在克兰福》三篇文章显而易见是关于陀思妥耶夫斯基的;《俄国背景》则是关于契诃夫的。这几篇文章与辑录在《普通读者》Ⅰ中的《俄罗斯视点》和《船长临终时》中的《屠格涅夫的小说》一起,构成了伍尔夫文学批评随笔中评价俄罗斯作家作品及俄罗斯文学的随笔篇章。

[①] 转引自聂振钊主编《外国文学史》(二),华中师范大学出版社2010年版,第266页。

本节结语：

弗吉尼亚·伍尔夫在其随笔《帕特莫尔的评论》中曾说过这样一段话："随笔集总是最难读的，因为尽管那些文章被编成了集子，但把它们连成一体的往往只是书的封皮而已。而如果书的作者又是一位诗人的话，他的随笔就很有可能只是他在正业的间歇时断时续抒发的感怀和慨叹而已。"[①] 这里，伍尔夫说的是19世纪英国诗人、作家考文垂·帕特莫尔的批评随笔。这段话的确是感同身受地写出了伍尔夫对随笔文章的感觉——那就是最难读的。当然，伍尔夫不是诗人。但是，伍尔夫是比诗人还诗人的诗人。无论是其感觉的敏锐、想象力的丰富，还是才华横溢得不可思议，与任何一位诗人相比，伍尔夫都毫不逊色。而伍尔夫除了诗人的才思才情和想象力之外，还有一位以读书为乐趣的非同一般的"普通读者"对读书的热爱和捍卫。因此，伍尔夫阅读量的丰富乃至惊人是无疑的，其所评论作家作品之多之广，甚至给人以漫无边际之感也是无疑的。与其视野开阔相得益彰的，是伍尔夫思维的弹性与跳跃、文字的行云流水。

如此，像《帕特莫尔的评论》开篇所言，"随笔总是难读的"，不过这次说的是伍尔夫自己。而在"难读"之外，对伍尔夫的随笔作出总结并划分出1、2、3或者A、B、C也是困难的，而且这似乎也有违非学院派出身的伍尔夫文学阅读与文学批评写作的初衷。但评论难免要有一点条分缕析。如果将伍尔夫辑录在《伍尔芙随笔全集》中的散文随笔或者文学批评随笔做一下分类的话，大抵可以将

---

① ［英］弗吉尼亚·伍尔芙：《伍尔芙随笔全集》Ⅳ，王义国、黄梅、江远、戚小伦译，中国社会科学出版社2001年版，第1843页。

其划分为如下几个方面:

其一,有关英国作家作品的批评文章。这一类文章在伍尔夫的随笔中占了很大比重。伍尔夫对英国文学的热爱和欣赏,使其阅读的眼光常常在英国文学。因此,出现在其文学批评随笔中的有关英国作家作品的文章是最多的。这一类的批评文章,大致可以将其概括为"英国作家的谱系与肖像"。

其二,在英国作家之外,伍尔夫的阅读和批评也拓展到其他国家的文学。其中以希腊文学、俄罗斯文学和美国作家作品为多。透过伍尔夫的阅读和眼光,呈现在文学批评随笔中的,是"异域文学的别样景象"。

其三,阐释伍尔夫小说理念或文学理念及文学批评理念的文章。这些文章,篇目虽不是很多,但就影响而言,是伍尔夫文学批评随笔中最重要的文章。与理论家的理性思辨、概念范畴不同的是,伍尔夫文学观念的表达,如其对作家作品的批评相类似,都是感性的、散文化甚至小说化的。所以,这一部分的随笔文章可以视为其"文学观念的感性表达"。

其四,在伍尔夫的散文随笔中,有些文章,就题目看,不是文学随笔。但如果读进去,就会发现,伍尔夫几乎所有的文章都离不开文学离不开作家作品。这些随笔数量多,范围广,话题丰富。这一类的文章充分体现了伍尔夫散文随笔的兴之所至、信手拈来、信马由缰。此类文章,的确是"散文"、"随笔"甚至"漫谈"。所以,"散漫"是必然的。但在这所有的"散漫"背后,都有一个绕来绕去却挥之不去的关于文学的内容和背景。此类文章,可以将其大致评述为:"散文随笔,绕不开的文学话题"。

当然,将伍尔夫内容丰富且才思敏捷文采斐然的文学批评随笔作出上述分类，以偏概全在所难免。但与伍尔夫散文随笔的"难读"相比，分类的意义就在于，读者至少可以借着上述"1、2、3或A、B、C"，对伍尔夫一百多万字近300篇的文学批评随笔，形成一个大致的轮廓和初步的印象。

第二节　英国作家的谱系与肖像

有关英国作家作品的文章，在弗吉尼亚·伍尔夫文学批评随笔中占比重最大、数量最多，并且几乎贯穿整个英国文学。从文艺复兴时代的乔叟，到伍尔夫几乎同时代的作家。其中既有莎士比亚、简·奥斯丁、勃朗特姐妹、哈代等大师级作家，又有为文学史和普通读者所忽略的一般作家。而且，就后一类批评随笔而言，其中所显示出的见地和才华丝毫不输其评论大作家的文章。与一般文学批评的逻辑思辨与系统分析不同，当伍尔夫在评价作家作品时，很少系统而全面地评述，甚至也不着墨于其所评作家的代表性作品，而是常常就作家某一作品（有时甚至是其最不著名的作品甚至是日记）或作家个性的某一特点，写出自己的感觉和印象。但就是在这样的书写中，所评作家的风格和特点被彰显出来。可以说，伍尔夫关于英国作家作品的随笔，既是一部英国作家的家族谱系记录，又是一幅幅英国作家肖像的生动描绘和传神勾勒。正是在这种谱系和肖像的书写与勾勒中，一部英国文学史，就出现在伍尔夫的随笔中。

一　英国文学的家族谱系

如果按照文学史的顺序，把伍尔夫文学批评随笔中有关英国著名作家作品的文章做一梳理的话，就会看出，它恰好对应着外国文学史发展的几个时期，其大致情况如下：

1. 对文艺复兴时期英国作家及其作品的评论。英国文学是文艺复兴时代欧洲文学的高峰。这个时期出现的乔叟、莎士比亚等作家，是英国文学史乃至世界文学史上具有里程碑意义的作家。与此相关，伍尔夫的《帕斯顿家族和乔叟》、《伊丽莎白时代杂物间》、《伊丽莎白时代戏剧札记》、《古怪的伊丽莎白时代人》、《老维克剧院的〈第十二夜〉》、《仙后》等文学批评随笔，既写出了乔叟、莎士比亚两位文艺复兴时代大师级的诗人和戏剧家，同时又出现了西德尼、斯宾塞等作家和文学批评家。

这里特别要说的是，关于乔叟，当伍尔夫在其随笔中书写着这位文艺复兴时代的诗人时，唯有这一次，伍尔夫的文学批评随笔与英国文学史同步。出现在其生前编辑的《普通读者》Ⅰ集中的文章，除却带有序言意味的开篇之作《普通读者》外，真正意义上的第一篇文章是《帕斯顿家族和乔叟》。这就使得伍尔夫所评作家与英国文学史的发展相契合，让乔叟这位文艺复兴初期英国最杰出的诗人，这位不仅对于英国文学发展，而且对于英语作为英国文学语言的奠定作出贡献的诗人，站在了他应有的位置上。可以说，乔叟之于英国文学，其地位相当于中世纪的但丁之于意大利文学。当然，伍尔夫对于乔叟的评价，是和乔叟的那部著名的《坎特伯雷故事集》联系在一起的。在《帕斯顿家族和乔叟》一文中，伍尔夫写出了一位具有说书人天赋的乔叟，一位在其作品中显示出惊人的多样性的乔叟，一位拥有自己独特世界的乔叟。总而言之，是文艺复兴时代最伟大最杰出诗人的杰弗雷·乔叟。当然，因其传神，因其生动，伍尔夫随笔中的乔叟，将会在后面的章节中作出专节的评说。

2. 对17世纪英国作家及其作品的评论。17世纪的英国文学乃至世界文学，比起刚刚过去的文艺复兴时代，在文学成就上稍稍逊色。当然，这与这个时期的时代状况密切相关。但是，在伍尔夫的随笔中，仍然有《多恩三百年祭》、《漫谈伊夫林》、《康格里夫的喜剧》等文章。其中包括了约翰·多恩（1572—1631）、约翰·伊夫林（1620—1706）、康格里夫（1670—1729）等17世纪英国作家。就声名和文学史地位而言，他们显而易见无法与文艺复兴时代的乔叟和莎士比亚相比。但是，正是这些各具特色的作家，支撑起了17世纪的英国文学。作为英国17世纪玄学派诗歌的创始人和杰出代表，作为英国王政复辟时期风俗喜剧的代表作家，诗人多恩与剧作家康格里夫，他们都为17世纪的英国文学增添了不同的亮色。

3. 对18世纪英国作家及其作品的评论。18世纪英国文学的主要成就应该归功于小说。可以说，现实主义小说的兴起和发展，不仅给这个时期的文学注入了勃勃生机，而且为此后的19世纪批判现实主义小说的繁荣奠定了坚实的基础。此时出现的笛福及其《鲁滨逊漂流记》被认为是现实主义小说开始的标志。所以，"18世纪英国小说是以丹尼尔·笛福为开端的。他是英国长篇小说的先驱之一，被誉为'小说之父'"[①]。与文学史的发展及作家地位相契合，出现在伍尔夫文学批评随笔中有关笛福的评论就有两篇之多：《笛福》、《鲁滨逊漂流记》；另外，随着《斯威夫特的〈致斯苔拉书信集〉》、《谢里丹》等随笔的发表，18世纪英国杰出的讽刺小说家斯威夫特、同时代英国最著名的喜剧作家谢里丹出现在伍尔夫的文学批评随笔中。

---

① 聂珍钊主编：《外国文学史》（二），华中师范大学出版社2010年版，第115页。

在此,特别要提到的是伍尔夫写斯特恩的《感伤之旅》、《斯特恩的幽灵》等随笔。劳伦斯·斯特恩(1713—1768)是18世纪英国感伤主义最杰出的代表。由斯特恩等作家所开启的感伤主义文学,不仅是英国文学史乃至世界文学史上一个重要的文学流派,而且作为"18世纪英国文坛上盛行的一种文学思潮,它遍及诗歌、小说和戏剧等各类文学体裁,其地位和影响仅次于现实主义"①。感伤主义对人的感情世界的关注,对人的内心世界的描绘,在精神上与伍尔夫敏感而丰富的内心世界是相通的。所以,对斯特恩及其作品的评论文章多达数篇也在情理之中。当然,伍尔夫对斯特恩的欣赏,不仅表现在如《感伤之旅》、《斯特恩的幽灵》等随笔文章中,还体现为伍尔夫的一种文学理念。甚至连苏联学者米哈尔斯卡娅,都特别注意到了伍尔夫对斯特恩的欣赏有加:"在以往和当代艺术家的创作中,她只注重一些适合于揭示'情绪和感觉的世界'这一任务的特点。所有十八世纪的作家里,唯独斯特恩能引起她的特殊兴趣。她极为赏识斯特恩破坏小说传统形式的勇气,醉心于斯特恩的文体,那种完全与众不同的、仿佛不受控制的、随心所欲的、酷似口语而便于传达思想活动及其突然转折的句子结构。"② 当然,因立场的不同,米哈尔斯卡娅对伍尔夫的文学理念略有微词。但正是这位苏联学者,的确非常敏锐地把握到了伍尔夫对于斯特恩的看重和欣赏之所在,那就是对情绪情感和内心世界的传达和表现。值得注意的是,伍尔夫在其《感伤之旅》中,对斯特恩的理解比起米哈尔斯卡娅更加丰富也更为辩证。伍尔夫一方面肯定斯特恩专注人的内心世界,

---

① 聂珍钊主编:《外国文学史》(二),华中师范大学出版社2010年版,第132页。
② [苏]米哈尔斯卡娅:《弗吉尼亚·伍尔夫》,见瞿世镜编选《伍尔夫研究》,上海文艺出版社1988年版,第56页。

"以其相当奇特的方式贴近了我们这个时代。……斯特恩才成为现代派作家的先驱"[①]，另一方面又对斯特恩的《感伤之旅》惹读者不快的"滥情感伤"、基调单一甚至"轻浮、机巧"有所保留，尽管伍尔夫认为"斯特恩是一位伟大的作家"而且毋庸置疑。对斯特恩的态度，与米哈尔斯卡娅所谓"醉心于斯特恩"之类云云相比，伍尔夫的见地和境界要深刻丰富得多。

4. 对19世纪英国作家作品的评论。19世纪英国文学乃至世界文学的繁荣是不争的事实。这个时期，不仅有19世纪的浪漫主义文学显示了文学的实绩，30年代之后遍及欧洲的批判现实主义文学，把欧洲各国的文学推向了高峰。这个时期欧洲各国的作家几乎是以集团军的形式出现的。当然，英国更不例外。所以，《沃尔特·司各特爵士》、《简·奥斯丁》、《站在门边的人》、《萨拉·柯勒律治》、《非我辈中人》、《〈简·爱〉与〈呼啸山庄〉》、《乔治·艾略特》、《盖斯凯尔夫人》、《大卫·科波菲尔》、《路易斯·卡罗尔》、《托马斯·哈代的小说》、《托马斯·哈代的一半》、《乔治·吉辛》等随笔，在每一篇中所出现的都是19世纪的文学大家。创作了数十部历史小说的司各特，拥有一个时期的文坛盟主地位；写出了《傲慢与偏见》等作品的简·奥斯丁，无论在当时还是今天，都深受读者欣赏和欢迎，而且这种欣赏至今热度不减；湖畔派诗人之一的柯勒律治，其与华兹华斯联手创作的《抒情歌谣集》，标志着英国浪漫主义文学的诞生；被恩格斯高度评价为"天才的预言家"的雪莱；生命短暂但创造出了《简·爱》、《呼啸山庄》等旷世杰作的勃朗特

---

① ［英］弗吉尼亚·伍尔芙：《伍尔芙随笔全集》Ⅰ，石云龙、刘炳善、李寄、黄梅译，中国社会科学出版社2001年版，第300页。

姐妹；与简·奥斯丁、勃朗特姐妹一起，被伍尔夫称为"四位伟大的女性小说家"之一的乔治·爱略特。这里，当说到19世纪英国作家的时候，肯定要提到的还有创作了《玛丽·巴顿》的盖斯凯尔夫人，还有以一部《爱丽丝漫游仙境》而创造了一个童趣横生的世界的路易斯·卡罗尔。当然，狄更斯和哈代的文学成就是不言而喻的。如果把19世纪的批判现实主义文学划分为前后两个时期的话，正是他们，代表了19世纪前期和19世纪后期英国批判现实主义文学的最高成就。至于乔治·吉辛，在大师林立的19世纪文坛上也许不是大名鼎鼎，但正是在如《乔治·吉辛》这样一类的随笔里，可以看出伍尔夫在大家之外，其多元的阅读兴趣与评论视角。

5. 对20世纪英国作家作品的评论。与20世纪英国文学的成就相比，伍尔夫的评论相对有些不成比例，这大抵与伍尔夫对待同时代作家的姿态有关。出现在伍尔夫随笔中的有关20世纪作家评论主要有：《戴·赫·劳伦斯小记》、《看得见风景的房间——评〈看得见风景的房间〉》、《福斯特的小说》、《高尔斯华绥先生的小说——评〈远处〉》等。其中包括了劳伦斯、福斯特、高尔斯华绥等20世纪英国文学作家。

当然，与伍尔夫丰富而浩瀚的英国文学随笔文章相比，限于角度抑或成见，这里所列举的多是伍尔夫文学批评随笔中有关英国文学大家的评论。但是，仅仅是这些文章中所论及的作家，如同英国作家谱系中的主要枝干，已经足以支撑得起英国作家的家族历史。至此，一部英国文学历史，就在伍尔夫的文学批评随笔中被生动形象地展示出来。

二 作家肖像的传神描绘

与英国作家谱系记录和书写紧密联系在一起的,是伍尔夫对所论作家生动而传神的描绘。几乎每一篇随笔,都带着伍尔夫对他们个性的认知。与文学史的生平介绍和作品分析不同,与理论家的思辨论证不同,伍尔夫的文学批评随笔,如同有的学者所认为的那样,是以写小说的形式写文学评论。因此,出现在伍尔夫随笔中的每一位英国作家,都有着各自的精神风貌,即使是气质或个性中的某一特点。可以说,伍尔夫正是通过自己的随笔,为自己所熟悉的一个个英国作家"画像"。当然,伍尔夫的画像不是浓笔重彩,也不是细致入微的工笔。当伍尔夫为作者画像的时候,或许是兴之所至,或许是信马由缰,但凡其阅读和兴趣所到之处,伍尔夫即信笔写来。一幅幅英国作家的肖像画,就以生动鲜活的姿态和独具特色的风格出现在伍尔夫的随笔中。

就像伍尔夫所评英国作家可达整个英国文学史一样,伍尔夫为英国作家所描画像,也可以称得上是一个完整的、由英国文学史上几乎所有作家构成的肖像画廊。画像多、形神兼备是毫无疑问的。这里,选取伍尔夫文学批评随笔中的几幅画像,并希望由此,窥见伍尔夫为作家画像的传神功力之一斑。

1. "为躯体和灵魂而写作"的莎士比亚

弗吉尼亚·伍尔夫对于莎士比亚的欣赏和热爱是毫无疑问的。但非常有意思的是,在伍尔夫一百多万字将近300篇的文学批评随笔中,关于莎士比亚,严格地说,没有一篇专文评述。在伍尔夫的随笔中,不乏有对一位作家一两篇甚至两三篇的批评随笔。甚至有的作家如亨利·詹姆斯,伍尔夫都有多篇文章论及。

但唯独对莎士比亚这位文艺复兴时代的文学巨人,伍尔夫少有专章论述。如果说在伍尔夫的文学批评随笔中,有一篇文章是让莎士比亚作为主角出现的话,那就是这篇《老维克剧院的〈第十二夜〉》。

顾名思义,《老维克剧院的〈第十二夜〉》,写的是伦敦维多利亚皇家剧院与莎士比亚的喜剧《第十二夜》。其中,关于莎士比亚的戏剧,伍尔夫颇有自己的见地。所以,在文章一开篇,伍尔夫就对欣赏和崇拜莎士比亚的读者和观众做了一个分类:"众所周知,崇拜莎士比亚剧作的人们大可分为三类:一类人喜好阅读莎士比亚的剧本;一类人偏爱舞台上的莎士比亚戏剧演出;而另一类人则一刻不停地于两者之中采撷乐趣。"① 三句话,幽默风趣又言简意赅,将热爱莎士比亚的读者和观众做了饶有意思的分类。然后,作者富有想象力地描述了在花园里对莎士比亚戏剧的阅读之后,一言以蔽之地给出结论:"莎士比亚是为舞台而创作的"。因此,当观众"走进老维克剧院"时,当莎士比亚的剧本在剧院被演绎时,"剧本中的语言被同时赋予了躯体和灵魂"。面对着舞台上主人公的重逢,"两人四目相视,默不作语,沉浸在重逢的狂喜之中。读者的眼睛可能会完全忽略这一瞬间;而在剧院里,我们则不得不停下来,沉思这一幕:它提醒我们,莎士比亚是同时为躯体和灵魂而写作的。"② 但观众总也难免对演员的演出吹毛求疵。在伍尔夫看来:"在舞台上演出莎士比亚的喜剧比表演他的诗歌更容易。因为莎士比亚作为一个诗人写作时,倾泻于笔端的语言往

---

① [英]弗吉尼亚·伍尔芙:《伍尔芙随笔全集》Ⅲ,王斌、王保令、胡龙彪、肖宇、童未央译,中国社会科学出版社 2001 年版,第 1218 页。
② 同上书,第 1220 页。

往快于人们讲话时的语速。那丰富的比喻可以一眼掠过,但朗读起来却难免口中生结。"①

在对老维克剧院演出的《第十二夜》作了"演出还是达到了目的"这一充分肯定后,伍尔夫高屋建瓴地说:"把我们对整部戏剧的解读和格思里先生的解读相比较。既然它们全都相异,我们就必须回到莎士比亚那儿去。我们必须重读《第十二夜》。格思里先生已经使得重读该剧成为必要……"② 这里所说的格思里是当时英国著名的戏剧导演,在导演莎士比亚戏剧和现代戏剧方面手法独特。但是,就是在看过了格思里对于莎士比亚《第十二夜》的导演与演出后,伍尔夫得出的结论是,必须回到莎士比亚,必须重读《第十二夜》。可以说,回到莎士比亚,重读《第十二夜》,简单的几句话,透着一位对经典有着深刻认知的读者和批评家对于莎士比亚戏剧作为经典的理解。实际上,任何对于经典的演绎包括舞台演出和电影改编,即使是最伟大的导演和最伟大的演员,都不可能抵达经典作品本身所具有的深度和高度。因此,回到作家,回到经典,不只是指回到莎士比亚及其戏剧《第十二夜》,也包括莎士比亚及其所有的戏剧,更包括文学史上所有伟大的作家及其作品。在这一点上,伍尔夫所谓"回到"与"重读",在经典阅读的意义上,具有着启示录般的导引意味。

在这篇关于老维克剧院和莎士比亚《第十二夜》的随笔中,处处渗透着伍尔夫对莎士比亚戏剧的理解,渗透着伍尔夫对舞台演出和剧本欣赏的看法。其中,"莎士比亚是同时为躯体和灵魂而写作

---

① [英] 弗吉尼亚·伍尔芙:《伍尔芙随笔全集》Ⅲ,王斌、王保令、胡龙彪、肖宇、童未央译,中国社会科学出版社2001年版,第1222页。
② 同上书,第1223页。

的"的见解，有着对莎士比亚戏剧的充分理解。作为最伟大的戏剧诗人的莎士比亚，其戏剧中的现实人生、戏剧人生以及艺术人生，都被熔铸在这句"同时为躯体和灵魂而写作"的见地中。如此简单但富有诗意且高屋建瓴的表达，大抵只有如弗吉尼亚·伍尔夫这样的读者和评论家才能一语道出。

在这里，特别要说的是，在伍尔夫的散文随笔中，不乏对乔叟、简·奥斯丁、勃朗特姐妹、哈代、劳伦斯等大家独辟一章的解读，也不乏对如斯特恩、笛福、柯勒律治、亨利·詹姆斯以及俄国作家陀思妥耶夫斯基、屠格涅夫等作家的多篇解读。唯独对莎士比亚的戏剧，伍尔夫没有写出系统且全面的单篇文章。但有一点是毫无疑问的，那就是，伍尔夫对莎士比亚的激赏和热爱几乎遍布于其随笔的不同篇章。在伍尔夫不同篇目的随笔中，时常有莎士比亚出现。莎士比亚出现在《伊丽莎白时代剧本读后感》里，"必须承认，在英国文学中有一些极其令人生畏的地带，其中首先是伊丽莎白时代戏剧那一片丛林和荒野。由于多种原因，莎士比亚出类拔萃，从他的时代直到今天一直受人瞩目。从他同时代人的高度看，莎士比亚如鹤立鸡群。"[①] 在这里，出类拔萃和鹤立鸡群，是伍尔夫对莎士比亚最激赏的表达。莎士比亚甚至还出现在伍尔夫那篇《论生病》的随笔中，出现在此处的莎士比亚，被伍尔夫信手拈来的是"哈姆雷特的滚滚思绪和李尔王的悲剧的英语"，以及"莎士比亚和济慈的诗句"可以为最单纯的女士倾诉衷肠。至于在《康格里夫的喜剧》里，"康格里夫并不像莎士比亚那样神奇地多产，他无法用

---

① ［英］弗吉尼亚·伍尔夫：《普通读者》Ⅰ，马爱新译，人民文学出版社 2003 年版，第 43 页。

其丰富的想象和诗歌的光芒来掩盖其牵强附会和机械呆板,所以必败无疑。"① 而在《个性》一文中,她这样写道:

>一提起莎士比亚,就不由得想起人们普遍认为,在所有伟大人物中,他是最不为人所熟悉了解的。的确对他的生平我们所知道的东西太少,但很显然大部分人都十分明确地对他怀有那种个人情感,而我想,对埃斯库罗斯就没有这份感情。没有任何一篇论及哈姆雷特的论文不是在言之凿凿地表明被作者称之为"莎士比亚其人"的这样的观点。然而莎士比亚是一个非常奇特的例子。毫无疑问人们确信自己了解他,但这种确信无疑既极有把握却又转瞬即逝。你认为你已经将他完全定格,可当你定睛再看,似乎又有什么东西隐去了。你所有的成见都被证明没有根据。莎士比亚是什么,说来说去,可能是哈姆雷特,或是你自己,还可能是诗歌。这些能成功地把他们自己的一切特性都灌注到自己的作品中去的伟大的艺术家,却又设法将自己的特性普遍化,结果虽然我们无处不感到莎士比亚的存在,我们却不能在任何特定的时间、特定的地点指出他来。②

出现在《个性》一文中的不仅有莎士比亚,还有萨福、埃斯库罗斯、丁尼生、乔治·爱略特、简·奥斯丁、哈代等作家。但仅仅是关于莎士比亚的这一段文字,所传达出的信息和意蕴就是无限丰富的:作家的身世之谜、作品之谜、作品的深度与广度。所以,重读《第

---

① [英] 弗吉尼亚·伍尔芙:《伍尔芙随笔全集》Ⅱ,王义国、张军学、邹枚、张禹九、杨羽译,中国社会科学出版社2001年版,第624页。
② 同上书,第746—747页。

十二夜》,回到莎士比亚是必要的。而且,如莎士比亚的"博大精深",即使回到作家回到其作品,所捕捉所把握的也许只是莎士比亚的一部分。而且很可能如伍尔夫所说,在极有把握的同时却又"转瞬即逝",在完全定格的时候定睛再看,什么东西又在隐去。这就是《个性》中的莎士比亚,也是伍尔夫文学批评随笔中的莎士比亚。这是莎士比亚以及伍尔夫眼中的莎士比亚的丰富和魅力。正如伍尔夫所体会到的,这大概就是莎士比亚这样伟大的艺术家之个性之普遍性之所在吧。

可以说,在伍尔夫的文学批评随笔中,莎士比亚几乎是无处不在、无时不在的。正像大作家式的批评家哈罗德·布鲁姆在其文学批评中多次地、反反复复地说着莎士比亚一样。在《如何读,为什么读》中,在其论"诗"之"威廉·莎士比亚"一节中,布鲁姆表示"我在本书稍后将花较大篇幅讨论如何读《哈姆雷特》,现在我先谈他的几首十四行诗。由于莎士比亚如博尔赫斯所言,既是每一个人又不是任何人,因此我们也可以说这些十四行诗既是自传性的又是普遍性的,既是个人的又是非个人的……"[①] 在这里,布鲁姆实际上是以莎士比亚的十四行诗,言说着莎士比亚的深度与广度,这当然也肯定包括莎士比亚《第十二夜》在内的所有戏剧。而在《如何读,为什么读》稍后论"戏剧"之"威廉·莎士比亚《哈姆雷特》"一节中,则是:"虽然莎士比亚也许不必成为我们的世俗圣经,但在文学力量方面,我觉得他确实是唯一可以跟《圣经》匹比的。"[②] 对于莎士比亚,布鲁姆几乎同样的说法,还出现在其著名的

---

① [美]哈罗德·布鲁姆:《如何读,为什么读》,黄灿然译,译林出版社2011年版,第113页。
② 同上书,第221页。

《西方正典》里。在其论及狄更斯和乔治·爱略特的文章中，布鲁姆声称："莎士比亚作品堪称世俗大众的《圣经》，这一说法不会令人奇怪。"① 与伍尔夫相类似，在哈罗德·布鲁姆的文学著作中，莎士比亚也是几乎无处不在、无时不在的。或许，伍尔夫也好，布鲁姆也罢，这两位英美批评界最具个性的批评家，正是通过这样一种方式，形象地诠释了布鲁姆的那句名言："在上帝之后，莎士比亚决定了一切。"

2. "写真实的人"之笛福

数百年来，记录者一直唯恐自己在盯衡一个正在消逝的幽灵而且被迫预告它正在接近消亡。这种恐惧在《鲁滨逊漂流记》中不仅不存在，而且只要出现这种念头都显得十分可笑。可能是真的，《鲁滨逊漂流记》到 1919 年 4 月 25 日才有 200 周年历史，但是至于人们现在还读不读这本书，将来是否继续读它这样耳熟能详的推测却无人提起，200 年的影响会使我们感到惊奇，不朽之作《鲁滨逊漂流记》竟然才存世区区那么短时间。这本书像是人类的佚名作，而不像某个才子的杰作，至于庆祝它的百年，我倒宁愿庆祝巨石阵本身的百年。②

这是出现在伍尔夫随笔《笛福》开篇的文字。在伍尔夫的文学批评随笔中，与对乔叟、简·奥斯丁、哈代的评论相比，关于

---

① [美] 哈罗德·布鲁姆：《西方正典》，江宁康译，译林出版社 2011 年版，第 261 页。

② [英] 弗吉尼亚·伍尔芙：《伍尔芙随笔全集》Ⅰ，石云龙、刘炳善、李寄、黄梅译，中国社会科学出版社 2001 年版，第 85 页。

笛福，本来是很可能一掠而过或者只是略微提及的，但伍尔夫偏偏给了这位作家两篇文章的篇幅。就连伍尔夫最欣赏的作家简·奥斯丁也没如此礼遇，甚至伍尔夫对最热爱最有敬意的作家哈代，也不过只写有两篇文章。如此，对笛福的评论或者肖像描绘就格外引人注目。出现在伍尔夫的《普通读者》Ⅰ和《普通读者》Ⅱ中的，先后有《笛福》和《鲁滨逊漂流记》两篇随笔。众所周知，以伍尔夫对自己文学批评随笔的看重和谨慎，在其生前诸多的批评文章中，仅有两部文集《普通读者》Ⅰ和《普通读者》Ⅱ出版。其中关于笛福，就有两篇文章入选，由此可以看出伍尔夫对笛福的看重。当然，同样令读者饶有兴致的还有《笛福》一文醒目而有趣的开篇。

　　如文学史所评价的那样，被称为"小说之父"的笛福是长篇小说的先驱，其《鲁滨逊漂流记》被认为是现实主义小说开始的标志，并为后来19世纪现实主义小说的繁荣奠定了基础。笛福在文学史上的地位是毋庸置疑的。但伍尔夫不写这一些，甚至在其《笛福》一文中，伍尔夫都不主要是写《鲁滨逊漂流记》，而是将更多的笔墨放在了笛福的《莫尔·弗兰德斯》上。但是，伍尔夫知道笛福的光芒之所在。当她写作《笛福》（1919）这篇随笔时，正值《鲁滨逊漂流记》（1719）出版200周年。所以，在《笛福》一文里，伍尔夫不禁感慨：不朽之作《鲁滨逊漂流记》竟然才存在200年。在伍尔夫眼里，这本书像是人类的佚名作，而不像某个作家或才子的杰作。像所有注意到笛福是在晚年才开始写作的读者和评论家一样，像所有文学史对笛福在现实主义小说创作中地位的肯定一样，伍尔夫也看到了这一切。但伍尔夫的表达却极有个性："笛福转向小说创作时已经不再年轻，他的小说创作先于理查森和菲尔丁许多年，他确实是一位拓荒者，对形成和发展起了重要作用。"①

至于到了伍尔夫的批评随笔《鲁滨逊漂流记》中，"它算得上是一部杰作。而它之所以成为一部杰作，很大一部分原因就在于笛福自始至终坚持以自己独特的视角来审视一切。"② 关于这部一个人被孤零零地抛到荒岛上的故事，在伍尔夫看来："在打开书本之前，或许我们就已经把我们期待它可能给予我们的乐趣大致勾勒出来了。于是，我们便开始阅读；但是，每一页都毫不客气地与我们的预期相抵触"，而这是因为"现实、细节和物质主宰着一切"③。当然，伍尔夫写出了对于作品的感同身受："读着读着，不知不觉之中，我们发现我们自己也到了海上，处于惊涛骇浪之中；而且，我们也开始用鲁滨逊·克鲁索的目光来看待眼前的一切。波涛，水手，天空，船只——一切都是通过那双精明的、现实的、中产阶级的眼睛观察出来的。什么都逃不过他那双眼睛。"④ 这就是一个读者眼中的《鲁滨逊漂流记》，通过一位批评家的笔写出来："就这样，通过忠实地叙述他所面临的真实情况——凭借一个大艺术家的艺术敏感，有所摒弃，有所突出，以凸现他的最大的长处，即真实感——他终于能将平常行为写得高贵尊严，将平常事物写得美妙动人。……小说不为议论所左右，故事情节以恢宏而质朴的风格继续展开。"⑤

正如读者在阅读这部具有传奇意味的小说之前就了解到的，晚

---

① [英] 弗吉尼亚·伍尔芙：《伍尔芙随笔全集》Ⅰ，石云龙、刘炳善、李寄、黄梅译，中国社会科学出版社2001年版，第86页。
② 同上书，第274页。
③ 同上。
④ 同上书，第275—276页。
⑤ 同上书，第277页。

年才开始创作的笛福,是以一位苏格兰水手被抛在荒无人烟的海岛上的故事为《鲁滨逊漂流记》故事情节来源的,那位苏格兰水手也可以说是鲁滨逊的原型。这位水手在海岛上度过了四年多的时间,直到被路过的船只发现。而笛福让自己小说中的鲁滨逊独自在海岛上生活了20多年之后,直到解救了一个"星期五",直到遇到一艘路过的船只。与苏格兰水手的被搭救不同,是鲁滨逊帮助船长制服了叛变的水手,然后才乘船回国。期间,鲁滨逊在海岛上的时间长达28年之久。如此不可想象的具有传奇意味的故事,笛福却写得真实而质朴。"当然如此,假如你是笛福的话,把事实描述出来也就够了;因为这种事实是真实存在的事实。在描述真实的天赋上,笛福可以跟散文大家相媲美,简直无人可以企及。"[1] 这就是伍尔夫对笛福这位现实主义文学奠基者的感觉,与读者以及文学史所理解、所评价的笛福不谋而合。但伍尔夫却是以非常形象化和小说化的形式写出来的。

或许是意犹未尽,当伍尔夫以两篇文章写出了笛福之后,在其《小说概观》一文中,笛福又出现了。随笔《小说概观》是伍尔夫对写小说的人、小说内容、小说形式与小说艺术风格的理解、分类和阐释。在这篇文章中,伍尔夫用了"写真实的人""浪漫主义的""贩卖性格的人与喜剧演员""心理小说家""讽刺作品与奇幻小说""诗人"六个标题,写出了伍尔夫对小说大家及其作品的理解,其中渗透着伍尔夫的小说理念。出现在这篇文章中的有笛福、莫泊桑、简·奥斯丁、乔治·爱略特、普鲁斯特、亨利·詹姆斯、陀思妥耶夫斯基、

---

[1] [英]弗吉尼亚·伍尔夫:《伍尔芙随笔全集》Ⅰ,石云龙、刘炳善、李寄、黄梅译,中国社会科学出版社2001年版,第277页。

斯特恩、艾米莉·勃朗特、列夫·托尔斯泰等诸多名家及其作品。这些小说大家及其经典作品，成为伍尔夫在《小说概观》中阐释自己对小说理解的注脚。在这篇文章的开篇"写真实的人"一节中，伍尔夫直截了当地写道："所谓写真实的作家——笛福显然为英语作家之首。"① 作为写真实的作家，其作品想方设法"给我们这么一种眼前一亮的感觉，……整部书里头没有一个虚幻飘渺的单词能刺激我们惴惴不安的安全感"②。在伍尔夫看来，"笛福以神明般全知全能的角色统治着他的王国"③。正是伍尔夫对于笛福作品最基本最具概括力的理解，笛福，这个被称为"小说之父"的作家，这个其作品标志了现实主义文学开端的作家，就成为伍尔夫文学批评随笔中的"写真实的人"。

3. "站在门边的人"和"非我辈中人"

所以将柯勒律治和雪莱的肖像画放在一起，是因为在随笔集《飞蛾之死》中，关于柯勒律治的随笔《站在门边的人》《萨拉·柯勒律治》和关于雪莱的随笔《非我辈中人》恰好排列在一起。当然，更深层的原因是，诗人柯勒律治（1772—1834）和诗人雪莱（1792—1822），他们都是19世纪英国浪漫主义诗歌的代表人物。

从内容看，《站在门边的人》《萨拉·柯勒律治》是关于柯勒律治书信及柯勒律治的女儿萨拉·柯勒律治的。当然，一说到柯勒律治，伍尔夫一贯的思路敏捷、兴之所至、文字如行云流水的特点，使得同是湖畔派诗人的华兹华斯、骚塞的身影，也都出现在伍尔夫

---

① [英] 弗吉尼亚·伍尔芙：《伍尔芙随笔全集》Ⅳ，王义国、黄梅、江远、成小伦译，中国社会科学出版社2001年版，第1647页。
② 同上。
③ 同上书，第1648页。

的随笔中。同时出现的还有济慈、弥尔顿、狄更斯、亨利·詹姆斯等诗人和小说家,以及狄更斯笔下那位老想着走运的乐天派米考伯先生。在《站在门边的人》一开篇,呈现在伍尔夫随笔中的就是一个多面体的诗人柯勒律治:"数不清的柯勒律治、变幻不定的柯勒律治、有着艺术气质的柯勒律治。是华兹华斯、济慈和雪莱,是他的时代和我们时代一部分的柯勒律治。结集的文字排满了数百页、溢出无数页边的柯勒律治。"① 正是因为这样多元的柯勒律治,所以,在伍尔夫看来,每个读者对柯勒律治的印象就像是一张网,网住的只是极少极少的一部分,读者看到的柯勒律治,只是那个"站在门边的人"。而且,那个写出了许多书信的信笔涂鸦的柯勒律治,"经常冗长到失去语义连贯的边缘,而他的意义也逐渐消弱,渐渐地在心灵的地平线上淡化成纤弱的一缕。"② 至于其书信给人的印象则令人吃惊:"所有人都一致认为他说过的话'像'——海洋的波涛、大河的浩荡、北极光的灿烂、银河的光辉。"③ 甚至波涛、大河、极光、银河之类的比喻都不足以描摹其情状。在伍尔夫富有想象力且极具小说家笔法的描述里,直至死前半小时,柯勒律治充满激情的话语才停了下来,归于寂灭。

像伍尔夫所有的作家作品评述一样,在读伍尔夫的文学批评随笔时,读者并不是一下子就能捕捉到伍尔夫对某一作家某一作品的态度和判断的,总要在其充满想象力的文字和小说化的叙述中,跟随着其思路和感觉,直到文章几近结束,才能透过整篇的文章,体

---

① [英]弗吉尼亚·伍尔芙:《伍尔芙随笔全集》Ⅲ,王斌、王保令、胡龙彪、肖字、童未央译,中国社会科学出版社 2001 年版,第 1264 页。
② 同上书,第 1266 页。
③ 同上书,第 1268 页。

会得到伍尔夫的感受和判断。当然，这期间，伍尔夫极富弹性而倏忽变化的思路常常会一下子跑得很远，甚至找不到尽头；其极度敏锐的感觉也时常跳跃动荡甚至飘忽飘渺到令人捉摸不定。就像《站在门边的人》，一方面，柯勒律治滔滔不绝的谈话"使一些听众狂喜不已，让其他人乏味得要死，而让某个愚蠢的女孩咯咯地笑个不住"①；另一方面，在这篇文章的结尾，伍尔夫写柯勒律治其眼光注视的景象，"成了满满的数页诗，诗中的每个词语都准确无误，每个形象都似水晶一样透明"②。这就是典型的伍尔夫文学批评随笔的结尾：思路和观点时隐时现、若有若无，扑朔迷离。在兜兜转转地写出了对柯勒律治华美冗长、不加节制的印象后，伍尔夫又给了这位著名的湖畔派诗人一个"水晶一样透明"的评价。如此，直至文章结束，读者的感觉才豁然开朗。柯勒律治，这位站在门边的人，这位有着诸多标签的诗人，终于以一位伟大诗人的姿态站在了读者的面前。

《萨拉·柯勒律治》一文写柯勒律治的女儿。透过伍尔夫富有想象力、画面感和故事性的描述，读者看到的是一个诗人的女儿，兼有父亲母亲的禀赋。其本身也是一部未竟的著作：

> 柯勒律治也留下了自己的骨肉。其中女儿萨拉就是他的延续。不是肉体上的，因为她娇小而轻盈，而是他的心灵和秉性的延续。她一生整整48年的光阴都生活在他夕阳的余晖里。因此和其他伟人的孩子一样，她也是一个光影斑驳的形象，在逝

---

① ［英］弗吉尼亚·伍尔芙：《伍尔芙随笔全集》Ⅲ，王斌、王保令、胡龙彪、肖宇、童未央译，中国社会科学出版社2001年版，第1268页。
② 同上书，第1269页。

去的辉煌和平庸的光之间来回跳跃。而且和她父亲的许多作品一样，萨拉·柯勒律治也是一部未竟的著作。①

但她 48 岁便去世了。也像她的父亲一样，只留下布满省略号的一张空白纸，还有两行诗：
父亲，勿将那不凋花戴上我的额头
它们在您的坟前盛开，这已足够。②

在《站在门边的人》之外，伍尔夫在《萨拉·柯勒律治》中呈现给读者的，是一幅诗人女儿的肖像。同时出现在这幅画像里的，还有华兹华斯、华兹华斯夫人以及骚塞的身影。这些为读者所熟悉的著名人物，为这幅画像增添了自传性和故事性因素，使得萨拉的肖像更真实、更栩栩如生。饶有意味的是，尽管在《站在门边的人》当中，伍尔夫对柯勒律治冗长的书信和滔滔不绝的话语有不无幽默的调侃，让读者感觉这样的诗人貌似言过其实。但在《萨拉·柯勒律治》的开篇，谈到萨拉生活在父亲夕阳的阴影里时，伍尔夫用了诸如"伟人的孩子""逝去的辉煌"之类的表达。由此表达可以看出，柯勒律治作为 19 世纪英国浪漫主义诗歌的代表作家之一，在伍尔夫的笔下，仍不失其天才诗人的地位。

当湖畔派诗人柯勒律治出现在弗吉尼亚·伍尔夫笔下的时候，英国文学史已经走到了 19 世纪。在浪漫主义文学的潮头上，既有以写湖光山色著称的华兹华斯、柯勒律治、骚塞为代表的"湖畔派诗

---

① ［英］弗吉尼亚·伍尔芙：《伍尔芙随笔全集》Ⅲ，王斌、王保令、胡龙彪、肖宇、童未央译，中国社会科学出版社 2001 年版，第 1270 页。
② 同上书，第 1275 页。

人",又有被恩格斯称为"天才的预言家雪莱和满腔热情的、辛辣地讽刺现社会的拜伦"①。当然,在伍尔夫的文学批评随笔中,读者看到的是伍尔夫眼睛里的诗人。就这样,天才的预言家雪莱出现在伍尔夫的随笔《非我辈中人》中。

关于19世纪英国浪漫主义诗人雪莱,已经有很多的传记和资料。伍尔夫所做的,是通过佩克教授的传记著作,让雪莱的轮廓变得更为清晰。在伍尔夫这里,读者看到的是一个"疯子雪莱",是一个"一切受压迫者及其事业的声援者"的雪莱,是"易激动、不妥协、不信神"的雪莱,是让哈丽特·威斯特布鲁克绝望地投河自杀、而让玛丽·雪莱感慨"不是我辈中人"的雪莱。这里,伍尔夫提到了玛丽·雪莱关于雪莱的感慨,即"不是我辈中人"。这也许是对于雪莱这位天才诗人的最有意味的评价,而且是出自玛丽·雪莱之口,似乎就特别具有说服力。

众所周知,在19世纪的英国文坛上,出现了如简·奥斯丁、勃朗特姐妹、乔治·爱略特等杰出的女性作家。19世纪英国文学的辉煌,一定程度上是由这些女作家创造的。而且,这些女作家不仅有简·奥斯丁和勃朗特姐妹等,还包括其他女诗人和女作家。其中,玛丽·雪莱(1797—1851)也是这个时期灿若星辰的女作家中独具个性的一位。作为诗人雪莱的妻子,她在"17岁时与22岁的雪莱一见钟情,这是两颗动荡不安的灵魂的相遇。……终其一生,他们都过着动荡不安的生活"②。玛丽·雪莱在西方文学史上,有科幻小说鼻祖之称,其作品多写死亡、毁灭、复活等震撼人心的内容和主题。

---

① 《马克思恩格斯全集》第2卷,人民出版社1957年版,第528页。
② 陈晓兰主编:《外国女性文学教程》,复旦大学出版社2017年版,第11页。

但就是这样一位同样浪漫同样有着不安甚至不羁灵魂的玛丽·雪莱，都在感慨着雪莱"不是我辈中人"。可见，雪莱作为一位天才诗人的独特与个性。

所以，在写《非我辈中人》时，伍尔夫用了玛丽·雪莱的感慨作为写雪莱随笔的题目，并认同佩克教授的观点："雪莱虽然不爱这个哈丽特或那个玛丽，但却爱着人类，这一点是千真万确的。和大自然神圣的美一样，人类的悲惨境遇总是在他的心头热烈而持久地燃烧。他比任何其他人都更加热爱行云、大山和河流。"① 对于雪莱的诗，伍尔夫独特的见解则是："在我们的记忆中，他是一位伟大的诗人，但在翻开他的诗集时，却发现他是位糟糕的诗人。"② 这部分是因为雪莱并非一位"纯诗人"，但如果读他的《解放了的普罗米修斯》等诗篇，会再次对雪莱的伟大深信不疑。因为这些诗篇的"伟大之处不在于哲学思想的明晰和表达的完美，而是在于某种存在的状态。穿过层叠的乌云和强劲的旋风，我们到达极其安宁、极其平静的没有风的世界"③。尽管伍尔夫直言是戴着特别的眼镜来看待雪莱，但毫无疑问地，通过伍尔夫的书写，读者再次见到了那位"卓尔不群，超然独处"的雪莱；那位不是我辈中人，是一个"存在"的雪莱；是写出了《解放了的普罗米修斯》、写出了《西风颂》《云》《致云雀》的雪莱；是以名句"冬天如果来了，春天还会远吗？"而让很多人记住了的雪莱。这样的雪莱，再次加深着读者对这位浪漫主义天才诗人的印象，让这位英年早逝的诗人，时隔近200

---

① ［英］弗吉尼亚·伍尔芙：《伍尔芙随笔全集》Ⅲ，王斌、王保令、胡龙彪、肖宇、童未央译，中国社会科学出版社2001年版，第1280页。
② 同上书，第1281页。
③ 同上。

年后，带着他的过激与叛逆、激情与疯狂、少年才俊与英年早逝，再次出现在敬仰他的读者面前。

4. 一马当先的女骑手或伟大的女性小说家

当把简·奥斯丁、夏洛蒂·勃朗特、爱米莉·勃朗特和乔治·爱略特放在一个镜框或者肖像系列里的时候，需要作几点说明：其一，关于这四位19世纪英国女小说家的批评文章，都辑录在伍尔夫的第一部随笔集《普通读者》Ⅰ中，而且比邻而居。她们在伍尔夫的批评随笔中次第出现，先是《简·奥斯丁》，在相隔一篇《现代小说》之后，是《〈简·爱〉与〈呼啸山庄〉》、《乔治·爱略特》。其二，在19世纪的英国文学史上，简·奥斯丁（1775—1817）、夏洛蒂·勃朗特（1816—1855）、爱米莉·勃朗特（1818—1848）和乔治·爱略特（1819—1880）四位女作家，的确是依次出现在英国的文坛上的。其三，19世纪的英国文坛，出现的不仅是上述四位女作家。除却女诗人外，单是女小说家，几乎同时出现的还有勃朗特姐妹中的安妮·勃朗特（1820—1849）、诗人雪莱的妻子玛丽·雪莱（1797—1851）、盖斯凯尔夫人（1810—1865）等才华横溢且个性独具的作家。可以说，这个时期的英国女性作家是以群星灿烂的形式出现的。就像女性主义文学批评家桑德拉·吉尔伯特和苏珊·古芭所说："我们为什么要把女性写作的黄金时代——那个由勃朗特姐妹、艾略特、狄金森和罗塞蒂构成的时代，那个构成了女性的文艺复兴的时代——确定在19世纪中期，而不是通常意义上所谓的文艺复兴时期呢？"[1] 但是，在女性作家辈出的19世纪英国文坛上，一个

---

[1] ［美］桑德拉·吉尔伯特、苏珊·古芭：《阁楼上的疯女人：女性作家与19世纪文学想象》（上），杨莉馨译，上海人民出版社2015年版，第二版导言，第23页。

几乎无可争议的事实是，19世纪的英国女性文学，以简·奥斯丁、夏洛蒂·勃朗特、爱米莉·勃朗特和乔治·爱略特四位女作家成就最高。所以，在伍尔夫的《妇女和小说》一文中，面对着19世纪初女性小说非同寻常的兴起，伍尔夫旗帜鲜明，毫不含糊，将她们称为"四位伟大的女性小说家"。

与弗吉尼亚·伍尔夫对四位女作家的高度评价相呼应的，则是西方女权主义和女性主义文学研究领域两位颇具影响力的学者，被认为是当代美国女权主义文学批评创始人之一二的桑德拉·吉尔伯特和苏珊·古芭。她们两人合著的《阁楼上的疯女人：女性作家与19世纪文学想象》，被誉为20世纪女性主义文学批评的"圣经"。正是在这部极具影响力的著作中，桑德拉·吉尔伯特和苏珊·古芭说过这样一段话："对于我们以及其他许多女性读者和作家的女性想象力发生作用的最强有力、也最具活力的力量，毫无疑问是那四位一马当先的女骑手，至少在小说领域是如此：她们就是简·奥斯丁、夏洛蒂·勃朗特、爱米莉·勃朗特和乔治·爱略特。"[①]

与"四位伟大的女性小说家"和"四位一马当先的女骑手"之说相映成趣的，则是美国著名女性主义批评家、普林斯顿大学荣休教授伊莱恩·肖尔瓦特的评价。伊莱恩·肖尔瓦特在其所著《她们自己的文学——英国小说家：从勃朗特到莱辛》一书中，在谈到英国女小说家队伍时曾这样不无意味地说："有关女作家的讨论如此不准确，支离破碎，充斥着派性"，"将范围非常广阔并多样化的英国

[①] [美]桑德拉·吉尔伯特、苏珊·古芭：《阁楼上的疯女人：女性作家与19世纪文学想象》（上），杨莉馨译，上海人民出版社2015年版，第22页。

女小说家队伍压缩精简为人数少而又少的'大作家',然后从她们那里发展出了所有的理论。实际上,对女小说家来说,伟大这个概念最终落实到了四五个作家——简·奥斯丁,勃朗特姐妹,乔治·爱略特和弗吉尼亚·伍尔夫——甚至于就'女小说家'的理论研究而言,结果也无非是没完没了地把有关'不可或缺的简或乔治'的洞识加以再生利用和重新组合。女小说家批评集中在这些幸运的少数人身上,却始终无视那些并不'伟大'的人。"① 在此,伊莱恩·肖尔瓦特的本意,是在不无微词地探讨有关女作家评价时的偏颇,即对所谓并不"伟大"的女作家之无视和忽略。但其中却透露出的几乎达成共识的认知是,在19—20世纪的英国文学史中,伟大的女作家无外乎简·奥斯丁,勃朗特姐妹,乔治·爱略特和弗吉尼亚·伍尔夫。在此,弗吉尼亚·伍尔夫暂且不论。正是伊莱恩·肖尔瓦特的质疑,异曲同工地与桑德拉·吉尔伯特和苏珊·古芭的"一马当先的女骑手"、与伍尔夫"四位伟大的女性小说家"之说相吻合,将19世纪"伟大"女作家的花冠,自然而然、理所当然地落到了简·奥斯丁,夏洛蒂·勃朗特、爱米莉·勃朗特和乔治·爱略特这四位女作家身上。

因此,四位伟大的女性小说家,几乎同时出现在伍尔夫的文学批评随笔中,似乎也就顺理成章。而且还是出现在1925年出版的《普通读者》Ⅰ集中。在伍尔夫的肖像系列里,这四位女作家的杰出与才华,可谓春兰秋菊,不分或者难分上下,所不同的是她们各自的气质风貌及艺术个性。《简·奥斯丁》一文,是伍尔夫写四位女作

---

① [美]伊莱恩·肖瓦尔特:《她们自己的文学:英国女小说家:从勃朗特到莱辛》,韩敏中译,浙江大学出版社2012年版,第4—5页。

家随笔中相对轻松相对风趣的文章,与简·奥斯丁作品的基调和风格相映成趣。在伍尔夫看来,简·奥斯丁在摇篮里的时候,就被守在摇篮边的仙女带着在世界上飞了一圈,在被放回到摇篮里时,不仅知道了这个世界是什么样子,而且选择并确定了自己所在的王国。当奥斯丁写作的时候,发生在中下层绅士阶层的爱情和婚姻故事,就成为奥斯丁创作的主题。奥斯丁小说中的爱情,与勃朗特姐妹的作品不同。没有强烈的爱恨交织,更没有狂风暴雨、电闪雷鸣。她的那些引人入胜的爱情故事,多是在平静的乡绅世界展开,情节不过是吃饭喝茶聊天写信以及舞会野餐或相互拜访。但就是在这些看似平淡、平凡的日常生活场景中,伍尔夫看到了简·奥斯丁作品与表面的平静沉闷不相称的魅力,"它有文学的永久性","给外表琐碎的生活场景赋予最持久的生命形式。重点永远放在人物性格上。"[①]像所有意识到奥斯丁讽刺风格的读者一样,在伍尔夫的《简·奥斯丁》里,这个智慧非凡的女才子,手执一支鞭子,轻快地抽打着她笔下的那些蠢人和俗人,从而"享受将他们斩首的莫大快乐。"伍尔夫对奥斯丁作品的解读,带着与奥斯丁作品相得益彰的活泼和风趣。当伍尔夫以一支生花妙笔写出了简·奥斯丁小说轻松平淡、妙趣横生背后的深刻隽永时,简·奥斯丁的艺术个性也就基本显示出来了。

但伍尔夫的批评和见地不只如此。当多数的读者包括热爱简·奥斯丁的粉丝们,热衷于津津乐道着奥斯丁作品中的人物、故事以及细节时,伍尔夫慧眼独具,看到了简·奥斯丁作品的深刻度。在

[①] [英] 弗吉尼亚·伍尔夫:《普通读者》Ⅰ,马爱新译,人民文学出版社 2003 年版,第 117 页。

伍尔夫看来,简·奥斯丁的写作,"既是为所有人,又不为任何人,既为我们的时代,又为她自己的时代"①;"她从未为摄政王或其图书馆长写作,而是为整个世界写作"②。即使在其未完成的作品中,都包含了"简·奥斯丁的伟大艺术的所有要素。它有文学的永久性。忘掉表面的生动与生活的形似,剩下来可提供的是一种更深刻的乐趣,对人类价值观的敏锐辨别"③。在伍尔夫眼里,"没有哪个小说家更多地使用对人类价值的正确感受力",她有"一颗无过失的心、无懈可击的品位"。如此毫无保留的肯定欣赏并且赞许有加,至此,简·奥斯丁的伟大和深刻,"她小说的深度、美感和复杂性",就在伍尔夫独到深刻且富有情趣的解读中显示出来。

有感于简·奥斯丁的英年早逝及其晚期作品如《劝导》中所蕴蓄着的忧伤,伍尔夫本来智慧风趣的文字,也开始氤氲并充盈着一种伤感。伍尔夫看到并感觉到了,奥斯丁"以前习惯于描写春天,现在则经常描写秋天"④。同是作为女作家,在伍尔夫的感同身受里,刚刚进入不惑之年的简·奥斯丁,正是"生气勃勃、不可抑制、有充沛的创造力"的时期。但才华丰盈、创造力充沛的生命还没有完全展开,人生还"未曾经历往往使作家生涯的最后阶段成为最有意思的阶段的那些变化","月亮、山峦和城堡在那一边",而简·奥斯丁,这位有着异乎寻常天才的女作家,就在"才华鼎盛时期死去",生命永远地定格在了42岁。至此,一幅简·奥斯丁的肖像画被初步勾勒。遗憾、惋惜、惆怅、伤感都是难免的。就像简·奥斯丁作品

---

① [英]弗吉尼亚·伍尔夫:《普通读者》Ⅰ,马爱新译,人民文学出版社2003年版,第115页。
② 同上书,第120页。
③ 同上书,第117页。
④ 同上书,第121页。

平淡中的意味深长一样，跟随着伍尔夫意犹未尽的文字，读者的想象和猜想也就油然而生：如果简·奥斯丁活得更长久一些，她是否会写得更多？她会不会写得不一样？她会写些什么呢？

与伍尔夫肖像画中的简·奥斯丁不同的是，如果说奥斯丁及其作品给读者的感觉是平常、平凡乃至云淡风轻的话，即使有些许伤感和忧伤，也不过是秋风掠过树梢、细雨拂过窗扉一般淡淡的怅然和惘然，而夏洛蒂·勃朗特和艾米莉·勃朗特的作品给予读者的感觉则全然不同。这两位英国文学史上最杰出的姊妹作家，当然，还包括她们的妹妹安妮，都毫无例外地英年早逝。可以说，一个家庭出现三位女作家，本来就是个奇迹。而且三位都是杰出的女作家，这更是奇迹中的奇迹。这样的奇迹，仿佛是上帝或者缪斯女神的格外垂青。但是，这个家族的女性太优秀了，仿佛为了平衡一般，上帝在慷慨地赋予了她们旷世才华的同时，却又吝啬于给她们生命的年轮。在身体的康健和生命的长度上，不曾眷顾她们中的任何一个人。包括夏洛蒂的两个姐姐和弟弟。如果考察一下勃朗特三姐妹生卒年月的话，依次是这样的：夏洛蒂·勃朗特（1816—1855）、艾米莉·勃朗特（1818—1848）、安妮·勃朗特（1820—1849）。如果把这个顺序倒过来，那就是，写出了《艾格尼丝·格雷》《呼啸山庄》《简·爱》的三姐妹，其短暂的生命分别只有29岁、30岁、39岁。年龄最长的夏洛蒂·勃朗特也没有活到不惑之年。当然，这与她们出身的家庭和环境有关。出身低微的父亲剑桥大学毕业，才智卓著，热爱文学，有坚韧的毅力和性格；出身名门、从小在舒适的环境中长大的母亲正直而高尚，理性而温顺。尽管与丈夫相亲相爱，但过多的生育毁坏了她的健康，以至于在最小的孩子刚刚出生不久就撒手而去。由此可见，勃朗特姐妹家的子女，是在一个母爱缺失的家庭中长大。尽管父亲爱自己的孩子，但一个穷牧师的微薄薪俸，给予六个孩子的只能是清苦的生活。与此相关的是这个家庭所在的位置。先是北约克郡山区，后来是更加偏僻荒凉的哈沃斯。缺少营养、地处偏远，与外界缺少联系，是三位女作家成长的环境。像《简·爱》中的女主人公一样，勃朗特姐妹都有在寄宿学校读书的经历，也备尝寄宿学校条件的艰苦和饮食的粗劣。实际上，《简·爱》中简·爱的形象以及海伦的形象，就有夏洛蒂的经历和两个姐姐玛丽亚和伊丽莎白的影子。

  缺少母爱、生活清苦的童年生活，给予勃朗特姐妹的是寂寞的、缺少温暖的童年时光。但即使如此，有天赋有才华并且富有想象力的生命，总会在某一个时刻闪烁出光华。即使是离群索居、与世隔绝，即使是身处荒野。当勃朗特姐妹从寄宿学校回到家里时，读书、绘画、写作，以及相互讲故事，就成为她们日常的功课。在牧师住宅里那些孤独寂寥的夜晚，在周围荒原的荒凉和沉寂中，那些分别发生在夏洛蒂和弟弟布兰威尔想象中的"安格利亚世界"，那些出现于艾米莉和安妮虚构中的"冈德尔世界"，激发着他们丰富的想象。这是她们最初的写作训练，也是孤寂童年中最快乐、最智性的时光。因为，对于日后成为作家的三姐妹来说，能有什么比对读书的热爱、对写作的热忱、尤其是在讲故事中所驰骋着的丰富想象更重要的呢？然后，为了生计，做家庭教师、合办学校，去布鲁塞尔学习法语和德语。在经历了这一切之后，英国文学史上如同奇迹一般的三位姊妹作家，各自创作出了《教师》《呼啸山庄》《艾格尼丝·格雷》三部小说。书稿寄出之初，令夏洛蒂意想不到并且非常沮丧的是，三部作品中，唯有其《教师》没有被接受。也许是憋着一口气，也许是激情所至，三周时间写出的《简·爱》交稿不到八周就出现在了读者面前。当化名为柯勒·贝尔、艾利斯·贝尔和阿克顿·贝尔的三位女作家几乎同时出现在英国文坛上的时候，令读者和出版商惊奇不已的是，原来写出了三部杰出作品的三个贝尔，居然是三位年轻的女性。

然而，幸福的时光总是短暂。伴随着创作成功而来的欢乐还没有多久，从1848年的秋天到1849年的春天，弟弟布兰维尔、妹妹艾米莉和安妮的相继病逝，让夏洛蒂在心痛不已的同时又倍感命运的无常。尽管有写作作为生命的支撑，尽管也有过几个月的爱情和婚姻生活，但生命的短暂这一可怕的宿命，总是如影随形地伴随着这个家庭中的每一个儿女。即使坚强如夏洛蒂者，也没有走到不惑之年。1855年3月，大抵也是乍暖还寒。写出了《简·爱》《谢利》等作品的夏洛蒂·勃朗特的生命，就永远地留在了那个春寒料峭的春天。

这就是已经成为世界性文学现象的"勃朗特姐妹"。这就是文坛上著名的姊妹作家夏洛蒂·勃朗特、艾米莉·勃朗特和安妮·勃朗特。或许，对于解读伍尔夫随笔中的《〈简·爱〉与〈呼啸山庄〉》来说，身世和经历的回顾，未免有题外或者赘言之嫌。但好像如此也只有如此，才能体会得出，为什么在伍尔夫的文学批评随笔中，与简·奥斯丁相继出现的夏洛蒂·勃朗特和艾米莉·勃朗特，当伍尔夫在描绘她们时，无论是色调还是风格，都没有在描绘简·奥斯丁画像时那样笔调轻快、色彩明朗。如同伍尔夫在写夏洛蒂·勃朗特时的想象和感觉："想到她的时候，我们必须想象一个与我们现代世界无缘的人；我们必须把思绪放回到上个世纪五十年代，约克郡荒野上一个偏僻的教区。她永远留在那里，在那些荒野上，忧伤而痛苦，体验着她的贫穷和兴奋。"① 的确，正是了解了勃朗特姐妹的身世和经历，才会理解在勃朗特姐妹的作品中，为什么背景常常是荒野，为什么总有那么多的痛苦和忧伤，为什么当伍尔夫在评价勃朗特姐妹作品的时候，一向文风智慧风趣、文字如行云流水的伍尔夫，行文之间，多了一些深沉、沉静和忧伤。

也许是夏洛蒂·勃朗特在比利时布鲁塞尔时对埃热先生那段微妙的情感，也许这段不曾有结果的爱慕压抑已久，埃热先生强有力的个性以及夏洛蒂长久沉潜于心的情愫，在长时间的蕴蓄并沉淀之后，成为夏洛蒂·勃朗特《简·爱》最直接的小说素材来源。就像夏洛蒂几乎所有的作品都呈现出自传性一样，《简·爱》也不例外。因此，带着自我强烈情感的《简·爱》，以其真实的感情经历和生命体验吸引着读者：

> 它使我们一口气读完全书，不让我们有思考的时间，不让我们把目光从书页上移开。我们如此聚精会神，以至于如果有人在屋里走动，这动作仿佛不是发生在此地，而是在约克郡。作者牵着我们的手，拉我们走她的路，让我们看她看到的东西，从不离开片刻，或允许我们忘记她。最后我们深深地沉浸在夏洛蒂·勃朗特的天才、激情和愤怒中。不寻常的面孔，轮廓鲜明、相貌粗糙的人物在我们眼前闪过；但我们是通过她的眼睛看到他们的。她一离开，他们就再也找不到了。想到罗切斯特，我们就必须想到简·爱。想到那荒野，又会想到简·爱。②

---

① ［英］弗吉尼亚·伍尔夫：《普通读者》Ⅰ，马爱新译，人民文学出版社2003年版，第132页。
② 同上书，第133页。

对于多数读者而言，夏洛蒂·勃朗特作品中的简·爱，就是一位孤女，一位平民女子，不美、矮小。但正是这样一位女子，仿佛暗夜中一点幽微的光，闪闪烁烁，顽强地烛照着眼前的路、自己的路、同时代以及之后许多女性的路。当夏洛蒂·勃朗特的《简·爱》出现的时候，欧美的女性运动正处于萌芽状态。对于今天的女性而言，爱情自由、独立人格、与男性同等的地位，一定程度上，或许就是由简·爱和简·爱们的努力和诉求所赢得的。简的诉求和发声，表达的正是女性尤其是出身平民的女性的诉求和愿望。因而，这部作品也就成为表达女性主义思想的具有先驱意义的作品。

与多数文学史四平八稳的评述不同，当伍尔夫在解读《简·爱》时，是体会到并且深深体会到简·爱或者夏洛蒂·勃朗特的激情的。与这部充满强烈激情的作品相呼应，伍尔夫的解读来自对作者夏洛蒂·勃朗特的理解，来自对《简·爱》这部作品的深刻感知，因而也呈现出一种强烈的感染力。

在伍尔夫的感觉里，夏洛蒂·勃朗特作品中的人物，与简·奥斯丁或托尔斯泰作品中的人物不同。奥斯丁或托尔斯泰的人物呈现出无数个侧面，而在夏洛蒂·勃朗特的《简·爱》里，则"永远是家庭教师，永远在恋爱"①。在伍尔夫看来，这既是夏洛蒂"不难找"的缺点，或者是"严重的局限"，又是其独特的力量和个性之所在。与简·奥斯丁或托尔斯泰作品中的人物立体、性格复杂、栩栩如生因而自成世界不同，"在个性的力量和世界的狭窄上"，托马斯·哈代与夏洛蒂·勃朗特比较接近。但是在夏洛蒂这里，"她

---

① ［英］弗吉尼亚·伍尔夫：《普通读者》Ⅰ，马爱新译，人民文学出版社 2003 年版，第 133 页。

所有的力量都体现在几句话中,'我爱','我恨','我痛苦',这力量因为受限制而格外巨大。"① 而这就是伍尔夫眼中的"自我中心和受自我限制的作家"的一种力量,这"是襟怀更为宽广的作家所没有的。因为他们的印象紧密地压缩在他们狭小的四壁中。从他们思想中流出的东西无不带有他们自己的印记。他们从其他作家那里学到的很少,他们即使采用了也不能吸收"②。所以,伍尔夫这样说:

> 哈代和夏洛蒂·勃朗特的风格都似乎建立在一种拘谨文雅的新闻文体基础之上。他们的散文笨拙生硬。但两人都凭着努力和最固执的诚实,把每个思想一直想到使文字向它屈服,终于形成了自己的文风,能够完整体现他们的思想,而且有一种特有的美、力量和迅捷。至少,夏洛蒂·勃朗特没有什么需要归功于读过很多书。③

当然,当伍尔夫在说着夏洛蒂·勃朗特与托马斯·哈代的自我中心和受自我限制的时候,当伍尔夫将他们与"襟怀更为宽广的作家"做比较的时候,以伍尔夫无论是对夏洛蒂·勃朗特还是对托马斯·哈代的激赏和敬意,这里丝毫都没有表示其作品世界或者心灵世界狭小的意思。如果说在列夫·托尔斯泰的作品中,是俄罗斯辽阔的土地和原野,是战争与和平相交织的宏大画面,是对人为什么活着的深刻思索;如果说在简·奥斯丁的作品里,表现出的是一个奥斯

---

① [英] 弗吉尼亚·伍尔夫:《普通读者》Ⅰ,马爱新译,人民文学出版社 2003 年版,第 134 页。
② 同上。
③ 同上。

丁所熟悉的乡绅世界，是发生在这个世界里的爱情和婚姻故事，是轻快风趣笔调中的丰富隽永的话，在夏洛蒂和哈代的作品中，如果同意或者理解伍尔夫所谓"视界的狭窄"的说法，那么，这个视界即使如何狭窄和自我，其实也是自足而完满的，是自成一个世界的。在哈代的作品中，作家所写所表现的正是自己熟悉的家乡生活，是他创造出的"威塞克斯世界"。而这个世界对于文学史的意义，不只是对于英国文学史，而且是对于世界文学史的。夏洛蒂·勃朗特的《简·爱》亦是如此。在夏洛蒂这里，越是自我的就越是个性的，越是个性的也就越是典型的。当夏洛蒂让简·爱说着"我爱，我恨，我痛苦"的时候，这样的发声和诉求，是简·爱的，又是简·爱们的；是夏洛蒂·勃朗特的，又不仅仅是夏洛蒂·勃朗特的。一部写家庭教师和男主人爱情故事的小说，之所以能够成为女权主义的先驱之作，就在于简·爱的经历和情感，在于简·爱的意识和诉求，甚至包括简·爱在作品中所表现出的人格分裂，正是夏洛蒂·勃朗特及其简·爱们所处时代和社会角色的反映。

不过，可贵的是，即使在伍尔夫看来，哈代和夏洛蒂·勃朗特的文风尽管有些"拘谨文雅"，但正是两位作家的努力和"最固执的诚实"，使得其内心中的每一个思想"一直想到使文字向它屈服"，其文风"有一种特有的美、力量和迅捷"。而在表面上，夏洛蒂却是文雅甚至拘谨的，一如她作品中的简·爱。正如伍尔夫所说的那样：

> 她就坐在那里，心灵之火的阵阵红光照亮了她的书页。换句话说，我们读夏洛蒂·勃朗特，不是为了对人物的细致观察——她的人物精力充沛而性格简单，不是为了幽默——她的幽默严峻而粗糙，不是为了对生活的哲学观点——她的是乡村牧师女儿的

观点，而是为了她的诗情。也许所有像她这样具有强烈个性的作家都是如此，正如我们在生活中所说，只要打开门就能让人感觉到他。①

这大概就是个性的力量、激情的力量，甚至是一种"偏偏的力量"。这样的力量，只有内心世界丰富而执着真挚的人才能具有。而具有这样内心世界的人，无论是写诗还是不写诗，他们在骨子里都是一位诗人。在这一点上，托马斯·哈代是诗人。夏洛蒂·勃朗特也是诗人。

当我们说夏洛蒂·勃朗特骨子里是一位诗人的时候，艾米莉·勃朗特当然也是。在禀赋诗人气质这一点上，与夏洛蒂相比，艾米莉则有过之而无不及。而且，夏洛蒂·勃朗特、艾米莉·勃朗特和安妮·勃朗特不仅在个性气质上是诗人，实际上，她们都写过诗歌。早在姐妹三人的代表作品出版之前，1846年，姐妹三人曾经自费出版过一本诗集。但诗集出版后的境遇与小说出版后的境遇可谓有天壤之别。与两年后出版小说的大获成功、震惊文坛相比，诗集大抵只卖出了两本。如此冷遇不仅在于所出诗集几乎无人问津，还有著名诗人骚塞对夏洛蒂的些许不以为然。1836年，刚刚20岁的夏洛蒂曾经将自己写作的几首诗寄给了骚塞。在湖畔派三位诗人中，与华兹华斯、柯勒律治相比，骚塞大抵成就最低。但在当时的英国诗坛上，骚塞却是所谓桂冠诗人。正是在骚塞这里，夏洛蒂得到的是傲慢的回答和所谓的奉劝：没有写诗的天赋，文学不是女人的事情云

---

① ［英］弗吉尼亚·伍尔夫：《普通读者》Ⅰ，马爱新译，人民文学出版社2003年版，第135页。

云。有伤自尊是肯定的。但无论是夏洛蒂还是艾米莉还是安妮,她们对诗歌、对文学的热爱却是矢志不移的。诗集的冷遇,丝毫不能有损勃朗特姐妹三人的诗人禀赋和气质,更丝毫不能影响她们对于写作的热情。

  所以,勃朗特姐妹都是诗人。但在姐妹三人中,以艾米莉·勃朗特的诗人气质更强,而且就诗歌创作而言,艾米莉·勃朗特在19世纪的英国文学中、在维多利亚时代的诗歌史上有一席之地。艾米莉·勃朗特的诗歌,主调凄冷、意境深远、想象丰富,具有浪漫主义的神秘色彩。其独特的艺术风格,大抵与其经历和个性有关。"从天性上说,她更是一个'自然之子'。她对荒野有一种特别的热爱,基本上过着和作为她生活背景的沼泽、风雨摧残的荒野和寂寞的峡谷一样粗犷而毫无变化的生活,一种兴趣狭窄而感情奔放不羁的原始生活。房子周围的荒野以它原始的大自然力量刺激了她狂暴而巨大的想象力。"[①] 如果按照伍尔夫在其随笔中将夏洛蒂与奥斯丁或托尔斯泰的比较,如果只取其表面意思的话,与姐姐夏洛蒂相比,艾米莉的视界则更为"狭窄"。这体现为:其一,生命更短暂,刚及而立之年就离开了这个世界。就生命的长度而言,夏洛蒂就已经是非常短暂了,但艾米莉的生命比起姐姐夏洛蒂还少了9年的时光。其二,未曾婚嫁。尽管夏洛蒂新婚不久就离开了这个世界,但她毕竟体会过爱情和婚姻的幸福。所以,生命短暂、情感孤独,这大抵也是艾米莉·勃朗特作品主调凄冷的部分原因。如果打量和考察艾米莉生活范围的话,她的活动半径大多是在牧师住宅以及周围的荒原。

[①] 郑克鲁、蒋承勇主编:《外国文学史》(上),高等教育出版社2015年版,第297页。

视界的狭窄是毫无异议的了。

但是，对于一位骨子里是诗人的艾米莉来说，对于像艾米莉这样充满想象力的作家来说，她的眼睛和心灵所看到、所洞察到、所体会到的世界，从来不是物理意义上的尺度能够丈量的。这个看起来内向、少与他人交流的艾米莉·勃朗特，平静、沉静的外表下是一个充满激情和惊人想象力的心灵。所以，在学者的眼睛里："她像男人一样刚强，像孩子一样单纯。所有一个女人生活的局限、狭窄和封闭以及循规蹈矩都在她的想象世界中得以超越。爱米莉是那种拒绝现实生活而靠高水平的想象力来维持激情的、诗意地生存的天才，她将自己闭锁在自己的冥想之中，无法也不愿适应外部世界纷扰的生活，在她那平静的表面下，激情的地火在奔突。与其说，她的作品是她生活的曲折表达，不如说是她被压抑的隐秘激情的宣泄。"① 如此，也正是如此，艾米莉·勃朗特才在其惊世之作《呼啸山庄》中，描绘出了沼泽、荒野、狂风、暴雨；才有弥漫在其作品中的寂寞、荒凉、狂暴、恐怖的氛围；才有凯瑟琳和希斯克里夫惊心动魄的爱情；才有希斯克里夫恶棍式的桀骜不驯以及疯狂而暴烈的复仇；才有回荡在呼啸山庄和画眉田庄里爱情的呼唤与复仇的咆哮；才有充盈在整个作品中的、由主人公的爱恨情仇所引发的幸福与痛苦以及美丽与丑陋。

同样是诗人，如果说，夏洛蒂和艾米莉在写作中最相像的地方，是在当她们都选择用散文写作、而且是在描写自然的时候。"他们不能忍受这文体的限制。因此艾米莉和夏洛蒂都经常求助于自然。她们都感到需要某种比语言或行动更强大的象征，来揭示人性中沉睡

---

① 陈晓兰主编：《外国女性文学教程》，复旦大学出版社2017年版，第13页。

的巨大激情。……但是这姐妹俩都没有像多萝茜·华兹华斯那么准确地观察自然，或像丁尼生那么细致地描绘。她们抓住了大自然中最接近她们或是笔下人物的感觉的东西，所以她们笔下的风暴、荒野、夏天可爱的场地，不是用来点缀沉闷文章或显示作者观察力的装饰品——而是带有感情和照亮全书的意义。"①

　　这样的解读，不仅"照亮"了全书，而且照亮了读者对夏洛蒂·勃朗特和艾米莉·勃朗特的感觉。就像所有的读者一走进夏洛蒂的作品，就理解了其作品或者《简·爱》中的爱情与痛苦一样。但在读《呼啸山庄》时，对于希斯克里夫和凯瑟琳的爱情，以及希斯克里夫狂暴而病态的复仇，包括作品中的非现实主义元素，读者是理解又难以理解的。西方文学史上有许多堪称经典、令人荡气回肠的爱情故事，罗密欧与朱丽叶，奥赛罗与苔丝狄蒙娜，简·爱与罗切斯特。与这些爱情故事乃至爱情悲剧相比较，唯有凯瑟琳与希斯克里夫的爱情以及复仇难以理喻。这根本就不是世俗意义或者心灵意义上的男女爱情。这爱情甚至让人感觉都不是来自人间、不是来自与读者一样的男男女女。当然，这爱情又的确是来自凯瑟琳和希斯克里夫这一对青年男女，只是，这一对青年男女来自"呼啸山庄"。正是如此，他们的爱情发自骨髓，发自他们身体里的每一条肌理每一根神经。所以，连一向注重内心世界和情绪表达的伍尔夫都不禁这样感慨：

　　　　《呼啸山庄》比《简·爱》难懂一些，因为艾米莉的诗人

---

① ［英］弗吉尼亚·伍尔夫：《普通读者》Ⅰ，马爱新译，人民文学出版社2003年版，第135页。

气质比夏洛蒂更浓。夏洛蒂写作时，鲜明有力、饱含激情地说出"我爱"，"我恨"，"我痛苦"。她的体验虽然更加强烈，但还是与我们共同的。但在《呼啸山庄》中却没有"我"，没有家庭教师，没有雇主，有爱情，但不是男女之爱。①

当然，像所有读过《呼啸山庄》的人都记住了凯瑟琳那段絮语一样，伍尔夫也记住了凯瑟琳的这段话：" '如果其他一切都死了，而他活着，我还能活下去；如果其他一切都在，而他死了，整个宇宙会变得那么陌生，我会觉得不再是它的一部分。' "这样的一段告白，回荡在《呼啸山庄》中，铭刻在所有《呼啸山庄》读者的心灵中。而在伍尔夫看来，正是凯瑟琳感情强烈而且滚烫炽热的话语，正是作品中所表达出的深挚情感："'我感到那无穷无尽、没有阴影的死后生活——他们进入的永恒世界，那里生命无限长久，爱情无限深挚、欢乐无限丰富。'"这样的赤诚表达，"暗示了人性表现之下的力量，并把它们提升到伟大，正是这种暗示使该书在其他小说中具有崇高的境界"②。所以，与艾米莉·勃朗特的诗人气质相一致的，与其作品中非同寻常的境界相一致的，是伍尔夫在《〈简·爱〉与〈呼啸山庄〉》中对希斯克里夫和凯瑟琳诗意的理解。在伍尔夫这里，希斯克里夫也好，凯瑟琳也好，这样的人物及其情感是超越了事实超越了生命的。所以：

  我们从希斯克利夫身上看到了一位天才的姊妹可能看到的东

---

① [英] 弗吉尼亚·伍尔夫：《普通读者》Ⅰ，马爱新译，人民文学出版社2003年版，第136页。
② 同上。

西；我们说他是不可能存在的，因为文学中没有哪个男孩具有他这样鲜活的生命。两位凯瑟琳也是这样，我们说女人永远不会有她们那样的感觉，她们那样的行为；可她们仍然是英国小说中最可爱的女人。她似乎能够把我们借以了解人类的东西统统撕掉，在这些不可识别的透明体中注入一股如此强烈的生命，使之超越了现实。因此，她的天才是一种最罕见的能力。她能够使生命摆脱对事实的依赖；寥寥数笔就画出一张面孔的灵魂，从而不需要有身体；一说荒野就能使狂风呼啸、电闪雷鸣。①

关于艾米莉·勃朗特，关于《呼啸山庄》，关于凯瑟琳和希斯克里夫，关于他们的爱情与痛苦，有许多深度而有诗意的解读。甚至于《呼啸山庄》中"由'极爱'而至'极恨'的复仇故事，""其寓意却远远超出了'复仇'的狭小框架，寓言般的内涵成为现代批评家多方探索的谜。"② 但弗吉尼亚·伍尔夫在其随笔《〈简·爱〉与〈呼啸山庄〉》中写出了艾米莉·勃朗特诗意的深度与灵魂的深度的同时，其感觉其文字，是最独特最形象最鲜活的。伍尔夫的文字，仿佛带着来自呼啸山庄的狂风呼啸、电闪雷鸣，以巨大的力量冲击着读者的眼睛和心灵。还有什么解读比伍尔夫的解读更深刻更感同身受的呢？但是，打住吧。关于勃朗特姐妹，已经说得太多了。

在"四位伟大的女性小说家"或"一马当先的女骑手"中，乔治·爱略特大概是四位女作家中名气或者读者量稍逊的作家。部分

---

① ［英］弗吉尼亚·伍尔夫：《普通读者》Ⅰ，马爱新译，人民文学出版社2003年版，第137页。

② 朱维之、赵澧、黄晋凯主编：《外国文学简编》，中国人民大学出版社2015年版，第121页。

的原因，大抵在于四位女作家出现的时候，不仅有如奥斯丁、勃朗特姐妹、爱略特等伟大作家的出现。在被视为女性创作的文艺复兴时代的19世纪中期，有太多的女诗人女小说家群星闪耀，把同是女作家的乔治·爱略特的光芒给遮住了。若是单论四位女小说家，若论作品的魅力和情趣，简·奥斯丁的爱情和婚姻小说平淡而意味隽永；论作品的影响力，《简·爱》以其对独立人格及对男女平等地位的追求为女性发声，可谓女性主义文学的先驱之作；论作品撞击读者心灵的力度和强度，《呼啸山庄》以其激越的情感和狂暴的复仇而震撼人心。所以，无论是在一般文学史中的位置，还是拥有读者的数量，乔治·爱略特都不能和简·奥斯丁及勃朗特姐妹相比。

但是，如果抛开文学史的篇幅和读者的数量，如果不是囿于女性主义的影响或者爱情婚姻小说的阅读趣味，就思想的深度和艺术的高度而言，乔治·爱略特的作品，在四位女小说家的作品中，可以说是独树一帜。而且，从文学史更深层的角度看，乔治·爱略特可以说是"英国维多利亚时期一位具有深沉的哲学思辨能力的女作家，她的深刻洞察人类精神世界、探索人类伦理思想的小说，为后代作家寻找人类精神归宿奠定了基础"①。这样的评述，将这位女作家作品的内容，与洞察人类心灵、探讨人类伦理联系在一起，且高度肯定了乔治·爱略特哲学思辨的能力。

对乔治·爱略特给予高度评价的，还有美国当代著名的文学批评家哈罗德·布鲁姆。在其著名的《西方正典》中，布鲁姆有过这样一段评论："司汤达、福楼拜、詹姆斯和乔治·爱略特似乎是无可争议的经典小说家，他们基本上是忠于小说体裁的；我选择艾略特的《米

---

① 聂珍钊主编：《外国文学史》（三），华中师范大学出版社2010年版，第142页。

德尔马奇》不仅是因为它那不容置疑的卓越,而且因为它在目下糟糕时刻更有特殊的作用——如今有不少初出道的道德家们把文学用于他们声称有助于社会变革的目的。如果说经典小说中有什么将美学和道德价值熔于一炉的范例,那么乔治·爱略特就是最佳代表。《米德尔马奇》是她对道德想象所作的最细腻的分析,它也许是迄今为止散文小说中最细腻的一部。"[1] 在此,布鲁姆是将乔治·爱略特归之于文学史上经典作家之列的,而且是无可争议,而且是与司汤达、福楼拜、詹姆斯相提并论。上述作家,司汤达在批判现实主义文学中的奠基者地位毋庸置疑;写出了《一位女士的画像》等作品的亨利·詹姆斯,其创作对20世纪文学、甚至对现代主义文学都有不容忽视的影响;福楼拜的作品虽不像司汤达的《红与黑》是一种开启性的标志,也不像巴尔扎克那样规模宏大、卷帙浩繁,作为作家中的最严谨者,福楼拜甚至还对自己被称为现实主义的"大祭司"深恶痛绝。但是,福楼拜毫无疑问地是杰出的现实主义作家,且在文学史上具有承前启后的意义,既影响了自然主义又影响了20世纪的文学,而且这种影响被许多一流作家给予高度评价,并且将其视为可以师承的导师。正是在与大家的相提并论中,布鲁姆对乔治·爱略特评价之高,由此可见一斑。

与文学史的评述不同,与布鲁姆高屋建瓴的评价不同,伍尔夫在其随笔《乔治·爱略特》一文中,写出的是对乔治·爱略特的感觉和印象。在随笔的开篇,伍尔夫首先道出了一个事实,那就是当伍尔夫或者读者在专心阅读乔治·爱略特时,就会发现"我们对她了解得多

---

[1] [美]哈罗德·布鲁姆:《西方正典》,江宁康译,译林出版社2011年版,第261页。

么少，也是认识到我们（不能说是很有眼光）的轻信，我们半自觉并有几分恶意地接受了维多利亚时代晚期的说法，把她看成一位受骗的女人，对比她受骗更厉害的人们有虚幻的影响力。……也许乔治·梅瑞狄斯关于'善变的戏子'，和台上'不规矩的女人'的说法，给许多人喜欢放的乱箭加上了箭头和毒药。她成为年轻人嘲笑的对象，以及一批犯了同样的偶像崇拜错误，可一概予以轻蔑的严肃的人们的象征"[①]。这里，伍尔夫在提及对乔治·爱略特了解之少时，实际上有对爱略特人生经历和情感经历的描述。但或许是作为意识流小说家的伍尔夫思维太跳跃，或许是女作家的善意，在显然是触碰到爱略特的情感经历时，伍尔夫的文字是闪烁其词的。当然，对于了解乔治·爱略特情感经历的读者来说，对伍尔夫文字表达的扑朔迷离，自然而然地，肯定会有一份理解和会心。

就情感经历看，乔治·爱略特（1819—1880），这位稍后于勃朗特两姐妹的女作家，在19世纪维多利亚时代的英国女作家中可以说是一个异数或者另类。当然，四位女作家的小说几乎都是写爱情：简·奥斯丁所描写的，是她所统领的领地和王国中的爱情和婚姻。这些发生在奥斯丁世界里的故事，每一个都妙趣横生；夏洛蒂·勃朗特所表达的，是女性对爱情对独立人格的追求，其感情的真挚深沉，其追求的坦率和执着，影响了一代又一代的女性；艾米莉·勃朗特所描写的凯瑟琳和希斯克里夫的爱情，仿佛不是来自尘世的男女，既激越疯狂又震撼人心。乔治·爱略特也写爱情。但在作品之外，同样是写爱情写女性情感世界的奥斯丁和勃朗特姐妹，在现实

[①] ［英］弗吉尼亚·伍尔夫：《普通读者》Ⅰ，马爱新译，人民文学出版社2003年版，第138页。

生活中，人生经历大多单纯，情感世界虽然丰富，但外在的表现却是含蓄而内敛的。而且三位女作家，除夏洛蒂外，其他两位都没有进入婚姻的殿堂。与这三位女作家相比，或许爱略特作品中的爱情，不及勃朗特姐妹作品中爱情的激越和疯狂。但在现实层面上，比起其他三位女作家，爱略特的人生经历多姿多彩，其情感经历更是具有丰富的戏剧性。

作为19世纪的英国女作家，乔治·爱略特是特立独行的。甚至可以说，爱略特对爱情追求的大胆和勇敢，一定程度上不像是这个时代的英国女作家，倒更像是同时代的法国浪漫主义女作家乔治·桑。众所周知，作为19世纪法国最有个性的浪漫主义作家，乔治·桑不仅作品浪漫，情感生活也浪漫。尤其是当她不满于婚姻的平庸、带着两个孩子来到巴黎后，乔治·桑"的确充分放任了她长期以来被压抑的性格和热情，甚至有些滥用了她的自由，让不同的男性像走马灯似地在她私生活中出没，在于勒·桑多之后，她与诗人缪塞、波兰音乐家肖邦都有过著名的浪漫史……"[①] 当然，这里丝毫没有非议乔治·桑的意思。实际上，正是乔治·桑情感经历的丰富，演绎为其作品中女主人公对爱情的大胆向往和勇敢追求。但是，乔治·爱略特毕竟不是乔治·桑，虽然她们都不约而同地为自己起了一个"乔治"的名字。但两个乔治在对爱情追求的表现方式上却是迥然有别的。作为一位英国作家，环境和个性的不同，使得英国的乔治·爱略特比起法国的乔治·桑更加深沉。虽然，囿于形式上的不得已，乔治·爱略特有过与哲学家和文学批评家刘易斯长达20多年的同居生活。但正是20多年时光的长久，足可以看出乔

[①] 柳鸣九主编：《法国文学史》中册，人民文学出版社1981年版，第359页。

治·爱略特感情的真挚与深沉。

对乔治·爱略特的人生经历有大致了解的读者都可以看出,尽管在随笔《乔治·爱略特》的开篇,伍尔夫表示对爱略特了解甚少。但透过伍尔夫的感觉和印象,可以看出,伍尔夫对爱略特的生命轨迹和情感轨迹是深谙于心的。当然,伍尔夫不会像文学史家或者传记作家那样,在随笔中对爱略特的生平经历做系统的介绍。但正是散布于文章不同段落中的那些星星点点的评述,足以看出伍尔夫对爱略特的了解和理解。

在英国文学史上,笔名乔治·爱略特的玛丽·安·埃文斯,出身于英国南方农村一个中产阶级之家。像简·奥斯丁、勃朗特姐妹乃至弗吉尼亚·伍尔夫等天才的女作家一样,这个名为玛丽·安·埃文斯的女孩,自童年启蒙时代开始,就表现出非同常人的聪明颖慧。而她的父亲也深知并自豪于女儿的聪慧。如同《弗洛斯河上的磨坊》中的兄妹,玛丽·安·埃文斯从小与哥哥亲密友爱。少年时代的居家搬迁,使得日后成为作家的爱略特有机会在考文垂结识了一批有自由思想和无神论观点的人。这种结识对爱略特最直接的影响,就是她本来就对宗教的怀疑变得明确,此后不久她即公开宣布放弃了自己的信仰。

与奥斯丁、勃朗特姐妹在写作上的专事小说至多诗歌不同,乔治·爱略特"以博学、智力超群而著称,熟读《圣经》,博览群书,涉猎天文、地理、数学、昆虫、古典文学、神学、历史、哲学等各学科,精通法、德、意大利语"[①]。如此博学以及对外语的精通,使她一度成为《威斯敏斯特评论》的编辑且发表过多篇文章,并且翻

[①] 陈晓兰主编:《外国女性文学教程》,复旦大学出版社2017年版,第14页。

译了诸如费尔巴哈的《基督教的本质》、斯宾诺莎的《伦理学》等著作。翻译的过程本来就是一种智性的接受、交流与表达的过程。爱略特"深沉的哲学思辨能力"大概也得益于此。所以，乔治·爱略特既以其感性、才华和形象思维写出了杰出的文学作品，因此被布鲁姆视为经典的小说家；同时，爱略特又因其思辨能力，使其作品具有独特的哲理意味。在想象力的丰富和创作灵感的不期而至之外，无论是视野的开阔、还是理性思辨的力度与弹性，以及智性和思想的深邃度，较之其他女作家，乔治·爱略特都有其超拔之处。所以，在伍尔夫的随笔里，"她那惊人的思维活力取得了胜利"[1]。

当然，在所有经历之外，乔治·爱略特最引人注目的还是其感情经历，即与著名文艺评论家乔治·刘易斯的同居生活。因为刘易斯之妻与他人的孩子都随了刘易斯的姓氏，两个真诚相爱的人不能有一个形式上或者世俗意义上的婚礼。从19世纪50年代到70年代末，爱略特与刘易斯像夫妻一样在一起生活了25年。这种非婚同居的生活，在世人眼里无疑为大逆不道。因此，两个乔治尤其是乔治·爱略特所遭遇所承受的非议和指责是可想而知的。甚至连与妹妹关系至为亲密的哥哥，都因此不再与爱略特来往。这样的经历，就成为伍尔夫在《乔治·爱略特》开篇诸如恶意、乱箭、箭头、毒药、嘲笑之类字眼的注脚。

但乔治·爱略特不是简·奥斯丁，也不是夏洛蒂·勃朗特和艾米莉·勃朗特。当奥斯丁和勃朗特姐妹在她们的作品中书写着爱情的时候，在奥斯丁这里，是妙趣横生；在夏洛蒂这里，是饱含深情

---

[1] [英]弗吉尼亚·伍尔夫：《普通读者》Ⅰ，马爱新译，人民文学出版社2003年版，第141页。

和激情；在艾米莉这里，就不止为情感的激越和炽热，而是几近狂风暴雨的境界。但是，与所写作品不同，奥斯丁和勃朗特姐妹在现实世界中是沉静内敛的，她们的情感大多是在作品中得以传达、宣泄和释放。而在现实生活中，乔治·爱略特则勇敢地、义无反顾地顶住了世俗和舆论的压力，直到1878年深秋，刘易斯先生病逝。在刘易斯去世近两年之后，爱略特又与比自己小20多岁的约翰·克洛斯结婚，由此再一次引起舆论的哗然，直到婚后不久爱略特离开人世。但有一点可以肯定的是，爱略特和刘易斯20多年的相知相爱，直至刘易斯生命的终结，即使是未婚同居，其情感的诚挚与深沉也是值得尊敬的了。

同是女性作家，伍尔夫看到了爱略特的人生经历及其对一位作家的影响，并对这种影响给予了高度的评价："在三十五岁，能力鼎盛、完全自由的她做出了一个对她至关重要，甚至对我们也仍具有重要性的决定，她一个人跟乔治·亨利·刘易斯去了魏玛。"[①]在伍尔夫眼里，与刘易斯在一起，不仅对爱略特至关重要，对于"我们"也就是我们读者或者我们的文学史来说也至关重要。试想，如果不是和刘易斯在一起，爱略特可能成为一个作家，但也可能不会。当然，人生不可以重来。所有的试想都是假设。尽管出于对乔治·爱略特的欣赏，批评家布鲁姆认为"艾略特并没找到与自己般配的丈夫，……她哪里可以寻找到无论在智力上还是精神上都与她相配的人呢？"[②]然而，对于像乔治·爱略特这样感

[①] ［英］弗吉尼亚·伍尔夫：《普通读者》Ⅰ，马爱新译，人民文学出版社2003年版，第141页。

[②] ［美］哈罗德·布鲁姆：《西方正典》，江宁康译，译林出版社2011年版，第268页。

性而智慧的女作家来说，智力上的匹配重要，精神的高度和深度重要，而情怀的宽阔与深厚也许更为重要。乔治·爱略特是否寻找到了与自己智力和精神相当的人暂且不论，但有一点是肯定的，那就是如伍尔夫所说"她婚后不久问世的几本书充分证实了个人幸福给她带来的巨大解放"①。（这里，译者用了"婚后"的字眼，不同版本的翻译则是"在这一结合之后"。）刘易斯作为一位哲学家和文艺评论家，其视野的开阔和见地的深刻是没有疑问的。事实也的确如此。在当时的英国文坛上，刘易斯的一些评论包括对简·奥斯丁的评论，都闪烁着真知灼见。理所当然地，"他的许多思想给艾略特提供了灵感和智慧，艾略特也是在他的鼓励和帮助下，走上创作道路的。可以说，刘易斯是一个伟大作家的发现者和支持者，而他自己却一直为艾略特的光辉所遮蔽。"② 也许是同是女作家的相互理解，也许是伍尔夫与伦纳德之间被升华了的夫妻关系，使得伍尔夫对爱略特与刘易斯之间的爱情以及相互扶持感同身受。所以，在伍尔夫的随笔文章里，就有了诸如"个人幸福"以及"巨大解放"的评价。

当然，以伍尔夫的创作经验，尤其是她写《存在的瞬间》的经历，她看到了在乔治·爱略特文学生涯的开端中："在她生活环境中有某些影响使她的思想离开自己和现在，回到过去，回到乡村，回到童年记忆的宁静、美丽和单纯。"③ 因为，正是爱略特的"与刘易斯的结合使她被爱情包围，但从环境和习俗看，它也使她与

---

① ［英］弗吉尼亚·伍尔夫：《普通读者》Ⅰ，马爱新译，人民文学出版社 2003 年版，第 141 页。
② 聂振钊主编：《外国文学史》（三），华中师范大学出版社 2010 年版，第 143 页。
③ ［英］弗吉尼亚·伍尔夫：《普通读者》Ⅰ，马爱新译，人民文学出版社 2003 年版，第 141 页。

外界隔绝"①。就这样,乔治·爱略特先是被爱情包围,然后是被环境以及名气所隔绝。如此包围与隔绝,对一位作家来说,几乎就是割断了与这个世界的联系。于是,就像许多年后弗吉尼亚·伍尔夫在其《存在的瞬间》等作品中回忆圣艾夫斯一样,在爱略特的早期作品中,伍尔夫也看到了爱略特在其作品中回到"遥远的过去"。所以,"沐浴在《教区生活场景》的阳光中,感觉到宽广成熟的心灵在她'遥远的过去'的世界中舒展,有一种无比舒适的自由感。"②

这就是伍尔夫对乔治·爱略特的感觉。在《乔治·爱略特》一文的开篇,伍尔夫就直言称赞爱略特:"她是女性的骄傲和模范"。尽管这个女人在伍尔夫眼里有一张"凝重的长脸,带着严肃、阴沉、几乎像马的力量","不迷人;她女人味不强"。但就是这样一个女人,在伍尔夫的眼光和感觉里,却满含着触目可及的美和触手可及的温度:

> 她同情平常人的命运,最擅长描述普通的快乐和悲伤。她没有那种强烈的浪漫,感觉到自己的个性,未曾满足或减弱,在世界的黑暗背景上刻出它鲜明的形象。与简·爱那热烈的自我相比,一个讨厌的老教士的爱情和悲哀算得了什么?《教区生活场景》《亚当·比德》《弗洛斯河上的磨坊》这些早期作品是非常优美的。……她那么自然地在一个个人物和场景中注入大量回忆和幽默,直到整个古代英国农村复活过来,这过程与自然过程如此相似,以至于我们意识不到其中有什么可批评的东

---

① [英]弗吉尼亚·伍尔夫:《普通读者》Ⅰ,马爱新译,人民文学出版社2003年版,第141页。
② 同上书,第142页。

西。我们欣然接受；我们感觉到只有伟大作家才能带给我们的那种灵魂的温暖与解放。多年之后再重读这些书，它们依然倾泻出同样的光和热（甚至出乎我们的意料），我们只想慵懒地沐浴在它的温暖中，就像沐浴在从果园红墙上照射下来的阳光中一样。①

就是这位不迷人、女人味不强的乔治·爱略特，与夏洛蒂所表现的简·爱之情感强烈不同，也与简·奥斯丁不同。在伍尔夫看来，爱略特的那些作品"如此博大、如此富有人性"。"乔治·爱略特让我们不是以屈尊或是好奇的态度，而是以同情的态度去分享他们的生活。她不是讽刺作家。她的思想太缓慢，不适合于喜剧的俏皮。"②爱略特作品所给予读者的是"伟大作家"给予读者的"温暖与解放"。而且这样的温暖与解放、"宽容与同情"如同阳光一样，给人光照和沐浴。

与几乎所有的文学史和评论家都认为《米德尔马契》是乔治·爱略特的代表作和杰作一样，在伍尔夫看来，爱略特的才华也是在其"成熟之作《米德尔马契》中才达到最高峰，这部辉煌的作品尽管有这样那样的缺陷，但却是少数几部为成人写的英国小说之一"③。而且，不仅是《米德尔马契》，伍尔夫在爱略特早期的和几乎所有的作品中都能"看出一个不安的灵魂，一个渴求的、追问的、困惑的生命，那就是乔治·爱略特本人"④。就像《简·爱》带着夏洛蒂·

---

① ［英］弗吉尼亚·伍尔夫：《普通读者》Ⅰ，马爱新译，人民文学出版社 2003 年版，第 142 页。
② 同上书，第 143 页。
③ 同上书，第 144 页。
④ 同上。

勃朗特的影子和体验一样,在乔治·爱略特的《弗洛斯河上的磨坊》《亚当·比德》等作品中的女主人公玛吉、黛娜身上,也有着爱略特本人的痕迹和体验,包括《米德尔马契》中的多洛西娅。伍尔夫甚至"猜想,那些对乔治·爱略特反感的人是因为它的女主人公;这是有道理的;她们无疑显出了她最糟糕的一面,把她带入困难的处境,使她不自然,常常说教,有时还显得粗俗"①。所以,作为批评家同时也作为作家,伍尔夫也看到了乔治·爱略特的局限或者败笔,如在《米德尔马契》中紧要关头"用冗长的败笔把我们浇个透心凉";如让女主人公说得太多。在语言的妙语连珠和简短无误上,乔治·爱略特的功力或许不及简·奥斯丁。

在谈到乔治·爱略特的某些"逊色"、"在解释她的失败时(如果这算是失败的话)",伍尔夫紧接着说了这样一句话:"我们想起她三十七岁才开始写小说,而三十七岁时,她对自己的看法已经混杂着痛苦和有点像怨恨的东西。很长时间里她宁愿不想自己。然后,当第一阵创作能量耗尽,自信心树立之后,她越来越多地从个人观点来写作,但是她没有年轻人那种自由恣肆。……她的才华迫使她亲自踏进那宁静的田园场景。"② 何其温暖何其人性化的理解和感觉,带着一位女作家对另一位女作家的温情同情和善解人意。当看到字里行间两次出现的"三十七岁"的数字时,即使是最苛刻的读者,也禁不住被伍尔夫的理解和感觉所打动。尤其是当伍尔夫把乔治·爱略特和奥斯丁、勃朗特姐妹并称为四位伟大的女性小说家的时候。

这里,不妨做一个饶有意味的比较。如果联系四位女作家的写作

---

① [英]弗吉尼亚·伍尔夫:《普通读者》Ⅰ,马爱新译,人民文学出版社2003年版,第144页。
② 同上。

经历，当简·奥斯丁最初写作她的《初次的印象》即后来成为其代表作的《傲慢与偏见》时，大概是在 1796—1797 年，这时的奥斯丁刚刚二十出头，虽然这部作品直到 1813 年才终于出版。出版于 1812 年的《理智与情感》在 1796 年就有一个初稿，这时的奥斯丁刚刚 21 岁。在 1811 年至 1815 年间，奥斯丁已经写作并出版了《理智与情感》（1812）、《曼斯菲尔德庄园》（1814）、《爱玛》（1815）等作品，至于其写作于 1798—1799 年的《诺桑觉寺》和写于 1815—1816 年的《劝导》，则是在她去世之后的 1818 年出版。简·奥斯丁的生卒年月是 1775—1817 年。当简·奥斯丁刚及不惑之年的时候，她的六部作品已经基本完成，而且其最重要的几部作品大抵都写于 37 岁之前。而此时，乔治·爱略特才刚刚开始写作。如果再联系到勃朗特姐妹，夏洛蒂的《简·爱》和艾米莉的《呼啸山庄》都是于 1847 年出版。这时的夏洛蒂·勃朗特（1816—1855）31 岁，艾米莉·勃朗特（1818—1848）29 岁。至于同时出版《艾格妮丝·格雷》的安妮·勃朗特（1820—1849）仅仅 27 岁。也就是说，当乔治·爱略特 37 岁开始创作的时候，除却安妮外，四位伟大的女性小说家中的其他三位即简·奥斯丁、夏洛蒂·勃朗特和艾米莉·勃朗特，已经完成了她们作为文学史上杰出女作家的代表性作品。当然，同时伴随的一个令人忧伤的事实是，除却奥斯丁和夏洛蒂各以 42 岁和 39 岁去世外，艾米莉·勃朗特早已经在 30 岁这一生命力和创造力最旺盛的年龄离开了这个世界。这个时间，比爱略特开始写作的 37 岁，还早了 7 年的时光。

也许，女作家之间的理解和感同身受是带着温度和光亮的。当乔治·爱略特在 37 岁开始写作的时候，在伍尔夫眼里，已经没有了"年轻人那种自由恣肆"。尽管这时的乔治·爱略特，以其同时代英国女作家鲜有的勇敢和不羁与刘易斯生活在一起。但其作品的风格和基调,既不是奥斯丁的俏皮和风趣,也不是勃朗特姐妹的激情和狂暴。37岁的年龄、经历以及智性和才华,使之"亲自踏进那宁静的田园场景"变得可以理解。

其实,伍尔夫关于乔治·爱略特的文字不仅是在《乔治·爱略特》一文中。就像伍尔夫之写莎士比亚、笛福、简·奥斯丁、勃朗特姐妹、哈代等作家的文字,不仅出现在如《老维克剧院的〈第十二夜〉》《笛福》《简·奥斯丁》《〈简·爱〉与〈呼啸山庄〉》《托马斯·哈代的小说》等随笔中一样。这些如莎士比亚、奥斯丁、勃朗特姐妹、爱略特、哈代等一流的作家,常常不期而至地出现在伍尔夫的其他文学随笔中。如在《瞬间集》之《个性》一文中,乔治·爱略特就出现了。不过匪夷所思地,这一次爱略特不是和奥斯丁、勃朗特姐妹在一起,而是与古希腊女诗人萨福站在了一起。《个性》一文顾名思义,有伍尔夫对诸多作家个性的理解。当伍尔夫在写到希腊的作家时,伍尔夫想象萨福——"她从高高的悬崖上纵身跃入大海。"① 但紧接着,伍尔夫意识流小说家思维的弹性,使其眼光和笔触,从爱琴海,越过欧洲大陆,越过英吉利海峡,穿越2000多年的时光,从古希腊跳到了19世纪的英国女作家乔治·爱略特这里。在《个性》一文中是这样写的:"假设乔治·爱略特把裙子提在手上纵身跃下海边的峭壁,我们对希腊文学的态度与对英国文学的态度的区别便立见分晓。"② 当然,在这段文字中,还有伍尔夫对埃斯库罗斯、丁尼生等作家的想象。这些天马行空式的想象,其中蕴含着

---

① [英]弗吉尼亚·伍尔芙:《伍尔芙随笔全集》Ⅱ,王义国、张军学、邹枚、张禹九、杨羽译,中国社会科学出版社2001年版,第745页。
② 同上书,第746页。

的是伍尔夫对希腊文学和对英国文学的理解,是对萨福和乔治·爱略特两位女作家不同个性的独特感觉。以伍尔夫对乔治·爱略特的理解,爱略特固然可以勇敢地面对"乱箭""箭头"和"毒药",固然可以不顾及非议和嘲笑。但如果设想爱略特会像萨福一样,无论是提着裙子也好,跃下海边的悬崖也罢,这对爱略特来说,是根本不可以想象的。

不约而同的是,当弗吉尼亚·伍尔夫在其随笔中将《米德尔马契》视为爱略特的成熟之作乃至辉煌的作品时,多年之后,哈罗德·布鲁姆也在其《西方正典》中对这部作品做了深入的解读,将《米德尔马契》视为经典小说中将美学和道德价值熔于一炉的范例。有意思的是,当布鲁姆在评论着乔治·爱略特的作品时,还特别引用了伍尔夫在其《乔治·爱略特》中的一段文字。这段文字有关多洛西娅,有关作家乔治·爱略特,有关她作品中的女主人公。布鲁姆认为:"弗吉尼亚·伍尔夫坚信,多洛西娅是在为艾略特的所有女主人公说话。"[①] 尽管在长篇引用了伍尔夫的文字之后,布鲁姆不无幽默地说:"乔治·爱略特将会又一次不满意伍尔夫的判断,即认为多洛西娅的委曲求全是比悲剧更为压抑的妥协"[②]。但由布鲁姆在文章中对伍尔夫文章长达几百字的引用,可以看出这位学院派批评家对于这位作家中的批评家之文学批评随笔的看重。这里,布鲁姆和伍尔夫观点的参差或者相映成趣暂且不论,因为经典作品的内涵本来就是丰富而多元的,伟大的批评家对经典的认知和视角,当然也可以丰富而多元。布鲁姆与伍尔夫的参差也好,伍尔夫所谓的

---

① [美]哈罗德·布鲁姆:《西方正典》,江宁康译,译林出版社2011年版,第267页。
② 同上。

些许局限和败笔也罢,所有这一切都无损乔治·爱略特的伟大。对此,伍尔夫深表赞同:"对她的伟大我们无可怀疑。画面的宽广、大轮廓的鲜明,早期作品的红润光泽、后期作品那探究的力量和思考的丰富,令我们流连忘返。"[1] 正是如此,伍尔夫才流连于乔治·爱略特的小说世界和精神世界中,兜兜转转,流连忘返。所以,才有了其随笔中对伟大的女性小说家乔治·爱略特的诗意的描绘和评价。呈现在《乔治·爱略特》随笔中的爱略特肖像,也许不美,女人味不强,但却智慧勇敢,感情深挚,温暖而有同情心。正是这样的一位女人,让伍尔夫在充满了理解和欣赏的同时又充满了深沉的敬意。或许是兴之所至,或许是情之所至,或许是意犹未尽,在文章即将结束时,伍尔夫以一句"我们应当在她的墓前献上我们能够提供的所有桂冠与玫瑰"[2] 作为文章的结语。至此,伍尔夫为自己所描绘的这幅乔治·爱略特的肖像画,画上了最为传神最为点睛的一笔。

第三节　域外文学的别样气象

　　伍尔夫的阅读和批评超越英国文学而向其他国家的文学拓展,出现在伍尔夫文学批评随笔中的外国作家作品,以希腊文学、俄罗斯文学和美国作家作品为多。由此构成了伍尔夫文学批评随笔中的"域外文学的别样气象"。

---

[1] [英] 弗吉尼亚·伍尔夫:《普通读者》Ⅰ,马爱新译,人民文学出版社2003年版,第146页。
[2] 同上书,第147页。

一　阳光、神庙、橄榄树以及大海的涛声

在伍尔夫的文学批评随笔中，关于希腊文学，除散见于不同随笔中的文字外，只出现在《普通读者》Ⅰ中《不懂希腊文化》（又译《论不懂希腊文》）里。除此之外，关于希腊作家，伍尔夫没有单篇文章。但是，就是一篇《不懂希腊文化》，如同伍尔夫随笔中简·奥斯丁那只藏着"多么名贵的宝石"的硬邦邦的盒子，一旦打开，就会发现，希腊文学几乎所有的宝贝都在这只盒子里，熠熠生辉，闪闪发光。

《不懂希腊文化》是《普通读者》Ⅰ中的第二篇随笔。当伍尔夫在辑录《普通读者》Ⅰ时，似乎要与英国文学史同步，将《帕斯顿家族与乔叟》放在了第一篇的位置上。这就让乔叟这位文艺复兴初期最杰出的诗人，这位对于英语和英国文学发展有着奠基之功的诗人，站在了开篇的位置上。紧接在《帕斯顿家族与乔叟》之后，出现的就是这篇一万多字的长篇随笔《不懂希腊文化》。如果说，在辑录随笔集时，伍尔夫是将英国作家中具有奠基意义的乔叟放在了文集第一篇的话；那么《不懂希腊文化》则将希腊文学放在了它应有的源头位置上。

在这篇随笔的开篇，伍尔夫就以一种非常坦率的笔调，表达了对希腊文学的"不懂"。"自称懂得希腊文化是虚荣而愚蠢的，我们的无知大概相当于任何班级最差的小学生的水平"[①]。的确，作为一位当代的外国读者，与希腊文学之间不仅有着民族和语言的隔膜，

[①] ［英］弗吉尼亚·伍尔夫：《普通读者》Ⅰ，马爱新译，人民文学出版社2003年版，第19页。

同时"还有历史传统的巨大鸿沟"。但是,当伍尔夫直言"不懂希腊文化"时,毫无疑问地,这是伍尔夫的自谦或者低调。

了解伍尔夫的读者都知道,作为一位外国读者,很少有读者能够像伍尔夫这样熟悉和了解希腊文化。从少女时代立志成为一名作家开始,伍尔夫就开始接触希腊文学,此时的希腊语就像她每天的面包。大量希腊文学作品的阅读,使其对希腊文学的了解和理解,不亚于大学文学专业的学生。希腊文学,是构成伍尔夫文学世界的最重要的部分。伍尔夫深谙希腊戏剧的伟大,并对索福克勒斯为代表的希腊作家充满敬意。当然,弗吉尼亚对希腊文学的印象,还与哥哥索比的记忆联系在一起。从剑桥回来的哥哥索比,曾经以一种非常"害羞的方式"告诉她那些有关希腊、特洛伊和赫克托尔的故事。这让弗吉尼亚对希腊浮想联翩,同时也强烈地感觉到了"希腊人属于索比和属于她的方式是不同的"①。的确,当少女时代的弗吉尼亚每天饕餮着希腊文和希腊文学作品的时候,当弗吉尼亚与哥哥索比讨论着希腊悲剧或者荷马史诗的时候,希腊文学就像一粒种子,扎根在伍尔夫的心中。正是在这样的阅读和讨论中,弗吉尼亚理解了希腊文学对于西方文学的源头意义。

所以,作为一位以英语为母语的读者,所谓"不懂希腊文化"是客观也是自谦。但有一点是无疑的,那就是希腊文学属于索比和属于弗吉尼亚的方式是不一样的。希腊文学对于索比,有构成其男性教育的一部分,更有着学院派系统教育的一部分。这里,性别的差异不论。接受方式的不同,使希腊文学之于伍尔夫就具有了最独特最个性的意义。当伍尔夫借助着一本希腊语字典阅读荷马或者索

---

① [英]昆汀·贝尔:《伍尔夫传》,萧易译,江苏教育出版社2005年版,第30页。

福克勒斯的时候，伍尔夫所了解的希腊文学，不是经过译者之笔过滤过的史诗和悲剧，也不是经过教科书条分缕析过的希腊诗人和剧作家，而是伍尔夫自己感觉到和触摸到的希腊作家及其作品。可以说，正是这种非学院派非教科书式的接受方式，让伍尔夫从最初最本源的意义上，触摸到了最初和最本源的希腊文学。

所以，尽管隔着一条浩瀚的汪洋大海，当她在借助着一本字典阅读着荷马史诗和希腊悲剧时，沐浴着爱琴海"温暖的阳光和数月晴空灿烂的天气"，沐浴着希腊文化的神光，这时的弗吉尼亚强烈地感受到希腊文学的辉煌与灿烂。在爱琴海阳光的辉映下，希腊文学就像一面璀璨的多棱镜，呈现出不同的侧面。

1. 非个人化，露天风格，以及希腊悲剧的残酷

作为西方文学与西方文化的开端，当古希腊文学出现的时候，这时的希腊民族与其他民族一样，尚处于童年状态。知识不足、生产力低下，因此而产生的对于自然、对于人、对于世界的疑惑，在富有想象力和创造力的希腊人这里，就演化为有着瑰丽色彩的希腊神话。由希腊神话所派生出的希腊文学，无论是荷马史诗还是希腊的戏剧，以及希腊的其他文学作品，都带着任何一个民族文学在童年时代的特点，口口相传、集体创作、质朴本色以及丰富的想象力和创造力。在伍尔夫眼里，显而易见，希腊文学首先是非个人化的。在此，伍尔夫弹性跳跃的文字很快掠过了欧里庇得斯、埃斯库罗斯和"跳崖身亡"的萨福，将很多的笔墨给予了索福克勒斯。

在希腊的三大悲剧家中，尽管埃斯库罗斯被称为"悲剧之父"，欧里庇得斯使悲剧从应该如此的走向了实在如此的，且对于欧洲文学的发展有深远的影响。但是，毫无疑问，在三大悲剧家中，索福克勒斯的悲剧标志着希腊悲剧艺术的成熟，无论是谋篇布局，还是

人物性格的塑造。但是，所有这一切，伍尔夫都没有写。在伍尔夫这里：

> 只有天气难以忍受。如果我们设想索福克勒斯住在这里，就必须抹去烟尘、潮气和湿漉漉的浓雾。我们必须把山丘的轮廓变得鲜明。我们必须想象岩石和裸土的美，而不是草木葱郁的美。有了温暖的阳光和数月晴空灿烂的天气，生活当然立刻就不一样了；一切都在户外进行，所有到过意大利的人都知道这种结果：各种小事都不是在起居室而是在街上争论，从而变得戏剧化，使人们变得健谈，培养出南方民族特有的那种嬉笑怒骂的机智和口才，与每年有一半时间待在室内的民族那谨慎迟缓、低调和内省的忧郁截然不同。①

这就是希腊文学给伍尔夫的第一印象：即"那迅如闪电的、俏皮的露天风格"。与这种风格联系在一起的，是在索福克勒斯的悲剧中，"王后和公主站在门口像村姑一样斗嘴，想来是从语言中得到乐趣，把话掰开了说，一心想在言词上取胜。"② 在这段文字中，伍尔夫用了一句"把话掰开了说"，非常直白的表达，非常形象地写出了希腊人说话的直截了当。当希腊的公主和王后在对话时，不像英国的邮递员和出租车司机那样的温和，有一种不同于英国人的残酷。至于何以如此，是因为当索福克勒斯让他的人物展开对话的时候，"诗人所要想的不是能够让人独自阅读几个小时的主题，而必须是一些有

---

① ［英］弗吉尼亚·伍尔夫：《普通读者》Ⅰ，马爱新译，人民文学出版社2003年版，第20—21页。
② 同上书，第21页。

力的、熟悉的、简练的东西,能够迅速而直接地传达给一万七千名目光专注、热切聆听的观众,他们如果坐得太久而没有新的刺激的话,身上的肌肉会变得僵硬。"[1] 想象着几千年前的希腊观众坐在露天剧院里观看悲剧,伍尔夫仿佛是身临其境并且设身处地。对于索福克勒斯以及古希腊时代的悲剧来说,露天风格:包括露天舞台、万人大剧场,以及希腊悲剧固有的气势磅礴、荡气回肠,都在伍尔夫的随笔中表达出来了。

2. 索福克勒斯的"天才是极端的"

与希腊悲剧的露天风格相联系的,是索福克勒斯在其作品中所表现出的悲剧的张力、紧张度或曰戏剧性。对于了解希腊文学尤其是希腊悲剧的读者来说,说到希腊悲剧,首先想到的是希腊悲剧的崇高与悲悯,是希腊悲剧中的悲剧精神,是命运的残酷与不可捉摸对观众心灵的撞击。无论是埃斯库罗斯笔下的普罗米修斯,还是索福克勒斯笔下的俄狄浦斯王,包括欧里庇得斯笔下的美狄亚,都以其崇高壮烈的英雄主义精神或悲剧境遇,成为西方文学史上最悲壮的人物。埃斯库罗斯尽管为"悲剧之父",但其悲剧的人物单纯、结构简单,使其悲剧未免有粗糙之感。索福克勒斯之所以被认为是使希腊悲剧艺术臻于成熟的作家,就在于其戏剧冲突的张力和紧张感。其《俄狄浦斯王》波澜起伏、引人入胜的故事情节,复杂巧妙的结构布局,都显示出这位悲剧大家的才能。但伍尔夫要说的是索福克勒斯的《厄勒克特拉》。这部取材于希腊神话中阿伽门农和克吕泰墨斯特拉之女为父报仇故事的悲剧,比起《俄狄浦斯王》来,的确有

---

[1] [英] 弗吉尼亚·伍尔夫:《普通读者》Ⅰ,马爱新译,人民文学出版社2003年版,第21页。

更强烈的紧张感和戏剧性。但在表述时，伍尔夫不是用诸如结构、戏剧性、悲剧冲突之类的字眼，而是用了与希腊悲剧的原创性原生态相类似的描述："首先他的天才是极端的；他选择的写法一旦失败就会是致命伤，而不是一些无伤大雅的细节上的模糊；而它一旦成功，就会入木三分，每一个指印都如同刻在大理石上。"[1] 如此，伍尔夫读出了在索福克勒斯戏剧中的紧张感及其致命感，这是由剧作家登峰造极的才华所镌刻而成的。在此，伍尔夫笔锋一转，将索福克勒斯作品的张力与简·奥斯丁做了比较。在伍尔夫眼里，奥斯丁"以她那朴素、平淡的散文笔法，也选择了一种危险的艺术方式，一旦失手就意味着死亡"[2]。在伍尔夫的感觉中，无论是索福克勒斯的极端，还是奥斯丁的平淡，都类似一步险棋，失之毫厘则谬以千里。但奥斯丁的才华达到了，索福克勒斯的才华也达到了。在极度紧张与看似平淡之间，索福克勒斯和简·奥斯丁，都以其不凡的才华，让自己的作品或险中取胜，或平中见奇。

3. 英雄主义及忠诚本身，以及稳定、持久、最初的人

"在《伊莱克特拉》或《安提戈涅》中我们感到一些不同的东西，也许是令人印象更深的东西——英雄主义本身，忠诚本身。就是这一点让我们尽管吃力还是一次次地去阅读希腊文学；在那里可以看到稳定、持久、最初的人。"[3] 这是第一次，我们在伍尔夫的文学批评随笔中，看到了与我们常见的文学史相类似的评价。可以说，英雄主义、忠诚本身，不仅出现在埃斯库罗斯、索福克勒斯

---

[1] ［英］弗吉尼亚·伍尔夫：《普通读者》Ⅰ，马爱新译，人民文学出版社 2003 年版，第 22 页。
[2] 同上。
[3] 同上书，第 23 页。

的悲剧里，也当然出现在希腊神话和荷马史诗中。正是在希腊的史诗、悲剧等作品中，在盗天火给人类的普罗米修斯身上，在与命运抗争的俄狄浦斯王身上，在敬畏神明、忠于国家、爱护妻小、因此而更有责任感的赫克托尔身上，在渴望声名不朽、勇武而暴躁易怒的阿喀琉斯身上，今天的读者所感受到的正是这种崇高壮烈的英雄主义。但与一般文学史不同的是，伍尔夫却是在索福克勒斯的悲剧人物安提戈涅、厄勒克特拉这里读到了这些。而且，伍尔夫还将索福克勒斯的人物与乔叟作品中的人物做了比较。在伍尔夫看来，尽管乔叟作品中有一种偏偏的力量，有鲜活的人物，但"乔叟的人物是变种"。当然，联系到伍尔夫在其《帕斯顿家族与乔叟》中对乔叟的解读和欣赏，联系到文章一开篇，伍尔夫所谓"阅读乔叟的时候，我们不知不觉地乘着祖先生活的水流向他漂去。再后来，随着记录的增加和记忆的延伸，几乎没有一个人物不拥有各自的关系氛围、……但是希腊人却留在他们自己的堡垒里。命运女神对他们也格外垂青，不使他们落入凡俗"①。可以理解为，在伍尔夫的感觉里，乔叟的生活尽管离我们遥远，但是可以抵达的，是现实人生；而索福克勒斯或者古希腊作品中的人，他们是不同于今天的最原初最本色的人。"这里的生活多少世纪来都按同一条轨道运行；风俗形成了；山顶和孤树上都生出了传说，村庄有了它的历史、节日和竞争。"② 所以，在古希腊的作品中，我们在看到了英雄主义的同时，也看到了忠诚，以及"稳定、持久、最初的人"。

---

① ［英］弗吉尼亚·伍尔夫：《普通读者》Ⅰ，马爱新译，人民文学出版社2003年版，第19页。
② 同上书，第20页。

4. 不朽的语言，掰下一块就会染遍汪洋大海

与露天风格、极端的天才以及英雄主义相得益彰的，是索福克勒斯剧本中的语言。索福克勒斯明确、无情、直接的语言，使伍尔夫感觉"他们的话只要掰下一小块，就会染遍高雅戏剧的汪洋大海"①。而响彻在伍尔夫耳畔的伊莱克特拉的"语句带上了不朽的性质"。尽管是希腊语，我们可能不知道它的发音，"但它们一说了出来便将永世长存"。在此，伍尔夫将索福克勒斯的悲剧与莎士比亚的悲剧形式做了比较。在伍尔夫这里，莎士比亚后期的剧本更适合"读"而不是演。在此，同时出现在伍尔夫视野里的还有埃斯库罗斯、索福克勒斯、欧里庇得斯以及莎士比亚的戏剧。他们的戏剧"在房间里独自阅读"和"在阳光下的山坡上观看时"是不一样的。埃斯库罗斯"把每个语句使用到极限，使它们随着比喻源源流出"，伍尔夫比较了《阿伽门农》和《李尔王》的文字。前者一千六百三十三行，后者约有两千六百行，所以，语言巨大的张力就显示出来了。伍尔夫用了这样一句很形象的表达，那就是在作品中强大意义的冲击之下，"文字肯定会顶不住，会被冲得东倒西歪，只有集合起来才能传达单个文字无力表达的内容"②。何其形象何其富有感染力的阐释，为着希腊悲剧语言的力度和张力。所以，在伍尔夫看来，要理解埃斯库罗斯的作品，"懂诗歌比懂希腊文更加必要"。正是因为不仅懂得希腊文，而且懂得诗歌，所以，伍尔夫读出了希腊悲剧语言的感染力、震撼力与穿透力。伍尔夫不是诗人，但她的确比诗人还是诗人。当伍尔夫在行文之中漫不经心地写道"懂诗歌比懂希

---

① [英]弗吉尼亚·伍尔夫：《普通读者》Ⅰ，马爱新译，人民文学出版社 2003 年版，第 24 页。
② 同上书，第 26 页。

腊文更加必要"的时候，看似平淡，但实则高屋建瓴，多少关于文学解读、文学欣赏的真知灼见在这里。懂诗歌比懂希腊文必要，这句话，不仅可以用于对希腊悲剧的认识，更可以用于对待所有经典的文学作品。可以说，解读文学作品的真谛，大抵就在这句话之中了。因为，"意思远在语言的另一边"。

就如同"掰下一小块，就会染遍高雅戏剧的汪洋大海"一样，伍尔夫反复言说着，希腊文学的美首先是其文字表达的简洁。为此，伍尔夫还特别举出了雪莱用21个英语单词翻译13个希腊单词的例子。希腊语言的简洁紧实，仿佛"每一寸肥肉都被剔除了，留下结实的精肉。瘦削赤裸，却没有任何语言比它更迅捷，舞蹈、摇摆、充满活力而又控制自如"①。在伍尔夫看来，希腊文学中那些用来表达感情的词语诸如大海、死亡、花朵、星辰与月亮，"如此清晰、如此坚实、如此强烈"。如此清晰坚实强烈的情感，只有希腊语或者"希腊语是惟一适当的表达方式"。所以，"读翻译的希腊作品是没有用的。""他们的语言必然充满回音与联想。"希腊语言的独特之美就在于："每个词都带着橄榄树、神庙和年轻的躯体中奔涌出的活力。夜莺只需要被索福克勒斯命名，立即放声歌唱。"②

当然，伍尔夫特别体会到了希腊悲剧中的"合唱部分"。众所周知，古希腊戏剧的起源与祭祀酒神狄俄尼索斯的活动有关。悲剧的前身是酒神颂。歌队的歌唱是希腊悲剧最原始的部分，而且在早期的悲剧中占有相当大的比重。身披羊皮、扮成半人半羊形象的演员组成合唱队，合唱队的歌唱对剧情的发展起着介入的作

---

① ［英］弗吉尼亚·伍尔夫:《普通读者》Ⅰ，马爱新译，人民文学出版社2003年版，第31页。
② 同上。

用。所以，在伍尔夫这里，"合唱部分非常关键。读者必须能够轻松地过渡到那些忘情的歌唱，那些表面上不相干的激动咏叹，那些有时明显而普通的语句……"① 在此，伍尔夫体会到了索福克勒斯的歌唱"美妙、崇高、宁静，没有改变观点，而是改变了情绪。欧里庇得斯的剧作则不局限于剧情本身，它们散发出一种怀疑、暗示、询问的气氛，但如果我们到合唱中去寻找解释，我们往往会感到困惑而不是得到启发。在《酒神女伴》中，我们立刻进入了心理和怀疑的世界，心智扭曲和改变着事实，使得生活中熟悉的东西变得新鲜和可疑。酒神是什么，神又是谁，人对它们有什么义务……"② 当伍尔夫以一位既懂希腊文又与诗歌相通的读者，在体会着古希腊悲剧中的合唱成分时，她体会到了希腊悲剧"在房间里独自阅读而不是在阳光下的山坡上观看时的不同"，更体会得出索福克勒斯的合唱与欧里庇得斯的不同。前者"美妙、崇高、宁静"，改变和影响着我们的情绪；后者让人困惑、怀疑和发问。实际上，当伍尔夫在懂得了希腊文美妙的同时，又读出了希腊悲剧中所蕴含的诗意。

5. "对真理的热爱"与"不失生动和优雅"

当从数月的好天气和阳光强烈、空气令人兴奋的氛围中走出，"冬天降临到这些村庄，昏暗和严寒笼罩在山坡上"③，室内的空间和生活出现了。柏拉图、苏格拉底出现在伍尔夫的随笔中。一个英俊的男孩提出一个问题，"苏格拉底把它拾起来，放在手里拨弄，……

---

① [英]弗吉尼亚·伍尔夫：《普通读者》Ⅰ，马爱新译，人民文学出版社 2003 年版，第 25 页。
② 同上。
③ 同上书，第 27 页。

这是一个累人的过程，费力地紧抠语言的准确含义，……快乐和善是一回事吗？美德是可以教的吗？美德是知识吗？"① 在伍尔夫身临其境的描述里，随着伍尔夫的随笔，读者进入的是由苏格拉底、柏拉图、普罗泰哥拉等希腊哲人所在的世界。在关于希腊哲人的文字里，出现频次最多的是有关"真理"的字眼："变成真理""对真理的热爱""热爱真理""找到真理""寻找真理"；然后是美德、勇气、诚实、温柔、友谊以及"开朗自然的天性"等。在这样美好、纯正、高尚、圣洁的世界里，在他们迂回曲折又不失生动优雅的辩论中，在这群爱智慧的人当中，伍尔夫体会到了"只有更极端的诗歌手段才能到达的高空翱翔"。如此富有哲思意义的精神享受，如此美妙至极的高峰体验，大概只有既是哲人又是诗人的希腊先贤才能创造出来。同时，也只有如伍尔夫这位集诗人和哲人于一身的读者才能体会得到。

6. 橄榄树、神庙和年轻的躯体中奔涌出的活力

面对着希腊哲人、希腊诗人、希腊戏剧家所创造出的美的纯粹与纯正，面对着希腊文化所拥有的美感，面对如此大美至美的世界，即使对伍尔夫而言，也实在是太丰富太浩瀚。所以，就像伍尔夫在《不懂希腊文化》一开篇所疑惑的那样，是否读懂了希腊文化？"与希腊文化的真实意义相去多远，究竟有谁知道？"在对希腊文学做了如上解读后，伍尔夫还在继续发问："我们会不会读得不对？会不会在联想的迷雾中失去了敏锐的视觉？"② 但毫无疑问，伍尔夫是读懂了希腊文学的读者，无论是语言还是诗意。因为，她是那个在希腊

---

① ［英］弗吉尼亚·伍尔夫：《普通读者》Ⅰ，马爱新译，人民文学出版社 2003 年版，第 27—28 页。

② 同上书，第 30—31 页。

文学作品中,读出了"每个词都带着橄榄树、神庙和年轻的躯体中奔涌出来的活力"的读者。海洋民族的气质、希腊文学的精髓、最初的人本意识,都蕴藏在"橄榄树、神庙和年轻的躯体"中。对此,伍尔夫是深刻地感觉到了。所以,有了如下诗意的描述:

> 希腊文学是非个人化的文学,也是杰作的文学。没有学派,没有先驱,没有继承者。我们看不出一个渐进的过程,……此外,希腊文学始终带着一种勃勃生气,那是渗透在一个"时代"中的生气,无论是埃斯库罗斯、拉辛还是莎士比亚的时代。……因此我们有萨福那些灿若群星的形容词,柏拉图在散文中间纵情运用奔放的诗歌;修希德狄斯言简意赅;索福克勒斯像一群鳟鱼平静地滑行,似乎一动不动,忽然尾鳍一闪,已游到远处;《奥德赛》迄今仍让我们看到叙述的成功,看到关于男人和女人命运的最清晰同时也是最浪漫的故事。[①]

辉煌灿烂的希腊文学,经过伍尔夫的文字,再次出现在读者面前,而且"看不出一个渐进的过程",直达西方文学辉煌灿烂的顶端。这是最初的文学,也是最顶峰的文学。前不见古人,后不见来者。因为希腊文学"除了文学本身之外什么都没留下;不仅时代与我们隔绝,语言上也不通,还未被我们的联想庸俗化,是那种未曾污染过的纯净,然而鹤立鸡群"[②]。面对希腊文学,甚至可以说,伍尔夫的

[①] [英]弗吉尼亚·伍尔夫:《普通读者》Ⅰ,马爱新译,人民文学出版社2003年版,第33页。
[②] [英]弗吉尼亚·伍尔芙:《伍尔芙随笔全集》Ⅱ,王义国、张军学、邹枚、张禹九、杨羽译,中国社会科学出版社2001年版,第746页。

描述如同启示录般，召唤着过去、现在和未来的一切读者，仰望希腊，回到希腊。而毫无疑问地，每一次仰望，每一次回眸，都是高山仰止，心醉神迷。

所以，当希腊人在爱琴海耀眼的阳光下，面对着自然之谜、生命之谜、命运之谜，他们以自己的想象和最本色的歌唱，表达着对生命的热爱，对爱情的赞美，对自然和命运的敬畏与咏叹的时候，无论他们写下的是诗还是散文，希腊人的作品都是本源意义上的诗。隔着几千年的岁月，隔着浩瀚的汪洋大海，如果"希望了解希腊"，接近希腊的话，打开希腊作品，"以孩子那样的好奇心理快速地读下去"或许是最好的方式。因此，读者看到的，也或许就是伍尔夫眼睛中所看到的希腊世界。这里：

> 世界也并不狭小，因为隔开一个个岛屿的海洋需要用手工造的小船来横渡，用海鸥飞翔的距离来衡量。的确，这些岛屿上人口不多，虽然一切都用手工，但人们也并不很忙。他们有时间形成一个非常尊严、非常高贵的社会，有古代的风俗传统支持，每个关系都有序、自然，又十分含蓄。珀涅罗珀从房间那头走来；忒勒马科斯上床睡觉；瑙西卡在浣洗亚麻；他们的动作似乎充满美感，因为他们不知道自己美丽，天生拥有这一切，像孩子一样浑然不觉。然而在数千年前的那些小岛上，他们知道需要知道的一切。耳畔响着大海的涛声，身边是葡萄藤、草地、小溪环绕，他们比我们更清楚地意识到无情的命运。在生命的背后有一种悲哀，他们没有试图去减轻。充分意识到自己站在阴影中，但又敏锐地感受生存的每一丝震颤和闪光，他们在那里长存。当我们厌倦了模糊、混乱，厌倦了

基督教的安慰，厌倦了我们这个时代的时候，我们就会转向希腊。①

二 不要用头脑去同情，而要用心灵

随着文学地理版图的再次扩大，广袤而深邃的俄罗斯文学，开始进入弗吉尼亚·伍尔夫的视野。不同于对希腊文学的诗人式的激赏和陶醉，对于俄罗斯文学，伍尔夫是满蓄着心灵理解和无限敬意的。这种理解和敬意，除关于屠格涅夫、陀思妥耶夫斯基、契诃夫等个别篇目外，集中体现在《俄国人的角度》一文中。

与对希腊文学欣赏的多元视角和多姿多彩不同，关于俄罗斯文学，在《俄国人的角度》中，伍尔夫只有一个视角，那就是"灵魂"。但就是这一个视角，单纯、丰富、广大、深邃，囊括了伍尔夫对俄罗斯文学最到位、最深入的理解。如同对希腊文学一样，在随笔一开篇，伍尔夫就直言："必须承认，英国人能否理解俄国文学就更加令人怀疑，尽管英国人对俄国文学如此热衷。"② 因为，英国人与俄国文学，不仅有历史和文化的差异，还有语言不同这一严重得多的障碍。对于不是通过原文读俄国文学的读者和批评家而言，他们甚至都没有听过俄国人讲话。因此，依靠翻译的盲目大概也就不可避免。

所以，当说到俄罗斯文学的时候，作为一位懂得语言之美、语言之单纯之丰富之微妙的读者和批评家，伍尔夫是深刻地体会到一种困惑的。那就是面对因为翻译而失去了本来风格的作品，粗糙是

---

① ［英］弗吉尼亚·伍尔夫：《普通读者》I，马爱新译，人民文学出版社2003年版，第33—34页。
② 同上书，第148页。

难免的，曲解也是难免的。"伟大的俄国作家们就像在一场地震或铁路事故中不仅丢掉了所有的衣服，而且丢掉了更微妙更重要的东西——他们的风格，他们的个性特点。剩下来的是非常有力、非常感人的东西，英国人的狂热崇拜便是证明。"① 这里，伍尔夫用了"衣服""风格""个性特点"等表述。在"丢掉了"与"剩下来"之间，看起来说的好像不是一回事，但是，毫无疑问地，伍尔夫说的又是一回事。伍尔夫捡起了在"某种可怕的灾难"中丢掉的衣服，体会到了俄罗斯文学最微妙最重要的风格或曰个性，深刻地把握住了那种"非常有力、非常感人的东西"，而这就是"俄国文学让我们感到的那种朴素和人性，仿佛惊骇中脱去了所有掩饰和伪装，无论这是由于翻译，还是有更深刻的原因"②。而这种最有力最感人的个性就是"'不要用头脑去同情——因为用头脑是容易的，要用心灵去同情，带着对他们的爱'"③。这段话出自托尔斯泰，但在伍尔夫看来，恰恰就是"笼罩在全部俄国文学上的云霭"。如果把它总结或者概括一下的话，这就是几乎在俄罗斯文学作品中所拥有的"灵魂"，或者说是对灵魂的关注。

1. 灵魂有病，灵魂被治愈，灵魂未被治愈

在《俄国人的角度》一文中，伍尔夫的笔触掠过了被称为"俄国文学之父"的普希金，掠过了俄国批判现实主义文学或"自然派"的奠基人果戈里，甚至掠过了伍尔夫曾写出多篇随笔的屠格涅夫，而将"角度"或"视点"集中在了契诃夫、陀思妥耶夫斯基、托尔

---

① ［英］弗吉尼亚·伍尔夫：《普通读者》Ⅰ，马爱新译，人民文学出版社2003年版，第149页。
② 同上。
③ 同上。

斯泰三位作家身上。这样的掠过和集中，是有着伍尔夫对俄罗斯文学的深刻理解的。

"我们对契诃夫的第一印象不是单纯而是迷惑。这有什么意义，他为什么要写这种故事？"[1] 伍尔夫简简单单的一句话，就切中了读者对契诃夫的感觉。的确，因为太熟悉契诃夫的《小公务员之死》《变色龙》《万卡》《苦恼》《第六病室》和《套中人》等作品，在很多读者的心目中，这位写出了400多篇短篇小说，这位与莫泊桑、欧·亨利并称为"世界三大短篇小说家"的俄国作家，其最大的特点是写日常生活，而且是几乎看不出什么意义或者什么意思的生活琐事。当然，如果按照文学史的解读，契诃夫是借日常生活的描写，对俄国专制制度作出揭示和鞭挞，对小市民奴性心理加以嘲笑，对下层人民表示同情等。的确，这是契诃夫小说的重要内容及其特点。但是，作为一位伟大的作家，这肯定不是契诃夫的全部或者是更深刻意义上的契诃夫。

就像契诃夫小说的取材现实、写日常生活琐事一样，在契诃夫的作品里，看不到重大事件，也没有惊心动魄的场面。契诃夫的很多作品给人的感觉恰如伍尔夫的迷惑：尤其是面对着他的《没有意思的故事》《姚内奇》《文学教师》《醋栗》等作品时。在契诃夫小说阴暗灰色的生活中所弥漫着的那种空虚庸俗、那种忧郁哀伤，并不是一下子就能让读者捕捉得到的。还有契诃夫小说意味深长的结尾，如同暗夜中忽明忽暗的烟火。所以，伍尔夫的感觉是对的："但这就是结尾吗？我们问。我们觉得跑过了路标；或好像还没有听到

---

[1] [英]弗吉尼亚·伍尔夫：《普通读者》Ⅰ，马爱新译，人民文学出版社2003年版，第150页。

预期的结束音,乐曲就戛然而止。"① 所以,面对着契诃夫那些表面平静也的确平静的故事,面对着契诃夫小说中的那些生活琐事:"我们就需要有非常敏锐和不寻常的文学鉴赏力,才能听懂它的调子,尤其是那些完成和声的最后音符。也许我们需要读许多作品后才能感觉抓住了整体,感觉契诃夫不是散漫地乱写,这个音符、那个音符都是有用意的。"② 至于契诃夫的作品何以如此,就在于契诃夫是对"心灵"感兴趣的作家:

> 他对心灵有极大的兴趣;他是人际关系的最细致入微的分析家。但还不是;终点不在那里。能否说他最感兴趣的不是灵魂与其他灵魂的关系,而是灵魂与健康的关系——灵魂与善的关系?那些故事总是让我们看到一些娇饰、做作、不真诚。某个女人陷入了虚假的关系,某个男人在非人环境下堕落变态。灵魂有病,灵魂被治愈,灵魂未被治愈。这些才是他的故事的重点。③

不得不感慨万千的是,伍尔夫真的是读懂了契诃夫的那位读者,那位慧眼独具的读者,就像她读懂了在简·奥斯丁平淡表面下文学的永久性一样。这是使无论简·奥斯丁还是契诃夫等作家成为伟大作家的至为重要的因素。想一想契诃夫作品中那些"没有意思的故事",那些故作风雅背后的空虚与平庸,那些充斥在小市民生活中的乏味和庸俗。而"庸俗",恰恰是契诃夫所深恶痛绝的。所以,契诃

---

① [英] 弗吉尼亚·伍尔夫:《普通读者》I,马爱新译,人民文学出版社 2003 年版,第 150 页。
② 同上书,第 150—151 页。
③ 同上书,第 151 页。

夫的许多小说,看起来好像什么也没有写,但是,一旦我们读懂了他那些含义深厚、意味深长的故事,读懂了其作品中灵魂的微妙与病态,"结果,当我们阅读这些什么也没讲的小故事时,视野变得开阔,灵魂获得了惊人的自由感。"① 正如高尔基对契诃夫的高度且诗意的评价:

我们读着安东·契诃夫的小说的时候会得到一个印象:仿佛自己是在一个悒郁的晚秋的日子里面,空气是十分明净的,所以那些光秃的树木,窄小的房屋和带灰色的人都显得轮廓分明。一切都是奇怪的,孤寂的,静止的,无力的。空漠的青色的远方是荒凉的,并且跟苍白的天空融合在一块儿,朝那盖着一片冻泥的大地吹来一股彻骨的寒气。作者的心灵跟秋天的太阳一样,用一种残酷无情的光明照亮了那些热闹的路,曲折的街,狭小龌龊的房屋,在那里面一些渺小可怜的人给倦怠和懒惰闷得透不过气来,他们的房间里充满了使人打瞌睡的胡乱的骚动声音。②

伟大的作家、伟大的灵魂之间是相通的! 当伍尔夫在伦敦,在布鲁姆斯伯里的高雅氛围中,读懂了契诃夫小说中的"灵魂"的时候,隔着一条波罗的海,在大海的另一端,高尔基也读懂了。高尔基一句"作者的心灵跟秋天的太阳一样",与伍尔夫的"视野变得开阔,

---

① [英] 弗吉尼亚·伍尔夫:《普通读者》Ⅰ,马爱新译,人民文学出版社 2003 年版,第 152 页。
② [俄] 契诃夫:《契诃夫戏剧集》,焦菊隐译,上海译文出版社 1980 年版,译后记,第 417 页。

灵魂获得了惊人的自由感"相呼应,让读者于契诃夫作品的那些灰色人生及倦怠沉闷的氛围中,看到了"灵魂"的光亮。当然,高尔基在看出了契诃夫伟大的同时,也看出了契诃夫的焦虑,更看出了契诃夫的悲哀。所以——

> 在这群无力的人的厌倦的灰色的行列前面,走过一个伟大、聪明、注意的人;他观察了他本国的忧郁的居民,他露着悲哀的微笑,带着温和的但又是深重的责备的调子,脸上和心里都充满了一种显明的焦虑,用了一种美的诚恳的声音说:
>
> "诸位先生,你们的生活是丑恶的!"①

"你们的生活是丑恶的!"如此痛心疾首,如此发人深省,这是高尔基说的,也是契诃夫说的。与此异曲同工的是伍尔夫的解读:"灵魂有病,灵魂被治愈,灵魂未被治愈。"在伍尔夫的随笔里,这些才是契诃夫小说"故事的重点"。

与《俄国人的角度》相互呼应的是,在伍尔夫的另一篇关于契诃夫的随笔《俄国背景》中,也捕捉到了契诃夫那些表面平淡且好像没有结局的故事里所蕴含的意味。辑录于《书和画像》中的《俄国背景》一文,评论的是当时新出版的俄国小说译作中的契诃夫小说《主教》。在读过了契诃夫许多作品之后,伍尔夫已经意识到"没有人会愚蠢到批评《主教》根本不是一个故事,……如今我们已认识到,没有结尾的故事也是故事;就是说,虽然它给人留下的是一

---

① [俄]契诃夫:《契诃夫戏剧集》,焦菊隐译,上海译文出版社1980年版,第418—419页。

种忧郁的印象，可能还有些疑惑的感觉，但它仍然为思想提供了一个立足点"①。"不管我们对契诃夫的认识走过什么样的弯路，如今它们已挡不住我们对他的欣赏与喜爱。"② 所以，在伍尔夫的感觉里，读契诃夫的小说，感觉"仿佛那是俄国心灵的旅程，而这片空寂辽阔的原野，如此哀伤又如此热烈，正是他心灵的背景。……你向窗外望去，什么也不看，只盯住那一片荒原，你想象每一个人都是旅人，你们在一次相遇之后永不再见，这样的'生活'本身该是充满了怪诞、瑰丽的色彩……"③ 面对着契诃夫作品中的结尾，苦役犯在荒原的路上找到了自己的信仰，但读者会懂得，"这不仅仅是契诃夫的一个故事的结尾；它是散落在四处、摇曳闪烁的光，它标出了它们所共同遵循的规律与形式"④。当感悟到了这一点的时候，"心灵绽放出夺目的光彩"，契诃夫的美和深邃也就体会到了。

2. 我们是灵魂，受折磨的、不快乐的灵魂

"灵魂是俄国小说的主要特点。在契诃夫的作品中精细微妙，可以有无数种的幽默和病态。在陀思妥耶夫斯基的作品中则更深邃博大，易患上暴烈的疾病和狂热，但仍然是首要问题。"⑤ 在契诃夫之后，伍尔夫走向了陀思妥耶夫斯基。与契诃夫不同的是，陀思妥耶夫斯基不仅出现在《俄国人的角度》中，还出现在伍尔夫的其他文学批评随笔中。辑录在《书和画像》中的《女儿眼中的陀思妥耶夫斯基》《再论陀思妥耶夫斯基》和《陀思妥耶夫斯基在克兰福》，是

---

① [英]弗吉尼亚·伍尔芙：《伍尔芙随笔全集》Ⅳ，王义国、黄梅、江远、戚小伦译，中国社会科学出版社2001年版，第1952页。
② 同上书，第1953页。
③ 同上书，第1954页。
④ 同上书，第1955页。
⑤ [英]弗吉尼亚·伍尔夫：《普通读者》Ⅰ，马爱新译，人民文学出版社2003年版，第152页。

次第出现的有关陀思妥耶夫斯基的文章。

　　了解陀思妥耶夫斯基的读者都知道，在大多出身贵族的俄罗斯作家中，很少有作家如陀思妥耶夫斯基这样，一生充满了悲剧性的变故。这个酒鬼医生的儿子，"整个家族都有神经衰弱的病史"。父亲不明所以的暴死，母亲的早逝，绞刑架下的逃过一劫，西伯利亚的流放，癫痫病的不时发作，造就了一个病态的悲剧性作家。所以，想在陀思妥耶夫斯基的作品中找到明朗明丽的生活景象，这几乎是不可能的。《穷人》《被侮辱与被损害的》《死屋手记》《白痴》《群魔》《罪与罚》《卡拉马佐夫兄弟》等，出现在这些作品中的，是被侮辱被损害的小人物，是双重性格，是病态的自我分裂的人物。其作品的内容和主题，也大多是世间的悲苦和不幸，或者是人性的丑陋与病态。所以，在陀思妥耶夫斯基的作品中，一方面是贪婪与好色、无耻与无赖、痛苦与不幸、病态与畸形、纵欲与犯罪；另一方面，又是反省、忏悔、赎罪、灵魂拷问、苦难与净化。前者与作家悲剧性的一生有关；后者与作家童年时代母亲的影响以及俄罗斯民族的东正教传统有关。可以说，强烈的赎罪意识和悲悯情怀，是陀思妥耶夫斯基作品在病态和痛苦之外的另一种基调。

　　所以，伍尔夫在《俄国人的角度》里说，陀思妥耶夫斯基的《卡拉马佐夫兄弟》或《群魔》对于英国读者而言，"'灵魂'对他们来说是陌生的，甚至是有些讨厌的。它很少幽默，没有诙谐。……它混乱、散漫、狂暴，似乎不能服从于逻辑的控制或诗歌的约束"[①]。在陀思妥

[①] ［英］弗吉尼亚·伍尔夫：《普通读者》Ⅰ，马爱新译，人民文学出版社2003年版，第152页。

耶夫斯基的作品中，只要打开门，感觉得到的就是："我们是灵魂，受折磨的、不快乐的灵魂"①。

而且，陀思妥耶夫斯基作品中的灵魂，不像英国人所构思的那样，"散见于幽默或激情的片段，而是斑驳复杂，难解难分，展现了人的心灵的新全景，旧的分界相互交融。人们既是坏人又是圣徒；他们的行为既美好又可鄙。我们既爱又恨。我们习惯的好与坏的明确区别不复存在。我们最喜爱的人往往是最大的罪犯。罪孽最深者让我们感到最强烈的钦佩和热爱"②。当面对着伍尔夫的这段评述时，或许不需要想起更多，单单想到陀思妥耶夫斯基的《罪与罚》，想起其中的拉斯柯尔尼科夫、马美拉多夫、索尼娅，想起拉斯柯尔尼科夫"向人类的一切苦难下跪"，就会深深地体会到伍尔夫对陀思妥耶夫斯基的感受："重要的是灵魂，它的激情，它的骚动，它那美与丑的惊人混合。如果我们忽然高叫或大笑，或激动地哭泣，这不是再自然不过的吗？"③

似乎是意犹未尽，在《再论陀思妥耶夫斯基》中，伍尔夫反复地言说着这位谜一样的作家："在所有伟大的作家中，我们认为没有一个人比得上陀思妥耶夫斯基那么奇特、那么令人迷惑。"④ 读陀思妥耶夫斯基，对于几乎所有的读者来说，犹如一座迷宫，而"我们所要摸索着通过的是怎样一座心灵的迷宫"？⑤ 面对着陀思妥耶夫斯基所打造的心灵的迷宫，即使善于表达瞬息万变的内心世界的意识

---

① [英]弗吉尼亚·伍尔夫：《普通读者》Ⅰ，马爱新译，人民文学出版社2003年版，第152页。
② 同上书，第153页。
③ 同上。
④ [英]弗吉尼亚·伍尔芙：《伍尔芙随笔全集》Ⅳ，王义国、黄梅、江远、咸小伦译，中国社会科学出版社2001年版，第1943页。
⑤ 同上书，第1946页。

流小说家伍尔夫,似乎也感觉到了陀思妥耶夫斯基的难以捕捉。所以,伍尔夫深刻地体会到了陀思妥耶夫斯基在表达人的内心世界时的不同凡响:"在所有作家中,惟有陀思妥耶夫斯基一人能够重新构想出那些昙花一现、刹那间的复杂的精神状态,能够重新把握那瞬息万变的思想之流,捕捉它时现时隐的、逝去的轨迹;因为他有非凡的能力。"① 而"直觉,这个词最好地概括了陀思妥耶夫斯基的天才。当他完全被直觉的灵感所充满时,他能够释读最黑暗的心灵、最难懂的心史";② 而对那部《双生人》,在伍尔夫看来,"就是一部辉煌的失败"。至于陀思妥耶夫斯基的《脆弱的心》,在伍尔夫看来,"它从头到尾都充满了一种力量,在这一刻,任何作品在它面前都黯然失色。"③

与契诃夫表现小人物的生活、与托尔斯泰大多表现贵族不同的是,陀思妥耶夫斯基充满变故、充满戏剧性的人生经历,使之接触到的是更广泛的现实人生。所以,陀思妥耶夫斯基的世界是博大的。即使是灵魂,在陀思妥耶夫斯基的作品里,可以是各色人等的:可以是买不起葡萄酒的银行职员的,可以是邮差的,是女佣的,是同一座公寓里的贵妇人们的。但是,"无论你是高贵还是朴素,是流浪者还是贵妇人",对于作家来说,"都是一样的。无论你是谁,你都是这种复杂的液体,这种浑浊的、动荡的、珍贵的东西——灵魂的容器。灵魂是不受障碍限制的。它流溢、泛滥,与他人的灵魂相混合。……因为什么也不在陀思妥耶夫斯基的领

---

① [英]弗吉尼亚·伍尔芙:《伍尔芙随笔全集》Ⅳ,王义国、黄梅、江远、咸小伦译,中国社会科学出版社 2001 年版,第 1946 页。
② 同上书,第 1947 页。
③ 同上。

域之外；当他疲倦的时候，他不是停止，而是继续。他不能克制自己。它倾泄出来，滚烫，炽热，混杂，绝妙，可怕，压抑——人的灵魂。"①

3. 这有什么意义？我们为什么活着？

当伍尔夫在《俄国人的角度》中言说着俄罗斯文学的"灵魂"和悲悯时，在契诃夫和陀思妥耶夫斯基之后，不提到列夫·托尔斯泰，似乎根本就是不可能的。是的，说到俄罗斯文学，无论是俄罗斯原野的广袤和辽阔、无论是人物形象的塑造，还是作品灵魂的高度和深度，哪一位读者或者哪一位批评家能够绕过列夫·托尔斯泰呢？

何况托尔斯泰就那样端坐在那里，面前是他的三部皇皇巨著：《战争与和平》《安娜·卡列尼娜》《复活》，背后是俄罗斯辽阔的土地、白桦林以及广袤的原野。从托尔斯泰作品中走出的人物：既有安德烈·保尔康斯基、比埃尔、列文、聂赫留朵夫，还有娜塔莎、吉提、安娜·卡列尼娜。之所以说到托尔斯泰作品中的这些人物，是因为他们每一个人都带着自己的音容笑貌以及灵魂，还是灵魂。如果不是因为有灵魂，高贵优雅的安娜·卡列尼娜，内心世界就不会如此富有激情和葱茏的诗意；如果不是有灵魂，衣食无忧的比埃尔和列文们，就不会常常焦虑不安，被痛苦和怀疑不断折磨着，并时刻在想着人为什么活着，人活着的意义是什么？而且还想得很苦恼，甚至要自杀。

当然，比埃尔和列文们的灵魂是来自列夫·托尔斯泰的。正是

---

① ［英］弗吉尼亚·伍尔夫：《普通读者》Ⅰ，马爱新译，人民文学出版社2003年版，第154页。

如此，托尔斯泰一生都在发问和追问，一生都在探索——贵族的问题，农民的问题，道德的纯洁问题，人与上帝之间的关系问题，祖国和人类的命运与未来的问题。当然，还有，人为什么活着？活着的意义是什么？正是源自这种发问、困惑和求索，这位图拉省的大贵族，这位托尔斯泰伯爵，耄耋之年居然放弃了可观的财产、庄园以及优裕的生活，毅然决然地离家出走。八十老翁，风烛残年。当托尔斯泰在那个叫作阿斯塔波沃火车站去世的时候，对托尔斯泰心存敬意的读者肯定会为之惋惜，为之遗憾。甚至会这样想：如果托尔斯泰不出走，或者不是在这个时候出走。但是，以托尔斯泰内心的不安，他是一定要出走的，或早或晚，托尔斯泰一定出走，托尔斯泰必须出走。如果不出走，托尔斯泰的这一颗灵魂就无处安放。实际上，当82岁的列夫·托尔斯泰离家出走的时候，表面上看，是托尔斯泰与家人之间的矛盾，但在深层意义上，可以说是希望过简单简朴的生活、希望灵魂干净的托尔斯泰，对自己生活状态的一种背离，一种放弃或者弃绝，是其精神状态的一种超越、洗涤和升华。

所以，正如伍尔夫所说，托尔斯泰是一位"天生的贵族"。但毫无疑问地，托尔斯泰的高贵，不仅在于其出身的高贵，而且在于其精神的高贵。身为贵族，心怀悲悯。在这一点上，与出身于平民医生之家的陀思妥耶夫斯基相比，与出身小商人之家的契诃夫相比，托尔斯泰的痛苦和探索有更加可贵之处。所以，伍尔夫在不同的随笔中不断地重复着托尔斯泰的那句话：

学会使你自己同人们亲近吧。……可是要让这种同情不靠头脑——因为靠头脑是容易的——而要靠心，靠着对他们的爱。①

这句话是托尔斯泰说的,出现在《俄国人的角度》(《俄罗斯视点》)里,出现在《现代小说》里。翻译不同,表达的都是同一层深刻的含意。

伍尔夫关于屠格涅夫、关于陀思妥耶夫斯基,都有三篇随笔文章;关于契诃夫,也有一篇随笔。而唯独对托尔斯泰,既无三篇也无单篇。但就像莎士比亚在伍尔夫的随笔中没有单篇,但却无处不在一样,托尔斯泰亦是如此。甚至在伍尔夫的随笔中,托尔斯泰的出现,比莎士比亚还多。在《伊丽莎白时代戏剧札记》里:"当我们合上伊丽莎白时代的剧本时,我们可能会带着可以原谅的烦躁惊呼。但是,我们合上《战争与和平》时又能惊呼什么呢?决不是一种失望;作品没有让我们为浅薄而痛惜,没有给予我们谴责小说家艺术陈腐的机会。相反的是,我们比以往任何时候都更清醒地意识到了人类永不枯竭的丰富情感。"② 在《班奈特先生和布朗太太》里:"假如你回想一下你认为是伟大的那些小说——《战争与和平》《名利场》《垂斯川·项狄》《包法利夫人》《傲慢与偏见》《卡斯特桥市长》《维莱特》——你想到这些书立刻会想到某个人物,他对于你是那么具有现实性(我的意思不是说跟生活一样),他足以使你不但想起他本身而且还通过他的眼睛去认识各种各样的事情——宗教、爱情、战争、和平、家庭生活、省城的舞会、日落、月亮的升起、灵魂的不灭。我看,人类经验中没有一点不是包括在《战争

---

① [英]弗吉尼亚·伍尔芙:《伍尔芙随笔全集》I,石云龙、刘炳善、李寄、黄梅译,中国社会科学出版社 2001 年版,第 141 页。
② 同上书,第 55 页。

与和平》里。"① 当然，列夫·托尔斯泰更多地还是在《俄国人的角度》里："生命支配着托尔斯泰，就像灵魂支配着陀思妥耶夫斯基一样。在所有鲜艳夺目的花瓣中心伏着这只蝎子——'为什么生活？'书中总有某个奥列宁、皮埃尔或列文，集所有经历于一身，把世界放在手上把玩，即使在享受这些的时候，他也不停地询问这有什么意义，我们的目的是什么。最有效地粉碎我们欲望的不是牧师，而是了解并迷恋过这些欲望的人。当他嘲笑它们的时候，世界真正在我们脚下变成灰烬。因此我们的快乐中夹杂着恐惧，在三位伟大的俄国作家中，托尔斯泰最令我们着迷，也最令我们不快。"②

关于契诃夫，关于陀思妥耶夫斯基，关于托尔斯泰，关于俄罗斯文学，伍尔夫实在有着太多的理解和敬意。这理解和敬意是如此广泛如此博大如此深厚，一篇《俄国人的角度》，都不能表达伍尔夫的敬意于万一。在此，就以伍尔夫那篇具有宣言书意味的随笔《现代小说》中的文字，作为伍尔夫之关于俄罗斯文学的解读之结语吧。

> 在每个伟大的俄国作家身上我们似乎都能发现圣人的特征，如果同情他人的苦难、热爱他人、努力达到某个配得上最严格的精神要求的目标，这些特点构成了圣人品质的话。他们身上的圣人气质使我们为自己的世俗卑琐而羞愧，使我们那么多著名的小说变成了虚饰和儿戏。俄国人的心灵如此博大，悲天悯人，它得出的结论也许不可避免地会是极度的悲哀。更准确地

---

① [英] 弗吉尼亚·伍尔芙：《伍尔芙随笔全集》Ⅱ，王义国、张军学、邹枚、张禹九、杨羽译，中国社会科学出版社2001年版，第907页。
② [英] 弗吉尼亚·伍尔夫：《普通读者》Ⅰ，马爱新译，人民文学出版社2003年版，第155—156页。

讲，我们应该说是它没有得出结论。没有答案，只看到如果诚实地考察，生活提出一个又一个问题，它们只能留到故事结束，一遍遍地回响，无望地追问，这种感觉让我们感到一种深深的绝望，最终也许还夹杂着一丝怨恨。他们也许是正确的，他们无疑比我们看得更深远，没有我们这种严重的视力障碍。①

三 漫游在美国小说的天地里

在外国文学的天地里游览与我们去国外旅游十分相似。当地居民不以为然的景观，对我们来说却近乎神奇；尽管我们在国内似乎是多么地了解这种语言，但当它从生来就说这种语言的人口中说出来时，听起来却很不一样……

在美国文学中游览的英国旅游者最想得到的，是和他在本国所拥有的某种不一样的东西。②

这是出现在《论美国小说》中的文字。文章一开篇，伍尔夫就以自己擅长的小说笔法，把对美国文学的了解、欣赏和评判，想象为在美国文学天地里的一次游览或者旅行。作为一位英国的旅游者，伍尔夫在美国文学中最想遇到的，是在自己的国家所不曾发现的景象。基于这样的原因，"让英国人敬佩得五体投地的一位美国作家，就是瓦尔特·惠特曼"。惠特曼之所以为英国的旅行者敬佩，在于"他的作品体现了那种不加修饰的真正的美国特色。在整个英国文学

---

① [英]弗吉尼亚·伍尔夫：《普通读者》Ⅰ，马爱新译，人民文学出版社2003年版，第130—131页。

② [英]弗吉尼亚·伍尔芙：《伍尔芙随笔全集》Ⅱ，王义国、张军学、邹枚、张禹九、杨羽译，中国社会科学出版社2001年版，第693页。

里,没有一个形象与他的想像——在我们所有的诗歌中,尚没有一首可以与《草叶集》相媲美的"①。如此不附带任何条件的赞美,甚至"当我们沉浸在这令人耳目一新的陌生感之中时,……我们越来越不能欣赏爱默生、洛厄尔和霍桑,因为他们在我们中间有着相应的对手,而且他们的文化也取自我们的典籍。这种成见,无论其理由是否充分,不论其结果是否公平,到目前仍然继续存在"②。如此开篇,可见对惠特曼的极度欣赏。所谓真正的美国特色,耳目一新、陌生感等,由此可以看出伍尔夫对美国文学的期待及评价尺度。

1. 成为美国作家的第一步,成为"非英国人"

作为一位熟知英国文学的读者和评论家,伍尔夫看到了在美国文学中英国文学的因子。因此,当笔锋一转,将评论的笔触转向美国小说时,即使在亨利·詹姆斯这样的大家那里,伍尔夫的感觉则是,没有得到希望获得的东西,"因为他们不是美国人"。当伍尔夫以跳跃的思维和散漫的笔触,谈到霍桑、亨利·詹姆斯等美国作家时,特别在意的是美国文学与英国文学的联系,以及是否超脱了这种联系并且有所区别和差异。的确,美国文学是在英国文化的基础上发展起来的。美国文学之于英国文学的联系,是无论如何估计都不过分的。但在伍尔夫的评价尺度里,是将"真正的美国特色"作为评判作品高低上下的尺度的。所以,即使对亨利·詹姆斯这样如雷贯耳的作家,伍尔夫也有所保留,"因为他们不是美国人"。作为一位在美国文学的天地中游览的英国游客,伍尔夫最想得到的,是与在自己的国家所看到的不一样的东西。

---

① [英]弗吉尼亚·伍尔夫:《伍尔芙随笔全集》Ⅱ,王义国、张军学、邹枚、张禹九、杨羽译,中国社会科学出版社 2001 年版,第 693 页。
② 同上书,第 693—694 页。

当伍尔夫为在美国文学中游览的英国旅游者"简单而片面的态度作了一番定位之后",即以旅行者必须浏览的景色为起点,开始了在美国文学天地里的漫游。美国文学史上为读者所熟悉的大家如德莱塞、舍伍德·安德森、辛克莱·刘易斯以及薇拉·凯瑟出现了。同时出现的又有卡贝尔、坎菲尔德小姐、沃顿夫人等为一般读者感觉陌生的作家。当伍尔夫扫描式地历数了上述作家之后,探讨最多的还是当时在英国被讨论和阅读得最多的两位作家——舍伍德·安德森和辛克莱·刘易斯。对安德森的欣赏是毫无疑问的,因为"他创造了一个他自己的世界。这是一个各种感觉非常发达的世界;……玉米地像金色的海洋一般流淌在那些简陋的村镇周围,一望无际,深不可测;所有地方的男孩和女孩们都在梦想着航海和冒险"[①]。读伍尔夫的文字,扑面而来的仿佛就是美国文学中的气息,金色海洋一样的玉米地,渴望航海和冒险的美国的男孩子女孩子们。但对于读美国文学的伍尔夫而言,"成为美国人的过程中的第一步——成为非英国人。一个美国作家所受的教育中的第一步,就是把长期以来一直在已故的英国将军们指挥之下前进的整个英语的词语大军统统解散。"[②]所以,在伍尔夫看来,"如果安德森先生忘记了他是一个美国人,他将成为一位完美得多的艺术家;如果他能不偏不倚地使用一切词汇,不论是新的或旧的、英国的或美国的、典雅的或俚语的,他可能会写出更好的散文。"[③]

至于说到辛克莱·刘易斯,对于这位写出了《巴比特》《大街》

[①] [英]弗吉尼亚·伍尔芙:《伍尔芙随笔全集》Ⅱ,王义国、张军学、邹枚、张禹九、杨羽译,中国社会科学出版社2001年版,第697页。
[②] 同上书,第696页。
[③] 同上书,第697页。

等作品的小说家,伍尔夫也是不乏赞美:"刘易斯先生的作品之所以出类拔萃,正是因为它的坚实、它的效率、它的紧凑。……在所有这些方面,《巴比特》堪与本世纪用英语创作的任何一部小说相媲美。"① 但即使如此,在伍尔夫的随笔中,这位流连在美国文学中的旅游者抑或就是伍尔夫,在对刘易斯及其《巴比特》做出肯定之后,其作为英国旅行者的眼光开始对刘易斯先生本人作出质疑:"他在写作时也是一只眼睛盯着欧洲,这种注意力的分散很快便使读者察觉并感到不满。他也具有美国人的自我意识,虽然这种意识被他巧妙地抑制住了,仅有一二次是痛苦地尖声表达出来的。然而,这其中有某种忐忑不安。他没有和美国认同;与此相反,他把自己打扮成美国人和英国人之间的导游者和译员。"②

众所周知,辛克莱·刘易斯(1885—1951)是美国文学史上第一位获得诺贝尔文学奖的美国作家,1920年因长篇小说《大街》一举成名,且作品"好评如潮,连续再版28次,成为'20世纪美国出版史上最轰动的事件'"③。《大街》《巴比特》《阿罗史密斯》被认为是其最优秀的作品,而《巴比特》被公认为是其代表作。但即使是这位美国第一位诺贝尔文学奖获得者,即使其作品创造了美国出版史上的奇迹,但其作品在"细节描写真实可信,语言生动、幽默。……视野比较开阔,作品触及的生活面广"之外,其"对生活开掘不深"④ 的限度,是刘易斯成为一个大家的限制。因此,对于像

---

① [英]弗吉尼亚·伍尔芙:《伍尔芙随笔全集》Ⅱ,王义国、张军学、邹枚、张禹九、杨羽译,中国社会科学出版社2001年版,第698页。
② 同上书,第699页。
③ 聂振钊主编:《外国文学史》(四),华中师范大学出版社2010年版,第55—56页。
④ 同上书,第56页。

辛克莱·刘易斯这样赫赫有名的作家，伍尔夫仍然是持保留态度的。"造化似乎有意要让他与威尔斯先生、贝内特先生为伍，而且，倘若是他出生于英国，他毫无疑问能够证明他自己堪与这两位名家并驾齐驱。然而，缺乏一种丰富多彩的古老文明，——那繁荣了威尔斯先生的艺术的一大堆观念与思想；那滋养了贝内特先生的艺术的根深蒂固的风俗习惯——他被迫去批评而不是去探索，而他的批评的对象：泽尼斯市的文明，却不幸过于贫乏，难以给他支持。"[①] 在此，伍尔夫是将辛克莱·刘易斯与英国作家威尔斯与贝内特相提并论的。联系到伍尔夫那部被认为是"现代主义宣言"的《现代小说》，联系到伍尔夫在其中所探讨的"物质主义"和"精神主义"；联系到伍尔夫在《班奈特先生和布朗太太》里将作家划分为两大阵营，即爱德华时代的作家和乔治时代的作家。总之，联系到伍尔夫在上述随笔中对几位英国作家所表现出的直言不讳的评价和态度，以及其中所显示出的现代小说理念，当伍尔夫将威尔斯设想为辛克莱·刘易斯的老师，让刘易斯"与威尔斯先生、贝内特先生为伍"，因而部分地将辛克莱·刘易斯与威尔斯和贝内特相提并论时，伍尔夫对于刘易斯的评价显而易见。

2. 当一位作家无拘无束并且全神贯注

基于对于个性和独特性的尊重，在《论美国小说》一文中，伍尔夫毫无保留地将赞赏给予了一位并不著名的作家林·拉德纳及其小说《你理解我，艾尔》。这是因为，当拉德纳写作的时候，他是专注的、全神贯注的。在伍尔夫看来，拉德纳之所以取得成功，在无意识和无

[①] [英] 弗吉尼亚·伍尔芙：《伍尔芙随笔全集》Ⅱ，王义国、张军学、邹枚、张禹九、杨羽译，中国社会科学出版社 2001 年版，第 701 页。

拘无束地投身于艺术创作的力量之外,还有其出类拔萃的天赋:他的非同寻常的从容和颖悟,敏捷的笔触,稳健的风格和锐利的洞察眼光。当然,伍尔夫最激赏的还是拉德纳写作时的投入与忘我:

> 拉德纳先生不光是没有意识到我们与他们之间的差异,他甚至都没有意识到我们的存在。一个技艺高超的棒球运动员,在一场激动人心的比赛正进行酣畅淋漓之际,是绝不会停下来去想观众是否喜欢他的头发的颜色的。他的全部心思都放在比赛上。拉德纳先生正是如此。他写作时,决不会浪费一分一秒去考虑他用的是美国的俚语还是莎士比亚的英语,不会去想他是想起了菲尔丁还是忘掉了菲尔丁;也不会去想他是为自己身为美国人而自豪呢还是为不是日本人而羞愧;他的全部心思都放在他的故事情节上了。结果我们的注意力也全都集中到故事情节上。而他不经意地就写出了我们所看到过的最好的文章。①

透过拉德纳写作的态度,伍尔夫意识到,正是拉德纳的写作,为读者提供了某种独特的东西,使得在美国文学中游览的英国旅游者,确信自己去过美国,并且发现了这片土地上的别样景象。这里,当伍尔夫对拉德纳写作的专注做了如此形象的描述和欣赏后,不禁令人联想到福斯特对伍尔夫写作态度的赞赏。在这一点上,伍尔夫笔下的那位不在意自己头发的颜色、不在意写作是用美国的俚语还是莎士比亚的英语、不在意自己是想起还是忘掉了菲尔丁、不在意自

---

① [英]弗吉尼亚·伍尔芙:《伍尔芙随笔全集》Ⅱ,王义国、张军学、邹枚、张禹九、杨羽译,中国社会科学出版社 2001 年版,第 702 页。

己是美国人还是不是日本人的拉德纳，与福斯特所说的不在意版税、不在意批评家、不在意如何改造世界的伍尔夫，在对写作的专注和心无旁骛上，有着惊人的相似。或许，正是这样的专注与忘我以至于忘记了这个世界，无论是伍尔夫还是拉德纳，才能成为伍尔夫，才能成为被伍尔夫所激赏的拉德纳。

3. 来源混杂以及美国作家的三种类型

在对拉德纳及其小说极尽赞赏之后，伍尔夫以其开阔的视野和卓越的判断力，在对美国文学的来源混杂、尚且年轻、所处时代、相遇过的各种文学思潮做了充分考虑之后，生发了如下的感慨："法国文学要比它简单，英国文学要比它简单，一切现代文学都比这种新兴的美国文学更简单。"① 这是因为：美国文学来源的混杂，使其在文学发展伊始，不协调的特征就存在于美国文学的根基之中。

的确，当伍尔夫以概括的笔触对此作出论断的时候，如果我们考量一下美国文学史，短短几百年的时间就经历了殖民地时期文学、早期受清教思想影响的文学、独立战争之后横贯于19世纪上半叶并且蓬勃发展的浪漫主义文学、南北战争之后取代浪漫主义的现实主义文学几个阶段。独立战争之后，当真正的美国文学开始发展的时候，搭上的正是欧洲浪漫主义文学的潮流，然后迅速地汇入了现实主义的文学大潮中。当然，真正显示美国文学实绩的是自惠特曼以来的浪漫主义文学。在伍尔夫想象中的那些英国旅行者进入美国文学的时候，呈现在他们面前的，是自惠特曼以来的浪漫主义文学和现实主义文学两大文学流派。相对于美国文学的短暂，当文学史进

---

① ［英］弗吉尼亚·伍尔芙：《伍尔芙随笔全集》Ⅱ，王义国、张军学、邹枚、张禹九、杨羽译，中国社会科学出版社2001年版，第703页。

入 19 世纪浪漫主义和批判现实主义阶段的时候，即使从文艺复兴时代算起，英国悠久的文学传统，已经穿过了从文艺复兴到 17 世纪、再到 18 世纪直至 19 世纪成熟并繁盛的时代。伴随着欧洲文明的历史和文学的历史，英国文学从容地走过了五六百年的时间。而真正的美国文学，至此前后不过两百年时间。尚且年轻是自然的，充满了活力但不够成熟也是自然的。而且，来源混杂、各种思潮交织就体现为伍尔夫所谓存在于美国文学中的不协调特征。

于是，伍尔夫把美国作家分为大致三种类型：一是"文笔更精致复杂的作家们，那些亨利·詹姆斯们……"他们拥戴英国，夸大了英国的文化和传统以及英国式的优雅，因此他们也就尝到了苦果。很显然，当伍尔夫将亨利·詹姆斯等作家归结为拥戴英国的作家时，是有着伍尔夫对这些作家的深刻理解的。以亨利·詹姆斯为例，这个被认为是继霍桑、麦尔维尔之后美国最伟大的小说家，"英语小说艺术的终极大师"，其创作对 20 世纪文学有着巨大影响。从出身和经历而言，亨利·詹姆斯出身上层知识分子家庭，一直在上层社会出入。因为长期旅居欧洲，欧洲的风光、欧洲的画廊以及图书馆，实际上都在影响着亨利·詹姆斯的审美感觉。及至最后加入英国国籍，亨利·詹姆斯受欧洲文化的影响及对欧洲的认同是不言而喻的。这一切，都使得詹姆斯在文化传统和精神层面，与欧洲尤其是与英国有着密切的精神联系，而他也在探索这种联系。所以，成为作家的詹姆斯在其小说中常常表现的，就是美国人和欧洲人之间交往的问题。其中"美国的诚挚、不成熟同欧洲的虚伪、老成之间的对比"[①] 是

---

① ［美］罗伯特·斯比勒：《美国文学的循环》，汤潮译，北京师范大学出版社 1993 年版，第 146 页。

其创作的主题之一。这一主题实际上就是美国人与欧洲人的联系与矛盾、认同与差异的问题。在詹姆斯的许多小说中,"移居海外的美国人遇到的问题是他所关心的主要内容"。但长期受英国以及欧洲文化的熏染,使得如亨利·詹姆斯这样人生经历和文化视野的作家一定是、也肯定是迷恋着欧洲的文化和景观。因此,当伍尔夫评论亨利·詹姆斯时,其表达就饶有意味:"这使我们有必要记住,即便我们不打算把亨利·詹姆斯称做一位附庸风雅的势利者,他也毕竟是一位外国人。"①

在伍尔夫的美国小说家分类中,第二类是"那些比较简单粗糙的作家们",如惠特曼、安德森等,"他们决定拥护美国,但是带着自我意识、好斗寻衅地、满含抗议地'炫耀卖弄'(正如保姆们常说小孩子的那样)他们的新颖、独立和个性。"②在伍尔夫看来,上述如亨利·詹姆斯们和惠特曼们"这两种影响都令人感到遗憾,都掩盖、延缓了真正的美国文学本身的发展"③。在此,有必要说明的是,即使如伍尔夫这样有一流见地的一流读者,其对作家作品的认知也难免带有自己的局限性。当伍尔夫作为一个美国文学的旁观者和解读者在评论美国文学时,既有自己作为一位富有见地的批评家的洞见,但一定程度上也不可避免地带有其作为一位非常感性的"普通读者"的成见,如对惠特曼之"简单粗糙""好斗寻衅""炫耀卖弄"之类的评价。

应该说,当惠特曼以其自然质朴的风格,歌唱着自然和自我,

---

① [英] 弗吉尼亚·伍尔芙:《伍尔芙随笔全集》Ⅱ,王义国、张军学、邹枚、张禹九、杨羽译,中国社会科学出版社2001年版,第704页。
② 同上。
③ 同上。

城市和乡村，自由、平等和民主的时候，其文字其诗风也的确是"简单粗糙"的。但正是这样的简单粗糙，透着一位时代歌手的自信、大胆和率性。正是其自由奔放甚至"简单粗糙"的诗歌，将美国浪漫主义文学推上了高峰。因此，在《论美国小说》中，当伍尔夫以非常感性的笔法将惠特曼评价为"简单粗糙"的作家时，如果习惯了伍尔夫随笔的感性抑或率性的艺术风格，习惯了其行文中行云流水的表现手法，习惯了其兜兜转转的表达方式，读者大概也会心有灵犀，部分地认同伍尔夫对惠特曼的评价或许就是一语中的。实际上，正是惠特曼的简单粗糙和带引号的炫耀卖弄以及带括号的（正如保姆们常说小孩子的那样）评价，满蓄着惠特曼的自豪豪迈以及信心满满。在惠特曼"简单粗糙"的背后，是其强烈的自我意识，是其新颖、独立和个性，是其生气勃勃的挑战姿态。面对着这样一位诗人及其诗歌，感觉"简单粗糙"是可能的，但如果说其"掩盖、延缓了真正的美国文学本身的发展"，则难免有失偏颇。实际上，自从《草叶集》问世以来，其一版再版直至1892年的第九版即最后一版的出版盛况，已经无可争辩地说明了一切。在诗人自己充满自信的同时，一百多年过去了，时间给了它公正的评价。正如《草叶集》的译者在其《草叶集》译后记中所说："这是一部奇书。从内容到形式都颠覆了在它之前美国诗人们遵循的欧洲诗歌的创作模式，而且是有意识地颠覆。尽管它从问世至今饱受争议褒贬，但却被尊崇为地道的美国诗歌的诞生标志。"[①]

在上述两类作家之外，伍尔夫所赞赏的，是这样"一些美国作

[①] [美]沃尔特·惠特曼：《草叶集：沃尔特·惠特曼诗全集》，邹仲之译，上海译文出版社2015年版，译后记，第729页。

家，他们毫不在乎英国的见解或英国的文化，而依然能够生气勃勃地写作——以拉德纳先生为证"。同时欣赏的还有那些具有所有文化素养和艺术才能而不过分滥用、完全靠自己的力量写作而不依赖别人的作家。或许，在《论美国小说》一文中，伍尔夫将亨利·詹姆斯、惠特曼、安德森等作家归属为"拥戴英国"与"拥护美国"的两种类型，其中，或多或少地有成见之嫌。但透过对拉德纳、薇拉·凯瑟、芬妮·赫斯特的赞赏，伍尔夫所肯定的，是不在意英国见解和文化但依然生气勃勃的写作态度、有文化素养和艺术才能但不过分滥用的姿态以及不依赖他人、完全靠自己力量进行写作的精神。而上述这一切，正是美国文学所以充满活力的原因之所在。

4. 辽阔的土地，英国的传统显然已经不能驾驭

当伍尔夫论及美国小说时，就时间跨度而言，所论小说作家及其作品不过百余年时间；就作家数量而言，不过十几位到二十位美国作家。但伍尔夫自身的知识结构、对美国文学、英国文学以至于欧洲文学的熟悉与理解，使其在探讨美国小说时，有一种历史的眼光和开阔的视野，一种纵横交织的评判尺度。所以，当伍尔夫以一位旅行者的眼光和角度、以看似轻松的散文或者小说笔法评述美国小说时，既能从纵向的历史的角度，对美国文学的历史、缘起与发展有一种把握；又能在横向的层面，对美国文学与英国文学的联系和差别作出到位的判断。这里需要特别指出的是，无论伍尔夫在其《论美国小说》中对美国作家的解读如何感性或者带有些许成见，其对于美国文学认识的初衷是独特且富有见地的，那就是对美国文学独特性的期待和肯定。

因此，当伍尔夫对惠特曼、舍伍德·安德森、辛克莱·刘易斯、林·拉德纳以及亨利·詹姆斯等美国作家作出评判时，其中的最重要的也是显而易见的原则就是，上述美国作家与英国文学的联系。

的确，美国作家不可能不受英国文学的影响，就像伍尔夫所说的那样："他越是敏感，他就越要阅读英国文学作品；而他越是阅读英国文学作品，他就越充分意识到这种伟大的艺术令人困惑难解；这种艺术使用他自己嘴上所说的语言来表达一种不属于他的经历，来反映一种他根本不了解的文明。他必须作出选择——或是屈从，或是反叛。"① 当然，在伍尔夫这里，她并不否定美国作家对英国文学的接受，英国文学的伟大也毋庸置疑。但伍尔夫所强调的一个重要的事实是：区别和差异。"那片国土本身是多么不同，那个社会又是多么不同，那种文学就必然需要有所区别，而且，随着时间的推移，它与其他国家文学之间的差异，也必然会越来越大。"② 在伍尔夫看来，传统的英国文学即使历史悠久，即使成熟和辉煌，但正是这样的成熟和井然有序，显然已经不能驾驭美国文学的四散分布，英国文学的传统显然不能处理美国文学的广袤与辽阔：

> 毋庸置疑，像其他所有文学一样，美国文学也会受到外来的影响，而英国的影响则可能占优势地位。但是，英国的传统显然已经不能处理这片辽阔的土地，这些大草原，这些玉米田，这些孤零零四散分布、相距遥远、男人女人组成的小团体，这些巨大的工业城市以及这些城市里的摩天大楼、夜间灯火和完善的机械系统。英国的传统不能提炼出它们的意义，不能阐释它们的美感。它怎么可能不是这样呢？英国的传统建立在一片小小的国土之上，它的中心是一幢有许多房间的古老的住宅，

---

① ［英］弗吉尼亚·伍尔芙：《伍尔芙随笔全集》Ⅱ，王义国、张军学、邹枚、张禹九、杨羽译，中国社会科学出版社 2001 年版，第 703 页。
② 同上书，第 704—705 页。

每一个房间都塞满了东西，挤满了人，他们彼此熟悉、关系密切，他们的举止、思想、言论在不知不觉之间一直被过去的精神所统治。但是，在美国，棒球代替了社交活动；取代那在无数的春天和夏季里撩人情怀的古老风景的则是一片崭新的土地，在这片土地上，锡罐、大草原、玉米田毫无规则地四散开来，就像是一件不合式的镶嵌工艺品，等待着艺术家的手来将它整顿得井然有序；另外，那儿的人民也分为许多民族，也是各种各样不同的人。①

与伍尔夫所谓"英国的传统显然已经不能处理这片辽阔的土地"异曲同工的是，1856年夏天，当在布鲁克林的惠特曼致函爱默生时，在他那封热情洋溢、激情四射的《致拉尔夫·瓦尔德·爱默生》的书信中，表达了与伍尔夫几乎同样的意思："跟我们的天才相比，外国文学的天才都被修剪截短了，基本不尊重我们的习惯与合众国的组织契约。那些在它们本国是高贵、正当的古老文学形式、古老诗篇，在这片土地上就成了流亡者；这里的气氛非常强烈。很多作品在欧洲的王国、帝国和类似的小国中，都有提供给它们的小而足够大的地盘，它们很受欢迎。在这里，它们显得消瘦、矮小、荒谬可笑，没有给它们提供什么小地盘。那些进口到美国的权威、诗歌、典范、法律、名称，对今日美国的用处就是销毁它们，这样才能无拘无束地走向伟大的作品、伟大的时代。"②

---

① ［英］弗吉尼亚·伍尔芙：《伍尔芙随笔全集》Ⅱ，王义国、张军学、邹枚、张禹九、杨羽译，中国社会科学出版社2001年版，第705页。
② ［美］沃尔特·惠特曼：《草叶集：沃尔特·惠特曼诗全集》，邹仲之译，上海译文出版社2015年版，第698页。

有意思的是,当伍尔夫在对惠特曼极尽欣赏,又将其评价为"简单粗糙"时,就是这位"让英国人敬佩得五体投地"的作家,就是这位"好斗寻衅""简单粗糙"的作家,言说着与智慧优雅的伍尔夫同样的意思。所以,在经典的认知上,慧眼独具的批评家与伟大的诗人之间是心有灵犀的。当伍尔夫在谈到美国文学之于英国文学的联系时,运用了土地、大草原、玉米田、古老的住宅、房间之类的字眼;与之相类似的是,惠特曼在表达同一意思时,运用的也是诸如土地、地盘、小地盘等表达空间概念的词汇。类似的语汇,表达的正是同样的意思:英国的狭小、传统、保守不足以囊括美国的辽阔、新兴、多姿多彩与无拘无束。与伍尔夫所认为的美国文学受英国文学的影响更深的判断相似,惠特曼在致爱默生的信中承认了美国文学对英语遗产的继承。同时,与伍尔夫对美国文学的期待相一致,惠特曼对美国文学充满了信念和信心。

> 美国通过庞大的英语遗产所继承的现成的文献——所有博大精深的传统、诗歌、历史、玄学、戏剧、经典、翻译,已经并仍在继续为另一种明显重要的文献做漂亮的准备,它属于我们自己,会大放光彩、鲜活、充满朝气,会显示高大、健壮、丰满的男性和女性的肉体——会给予各种事物以现代的意义,会成长得美丽、长盛不衰,与美国相称,与一切家庭的感情相称,与曾经同为男孩和女孩,以及与我们父母同在的父母的无与伦比的依恋之情相称。①

---

① [美]沃尔特·惠特曼:《草叶集:沃尔特·惠特曼诗全集》,邹仲之译,上海译文出版社 2015 年版,第 695 页。

5. 在期待中，聆听美国文学成熟的声音

当伍尔夫在评价着诸如惠特曼、安德森、亨利·詹姆斯等美国作家时，因为距离和时间的关系，即使敏感如伍尔夫者，也需要时间和思索的沉淀。所以，当伍尔夫在评论着美国小说时，批评家的敏感和洞见是毫无疑问的，但不无偏颇也在所难免。可贵的是，伍尔夫是在思索，以其一流的思想和见地；在考量，以其深厚的知识背景和文学视野；在期待，以其对一个新兴民族文学繁盛的气度和胸怀。所以，当伍尔夫在《论美国小说》一文中，强调着美国文学与英国文学的区别和差异时，实际上，在其非常感性的表达中，蕴含着一个接受与继承、超越与创新的理论命题。美国文学在英国移民所带来的英国文化基础上发展起来的事实、共同的语言和文化，使得美国文学与英国文学有着天然的割不断的联系。"美国的大多数文学作品是用英语写的，而这些作品的大多数作者又是英伦三岛的后裔。"① 继承与接受是必然的，也符合文学发展的规律。但如何在继承和接受的基础上创新与超越，正是伍尔夫对美国文学所期望的。

作为一个英国的读者、作家和批评家，伍尔夫对英国文学悠久的历史和举世公认的繁荣，有一种毫无疑问的自豪感，对于英国文学有着非同寻常的认同和热爱，这从其对乔叟、莎士比亚、简·奥斯丁、勃朗特姐妹、哈代的无比欣赏中可以看出。但同时，伍尔夫也意识到了英国文学创新的瓶颈。在伍尔夫看来："在英国，词汇铸造能力已经衰退了，除非战争来推动促进；我们的作家们变化诗歌

---

① ［美］罗伯特·斯比勒：《美国文学的循环》，汤潮译，北京师范大学出版社1993年版，第1页。

的韵律,改造散文的节奏,但是,你要想在英国小说中寻求一个新词,必然会徒劳无功。"① 既然英国语言和词汇的创新能力已经衰退,如何铸造新词,在伍尔夫富有远见且大气开阔的视野里,这一使命就责无旁贷地落在了美国这片新兴的土地上:"这可真是意味深长:要是我们想要更新我们的语言,我们就得向美国借用新词——胡说八道、无法无天……所有这些富于表现、不登大雅之堂但生气蓬勃的俚语,悄悄地在我们中间流行起来,起初只在口头使用,然后就见诸文字,这些都来自大西洋彼岸。不需要十分有远见就可以预言,当词汇被铸造好了之后,一种文学就会从这些词汇中产生出来。"② 可以说,伍尔夫对正在成长的美国文学,欣欣然充满了期待。因为,在这一片辽阔而广袤的土地上——

> 我们已经听到了那最初的不协调的刺耳的声音——它的前奏曲那因被压抑而不流畅的曲调。当我们合上书本,再次眺望窗外的英国田野之时,我们的耳际回荡着一阵刺耳的声音。我们听到了那位少年最初的喁喁情话和笑声,300 年前,他的父母把他抛弃在毫无遮蔽、到处是岩石的海岸上,全靠自己的努力他生存了下来,因此他有点心酸、自豪、羞怯,因此他一意孤行,而现在他就要成年了。③

这是富有诗意的表达和期待!在高贵如此、优雅如此、书卷气

---

① [英]弗吉尼亚·伍尔夫:《伍尔夫随笔全集》Ⅱ,王义国、张军学、邹枚、张禹九、杨羽译,中国社会科学出版社 2001 年版,第 705 页。
② 同上书,第 705—706 页。
③ 同上书,第 706 页。

如此的伍尔夫笔下，读者仿佛感到了属于惠特曼诗文中的自信与激情。的确，处于文学发展初期的美国文学，尽管还不成熟，但生气勃勃，像是一个天真的、对世界充满了好奇和期望的少年。因为年轻，因为自信，因为有生气，很快地，就如伍尔夫所预言的那样，他就要长大并且已经成年了。

仿佛是一种呼应，呼应着伍尔夫对美国文学的欣然期待，哈罗德·布鲁姆在其《西方正典》中，对美国文学也作出了如此高度的评价。在此，不妨以布鲁姆的文字，作为对伍尔夫富有远见的预言的回答：

> 如果有人试图在西方传统的背景之下列举美国的艺术成就，那我们在音乐、绘画、雕塑和建筑等方面的建树将多少有点相形见绌。问题不在于人们用巴赫、莫扎特和贝多芬做标准；因为斯特拉文斯基、勋伯格及巴托克等人就足以让我们的作曲家自惭形秽了。另外，不论现代美国绘画与雕塑有多么辉煌，我们之中从未出现过马蒂斯。只有文学，它因为有了沃尔特·惠特曼这个美国经典的核心而成为例外。在过去的一个半世纪里，没有一位西方诗人，包括布朗宁、莱奥帕尔迪或波德莱尔，其影响能够超过惠特曼或狄金森。我们这个世纪的主要诗人，如弗罗斯特、斯蒂文斯、艾略特、哈特·克莱恩和伊丽莎白·毕晓普等，足以媲美聂鲁达、洛尔卡、瓦莱里、蒙塔莱、里尔克和叶芝等人。我们主要的小说家如霍桑、麦尔维尔、詹姆斯、福克纳等人，也可相应地与西方同行们并驾齐驱。[1]

---

[1] ［美］哈罗德·布鲁姆：《西方正典》，江宁康译，译林出版社2011年版，第213页。

或许是作为对美国文学期待的回应，在《论美国小说》之外，出现在《花岗岩与彩虹》一集中的《一篇文学批评》，看似非常普通的题目，但伍尔夫却以高度的敏感和激赏，写出了20世纪最杰出的美国小说家海明威。这里，特别值得注意的是，伍尔夫的《一篇文学批评》，原载于《纽约先驱论坛报》（1927年10月9日）。这时，距离海明威1926年出版《太阳照样升起》大约一年时间，短篇小说集《没有女人的男人》（1927）刚刚面世。也就是说，对于伍尔夫来说，海明威的作品完全是新书。而且，与多数读者所了解的海明威不同，这时，1927年的初秋，当写作这篇《一篇文学批评》时，标志着或者代表了海明威作为文学大家斐然成就的大多作品如《永别了，武器》（1929）、《午后之死》（1932）、《乞力马扎罗的雪》（1936）、《丧钟为谁而鸣》（1940）、《老人与海》（1952）都还没有出现。这时的厄纳斯特·海明威，还不是诺贝尔文学奖得主，还不曾拥有20世纪美国最富传奇色彩和最具个性的杰出作家的地位。无论是作品还是声名，1927年的海明威还不是后来的海明威，也不是现在稳稳地占据着世界文学史一席之地的海明威。但是，与文学史上大器晚成的作家不同，与一些身后获得声名的作家不同，海明威是自发表作品伊始就显示出独特风格和灼灼才华的作家。那些后来成为海明威声名或标签的诸如"迷惘的一代"的代表作家、"硬汉性格"的人物、"冰山风格"等，都在其20年代最初发表的作品中显露出格局和气象。

与海明威初登文坛就自带光芒相映成趣的是，以"普通读者"自许的伍尔夫，不愧为慧眼独具的文学批评家。正是在"对海明威先生的第一本书"《太阳照样升起》和"那本新书"《没有女人的男人》作了初步的探究后，伍尔夫敏锐地捕捉到了，在海明威《没有被打败的》和《五万英镑》等作品中,"充满了斗牛和拳击的肮脏和英雄主义——这些故事全都是优秀的清晰的故事,敏锐,简练,有力"①。作为读者和批评家同时又是一位作家,尽管伍尔夫并不完全同意海明威的一些描写,甚至看到了海明威小说中写作的瑕疵。但是,伍尔夫意识到了海明威《没有女人的男人》是"以法国的方式,而不是以俄国的方式"所构成。正是"由于是得益于法国的大师,也就是在一定程度上执行了他们的教诲"②,海明威才获得了"相当的成功"。所以,在《一篇文学批评》的结束,当伍尔夫不无幽默和风趣写着"与他的长篇小说相比,他的短篇小说有点枯燥而无生气。我们就是这样把他总结了"的同时,又非常准确并且坦诚地承认海明威的勇气、技巧、用语的准确以及具有力度的美感:"海明威先生是有勇气的,他是坦率的,他是有很高技巧的,他把话语精确地放在他想放的地方,他有着赤裸裸的和神经质的美的时刻,他在举止上而不是在眼力上是现代的,他具有自我意识地有男子气概,他的才能是紧缩起来的而不是扩张起来的。"③

当然,弗吉尼亚·伍尔夫不是理论家,其对海明威的评价不可能达到后来的教科书和文学史那样的条理分明。在1927年的秋天,当伍尔夫评论海明威的两本新书时,这时的评论界尽管给予了海明威注视,但海明威的大部分作品还没有面世,对其作品的阐释和评价还没有达到后来和今天这样的深度和高度。这时,作为读者和评论者的伍尔夫的批评就因其敏感、原创而显得弥足珍贵。可以毫无

---

① [英]弗吉尼亚·伍尔芙:《伍尔芙随笔全集》Ⅳ,王义国、黄梅、江远、戚小伦译,中国社会科学出版社2001年版,第1643页。
② 同上书,第1642页。
③ 同上书,第1644页。

疑问地说，正是在海明威早期的作品中，伍尔夫看到了属于海明威特质的东西：男子汉或者硬汉气质、用语的锤炼、才能的紧缩或可理解为"冰山风格"。与理论家的分析思辨不同的是，对于海明威作品中的特质，伍尔夫是通过感觉、直觉而敏锐地捕捉并把握到的，进而以一种感性的印象评述的方式表达出来。或许，伍尔夫眼中的海明威，就是伍尔夫所期待所预见的真正的美国文学之一种吧。

实际上，在伍尔夫的文学批评随笔中，除却希腊文学无单篇关于作家的文章外，关于俄罗斯文学及其作家作品，除《俄国人的角度》外，尚有评论屠格涅夫的文章如《屠格涅夫的小说》《屠格涅夫掠影》《胆小的巨人》，评论陀思妥耶夫斯基的文章如《女儿眼中的陀思妥耶夫斯基》《再论陀思妥耶夫斯基》《陀思妥耶夫斯基在克兰福》，评论契诃夫的文章如《俄国背景》等；关于美国文学，在《论美国小说》之外，有关于爱默生的《爱默生的〈日记〉》、梭罗的《梭罗》、梅尔维尔的《赫尔曼·梅尔维尔》、惠特曼的《沃尔特·惠特曼访问记》、亨利·詹姆斯《亨利·詹姆斯》以及评论海明威的《一篇文学批评》等随笔。但是，相比于伍尔夫对英国文学解读和欣赏之谱系化，或者说，如果将伍尔夫随笔中的英国作家肖像按照年代排列起来，就是一部英国文学史的话，与伍尔夫随笔中的英国作家相比，伍尔夫对于英国以外的作家作品的批评则不无零星之感。因此，这里选取的，仅仅是伍尔夫对于希腊文学、俄罗斯文学、美国文学带有总括式批评的随笔《不懂希腊文化》《俄国人的角度》《论美国小说》并作为解读文本，借此领略伍尔夫文学随笔中所呈现出的异域文学的不同气象。

应该说，当进入希腊文学时，沐浴着爱琴海的温暖阳光，享受着数月晴空万里的好天气，沉浸其中是享受是陶醉，这时的伍尔夫表现出更多的是诗人的才华洋溢。而在接近俄罗斯文学时，感动于俄国作家的悲天悯人及对灵魂的追问，作为一位关注内心世界的作家，伍尔夫更多地显示出其心灵世界的丰富与深邃。解读俄国作品的过程，其实就是心灵纯粹和精神升华的过程。至于在评论美国文学时，作为一个英国读者、作家及批评家，背后有着悠久的文学传统。而且，以伍尔夫深厚的文学内存，广阔的文学视野，使其在看待美国文学时，自然而然地站在了一个至高至上的位置上。所以，当伍尔夫在评判美国文学时，既有一位普通读者的勃勃兴致，又有一位大批评家的高屋建瓴。其纵横捭阖之势犹如闲庭信步，信笔写来，兴之所至。漫游在美国小说天地里的伍尔夫，恰如一位有着不凡才华和见地的旅行者，其观察、其思考、其判断，都以一种非常感性的方式表达出来。

本章结语：

伍尔夫的文学批评随笔，可以分为广义和狭义两个部分。广义上的文学随笔，既包括其有关英国作家作品的批评文章和有关希腊、俄罗斯、美国等国文学的批评文章，又包括其阐释小说或文学理念及所有有关文学话题的随笔文章。这就是本章第一节所谓伍尔夫随笔之"英国作家的谱系和肖像""域外文学的别样气象""文学观念的感性表达""漫谈随笔，绕不开的文学话题"四个部分。但是，鉴于伍尔夫"普通读者"的阅读姿态，其严格意义上的文学批评随笔，应该是有关作家作品的。因此，伍尔夫狭义或者真正意义上的文学批评随笔，应该是有关英国作家作品和有关域外作家作品的文学批评随笔两大部分。正是上述两大部分，构成了真正意义上的伍尔夫文学批评随笔的核心内容。

第四章　深度解读中的性情言说

在伍尔夫的文学批评随笔中，有相当一部分文章，是对某一作家及其作品的深度解读。这里所说的深度解读，未必是指对所评作家的全部作品做长篇大论的论证分析，甚至也未必解读该作家的代表性作品。伍尔夫文学批评意义上的深度解读，更多的是对所评作家之风格气质与艺术个性的深刻而独特的把握。伍尔夫几乎所有的文学批评随笔都具有这样的特点。这不仅体现在她对文学大家的评价和欣赏中，也体现在对一般作家的评论中。当然，伍尔夫的文学批评与其对作家的解读和欣赏一样，有自己独特的兴趣和性情在。所以，伍尔夫的文学批评，是深度解读中的性情言说——带着其直觉和印象、才思和才情。读伍尔夫的文学批评随笔，读出的不仅是伍尔夫所评论所欣赏的作家作品，更多的是读出了伍尔夫作为一位既是"普通读者"又是有见地的批评家的气质和个性。自然而然地，当伍尔夫在其文学批评随笔中欣赏着文学作品的时候，伍尔夫的文学批评随笔也就成为了被欣赏的对象或者说就是文学作品。恰如卞之琳的那首《断章》："你站在桥上看风景，看风景人在桥上看你；明月装饰了你的窗子，你装饰了别人的梦。"

所以，伍尔夫批评随笔的"批评的敏锐性"、"才华横溢得不可思议"是毫无疑问的。本章标题"深度解读中的性情言说"，既是指伍尔夫的文学批评，也可以理解为本章对伍尔夫文学批评随笔解读的初衷。当然，这里的深度解读难免长篇大论，性情言说不妨兴之所至。一叶知秋也好，以偏概全也罢，本章所做的，是分别从伍尔夫有关英国近代作家、19世纪英国女作家、19世纪至20世纪英国作家的随笔中，选取其写乔叟、简·奥斯丁、哈代的随笔，从其有关外国作家的批评随笔中选取其写屠格涅夫的文章作为解读和欣赏的文本，由此，并希望由此，理解弗吉尼亚·伍尔夫"非凡的批评才能"，并领略由其非凡的批评才能所打造出的异彩纷呈的文学世界。

第一节　乔叟——说书人的天赋与诗人的魔力

所以，我们合上乔叟的书的时候，觉得尽管一语未发，但其中的议论已经完成。……但我们的感受不止这些。我们仿佛是慢跑着穿过一片活生生的、朴素的田野，伙伴们一个又一个轮流说着笑话，或是唱着曲儿，我们明白这个世界虽然看起来和我们日常的世界的相似，其实却并非一物。这是诗的世界。和现实和散文相比，这里发生的一切都更迅速、更激烈、更有条理；这里飘荡着一种特别的单调气息，而这正是诗的魔力……①

---

①　[英] 弗吉尼亚·伍尔芙：《伍尔芙随笔全集》Ⅰ，石云龙、刘炳善、李寄、黄梅译，中国社会科学出版社2001年版，第20页。

除却带有序言意味的开篇之作《普通读者》一文，在《普通读者》Ⅰ集中，真正意义上的第一篇文章是《帕斯顿家族和乔叟》。这让读者随着伍尔夫的随笔，回到了文艺复兴时代的英国。但饶有意味的是，出现在作者笔下的，不是文艺复兴时代的人文主义巨人莎士比亚，不是同时代创造了英国戏剧繁盛景象的大学才子派，而是乔叟。对于我们现有的文学史、对于大多数读者而言，是稍微陌生的乔叟，是写出了《坎特伯雷故事集》的乔叟。

说到文艺复兴时代的英国诗人杰弗利·乔叟（1343—1400），对于不熟悉英国文学史的读者来说之所以有些许陌生，或许是因为：作为英国作家，乔叟既不像莎士比亚、狄更斯、哈代那样声名显赫，也不像浪漫主义时代的司各特那样拥有广泛的读者。像许多在现有的外国文学史中处于概述篇幅中的作家一样，这位文艺复兴初期的英国诗人乔叟，属于地位独特但少有读者的作家。一个显而易见的情形是，他被同时代两位作家的光芒遮蔽了。其一，在文艺复兴时期的文坛上，作为同是写出了短篇故事集的作家，意大利人薄伽丘（1313—1375）的《十日谈》，比乔叟的《坎特伯雷故事集》更有吸引力并拥有更多的读者。这是因为，在这部由十位青年男女在10天时间所讲的100个故事中，爱情主题的故事占有相当的比例。尽管《十日谈》不乏有所谓情欲描写之嫌，但爱情主题的魅力及其作者所营造的故事情节的生动与丰富，吸引了一代又一代的读者。如果，要在文艺复兴时期的作品中选择一部短篇故事集阅读的话，《十日谈》较之《坎特伯雷故事集》有更多的胜出机会。其二，作为同属文艺复兴时代的英国作家，这个时期，写出了喜剧、历史剧、传奇剧尤其是四大悲剧的莎士比亚，不仅在当时就显示了人文主义文学的实绩，而且在文学史上，莎士比亚作为世界文学史上里程碑式的作家，其伟大戏剧诗人的地位至今无人超越，其戏剧一直被视为戏剧文学的高峰。可以说，不仅在当时，在之后甚至永远，莎士比亚的地位是任谁都无法撼动的，其光芒是任何诗人和作家都无法遮蔽的，除非是莎士比亚本人。所以说，莎士比亚熠熠生辉、令人目炫的夺目光芒，遮蔽了同是文艺复兴时代的英国诗人乔叟的光彩。因此，留给杰弗利·乔叟的，既不是如莎士比亚那样辉煌而显赫的地位，也不像薄伽丘那样拥有广泛的读者群。对于一般的普通读者来说，在英国，在文艺复兴时代，知道乔叟，知道有一部作品是《坎特伯雷故事集》就可以了。很少有读者像对莎士比亚那样，高山仰止；也很少有读者像对薄伽丘那样，即使出于兴趣和好奇，去阅读并领略乔叟的作品。

但是，真实的情形是，在一般读者中，乔叟作为诗人和作家的意义远没有得到充分的估计和认识。他对于英国文学发展和英语作为英国文学语言的贡献，其地位类似于但丁之于意大利文学。而乔叟恰恰生活于文艺复兴初始的时代，尽管晚于但丁近一个世纪，但其在文学史上的地位，如同新旧交替时代的但丁（1265—1321）。所以，有学者将其称为中世纪作家。但毫无疑问地，乔叟是文艺复兴初期英国最杰出的诗人。正如《坎特伯雷故事集》的译者在其译本序中所说：

> 杰弗雷·乔叟（Geoffrey Chucer，1340—1400）是中世纪英国的一位最杰出的诗人。他在英国文学史上的地位则相当于但丁在意大利文学史上的地位。自从一〇六六年诺曼人征服英国以后，英国存在着用三种语言创作的文学：僧院文学使用拉丁文；骑士诗歌多用法语；民间歌谣则用英语。乔叟是第一个奠

定英国新的文学语言的始祖,所以通常被称为"英国诗歌之父"。他是后来十五世纪末叶直到十七世纪四十年代以莎士比亚为代表的英国文艺复兴的奠基人,也是英国诗歌从民间歌谣进一步发展的创始者。①

随着英国民族的形成,出现了中世纪英语为当时的民族语言。乔叟运用了这种语言进行创作,为英国的诗体奠定了基础,丰富和发展了英语。……尽管这种语言深为当时的达官贵人所不齿,认为是一种粗俗的语言,可是乔叟看准了这个全民的语言充满着青春般的活力,因此,他无论是翻译和创作,都始终以这种语言为唯一的表现工具。他在促使这种语言发展为丰富灵活的文学语言这方面,有很大的贡献。可以说,他是整个英国文学开创时期的一个巨人。②

上述两段是译者方重在其《坎特伯雷故事集》序中对乔叟地位的评述。作为乔叟作品的译者,方重深谙乔叟在英国语言和英国文学发展史上的地位。所以,在其译本序言中,译者方重以其对英国语言和英国文学的理解,以其对乔叟的理解,提醒着读者对乔叟地位的认知。所以,当伍尔夫在编辑其第一部文学随笔集《普通读者》Ⅰ时,以写乔叟的《帕斯顿家族和乔叟》作为这部随笔集的开篇,大概也就顺理成章了。

但是,与文学史评述和专家学者的论述不同,伍尔夫毕竟是伍

---

① [英]乔叟:《坎特伯雷故事集》,方重译,人民文学出版社2004年版,译本序,第1页。
② 同上书,第2页。

尔夫。面对着乔叟的作品，伍尔夫是普通读者，但又是慧眼独具、富有想象力的普通读者，同时更是作为小说家的普通读者。所以，就像评论家所注意到的那样，伍尔夫与"以散文的手法写小说一样，她以小说的形式书写着文学评论"[①]。在《帕斯顿家族和乔叟》的开篇，伍尔夫就用大量篇幅描写了15世纪居住在英格兰诺福克的这个上流社会的家族。这里，值得注意的是，在不同版本的伍尔夫随笔集中，对《帕斯顿家族和乔叟》有不同的译文包括不同的题目翻译，同时对标题也有不同的注释。中国社会科学出版社2001年版本的《伍尔芙随笔全集》，出现在《帕斯顿家族和乔叟》题目下的注释是："15世纪居住在英格兰诺福克的一个上流家庭，其家族内部的500多封信件保存至今，成为反映玫瑰战争时期（1455—1487年）英国家庭生活、财产管理、地方纠纷和国内政治情况的珍贵史料。"[②]而在人民文学出版社2003年版本的《普通读者》I中，这篇文章的标题则是《帕斯顿一家和乔叟》。出现在页下的注释则是："《帕斯顿书信》，詹姆斯·盖尔德纳编订（1904），共4卷。"[③] 但无论题目如何略有参差，注释内容有所不同，有一点是确定的，那就是伍尔夫这一篇关于乔叟的随笔，是由帕斯顿家族或者帕斯顿家族的书信所引起的。当然，这里不妨也可以理解为伍尔夫文章起承转合或者行文方式的特点之一。

所以，在《帕斯顿家族和乔叟》一文中，首先出现的不是伍

[①] 吕洪灵：《走进弗吉尼亚·伍尔夫的经典创作空间》，人民出版社2013年版，第14页。

[②] ［英］弗吉尼亚·伍尔芙：《伍尔芙随笔全集》I，石云龙、刘炳善、李寄、黄梅译，中国社会科学出版社2001年版，第5页。

[③] ［英］弗吉尼亚·伍尔夫：《普通读者》I，马爱新译，人民文学出版社2003年版，第1页。

尔夫要评论的乔叟,而是几百年前的帕斯顿家族。随笔一开篇,伍尔夫灵动而富有想象力的笔触就流连于帕斯特家族的城堡、钟楼、寒鸦、废墟、断壁残垣、地势险峻的海滨遗址、布洛霍姆修道院……以及修道院里约翰·帕斯顿没有墓碑的坟墓。在作者用了几千字篇幅描写了帕斯顿家族的故事、传说之后,1466 年,约翰·帕斯顿在伦敦去世了,遗体被安葬在布洛霍姆修道院。当"约翰·帕斯顿坟头的灯火早已熄灭"之后,继承人小约翰·帕斯顿还是没有给父亲置办墓碑。帕斯顿的宅子里有利德盖特和乔叟的诗。"当风掀起了地毯,烟气刺痛着他的眼睛,约翰读着乔叟,任时间流逝着,做着梦——还是他从书本中获得了一种奇异的陶醉感?生活是粗糙,忧郁,令人失望的。……利德盖特和乔叟的诗像是一面镜子,镜中的人影簇拥在一起晃动着,轻快、静默。他看见的是自己所熟悉的天空、田野和人们,但是更加生动和完整。"[①]

当不明所以的读者正在为帕斯顿家族的传说、城堡、墓碑所迷惑的时候,终于,曲曲折折地,乔叟出现了。经由帕斯顿家族继承人小约翰的阅读,伍尔夫让乔叟自然而然地走到了读者的面前。或者说,伴随着伍尔夫阅读兴趣的独特以及信马由缰,读者走进了乔叟的故事集。然后,跟随着香客朝圣的脚步,开始领略这位 600 年前的诗人所创造出的世界。

那么,在伍尔夫的随笔中,乔叟的独特之处或者作为诗人的美和魅力是什么呢?

[①] [英]弗吉尼亚·伍尔芙:《伍尔芙随笔全集》Ⅰ,石云龙、刘炳善、李寄、黄梅译,中国社会科学出版社 2001 年版,第 12 页。

一 杰出的说书人的天赋——"把故事念完"

众所周知，尽管乔叟被认为是文艺复兴时代英国最伟大的诗人之一，但其《坎特伯雷故事集》（1387—1400）首先是一部短篇故事集，如同薄伽丘的《十日谈》（1348—1353）。或者说，当乔叟写作这部作品的时候，在风格和结构上深受薄伽丘《十日谈》的影响。在《十日谈》中，写的是三名男青年和七位少女，因为躲避1348年佛罗伦萨的黑死病，在乡间住了十多天。为了排遣时光，在其中的10天里，每人每天讲一个故事。10天所讲的100个故事，构成了《十日谈》的主要内容。而在《坎特伯雷故事集》中，写的是一群香客，不约而同地，凑巧聚集在伦敦南岸的萨得克的泰巴客店，正准备向坎特伯雷出发，去朝谢他们的恩主——福泽无边的殉难圣徒。

在这群朝圣的香客中，有推崇正义、通晓礼仪、参加过多次战役、既勇敢又明达的武士；有天真腼腆、饶有志趣、举止柔和的温雅女尼；有身材魁梧、煞有丈夫气概、擅骑马爱打猎的修道僧；有放荡无羁、自负且势利的游乞僧；有夸大自己见解其实是为了谋取利益的商人；有读过很久逻辑学、循规蹈矩、一言一语都离不了道德文章的牛津的学者；有审慎聪明的律师；有认为只有快乐才有幸福、款待宾客慷慨得如同圣徒的自由农；有全世界没有人敌得过的具有外科才能的医生；有会计算月亮盈亏、潮水涨落的水手；有从巴斯过来的、渡过的大川巨流不在少数、在人群中颇能说笑的好妇人；有一位富有圣洁的思念和功德、仁慈、勤勉、忍耐的好教徒。另外，还有一个乡士、三个教士、一个自耕农，一个管家，一个磨坊主，一个厨师，一个法庭差役，一个侍从，另外一个女尼以及"我"等。一群素不相识的人，因为去坎特伯雷朝圣这同一个目的，聚集在客店，由此构成了一个三教九流、各色人等的小世界。有意思的是，泰巴客店的老板"眼光明亮，谈吐豪爽，聪明温雅，确有丈夫气概"。在诚心地款待了光临自己客店的宾客朋友后，提出了来回路上每人讲两个故事的建议，以此作为旅途中的消遣。并且约定，谁讲得最好最有意义和趣味，回来后由大家合请晚餐。至于谁先谁后，由大家抽签确定。于是，一群朝圣的香客就成了《坎特伯雷故事集》中的讲故事人。

在《坎特伯雷故事集》近三十万字的篇幅中，共写了24个故事，这与《十日谈》中10人10天所讲的100个故事不同。毕竟100个故事与24个故事相比，篇幅短，情节清晰，听者或者读者能够在相对短暂的时间里了解故事内涵，知晓故事的结局。如果说《十日谈》是一部短篇故事集的话，乔叟的《坎特伯雷故事集》，大概有几乎一半的故事可以称得上是一部小中篇。如何在朝圣的路途中让听者听得进这些故事，或者说，对于后来的读者来说，能否读得进或者念完这些故事，在此，乔叟的才华和天赋显示出来了。当伍尔夫在她的《帕斯顿家族和乔叟》中解读乔叟的时候，经由小约翰的阅读，伍尔夫敏感地捕捉到了乔叟作为一个作家或者讲故事人的才能，那就是让他的读者"把故事念完"。在伍尔夫看来："乔叟仍然能教我们有这样的欲望。他具有杰出的说书人的天赋，对于今天的作家这大概是最难得的一种天赋了。……因为说书人讲故事的时候不仅要对事实有无比的热忱，还要有技巧，不可过于卖力或过于激动，不然我们就会囫囵吞枣，把各个部分胡乱拼凑在一起；他必须让我们能够驻足停留，给我们时间思考和观察，而又能说服我们不断前行。"[①]

[①] ［英］弗吉尼亚·伍尔芙：《伍尔芙随笔全集》Ⅰ，石云龙、刘炳善、李寄、黄梅译，中国社会科学出版社2001年版，第12—13页。

至此，穿越时空，一个聪明的、富有想象力的、具备讲故事天赋和才能的诗人乔叟，就被伍尔夫从 600 年前帕斯顿家族灰暗阴郁的旧宅，引荐到了今天的读者面前。然后，像小约翰一样读着乔叟，任时光流逝，做着梦，但还是"从书本中获得了一种奇异的陶醉感"。

当然，乔叟何以有这样讲故事人的天赋，在伍尔夫看来，要归功于他所处的那个时代。此时的英格兰正处于新旧交替的时代："过去的已一去不复返了，而未来的还没有成形，在这样一个青黄不接、变化无常的时期里，诗人以人文主义的观点，抓住了时代的特征，写出了许多反映新兴资产阶级风貌的、新鲜活泼的、富于生命力的作品。"① 对于乔叟所处的时代，历来的文学史都有不同的界定。在现有的大部分版本的世界文学史中，乔叟被认为是英国文艺复兴时代的诗人。但也有文学史，将其归入中世纪，认为乔叟"是英国中世纪文学的集大成者，他预示和开创了文艺复兴时代英国的人文主义文学"②。当然，无论是中世纪文学的集大成者，还是文艺复兴时代英国文学的开创者，毋庸置疑的事实是，英国诗人杰弗利·乔叟身处一个新旧交替的时代。在这一点上，与被恩格斯认为是"中世纪的最后一位诗人，同时又是新时代的最初一位诗人"的意大利诗人但丁相类似。这个时代，英法百年战争、黑死病、农民起义、教会"大分裂"等重大事件，都在一幕一幕连续地上演。乔叟出身富裕的中产家庭，妻子是爱德华三世王后的侍女。乔叟曾经长期为王室效命，多次出使法国和意大利。他既长期出入宫廷，又担任国王

---

① [英]乔叟：《坎特伯雷故事集》，方重译，人民文学出版社 2004 年版，译本序，第 2 页。
② 聂振钊主编：《外国文学史》（一），华中师范大学出版社 2010 年版，第 151—152 页。

产业管理员、地方治安法官等,这使他既有机会了解宫廷生活,又了解英国普通阶层的现实人生。加之出访意大利的经历,自然而然地,就受文艺复兴的发源地意大利人文主义文学的影响。

在政治、战争、经济等变革因素之外,此时的英国文学,如同但丁时代的意大利文学。当但丁创作《神曲》的时候,使用的是在意大利人民中广泛使用的本民族语言意大利语,这就打破了文学用拉丁语写作的传统,为意大利民族语言与文学奠定了基础。在乔叟的时代,英国文学中的僧院文学、骑士诗歌、民间歌谣分别使用拉丁文、法语、英语,而且在此之前"学校里不教英文,单教法文"①。乔叟的可贵之处,就在于他虽长期出入宫廷,但却用为当时的达官贵人所不齿的英文进行写作,并看准了这种被上流社会认为是粗俗语言的英语所具有的活力。如此开风气之先,如此对于英语和英国文学的奠基和开拓,伍尔夫在读乔叟的作品时捕捉到了。当然,这样的捕捉和认知,是以她作家的感觉和眼光所体会所看到的。因此,对乔叟这位有天赋的说书人,伍尔夫有着诗意的理解:

> 乔叟能做到这一点,多少要归功于他所处的时代;此外,比起现代人他还享有另一种优势,是今后英国诗人们再也无缘的。那时的英格兰是一片未经践踏的土地。乔叟的眼前展开的是一片处女地,草木连绵不断,只点缀着小市镇和零星的一两座建造中的城堡。肯特郡的树丛后面没有别墅的屋顶探头窥探;山坡上没有工厂的烟囱冒着烟。……乡村的状况是件颇为要紧

---

① [英]乔叟:《坎特伯雷故事集》,方重译,人民文学出版社 2004 年版,译本序,第 2 页。

的事情。她的开垦或野性状态给予诗人的影响远比其给予散文家的要深刻。……如今,乡间的风景已经面目全非,灌木丛生的荒原和陡峭的山崖都要被花园或草坪代替,天分稍逊的诗人现在只能拘束在狭小的天地里,在鸟巢上、在镌刻着一道道岁月的皱纹的橡子上作文章。那更宽广的天地已经失落了。①

二 惊人的多样性以及自有自己的世界

同样是故事集,如果说,在《十日谈》中,因为100个故事由10个讲故事人讲述,因而无论是讲故事人还是故事本身都有主题和人物上的重复的话,《坎特伯雷故事集》就不同了。这部由24个故事组成的故事集中,无论是讲故事者还是故事中人,都是独特的"这一个",当然,这是乔叟的人物,因而是乔叟的"这一个"。正像伍尔夫所说:"《坎特伯雷故事集》显示出惊人的多样性,然而在深层次,贯穿着一个始终如一的典型。乔叟自有自己的世界;他有自己的小伙子;有自己的姑娘。如果在莎士比亚的世界里遇见他们,我们认得出他们是乔叟的人物,而不是莎士比亚的。"② 这种多样性,在作者最初设计人物的时候就被确定下来了。可以说,"在人物的现实描写方面,乔叟是英国文学史上的创始人。来自各个社会阶层的三十几个朝圣客,他们的各自不同的个性和风貌,都在'总引'中有了生动细致的刻画"③。这群朝圣的香客,他们身份地位不同,人生角色各异。但在表面的身份地位的不同之外,更能显示出其多样

---

① [英]弗吉尼亚·伍尔芙:《伍尔芙随笔全集》Ⅰ,石云龙、刘炳善、李寄、黄梅译,中国社会科学出版社2001年版,第13—14页。
② 同上书,第14页。
③ [英]乔叟:《坎特伯雷故事集》,方重译,人民文学出版社2004年版,译本序,第9页。

性的是他们各自的性格特点、情趣品位、处世态度。譬如武士,他是总引人物介绍中的第一人,也是恰巧由抽签确定的讲故事者中的第一人。在乔叟的总引中,这是一位高贵的人物,"始终酷爱武士精神,以忠实为上,推崇正义,通晓礼仪"①。这位勇敢而明达的武士,外表却像一位温和的姑娘。说到那位天真腼腆、饶有志趣的温雅女尼,那位女修道院长,乔叟说"她最凶的誓咒不过是说一声'圣洛哀为证'就罢了"。那位身材魁梧、有丈夫气概、擅骑马爱打猎的修道僧,他乘骑时马缰上的铃在呼啸的风中叮当作响,清晰嘹亮的声响像他所主持的教堂钟声一样。那位慷慨好客的自由农,在乡间简直是个款待宾客的圣徒,"他的面包和酒都是最上等的;谁也没有他藏酒丰富。家中进餐时总有大盘的鱼面糊;酒肴在他家里像雪一样纷飞,凡是人所能想到的美味他都吃尽了"②。至于那位全世界医学外科才能最高的医生,"他看好了时辰,在吉星高照的当儿为病人诊病,原来他的星象学是很有根底的"③。最有趣的是那位从巴斯过来的好妇人,"她一生煞有作为;在教堂门口嫁过五个丈夫,……在人群中她很能谈笑。相思病应如何治理,想必她很懂,因为她是个过来人了"④。

多么有趣且有个性的香客啊!即使不开口说话,他们每个人本身就是一个饶有趣味的故事。这样一群香客组成的队伍,又有"当得起一个宴会上的司仪"的客店老板兴致勃勃的组织和引导,一路上叙述和演绎了24个长短不等的故事:骑士传奇、圣徒传记、民间

---

① [英]乔叟:《坎特伯雷故事集》,方重译,人民文学出版社2004年版,第1页。
② 同上书,第6页。
③ 同上书,第7页。
④ 同上书,第8页。

传说、动物寓言等。在乔叟的匠心安排下，这些来自骑士、僧侣、学者、商人、农民、磨坊主等不同身份的香客，几乎每一个人讲的都是与其身份和性格相匹配的故事，且每个故事都妙趣横生，引人入胜。

三　偏偏的力量，一种宝贵的天赋

然而，所有这些都不是为写作而写作；这支笔并非是用来怡情取乐，也不像后来众多的英国书信一样，传递着深深浅浅数不清的疼爱和亲密情绪。只是偶尔，大多是在怒气冲冲的时候，玛格丽特·帕斯顿才会激动起来，倾斜出尖刻的切齿的诅咒："我们种了树，别人却来乘凉……我们种了田，收获的却是别人……这简直像拿针扎我的心。"这就是她的文采和她的痛苦。……乔叟在世的时候听到的必定就是这种语言，实实在在，不加修饰，用作叙述比用做分析合适得多，可以表达严肃的宗教情绪，也能表达通俗的幽默，但是男男女女们面对面搭话的时候，这些话就显得生硬，不宜出口。简而言之，从帕斯顿书信中可以清楚地看到为什么乔叟没有写出《李尔王》或者《罗密欧与朱丽叶》，而是《坎特伯雷故事集》。[①]

一路上，当武士、磨坊主、管家、厨师、律师、巴斯妇、游乞僧、学者、商人、医生、自由农等讲着各自故事的时候，尽管作者不着意进行道德判断，但每一个故事都有着讲故事人的立场。"这些

[①]　[英]弗吉尼亚·伍尔芙：《伍尔芙随笔全集》Ⅰ，石云龙、刘炳善、李寄、黄梅译，中国社会科学出版社 2001 年版，第 23—24 页。

不同的思想立场和观点巧妙地汇集在一起,互相碰撞激活,并自然地囊括于朝圣这一共同的人生追求中,显示出作者高超的叙事技巧。"① 当然,这既是乔叟的技巧,但更是诗人乔叟宝贵的艺术天赋。如同诗人乔叟最伟大的后来者莎士比亚,其创作的伟大之处被马克思、恩格斯概括为"莎士比亚化"一样,这样的"莎士比亚化",在乔叟的《坎特伯雷故事集》中同样也有所体现。作者的思想通过个性鲜明、性格丰满的人物、情节的生动性和丰富性以及个性化的语言展示出来。

但乔叟毕竟是乔叟,比莎士比亚早了两个多世纪。这时的英国文学还不像莎士比亚时代那样发达,没有以往的文学经验可以借鉴,甚至当乔叟写作的时代,英语尚被达官贵人所不齿。且因为多次出使的原因,有学者将乔叟的写作分为法国时期、意大利时期和英国时期。尽管这样的划分有生硬之嫌,但也从另一个方面可以看出在《坎特伯雷故事集》之前,乔叟的写作受中世纪梦幻文学的影响。因为新旧交替,因为承上启下,所以此时乔叟的创作,不可能像莎士比亚那样成熟和圆融。但伟大的作家就是伟大的作家,尤其是生活在一个动荡的时代。当与各阶层人民有更广泛的接触,当更深入地理解现实人生之后,乔叟的视野开始变得开阔,作品的内容变得丰富,人物形象更为鲜活。当然,更重要的是,慧眼独具的伍尔夫特别看到了乔叟作为一位诗人的质朴和本色。正是这种质朴和本色,使其作品具有了不同寻常的更直接的力量:

> 这就是偏偏的力量,一种宝贵的天赋,与我们同时代的康

---

① 聂珍钊主编:《外国文学史》(一),华中师范大学出版社2010年版,第154页。

拉德在他早期的小说中显示出的天赋。这是一种至关重要的天赋，因为它是整个建筑的重心所在。一旦我们信服了乔叟的小伙和姑娘，就再也不需要说教或抗议了。我们知道他认为什么是善的，什么是恶的；说得越少越好。让他接着说他的故事吧，接着勾画骑士和乡绅，描写或好或坏的女子、厨子、水手、神甫吧，我们可以补上风景，为他的社会补上信仰，补上对生死的看法，把去往坎特伯雷的旅程变成一次心灵的朝圣。①

就像所有真正伟大的作家一样，乔叟在自己的作品中也从不对任何人任何事做道德的判断，也不在意自己的作品和自己的名字是否会名留青史。乔叟就写了现实生活中的一群香客，仿佛就是生活在我们身边的你、我、他。因为一个目的，他们相遇了。然后，就有了一群生活中的男男女女去坎特伯雷朝圣的经历，就有了一路上结伴而行的旅程，就有了旅途中一群行色各异的人物所讲的故事。在伍尔夫看来，乔叟的故事不同于华兹华斯、柯勒律治或者雪莱，后者的篇章属于神甫，有无数的警句格言可以做生活的导引或者庇护，彰显出道德原则和教谕意义。如果说华兹华斯、柯勒律治和雪莱的道德是诗歌的道德的话，而乔叟的则是小说的道德，凡人俗事的道德，但比之诗，更有不同凡响的力量。所以伍尔夫说：

> 乔叟的文字，不曾产生过一条法律；也不曾搬动过一块石头；然而，我们阅读乔叟的时候，全身心地在吸取道德意义。

---

① [英] 弗吉尼亚·伍尔芙：《伍尔芙随笔全集》Ⅰ，石云龙、刘炳善、李寄、黄梅译，中国社会科学出版社2001年版，第16页。

因为作者分为两类：一类是神甫，拉着你的手引你径直走向谜底；一类是普通人，把教义原则都寄寓在血肉之躯里，造就一个完整的世界的模型，并不剔除坏的，也不突出好的方面。华兹华斯、柯勒律治和雪莱属于神甫；他们给予我们数不尽的篇章可以张裱在墙上；数不尽的警句可以镌刻在心头，像护身符一般消灾除难……但是乔叟让我们沿着自己的路走下去，一路和平凡的人做着平凡的事情。他的道德教训蕴含于男男女女彼此相处的方式。……凡人俗事的道德，小说的道德，远比诗歌的道德更有说服力。①

这就是伍尔夫眼中的乔叟，这就是作为中世纪文学集大成者和文艺复兴时代英国人文主义文学开创者的乔叟。因其本色和质朴，即使是在一个新旧交替的时代，即使这个时期的文学尚不成熟，但是，作为具有"偏偏的力量"的诗人，其非同凡响的力量，足以让其《坎特伯雷故事集》穿过中世纪的梦幻云雾，承上启下，在当时的时代乃至今天仍熠熠生辉。因此，杰弗利·乔叟就成为了英国文学史上最伟大最杰出的作家。

四 乔叟是个诗人，目光注视着眼前的路

当四月的甘霖渗透了三月枯竭的根须，沐濯了丝丝茎络，触动了生机，使枝头涌现出花蕾；当和风吹香，使得山林莽野遍吐着嫩条新芽，青春的太阳已转过半边白羊宫座，小鸟唱起

---

① ［英］弗吉尼亚·伍尔芙：《伍尔芙随笔全集》I，石云龙、刘炳善、李寄、黄梅译，中国社会科学出版社2001年版，第19—20页。

曲调，通宵睁开睡眼，是自然拨弄着它们的心弦；这时，人们渴想着朝拜四方名坛，游僧们也立愿跋涉异乡。尤其在英格兰地方，他们从每一州的角落，向着坎特伯雷出发，去朝谢他们的救病恩主、福泽无边的殉难圣徒。[①]

对于一般了解乔叟和《坎特伯雷故事集》的读者来说，因其代表作品与薄伽丘的《十日谈》有相似之处，乔叟给读者留下的印象大抵就是一位擅长讲故事的作家。但真实的情形是，乔叟从一开始就是一位诗人，不过这位诗人经历了从宫廷诗人到伟大诗人的变化过程，一种在视野、风格上的扩展和演变。乔叟创作之初，就是从诗歌开始的。因为翻译过法国寓意长诗《玫瑰传奇》且不可避免地受其影响，"无疑为自己开辟了诗的境界，建立了他那特有的风格"[②]。此外，中世纪文学的寓意梦幻无疑也对乔叟有所影响。及至其创作中期即被有的学者称之为的意大利时期，"人头税"事件，农民起义，使身为宫廷使节的乔叟接触到各阶层人民的生活，其创作开始由梦幻甚至矫揉造作的浪漫主义，转向面对现实人生的现实主义。其中期的爱情叙事诗《特罗勒斯与克丽西德》就被认为是一部"十四世纪浪漫主义与现实主义相结合的一篇精心杰作"[③]。等到乔叟创作未完成的作品《善良女子殉情记》和《坎特伯雷故事集》时，"很可能，当两者都在他脑海中争夺着阵地的时候，后者这部充满现实主义的人生喜剧逐渐壮大，自然而然地把那部保存着旧风格的单调故事集推出了诗人的创作园地，而作为'新时代最初一位诗

---

① [英]乔叟：《坎特伯雷故事集》，方重译，人民文学出版社2004年版，第1页。
② 同上书，译本序，第5页。
③ 同上书，译本序，第7页。

人'的乔叟终于站了起来"①。有意味的是,这里,译者也借用了恩格斯对但丁的论述。可以说,这是对中世纪或文艺复兴时期英国诗人乔叟最高的褒奖。

乔叟之所以能成为英国"新时代最初一位诗人",与其所处时代有关。正如布鲁姆所说:"乔叟时代天下不宁,市民们动辄发怒,所以他的坎特伯雷朝圣者到达贝克特的圣托马斯祠堂后有太多的事情要祷告。"② 于是,面对现实的诗篇产生了。但重要的是乔叟骨子里的诗人禀赋。即使有王室成员作为护主,即使作为"后补骑士"可以经常出入宫廷,即使爱德华三世赐予其"每天一壶酒"的待遇,即使在乔叟临近去世时,有得到王室赐予他最后一大桶葡萄酒的隆重荣誉,即使身边常常是宫廷贵胄,但与市民商贾及各阶层人物的接触,使之靠近了生活本身。因此,呈现在《坎特伯雷故事集》里的,更多的是普通人普通事普通生活普通的现实人生。"乔叟的目光注视的是眼前的路,而不是未来的世界。他几乎从不陷入虚无的冥想。他带着一种特有的狡黠,反对同学者和牧师论争……各种问题压迫着他,他提出这些问题,但作为真正的诗人他并不给出答案。"③所以,在《坎特伯雷故事集》中,无论是主题还是所写景象以及语言都是世俗的、鲜活的。公鸡母鸡稻草牛粪农家场院以及朴素的田野进入了诗人的视野,出现在诗人的笔下。从这一点上说,乔叟出入于宫廷,但却扎根在普通人当中,心灵是人民的。因此,其写景

---

① [英]乔叟:《坎特伯雷故事集》,方重译,人民文学出版社2004年版,译本序,第8页。
② [美]哈罗德·布鲁姆:《西方正典》,江宁康译,译林出版社2011年版,第83页。
③ [英]弗吉尼亚·伍尔芙:《伍尔芙随笔全集》Ⅰ,石云龙、刘炳善、李寄、黄梅译,中国社会科学出版社2001年版,第18—19页。

状物描绘人物，就贴近了生活贴近了凡人俗事，因而就显得生机勃勃，充满明快的生活气息。而且，当诗人对日常生活进行描写的时候，"乔叟毫不腼腆，无所畏惧，他总是贴近描写的对象，"即使是写一位老人的胡子茬，即使是写老人脖颈上松弛的皮肤，"好像鲨鱼皮，像荆棘般多刺"。这样的比喻出自自然和日常生活，语言上接近质朴的口语，与荷马史诗中所形成的"荷马式的比喻"相类似。所以，乔叟的语言和描写，因其质朴自然生动，因而具有非常强的艺术感染力。这一点，为气质禀赋同样是诗人的伍尔夫敏感地体会到了："《坎特伯雷故事集》之所以具有这样惊人的明快风格，依然感人至深的欢乐情绪，还有另一个更重要的原因。乔叟是个诗人。"[1]

> 所以，我们合上乔叟的书的时候，觉得尽管一语未发，但其中的议论已经完成；……但我们的感受不止这些。我们仿佛是慢跑着穿过一片活生生的、朴素的田野，伙伴们一个又一个轮流说着笑话，或是唱着曲儿，我们明白这个世界虽然看起来和我们日常的世界的相似，其实却并非一物。这是诗的世界。和现实和散文相比，这里发生的一切都更迅速、更激烈、更有条理；这里飘荡着一种特别的单调气息，而这正是诗的魔力。[2]

值得注意的是，当伍尔夫在说乔叟有一种宝贵天赋即"偏偏的力量"的时候，说的是乔叟的本色和质朴。而且与华兹华斯、柯勒律治、骚塞之属于神甫相比，乔叟的"凡人俗事的道德，小说的道德，远

---

[1] ［英］弗吉尼亚·伍尔芙：《伍尔芙随笔全集》Ⅰ，石云龙、刘炳善、李寄、黄梅译，中国社会科学出版社2001年版，第17页。
[2] 同上书，第20页。

比诗歌的道德更有说服力"。但可贵的是，作为小说家的伍尔夫敏锐地把握住了乔叟骨子里的诗人本质。在对诗意世界的描写和对诗意的捕捉这一点上，知识贵族出身的伍尔夫和 600 年前的诗人乔叟心有灵犀。600 年前乔叟采用的是鲜明清晰的语言和意象，并由此而传达出最单纯最素朴也最诗意的世界。这样的世界，在伍尔夫这里有了最单纯也最深刻的认同。

经典是不怕被岁月湮没的。掸去岁月的尘灰，真正的经典作品依然会在许多年之后熠熠生辉。如今，许多个世纪过去了，乔叟对英语文学的影响不会因时间的流逝而湮没，其作为伟大作家的光芒至今都不曾稍有逊色。今天，几乎每一个捧起乔叟作品的读者，都不禁赞同伍尔夫在另一篇随笔《论不懂希腊文》中的一句话："读乔叟时，祖先的生活会像河水一般不知不觉地把我们涌向他。"[①] 是的，沉浸在乔叟的作品里，想象着这位文艺复兴初期的作家，以一位说书人的天赋和一位诗人的单纯及丰富，在去往坎特伯雷的路上，为读者创造了一个鲜活的艺术世界时，感觉确如伍尔夫所言"祖先的生活会像河水一般"涌向我们。透过乔叟的作品，今天的读者穿越过 19 世纪、18 世纪、17 世纪直到乔叟那个时代。他的巴斯妇、他的赦罪僧、他的那些去往坎特伯雷的香客们，依旧在文艺复兴时代的灿烂阳光下，侃侃而谈，栩栩如生。

行文至此，遥想到 600 年前的那个秋天，当乔叟在这个秋天的 9 月，接受了王室赐予他的荣耀——最后一大桶葡萄酒之后，1400 年 10 月 25 日，享年约 60 岁的乔叟与世长辞。在其死后，他被安葬在

[①] ［英］弗吉尼亚·伍尔芙：《伍尔芙随笔全集》Ⅰ，石云龙、刘炳善、李寄、黄梅译，中国社会科学出版社 2001 年版，第 25 页。

威斯敏斯特教堂内的墓地中。乔叟实际上是以王室成员而不是以一位英国文学史上伟大作家的身份获此殊荣的。1599年，斯宾塞被埋葬在乔叟身边。自此，在乔叟墓地的周围形成了一个著名的"诗人区"（poets' corner）。自乔叟之后英国文学史上不同时期的伟大作家多享受在此安葬的殊荣，包括文艺复兴时代的莎士比亚、本·琼生，17世纪英国最伟大的诗人弥尔顿，19世纪英国现实主义大师狄更斯、哈代等。英国文学史乃至文化史上许多作家、诗人以及其他著名人物很多都被安葬在这里，或者是在这里竖立起塑像和纪念碑。当然，不是威斯敏斯特教堂给予了这些伟大人物以荣耀，而是如莎士比亚、狄更斯、哈代这样的伟大人物使这座有千年历史的教堂拥有了不朽的盛名。而这样的荣光，最初是由英国中世纪或文艺复兴时代的伟大诗人杰弗利·乔叟所奠定的。这就无怪乎当伍尔夫在生前出版随笔集《普通读者》Ⅰ的时候，开篇第一章就是《帕斯顿家族和乔叟》了。

可以说，对于乔叟的作品，伍尔夫读了，而且读进去了。以其对一位前辈作家的敬意，以其甄别作品的睿智眼光和独特见地，以其对英语作为母语的作品之感受和会心。经由伍尔夫的阅读和引领，出现在读者面前的，是这位600多年前的诗人所创造出的独特的世界。正是这开卷第一篇，奠定了伍尔夫文学随笔的基调：诗意的散文化小说化笔法，印象式描述，丰富的想象，兜兜转转的行文方式，行云流水般的语言，以及兴之所至，信马由缰，如此等等。而这样的文学批评随笔特质，将会在伍尔夫有关其他作家作品的文学批评随笔文章中不断呈现。

五　并非题外的题外话，还是乔叟

无独有偶，当伍尔夫在其随笔中，对于乔叟单纯地赞美自然不纠结于幻觉、从而传达出最素朴也最诗意的世界极尽欣赏时，时隔几十年，美国批评家哈罗德·布鲁姆也表示了认同和肯定："纵有种种企图要将乔叟同化为信仰诗歌，然而在赞美自然这一点上，乔叟实则比莎士比亚走得更远，同时又与莎士比亚一样，在看待单纯自然事物之时，不落于幻觉。"①

其实，对乔叟作品的欣赏和赞许，不是伍尔夫一时一己的作家式的兴趣或想象。当伍尔夫在其《普通读者》I 开篇之作中极尽热情地评述了乔叟之后，大半个世纪过去，另一位极度肯定乔叟的批评家出现了，而且是大批评家。这就是美国当代极富影响力的文学理论家哈罗德·布鲁姆。与弗吉尼亚·伍尔夫不同的是，曾执教于耶鲁大学、纽约大学和哈佛大学等名校的哈罗德·布鲁姆，真正是学院派出身。如果说伍尔夫是作家中的批评家的话，布鲁姆则被誉为"大作家式的批评家"。仿佛是与伍尔夫遥相呼应，当伍尔夫在其文学批评集《普通读者》I《普通读者》一文中，借由约翰逊博士的观点表达自己"普通读者"的立场时，布鲁姆在其多篇文章中，也表达了对前辈批评家约翰逊博士最崇高的敬意。

与伍尔夫对乔叟的评价异曲同工，布鲁姆在其文学评论集《史诗》中有多篇文章论及乔叟。其中在关于但丁的评论中有这样一段表述：

若要谈论世界历史之中的天才，便不能不说但丁，因为在

---

① ［美］哈罗德·布鲁姆：《史诗》，翁海贞译，译林出版社 2016 年版，第 108 页。

所有的语言天才当中,唯有莎士比亚的丰赡赛过但丁。在相当大的程度上,莎士比亚重新打造了英语:他使用了二万一千个单词,其中一千八百个是他自造,信手翻开一份报纸,无处不见莎士比亚式的词汇,并且通常是无意间使用的。然而莎士比亚的英语承袭自乔叟。①

在接下来的一段话里布鲁姆这样评价但丁、莎士比亚、歌德、塞万提斯等:

但丁的托斯卡纳方言成为意大利民族语言,大半归功于但丁。他是民族诗人,正如在任何说英语的地方,莎士比亚是民族诗人,在任何德语主宰的地方,歌德是民族诗人。没有哪位法语诗人赋有如此无可置疑的卓荦地位,连拉辛或维克多·雨果都不能够,也没有哪位西班牙语诗人如塞万提斯一般占据中心地位。②

哈罗德·布鲁姆不愧为既是学院派又是最具煽动性的批评大家,在上述不过几百字的论述篇幅中,布鲁姆就以横扫上千年西方文学史的气度,高屋建瓴地评点了但丁、莎士比亚、歌德、拉辛、雨果、塞万提斯等文学大家。从中世纪到文艺复兴再到启蒙时代直至浪漫主义,从意大利到英国、德国、法国再到西班牙。毫无疑问地,但丁之于意大利文学之于中世纪和文艺复兴时代,是被恩格斯高度评

---

① [美]哈罗德·布鲁姆:《史诗》,翁海贞译,译林出版社2016年版,第68—69页。
② 同上。

价为标志着一个时代终结和一个新纪元开端的人物,所谓中世纪的最后一位诗人,新时代的最初一位诗人;莎士比亚之于英国文学的地位无人可以替代,而且至今无人超越;歌德是德国民族文学最杰出的代表;拉辛是古典主义时代法国的悲剧作家,其作品标志着古典主义悲剧艺术的成熟;维克多·雨果不仅是法国浪漫主义文学的旗手,而且是19世纪整个欧洲文学史上浪漫主义文学的大师,其作品显示了浪漫主义文学的实绩;至于塞万提斯作为欧洲近代现实主义小说的先驱,至今仍然是西班牙文学的骄傲。在此,不说塞万提斯,不说歌德,更不说拉辛和雨果。因为在布鲁姆看来,拉辛和雨果都不具有法语诗人无可置疑的卓荦地位;单是但丁和莎士比亚,就是世界文学史上两位里程碑式的作家。如果按照布鲁姆上述文字中的逻辑,那就是,但丁是世界历史中的天才,唯有莎士比亚可以超越但丁,但莎士比亚的英语来自乔叟。

所以,布鲁姆毫不吝啬自己的赞誉,在其多篇文章中都不遗余力地表达了对乔叟地位的肯定。在其关于但丁的评论中,在其《史诗》之《但丁·阿利基埃里》一节中,当说到但丁的《神曲》时,布鲁姆举出9位他所认为而且也确实被文学史家所公认的文学大师:"但丁被公认为谐列最卓荦的西方文学表现大师之列:雅威作者、荷马、乔叟、莎士比亚、塞万提斯、弥尔顿、托尔斯泰、普鲁斯特。我们所知的文学语言如何表现现实这些思想,在相当大程度上,仰赖这九位大师。或许可以说,这些作家构筑了我们关于所谓现实的大半经验。假如我们未尝阅读这九位摹仿大师的著作,现实的某些方面也许不能如此清晰。"[1]

---

[1] [美]哈罗德·布鲁姆:《史诗》,翁海贞译,译林出版社2016年版,第83页。

塞缪尔·约翰逊是被弗吉尼亚·伍尔夫在其《普通读者》序言中奉为"普通读者"标杆的大家。在布鲁姆这里，也被视为最出色的批评家。但有意思的是，在其一篇关于约翰逊的文章中，布鲁姆在大加肯定约翰逊博士是最好的批评家尤其是莎士比亚最好的批评家的同时，认为约翰逊博士对乔叟的估计还不到位："我以为约翰逊仍是莎士比亚最好的批评家，因为莎士比亚迫使约翰逊退出新古典主义，执守英国自然主义的常识，以便能够接纳、称赏莎士比亚的模仿胜利。在《莎士比亚集序言》中，约翰逊使我们认识到思索莎士比亚的表现手法的必要起点。"① 在此，布鲁姆引用的是约翰逊博士的一段话："……我们这位作家既提供实质，也提供形式。因为除了乔叟——我以为莎士比亚不曾欠负他的——笔下的人物，没有哪一位英语作家如此本真地呈现人生，也许在其他现代语言中也不多见。"② 行文至此，布鲁姆在极其赞赏约翰逊博士的同时，笔锋一转："约翰逊大概低估了莎士比亚所欠负乔叟的。《仲夏夜之梦》和《特洛伊罗斯与克瑞西达》多有借鉴乔叟，或许《罗密欧与朱丽叶》也是。更重要的是，乔叟塑造的最强大的形象——赦罪僧和巴斯妇——与卓越的福斯塔夫具有错综复杂的联系。乔叟也许还赋予莎士比亚二人共通的最伟大天赋：作为先驱作家，二人所创造的人物由于聆听自己说话而改变。"③ 由此，从另一个角度看出布鲁姆对乔叟的充分估计。当然，出于对乔叟的敬意和充分肯定，布鲁姆在其文学批评集《史诗》中，曾经专著一个章节即"杰弗里·乔叟（1343—1400）——《坎

---

① ［美］哈罗德·布鲁姆:《文章家与先知》，翁海贞译，译林出版社2016年版，第71页。
② 同上。
③ 同上。

特伯雷故事集》",以近两万字的篇幅评价了乔叟及其作品。

> 乔叟侪身于最伟大作家的行列——这些伟大作家挫败几乎所有的批评——这是他与莎士比亚、塞万提斯、托尔斯泰同有的特质。……而乔叟,一如其寥寥数位侪列,赋有如斯强大的模仿力量,轻松地令批评家缴械,于是批评家们或是无事可做,或是仍有无数事可做。①

> 然而也许正如乔叟是斯宾塞的源泉,他也是莎士比亚的伟大源泉。②

而在《西方正典》中,布鲁姆又这样说:

> 除了莎士比亚,乔叟要算是英语作家中最杰出的一位。这一断言虽然只是对传统评价的重复,但在世纪之末它对我们却极有价值。阅读乔叟或自古以来他在文学上少数几位对手的作品——如但丁、塞万提斯和莎士比亚的作品——可以使人产生恢复洞见的愉快效果,我们所有人在面对纷至沓来的昙花一现式名作时也许会禁不住失去理智,这些作品如今给我们带来了危害,促使人们放弃美学的求索,而乔叟在其作品中坚守着文化正义。③

---

① [美]哈罗德·布鲁姆:《史诗》,翁海贞译,译林出版社2016年版,第100页。
② 同上书,第102页。
③ [美]哈罗德·布鲁姆:《西方正典》,江宁康译,译林出版社2011年版,第82页。

当然，上述引用无疑有过多之嫌。但正是因此，至少可以解释为有见地的批评家对经典的认知是相通的。它不受时间与空间、出身与性别的限制。当伍尔夫对乔叟极尽欣赏之后，几十年过去，在大洋彼岸的另一端，美国批评家哈罗德·布鲁姆对乔叟评价的深度与高度，可以说与伍尔夫感性而富有想象力的批评相得益彰。而且，以布鲁姆视域的辽阔，其对整个欧洲文学史及作家个性与艺术风格的了然于心，他在欧洲文学大陆上的巡礼如同闲庭信步。布鲁姆对作品的盎然兴趣与勃勃兴致与伍尔夫相类似，对诸如乔叟等作家的经典作品，是读进去了，又读出了感觉。与伍尔夫一样，当布鲁姆在其批评中评论着作家作品的时候，其文学批评本身，也就成了被欣赏的对象，成了批评散文。所以，即使如上引用过多，却仍然意犹未尽，难免有不曾尽兴之感。但限于篇幅，这里撷取的只是布鲁姆在不同文章不同章节中对乔叟的评价，虽有断章之嫌，但取义无疑就是布鲁姆所要表达的。关于乔叟与莎士比亚、但丁、塞万提斯、托尔斯泰几乎同等的文学地位；关于乔叟是莎士比亚的伟大源泉；关于乔叟对于英语作为英国文学语言的贡献；关于其作品对文化正义的坚守以及令人恢复洞见的效果，如此等等。以此彰显大批评家——伍尔夫和布鲁姆或者布鲁姆与伍尔夫之间的心有灵犀。如此，正如布鲁姆所说：乔叟强大的力量，轻松地令批评家们缴械。"于是批评家们或是无事可做，或是仍有无数事可做。"但是，关于乔叟，而且是布鲁姆之关于乔叟，已经说得太多了。至此打住。

第二节　简·奥斯丁——文学的永久性与最持久的生命形式

在伍尔夫有关作家作品的随笔中，简·奥斯丁几乎是英国作家中被关注最多的作家之一，这当然不仅体现在《简·奥斯丁》一文中。在伍尔夫的文学批评随笔中，只要不是专论某一作家的随笔（甚至包括专论某一作家的随笔），但凡涉及小说或者文学话题，简·奥斯丁，就常常会从伍尔夫笔下的某一扇门、某一扇窗、某一个话题中探出头来，以她聪慧、善意又略带讥诮的眼睛打量着这个世界，同时又与阅读伍尔夫文学批评随笔的读者相遇。在《论不懂希腊文》里，是奥斯丁和她的爱玛；在《〈简·爱〉与〈呼啸山庄〉》里，奥斯丁与托尔斯泰一同露面，因为他们的人物都有无数个侧面；在《乔治·爱略特》中，出现的还是爱玛且伴随着舞会上简单而饶有趣味的对话。如果说上述随笔中的简·奥斯丁及其作品是以细节或某一个侧面出现的话，在《它如何影响同时代的人》中，简·奥斯丁"是一位大家"；在《我们应当怎样读书？》里，是一位与笛福、哈代比肩的"小说大师"，以其"大家手笔"给读者展示出一个世界，尽管这个世界不过是客厅里的一方天地；在《倾斜之塔》中，简·奥斯丁与狄更斯分属不同的文学传统；在《论小说的重读》中，伍尔夫以简·奥斯丁和勃朗特姐妹小说的新版本作为文章的起笔；然后是论及作家个性的《个性》一文，尽管简·奥斯丁的生平"如此朴实而且黯然无色"，但其作品"一如莎士比亚那博大精深，她的精巧细致同样神秘莫测"①；而在伍尔夫那篇著名的《班奈特先生和布朗太太》中，《傲慢与偏见》本身是完整的；至于在专论女性与创作的《妇女和小说》中，简·奥斯丁、艾米莉·勃朗特、夏洛蒂·勃朗特和乔治·爱略特则是作为"四位伟大的女性小说家"出现的，如此等等。可以说，在伍尔夫的随笔中，简·奥斯丁几乎是无处不在的。她随时随地地出现在伍尔夫关于作家作品、关于读书、关于女性与写作、关于小说理念的随笔中。尽管在《个性》里，伍尔夫不无幽默地宣称自己情愿不要单独和她待在同一个房间里。但简·奥斯丁的的确确作为伍尔夫心目中的小说大家或大师，不仅待在伍尔夫的书房里，而且待在伍尔夫的文章中，成为其文学批评随笔中几乎每一篇都不可或缺的作家。

但有意思的是，在伍尔夫的随笔中，除却《书和画像》一集中《简·奥斯丁和愚蠢的鹅》一文是就奥斯丁的传记展开评述外，就作家作品集中评论而言，关于简·奥斯丁，只有《简·奥斯丁》一篇单篇文章。这似乎与伍尔夫对简·奥斯丁的欣赏有点不成比例。在伍尔夫的随笔中，有不少作家，伍尔夫为其写出了不止一篇的随笔。在这些随笔中，既有伍尔夫心怀敬意的哈代、陀思妥耶夫斯基、屠格涅夫，也有伍尔夫肯定有加的福斯特、亨利·詹姆斯，更有为伍尔夫欣赏但又有所保留的柯勒律治。但唯独对自己最激赏的四位女作家：简·奥斯丁、勃朗特姐妹、乔治·爱略特，伍尔夫却惜墨如金，只有单篇文章。甚至写夏洛蒂·勃朗特和艾米莉·勃朗特的随笔，只出现在《〈简·爱〉与〈呼啸山庄〉》一篇文章里。

---

① ［英］弗吉尼亚·伍尔芙：《伍尔芙随笔全集》Ⅱ，王义国、张军学、邹枚、张禹九、杨羽译，中国社会科学出版社2001年版，第747页。

当然，文章的多少不能代表评论家对作家关注的程度与欣赏与否。可以说，在伍尔夫的随笔中，《简·奥斯丁》一文是伍尔夫写自己最为激赏的作家随笔中最智慧、最轻松、最妙趣横生的文章，恰如被评论者简·奥斯丁的聪慧、幽默与机智风趣。正是在这篇接近一万字的文章里，伍尔夫以其习惯的小说笔法和丰富的想象力，以其率性、幽默与富有洞见的一语中的，集自己对这位前辈女作家的理解、欣赏与心有灵犀的会心于一身，写出了既是读者心目中的简·奥斯丁，又是伍尔夫感觉到并且用生动风趣的文字表达出来的简·奥斯丁。

其实，自简·奥斯丁的小说问世以来，许多年过去了。对于那些欣赏并热爱着奥斯丁的读者来说，没有人怀疑她的作品尤其是那部有着伊丽莎白和达西的《傲慢与偏见》所拥有的永远并且非常完美的艺术魅力。同样不会怀疑的还有简·奥斯丁作为一位出色小说家的非凡才能。正如美国著名的文艺批评家埃德蒙·威尔逊所说：最近一百多年来，"英国文学史上出现过几次趣味革命，文学口味的翻新影响了几乎所有作家的声誉，唯独莎士比亚和简·奥斯丁经久不衰。"[①] 当然，从文学史的角度看，以莎士比亚文学地位的崇高，当评论家将奥斯丁与之相提并论时，对于女作家简·奥斯丁来说，貌似有些高攀的意思。但是，如果我们抛开可敬的文学史，抛开所谓里程碑式的地位之类的定论，纯粹从读者接受的角度，将莎士比亚与简·奥斯丁相提并论，这或许既是简·奥斯丁的荣幸也是莎士比亚的荣幸。就像伊莱恩·肖尔瓦特在其著作《她们自己的文学——英国女小说家：

[①] [英]简·奥斯丁：《傲慢与偏见》，孙致礼译，译林出版社2000年版，译者序，第2页。

从勃朗特到莱辛》中所说:"英国女作家从来都不愁没有读者,他们也从不缺乏学者评家的关注。"① 这里,学者批评家的关注暂且不论,而在不愁没有读者的女作家中又以简·奥斯丁为最。莎士比亚倘若地下有知,想到自己几百年后,能够拥有像简·奥斯丁一样广泛的读者,大概也会十分欣然。

很少有像简·奥斯丁这样的作家,自作品发表伊始,就受到从普通读者到小说家再到评论家几乎一致的欣赏和赞誉。而这样的欣赏二百年来经久不衰。这在文学史上,的确十分难得。在世界文学史上,有诸多的文学大师及其经典名著,但对于普通读者来说,总有那么一些名著在令人肃然起敬的同时,又让人望而却步。对于一位作家而言,文学史地位的崇高固然重要,但曲高和寡、读者敬而远之也难免孤独。就作品而言,简·奥斯丁的小说,她的那些所谓二寸象牙上的精细雕刻,或许没有大师级作品的开阔与深刻。但小说家的魅力不止如此。对于一位作家来说,史诗般的规模、视野的广袤与辽阔、揭示生活的广度与深度固然可贵;但在方寸之间,尽显生活的鲜活与生动,也是小说的独特魅力之所在。而奥斯丁的小说正是有着如此令读者百读不厌的无穷魅力。正如贝阿特丽丝·金·西摩在《简·奥斯丁》中所说:"在一个连宁静的天空都充满了机关枪的社会里,总有许多的男女——不管你是否把他们叫做避世主义者——带着如释重负和感激不尽的心情一头钻进她的小说中。"②

在这些有眼光的读者当中,不乏同时代及后来的小说家。如果举出第一个的话,当属与简·奥斯丁几乎同时出现在英国文坛上的

---

① [美]伊莱恩·肖瓦尔特:《她们自己的文学:英国女小说家:从勃朗特到莱辛》,韩敏中译,浙江大学出版社 2012 年版,第 1 页。
② 朱虹编选:《奥斯丁研究》,中国文联出版公司 1985 年版,第 85—86 页。

司各特。作为与奥斯丁同时代的英国作家,尽管其文学史地位远没有简·奥斯丁经久不衰,但在当时的英国乃至欧洲,司各特却是鼎鼎大名、称雄小说文坛几近20年,且有文坛盟主的地位。对于沃尔特·司各特和简·奥斯丁两位同时代的英国作家,其文学史地位的交替辉映,曾经有学者做过这样客观的评述:"在18世纪末到19世纪初期的英国,小说创作虽然很流行(哥特小说、感伤小说和社会风俗小说为主要种类),但大作家不多。直到19世纪的第二个十年出现了简·奥斯丁和沃尔特·司各特两大小说家,局面才有了改变。沃尔特·司各特(Walter Scott)在1814年发表了《威弗利》,很快成为最流行的英国小说家,几乎独霸小说天地近20年,他创立的历史小说影响了后来的许多欧美小说家。简·奥斯丁(Jane Austen)在1811年出版第一部小说《理智与情感》,并在随后几年又发表了五部小说。虽然她在当时的声名无法与司各特相比,但从20世纪早期开始她的名声大振,逐渐成为艺术小说的典型代表,而司各特的声誉则迅速下降,直到20世纪中期以后才又有所恢复。"[①] 就生卒年月看,沃尔特·司各特(1771—1832)出生早于简·奥斯丁(1775—1817)四年,去世晚于奥斯丁15年。其创作时间几乎等于简·奥斯丁三分之二的人生岁月。作为历史小说家,司各特以其《艾凡赫》等30余部小说,不仅在当时的英国声名显赫,而且其影响波及欧洲各国。尤其"在奥斯丁去世之后,维多利亚时代到来之前,司各特更是在小说领域独领风骚"[②]。司各特的创作,甚至还为自己的家乡城市带来了荣誉。至今,在爱丁堡,在烟熏色的城市建筑中,仍然高耸着一座引

[①] 申丹、韩加明、王丽亚:《英美小说叙事理论研究》,北京大学出版社2005年版,第39页。

[②] 同上书,第50页。

人注目的司各特纪念塔。这座纪念塔以其恢宏的哥特式风格，巍然耸立在爱丁堡最醒目的位置。仿佛在向这座城市以及每一个来到这座城市里的人，言说着这位爱丁堡文化名人曾经的荣光。

应该说，在19世纪初期，当两位同时代但风格迥异的作家相遇时，"奥斯丁和司各特的小说交相辉映，共同占据小说天地"①。不过，在两位同样受读者欢迎的作家中，尽管简·奥斯丁对司各特不无欣赏，但面对诗人的司各特进入小说领地且战绩显赫，奥斯丁直言不讳地表达了自己的矛盾心态，认为沃尔特·司各特没有理由写小说，特别是好小说。这不公平。他作为诗人已经名利双收，不该来抢别人的饭碗。与奥斯丁"小女人"式的心态相比，倒是名利双收的司各特，盛名之下特别大度，将溢美之词毫不吝啬地给予了这位与自己风格迥异的作家："在最近十五到二十年内，就产生了一种小说，它那使人感兴趣的种种特征和以前的小说有所不同；它不用五花八门的事件和富于浪漫情调和感伤的画面来使我们惊讶不已或使我们的想象力得到娱乐，……这些使人兴奋的手法由于被一再不正确地使用，已经失去了其绝大部分的感染力。代替它们的，是按照普通阶层生活的真实面貌来描摹自然的艺术，它向读者提供的，不是灿烂辉煌的想象世界的画面，而是对于他周围日常发生的事情所作的正确而引人注目的描绘。"②

这是司各特在1915年所写关于简·奥斯丁评论中的文字。在这篇文章里，司各特对《理智与情感》、《傲慢与偏见》和《爱玛》都做了富有见地的评论。这时的奥斯丁显然还没有此后的声名。倒是

---

① 申丹、韩加明、王丽亚：《英美小说叙事理论研究》，北京大学出版社2005年版，第50页。
② 朱虹编选：《奥斯丁研究》，中国文联出版公司1985年版，第17页。

司各特作为诗人已经写出了大量充满浪漫色彩并深受读者欢迎的诗歌，作为小说家也有脍炙人口的历史小说问世。可以说，此时的司各特，既在18世纪末至19世纪初的英国文坛上声誉日隆、独领风骚，以历史小说独步文坛；又对当时英国文坛的状况，有着清醒而理性的判断，即感伤小说与哥特小说正大行其道。面对着《傲慢与偏见》等令人耳目一新的小说，司各特以一位诗人和小说家的眼光，既看到了奥斯丁与自己作品的历史传奇不同，也看到了奥斯丁与感伤小说的感伤浪漫不同，奥斯丁的小说写的是真实的普通生活。对此，司各特给予了简·奥斯丁作品高度肯定的评价。面对着这位与自己如此近距离的作家，司各特毫无所谓的文人相轻，甚至在至少阅读了《傲慢与偏见》三遍之后，在日记中真诚地赞赏奥斯丁："擅长描写平凡生活的各种纠葛、感受及人物，她这种才干我以为最是出色，为我前所未见。"司各特甚至很坦率："大喊大叫的笔调我本人也能为之，并不比现在的任何人差。但是那种细腻的笔触，由于描写真实，情趣也真实，把平平常常的凡人小事勾勒得津津有味，我就做不到。这样一位有才气的人去世得这样早，多么可惜啊！"[①]

当沃尔特·司各特不无自谦地称自己大喊大叫的笔调可以为之时，其实，作为欧洲历史小说创始人的司各特，与简·奥斯丁的于平凡生活中描摹凡人琐事不同，司各特感兴趣的是民间传说和历史故事，是浪漫与冒险。因此，如果说简·奥斯丁描摹的是平凡生活与世态百相的话，司各特书写的则是传奇故事和曲折人生。可以说，在19世纪前20年的英国文坛上，司各特与简·奥斯丁两位小说家，

[①] 朱虹编选：《奥斯丁研究》，中国文联出版公司1985年版，第26页。

类似双子星座，以其各自不同的风格交相辉映。司各特对奥斯丁作品的极度赞赏，对这位早逝的女作家的惋惜之情，作为一时无两的历史小说家，其独具慧眼和真诚大气可谓难能可贵。

与司各特的赞赏不约而同，评论家的肯定和赞誉也不期而至。托·巴·麦考莱（1800—1857）是稍后于奥斯丁的19世纪英国著名政治家、历史学家、文艺批评家和散文作者。其1843年刊载于《爱丁堡评论》上的文章，将简·奥斯丁与莎士比亚相提并论。在麦考莱看来："莎士比亚是空前绝后的，不过，就我们所谈到的那一点来说，作家当中其手法最接近于这位大师的，无疑就要数简·奥斯丁了，这位女性堪称是英国之骄傲。"[①] 作为评论家，麦考莱特别意识到了奥斯丁小说中人物的个性独具："她为我们创造出了一大批人物，在某种意义上说，这些人物全都是平平常常的人，是我们天天见得到的人。可他们却又是那样地互不相同、个性迥异，就好像他们是人类中最稀奇的人似的。"[②] 这里，麦考莱高屋建瓴，将奥斯丁的创作地位放在了英国文学乃至世界文学大师的位置上。

稍后，对奥斯丁同样欣赏的另一位更著名的文艺理论家是乔治·亨利·刘易斯（1817—1878）。说到刘易斯，这位对当时英国文艺批评颇有影响的理论家，其另一个引人注目的标签就是，他是乔治·爱略特的终身伴侣。而乔治·爱略特，是伍尔夫所谓"四位伟大的女性小说家"之一。作为理论家，刘易斯对爱略特的创作产生过有益的影响。作为评论家，刘易斯对奥斯丁则由衷地欣赏。在刘易斯关于奥斯丁的评论里，将菲尔丁和奥斯丁视为"英语语言中最伟大的小

[①] 朱虹编选：《奥斯丁研究》，中国文联出版公司1985年版，第28页。
[②] 同上。

说家"。刘易斯甚至坦率地近于直言不讳地说,尽管他不否认司各特是位多面手,"有着更强的编制情节的能力","有更富于诗情画意的想象",但他更愿意写出像奥斯丁的《傲慢与偏见》和菲尔丁的《汤姆·琼斯》而不是任何一本"威弗利小说"。如此真诚率性,在刘易斯心目中,菲尔丁、司各特、奥斯丁三位作家的地位,可谓不言自明。刘易斯不无幽默地称道奥斯丁:

> 奥斯丁小姐,作为一个无与伦比的艺术家来说,是一个最危险的榜样。她仅仅是由于自己功力深厚,才使她得以免于她所选择的那一形式中的危险,即乏味和平庸的危险。像她那样去写日常生活中的人和事,不去涉及任何更崇高的悲剧感情和生活中更有激情的方面,她的艺术之美在于其具有逼真如画的魅力,而同时又毫无现实中的单调乏味。只要稍一欠斟酌,那就意味着失败!她让她的人物就像在平常生活中那样去说话和行动,并且她是惟一成功地做到了这一点并达到了令人愉悦的效果的艺术家。①

刘易斯不愧是有影响的评论家和理论家,在理性的认知之外,又有着一位有才华的评论家的智慧和幽默。因此,刘易斯既写出了奥斯丁的独特性,又契合了奥斯丁作品幽默、智慧且富有情趣的特点。当读着刘易斯关于奥斯丁的评论时,就连读者都忍俊不禁地庆幸,多亏这位二寸象牙的雕塑者没有失之毫厘,不会有谬以千里的乏味和平庸。"作为世态人情的写照",在有趣且令人解颐的同时,又

---

① 朱虹编选:《奥斯丁研究》,中国文联出版公司1985年版,第33页。

"悠闲自然、浑然天成，真可谓是天衣无缝"①。可以说，像奥斯丁这样一位无与伦比的艺术家、这样一个"最危险的榜样"，其平常不过又巧妙不过的艺术匠心，的确是需要"鉴赏力非常强的读者"和评论家才能感受得到。

一百年过去了，时至 20 世纪，对奥斯丁欣赏有加的，还有不无幽默不无调侃地将自己自诩为二流作家里第一名的毛姆。的确，在 20 世纪的现实主义小说家中，毛姆也许不像罗曼·罗兰、托马斯·曼、肖洛霍夫、海明威、帕斯捷尔纳克等作家，在世界文学史上处于一流小说大家的地位。但作为一位有天赋的小说家，其行医、间谍以及四处游历的经历，使之视野开阔，生活丰富。不同凡响的人生经历及其对人性的洞察，使这位自诩为二流作家的毛姆，写出了《人性的枷锁》、《月亮和六便士》、《刀锋》等拥有广泛读者的作品。在小说创作之外，毛姆还是一位戏剧和散文作家。更重要的是，毛姆还是一位品位不凡的读者或"读书家"。其很多散文随笔都与其阅读经历有关。毛姆的关于"读书是一种享受"、"跳跃式阅读"的观念，包含着一位读者和一位作家的真知灼见。作为一位有见地的读者，毛姆对"什么是好小说"有自己的独特判断。在其《英国文学漫谈》一文中，毛姆曾列举了自己有关英国文学的书单，其中笛福的《摩尔·弗兰德斯》被认为没有英国小说家能写得更为逼真；斯威夫特的《格列佛游记》有"机智和讽刺、有巧妙的构思、出色的幽默感、泼辣的讥嘲和充沛的生命力"，其文笔也精妙绝伦；菲尔丁的《汤姆·琼斯》是"英国文学中最遒劲有力的长篇小说"；斯特恩的《感伤的旅行》读者

---

① 朱虹编选：《奥斯丁研究》，中国文联出版公司 1985 年版，第 38 页。

最好不要漏读；狄更斯的《大卫·科波菲尔》"在英国长篇小说的伟大传统中占有重要地位"，"充分体现了英国文学的特色"；萨克雷的《名利场》"执着地探究人性的矛盾"，小说中"塑造了贝基·夏普这样一个堪称英国小说中最真实、最丰满、最生动的人物形象"；而艾米莉·勃朗特的《呼啸山庄》"充满了激情，而且非常感人"，"有伟大诗篇的那种深度和力度"。当毛姆在一篇漫谈式的文章中谈及英国小说时，几乎涵盖了英国文学史上所有的小说大家及其经典作品。其评论之到位之有深度之恰如其分，可以说是为许多专业的文学史家和批评家所不及。

作为一个小说家，毛姆是一流还是二流暂且不论，单是作为一个"读书家"与鉴赏家，毛姆的见地和品位是不容置疑的。他称赞奥斯丁出色的观察力和生动的幽默感，使最平凡的生活也变得不平凡。在毛姆看来，奥斯丁足以使最平凡的生活变得不平凡，只是因为表现得自然，所以看起来平平常常，而这正是小说家"最重要的天赋"。而且，毛姆想不出还有哪个作家比简·奥斯丁更具有这种天赋。与多数批评家更多地评论《傲慢与偏见》不同，毛姆在其特别推荐的书单里，列出的是奥斯丁的《曼斯菲尔德庄园》。在此，毛姆看重的是奥斯丁精细入微的观察，作品的机智与巧妙以及幽默与讽刺。本来，对文学作品的解读，在规律性之外，见仁见智是很自然的事情。当然，真实的情形是，在毛姆看来，很难在奥斯丁的那些小说中断定哪一部最好，因为它们都是上乘之作。所以，除在《英国小说漫谈》中列举了《曼斯菲尔德庄园》之外，毛姆又将一篇单篇文章给予了奥斯丁的《傲慢与偏见》。在《简·奥斯丁〈傲慢与偏见〉》一文中，针对有批评家所谓简·奥斯丁不具备写浪漫色彩的故事或者不寻常事件的才能，毛姆直言说："奥斯汀确实不具备这方面的才能，也不打算在这方面努力。她的出色的观察力和生动的幽默感使她从不耽于幻想；她感兴趣的不是不寻常的事件，而是平凡的日常生活。只要凭借自己敏锐的观察力、生动的幽默感和巧妙的措辞，她便足以使最平凡的生活也变得不平凡了。"① 的确，作为写小说的行家里手，毛姆在《傲慢与偏见》中读出了一位作家使用普通材料创造出不朽艺术作品的能力。他赞赏奥斯丁这一看似平凡实则非凡的才能，以及由此所构成的《傲慢与偏见》最大的优点。那就是：读了一页总会情不自禁地翻过去、读了一遍又一遍然后再读，像读第一次时一样兴致盎然。"原因就在于，简·奥斯丁不仅对她的人物及其命运深感兴趣，而且对发生在他们身上的一切都深信不疑。"②

在当代的文学理论和文学批评中，哈罗德·布鲁姆的地位和影响，其天赋其原创性其煽动性，在文学界几乎达成共识。对于简·奥斯丁，布鲁姆不止一次地在其文学批评著作中著文论述。在其最有影响的《西方正典》中，是《经典记忆：早期的华兹华斯与简·奥斯丁的〈劝导〉》；在其《如何读，为什么读》中，布鲁姆讨论的是简·奥斯丁和她的《爱玛》。在这部著作中，奥斯丁是与塞万提斯、司汤达、狄更斯、陀思妥耶夫斯基、亨利·詹姆斯、普鲁斯特、托马斯·曼等大家站在一起的。关于布鲁姆如何论《劝导》与《爱玛》，在此暂且不论。单是布鲁姆对奥斯丁的评价，就显示出一位大批评家的高度。在《西方正典》中，布鲁姆之所以将简·奥斯丁流传最不广泛的《劝导》作为经典解读，是因为这部小说所显示出的

---

① [英]毛姆：《毛姆读书随笔》，刘文荣译，上海三联书店1999年版，第108—109页。

② 同上书，第112页。

沉郁风格，是在读完这部作品后的"十分难过"，是其中所显示出的非凡美学价值。布鲁姆甚至这样高度评价《劝导》和奥斯丁："奥斯汀那种莎士比亚式的内在性在安妮·埃利奥特身上臻于完美。""在所有英语作家中，惟有奥斯汀、乔治·爱略特及詹姆斯本人能够和司汤达、福楼拜及托尔斯泰等人一同步入严格限制人数的万神殿。"[①]在此，布鲁姆用了"万神殿"的表达。当然，"万神殿"是译文。但毋庸置疑的是，在布鲁姆心目中，奥斯丁、司汤达、托尔斯泰等作家，是处于作家中王者一样的地位。正是这些为文艺女神所眷顾的作家，高居在文学艺术的神殿，受到了一代又一代读者的欣赏和膜拜。

关于简·奥斯丁，无论在当时还是在当代，从来不乏批评家和同行小说家的高度评价，同样不曾缺席的是一代又一代读者的阅读、激赏和由衷的热爱。这种热爱甚至还非常着迷，类似于粉丝。在世界各地的读者群中，大量奥斯丁的读者、研究者和崇拜者，以简·奥斯丁的名义相聚在一起。其中，既有学术界的奥斯丁年会，也有民间组织。卡罗尔·希尔兹是加拿大著名女作家，曾获得过加拿大总督文学奖、全国书评界奖及普利策奖等多项奖项。其对简·奥斯丁的欣赏，使其文笔带有奥斯丁式的风格。在其所著传记《简·奥斯丁》序言中，记录了1996年秋天，卡罗尔·希尔兹与同是作家的女儿在弗吉尼亚州的里士满，参加北美简·奥斯丁学会组织的年会的情景。在希尔兹的描述中，这次年会，"与许多学术性会议不同，它是一个包容性的盛会。与会者既有来自底特律、身穿摄政时期服装的中年狂热粉丝团，也有眼光锐利的加拿大终身教授，还有零星

[①] [美]哈罗德·布鲁姆：《西方正典》，江宁康译，译林出版社2011年版，第205页。

几个一心要赢得问答比赛的欧洲人"①。序言透露出一个细节,那就是"无论在哪里,但凡有三四个人以简·奥斯丁的名义聚在一起,势必要来一场涉及鸡毛蒜皮的问答比赛:那些次要人物早餐吃些什么,给女儿们赠送了多少财产,一场败兴的野餐举行了多长时间"②。尽管这样以细枝末节来讨论作品,有舍本逐末之嫌,但正是由此,足可看出奥斯丁的读者们对奥斯丁的挚爱和忠诚。

的确,自奥斯丁作品问世 200 年以来,从作家到批评家,从普通的文学爱好者到学院派专家教授,关于简·奥斯丁,该说到的话题几乎都说到了:关于奥斯丁的取材平凡又使之不凡;关于奥斯丁与莎士比亚、塞万提斯、司汤达、托尔斯泰等作家比肩的地位;关于其反讽;关于其作品的结构语言……如此等等。但在所有的评述中,弗吉尼亚·伍尔夫辑录于《普通读者》Ⅰ中的《简·奥斯丁》一文,可以说是关于奥斯丁评论中最生动、最智慧、最文采斐然、最具生命光芒的篇章。之所以如此断言,是因为伍尔夫在评论简·奥斯丁时,敏锐地把握住了简·奥斯丁平凡而又不凡的根本,那就是她所谓伟大艺术的要素,即"永久的文学性"及赋予其作品中所描写的平凡生活以"最持久的生命方式"的能力;读出了简·奥斯丁是在"为整个世界写作","为所有人,又不为任何人,既为我们的时代,又为她自己的时代"③写作。正因如此,简·奥斯丁的作品是最平凡、最深刻的,同时也是最文学最有生命力的。而弗吉尼亚·伍尔夫,就是那位在平淡庸常的生活场景中,读出了奥斯丁的

---

① [加]卡罗尔·希尔兹:《简·奥斯丁》,袁蔚译,生活·读书·新知三联书店 2014 年版,序言,第 1—2 页。

② 同上书,第 2 页。

③ [英]弗吉尼亚·伍尔夫:《普通读者》Ⅰ,马爱新译,人民文学出版社 2003 年版,第 115 页。

深刻性、丰富性的那位读者，那位慧眼独具的"普通读者"。

伍尔夫的《简·奥斯丁》一文，是以简·奥斯丁的身世开场的。但与一般的生平介绍不同，随笔一开篇，伍尔夫就用了一个想象的假设，在简·奥斯丁的姐姐卡桑德拉·奥斯丁焚毁和保留简·奥斯丁书信这一话题上兜了一圈。于是，幽默机智、妙趣横生、令人会心的喜剧性风格就这样形成了："如果依了卡桑德拉·奥斯丁小姐的心思，我们除了简·奥斯丁的小说之外得不到她的任何遗物。她只对她的姐姐畅抒胸臆，只对她一个人倾诉了她的希望，以及（如果谣言属实的话）她一生中最大的失望。但当卡桑德拉·奥斯丁小姐年迈时，她妹妹名气的增大使她怀疑有一天会招来陌生人的窥探，学者们的揣测，她忍着个人的巨大损失，焚毁了每一封可能满足他们的好奇心的信件，只留下了她认为不会引起兴趣的几封。"[①]

正如简·奥斯丁的传记作者卡罗尔·希尔兹在其《简·奥斯丁》中所记载的那样："简·奥斯丁存世的书信共一百六十封，都写于二十岁以后。还有很多信件在她去世后毁于卡桑德拉之手。我们几乎可以断定，这些被抛弃的信件最能揭示真相，也最引人入胜。"[②] 简·奥斯丁与姐姐卡桑德拉的关系以及其书信的被焚毁，是简·奥斯丁资料匮缺的重要原因。在伍尔夫的随笔中，被用来做了《简·奥斯丁》的开篇。文章一开篇，伍尔夫就以富有想象力的小说笔法，一下子就切中了简·奥斯丁生平资料的缺乏这一话题。于是，关于奥斯丁的所有流言、迷惑和想象，就从这里开始了。

[①] ［英］弗吉尼亚·伍尔夫：《普通读者》Ⅰ，马爱新译，人民文学出版社2003年版，第113页。

[②] ［加］卡罗尔·希尔兹：《简·奥斯丁》，袁蔚译，生活·读书·新知三联书店2014年版，第3页。

了解奥斯丁生平的读者都知道，与其表面平淡但实则妙趣横生的小说相比，简·奥斯丁的生平经历可以说是最单纯、最平静甚至有些平淡无奇的。用毛姆的话说："简·奥斯丁的一生，三言两语就能说完。"从1775年冬天出生到1817年夏天去世，简·奥斯丁的生活区域不过几个地方。先是在汉普郡斯蒂文顿村出生。这是一个地处偏远、不足三十户人家的小村子，奥斯丁在这里度过了20多年宁静而相对安适的时光；然后是在以温泉著称的巴斯。尽管巴斯小城精致而美丽，建筑古典优雅，有田园风味，但奥斯丁在此并不快乐，据说还受到忧郁症的折磨。随后是南安普顿。多次的搬家，这于奥斯丁类似漂泊不定，一定程度上扰乱了她的创作心境。直到1808年，在兄长的安排下，奥斯丁与母亲和姐姐安居在乔顿村，再次置身于宁静环境中的奥斯丁，终于回到自己最后的家园，直至生命的最终。临终前当家人最后一次问她还需要什么时，她的回答是："除了死亡，我什么也不需要了。"正如简·奥斯丁的弟弟亨利·奥斯丁为其姐姐所作传略中所写的那样："简·奥斯丁于一八一七年七月二十四日被安葬在温彻斯特大教堂里。埋葬在这座大教堂里的全部卓越的死者，没有一个是比她更为光耀夺目的天才，也没有一个是比她更加真诚的基督徒。"[①]

　　就生活环境和经历而言，奥斯丁的一生可谓波澜不惊。就像其小说中所写的那些乡绅之家一样，奥斯丁的家庭不算富裕，家境不过小康。父亲是在当地教区多年的教区长，母亲出身于绅士阶层。与周围富裕的人家相比，这个家庭在教养和文化方面并不逊色。简·奥斯丁是家里八个孩子中的老七。这个家庭男丁兴旺，除简与姐姐卡桑德拉外，其他都是男孩。因此，与姐姐卡桑德拉的关系亲密是可想而知的，

[①] 朱虹编选：《奥斯丁研究》，中国文联出版公司1985年版，第5页。

类似《傲慢与偏见》中的伊丽莎白与姐姐简。至于奥斯丁的情感世界，这位一生都以爱情婚恋为主题写作的女作家，唯一的一次爱情经历，大概就是如许多传记中所记载的与那位爱尔兰青年的爱情。这位青年风度翩翩，举止优雅，这场没有结果的爱情大抵就是伍尔夫随笔中所说的"她一生中最大的失望"。至于后来奥斯丁拒绝另一位青年（据说这位青年将继承大笔财产）的求婚，则是因为在奥斯丁看来，他们之间没有爱情。

这就是这位一生创作了六部小说而且拥有众多读者的简·奥斯丁的经历，平淡、平静、平常、平凡，一如她所有小说的故事情节。就生平资料的缺乏而言，简·奥斯丁与莎士比亚有相似之处，而他们恰恰都是英国文学史上任读者口味几经翻新、作家声誉经久不衰的两位作家。不同的是，莎士比亚尽管少有生平记载，以至于至今仍有人怀疑这位被称作"莎士比亚"的戏剧作家是否存在过，或者是否是莎士比亚写出了那些不同凡响的喜剧、悲剧、历史剧和传奇剧。但就已经知道的有限资料看，这位出生于艾汶河畔的莎士比亚，曾经有过去伦敦剧院打杂、当演员、编剧、做剧院股东直至最后成为戏剧大师的经历。而与莎士比亚有声有色的经历相比，简·奥斯丁的真实性无可疑问，但其生活的平淡恰如其作品中主人公生活的氛围和处境。而且，作为女作家，其所有的作品都是在其去世以后采用真名出版。至于其内在的情感世界，对于一个生活于18世纪至19世纪初，生活圈子不过局限于乡村小镇的女子而言，内敛、含蓄、讳莫如深是可以想象的。唯一的一点情感表达，大抵就在自己的姐姐卡桑德拉那里。

但伍尔夫的眼睛和文字跳过了这一切：有关出身、家庭、教育、环境以及经历，伍尔夫的文字都不曾涉及。文章一开篇，伍尔夫就以一个绕来绕去的假设、想象和感慨，直抵简·奥斯丁资料的弥足珍贵。

的确，多么"不幸"又多么万幸啊，如果不是卡桑德拉·奥斯丁小姐手下留情，如果年迈的奥斯丁小姐将妹妹写给她的书信全部付之一炬，如果她没有给后人留下来她认为无关紧要的几封，后来的奥斯丁的读者和研究者，对于作家的一切，该是多么茫然、多么不着边际啊！

如此出人意料的开篇，使关于奥斯丁的解读和想象充满了弹性和张力。可以肯定地说，在伍尔夫几乎所有的文学批评随笔中，没有一篇是按照文章通常的起承转合模式和套路展开的。伍尔夫的每一篇文章都有一个令人惊奇的开始，然后，看似漫不经心兴之所至，但"行到水穷处，坐看云起时"，然后水到渠成，戛然而止。所谓开篇永远是在意想不到的地方，结束永远是在出其不意的地方。但每一篇随笔的开篇和结束都出人意料，让读者有不曾期望过的惊喜。《简·奥斯丁》一文就是如此。如同意识流一般，伍尔夫心思抵达的地方，正是文章开始的地方。如此打开方式，既符合了读者心目中关于简·奥斯丁的印象，又避开了一般文章的四平八稳、按部就班。随着伍尔夫跳跃的思路和弹性的文字，简·奥斯丁单纯而丰富的世界，如同名贵宝石，呈现在读者面前。

像所有了解简·奥斯丁的读者一样，在《简·奥斯丁》一文中，伍尔夫对奥斯丁的了解，也是从一些流言、几封信件和她的作品中得来的。至于在这些流言、信件和奥斯丁作品中，伍尔夫看到的是什么？循着伍尔夫才情飞扬的想象和富有幽默感及穿透力的文字，读者看到的是一个天才的简·奥斯丁，一个有永久的文学性的简·奥斯丁，一个天生的讽刺作家的简·奥斯丁。

一 名贵宝石，由仙女点化而成的天才

关于简·奥斯丁，即使想象力丰富如弗吉尼亚·伍尔夫者，也

需凭借着仅有的资料以及奥斯丁的作品来了解。在《简·奥斯丁》一文中，流言和亲友评价中的简·奥斯丁，或者是花蝴蝶，或者是拨火棍；或者很可爱如温柔淑女，或者很生硬很犀利如令人惧怕的才女。当然，伍尔夫对这位出身牧师之家的女作家的平淡人生，可以说是了然于心的。像所有早慧的女子一样，或者说与伍尔夫相类似，奥斯丁对创作的热爱也是从读书开始的。身为牧师的父亲是个渊博的学者，对各种文学体裁都有很高的鉴赏力；长兄就读于牛津大学。由奥斯丁的父兄，可以看出这个家庭的教养和文化氛围。重要的是，当简·奥斯丁写作的时候，小说还是一种受人轻视的文学样式，且就形式而言尚未完全成熟。"简·奥斯丁本人就曾对作为诗人的司各特爵士表示过惊讶，因为他竟然会热衷于写小说。"① 即使如此，奥斯丁的全家人都爱读小说。父亲的书架是向简·奥斯丁完全开放的。难能可贵的是，做教区长几十年的父亲，对于女儿的写作还很理解，卡罗尔·希尔兹所著《简·奥斯丁》中记录了一个细节："父亲曾经送给幼年的简一个笔记本，还为她将要写下的内容题写了这样的标题：'一位非常年轻的女士脑海中迸发出的、以全新风格讲述的奇思妙想。'"② 在对待女儿成为作家这一方面，简·奥斯丁的父亲与弗吉尼亚·伍尔夫的父亲有相似之处。当然，乔治·奥斯丁不像莱斯利·斯蒂芬那样的用心。莱斯利是从女儿少年时代起，就刻意训练并致力于把弗吉尼亚打造成一位作家的。但在18世纪末期，在乡间，在小说作为一种文学形式还没有像今天这样受到尊重的时候，博学且有鉴赏力的乔治·奥斯丁对女儿的鼓励，不只是肯定和理解，

---

① [英] 毛姆：《毛姆读书随笔》，刘文荣译，上海三联书店1999年版，第104页。
② [加] 卡罗尔·希尔兹：《简·奥斯丁》，袁蔚译，生活·读书·新知三联书店2014年版，第42页。

更是对女儿才能的欣赏、赞许及对其前途的期待。如同许多年后，在伍尔夫的随笔中，《傲慢与偏见》这只硬邦邦的盒子里藏着名贵宝石一样，奥斯丁的父亲大概也看出了女儿是一颗宝贵的玉石，假以时日打磨雕琢，终究会焕发出灿烂的光华。所以，处身于这样的家庭氛围中，简·奥斯丁从少年时代开始就练习写作也就不难理解。

作为作家，弗吉尼亚·伍尔夫深知天赋、阅读、练笔之于一个写作者的重要。伍尔夫自己就是从父亲书房里那些丰富的藏书中走出来的。从九岁编辑《海德公园门新闻》开始（当然，弗吉尼亚的写作练习比这个时间更早），到整个写作的初期，无论是写散文、日记还是书信，当时尚是弗吉尼亚的弗吉尼亚·伍尔夫，就在探索语言宝藏、寻求确切词语的过程中，体会到恰当地表达自己想法的乐趣。即使在她成为专栏作家和知名小说家之后，其记日记、写书信的习惯，以及早年形成的"将生活中的点点滴滴转化成文字的创作欲望"始终不曾改变。也许，从少年开始写作到一生都在写作，大抵是一位真正作家的宿命。弗吉尼亚·伍尔夫如此，简·奥斯丁亦是如此。所以，伍尔夫看到了十五岁的简·奥斯丁最初的写作练习："她滔滔不绝，以最快的速度写下去，快过她拼写的速度。""这些故事在学习室里引起了阵阵欢笑。"

可贵的是，与大多传记对简·奥斯丁初学写作时期的记载不同，感同身受的经历，使伍尔夫看到了少女时代的简·奥斯丁写作初衷的不同凡响，其蕴蓄于心底的梦想，以及注定要成为一个伟大作家的愿望与抱负。而这正是注定要成为伟大作家的简·奥斯丁与众不同之处。就像伍尔夫从小就清楚自己要成为一名作家一样。当少女时代的范尼莎站在画板前作画时，弗吉尼亚一定要"同甘共苦"，坚持用一个很高的写字桌练习写作。这样的写作方式，在哈里斯版本的《伍尔夫传》里，被认为赋予了一种仪式感、几分严肃和庄重。正是这样的内在要求和坚持以及神圣感，使得弗吉尼亚成为了西方现代文学史上的弗吉尼亚·伍尔夫。如此，当伍尔夫面对简·奥斯丁时，无论小小年纪的简·奥斯丁写作的初衷是如何为了取乐，那些淋漓尽致的故事如何在学习室里引起阵阵欢笑，但在伍尔夫看来，当那位十多岁的女孩开始写作时，内心其实也是充满了神圣感，有着面对世界的胸怀和气度的，甚至这种气度被卡罗尔·希尔兹在其《简·奥斯丁》中，将其称为"一种不顾一切颠倒乾坤的冲动"。对于简·奥斯丁的如此抱负，作为同样伟大的作家，伍尔夫与奥斯丁心有灵犀。感同身受是自然的，惺惺相惜也是很自然的。这使她对奥斯丁有一种精神层面上的高度理解：

> 再明显不过的是，这个十五岁的女孩，坐在厅堂中她自己的角落里写东西，不是为了博兄弟姐妹一笑，不是为了家庭消遣。她既是为所有人，又不为任何人，既为我们的时代，又为她自己的时代；换言之，就是在那个小小年纪简·奥斯丁已经在写作了。这一点可以从她句子的节奏、匀称感和严肃性中听出。……那个在全书中清晰而有穿透力地响着，一直未被淹没的声音是什么？是笑声。这个十五岁的女孩在她的角落里嘲笑世界。①

其实，几乎所有的简·奥斯丁的传记作家，对于奥斯丁的文学初试，

---

① ［英］弗吉尼亚·伍尔夫：《普通读者》Ⅰ，马爱新译，人民文学出版社2003年版，第114—115页。

都有过不同角度的记载。其中玛甘妮塔·拉斯奇的评论就很有代表性："尽管简·奥斯丁的文笔在已臻成熟时显示了她的才华,然而从她这些早期作品中,我们实在很难公平地评断她未来一定大有可为。也没有证据显示,爱她、欣赏她的家人有多么重视她这些作品。毕竟奥斯丁一家都有着一定程度的创作力,奥斯丁太太称之为'过人的才智'。"① 玛甘妮塔·拉斯奇是英国知名小说家和评论家,热爱并欣赏简·奥斯丁并长期从事奥斯丁作品的研究。在其传记《简·奥斯丁》中,对女作家的身世及作品都做了富有创新意义的研究。但在评论简·奥斯丁早期作品时,不可避免地在欣赏上又有所保留。

如此,弗吉尼亚·伍尔夫的眼光和见地就显示出来了。年仅十五岁的简·奥斯丁,当她坐在家中属于自己的小小角落书写的时候,其实是以一支生花妙笔在嘲笑着这个世界。因此,这样的写作,不是为了取乐和消遣,而是为自己的时代,为所有的时代。既为所有人,又不为任何人。这就是伍尔夫眼中创造了"众所周知的精美名著"的简·奥斯丁,这就是注定要成为一位伟大作家的简·奥斯丁。即将出现在《傲慢与偏见》等作品中的广度、深度与高度,那藏在硬邦邦的盒子里尚未被发现的璀璨宝石,在慧眼独具的伍尔夫的眼睛里,已经开始焕发出熠熠光彩。

当然,即使名贵的宝石也需要打磨和雕琢。作为作家,伍尔夫深知一个初学写作者的艰难。在简·奥斯丁未完成的习作《沃森一家》中,伍尔夫看到了一位天才在成功之前的摸索:她的困难,她的掩饰得不够巧妙,克服的方法,开篇几章的生硬与光秃以及由此

---

① [英]玛甘妮塔·拉斯奇:《简·奥斯丁》,黄美智、陈雅婷译,百家出版社2004年版,第27页。

而来的粗糙。正是在这本尚未完成而且不完美的习作中，深谙小说之道的伍尔夫看出了一个天才的更多方面：即使聪慧如简·奥斯丁者，也需要艰难的探寻与摸索，因为"她毕竟不是魔术师"。但宝石就是宝石，宝石总会要发光，"奇迹会诞生"。对此，伍尔夫充满了耐心和信心。她期待着，像所有读者一样等待着：

> 像其他作家一样，她必须营造一个氛围，使她自己特殊的天才能够结出果实。这里她在摸索，这里她还在让我们等待。突然，她做到了；现在事情可以按她希望的方式发生。……她的天才开始释放。我们的感觉立刻兴奋起来；我们被只有她才能传达的那种特殊的强烈感所支配。①

终于，"直到《傲慢与偏见》显示出那只硬邦邦的盒子里藏着多么名贵的宝石"，奥斯丁的才华显示出来了。在伍尔夫充满想象力和趣味横生的文字里，读者看到了一位杰出作家的成长过程。即使天才如奥斯丁、如伍尔夫，在成为一位伟大的作家之前，都不可避免地要经历这样一个过程。

当然，对于解读简·奥斯丁初期写作的研究者，大多也就如此阐释了，而伍尔夫不同。对一位天才作家的认识和激赏，使伍尔夫看到了简·奥斯丁之所以能够成为一位作家的客观因素背后的内在因素，这就是，简·奥斯丁是一位天才，具有成为一位作家的天赋。至于这天赋如何而来，出现在伍尔夫笔下的，是这样令人忍俊不禁

---

① [英] 弗吉尼亚·伍尔夫：《普通读者》Ⅰ，马爱新译，人民文学出版社 2003 年版，第 116—117 页。

的描述和奇思妙想：

> 十五岁的女孩总是在笑。当宾尼先生要拿糖而拿了盐时，她们格格地笑。当老汤姆金斯夫人坐到猫咪身上时，她们几乎要笑死。但她们过一会儿又会哭起来。她们没有一个固定的瞭望所，能够看到人性中永远可笑的东西，男人和女人身上的一些永远引起我们讽刺的特点。她们不知道故意冷落的格里维尔夫人，和被冷落的可怜的玛利亚，是每个舞厅永恒的角色。①

这是伍尔夫眼中简·奥斯丁作品的生动与出彩之处。与上面引文紧接着的是："但简·奥斯丁生来就知道这些。肯定有一位守在摇篮边的仙女在她出生后带她在世上飞了一圈。被放回摇篮里时，她不仅知道了世界是什么样子，而且已选择了自己的王国。如果能让她统治那片领土，她将不贪求其他。"② 这就是伍尔夫对简·奥斯丁天才的解读、解释或者解密。简·奥斯丁所以能于狭小的乡村小镇洞察世界的秘密，在伍尔夫妙趣横生的笔下，演绎成为摇篮中的简·奥斯丁，被仙女带着在世上兜了一圈。因此，这个早慧的女孩，就知晓了这个世界的秘密。在选择并确定了自己的领地后，奥斯丁就成为了这个领地的女王。

如此富有想象力的描述，给读者的感觉是，那个住在乡间牧师住宅中的小女孩，仿佛坐在河岸边的爱丽丝，跟随着红眼睛的小兔子漫游了一次仙境；又仿佛传说中的阿里巴巴，获得了"芝麻开门"

---

① ［英］弗吉尼亚·伍尔夫：《普通读者》Ⅰ，马爱新译，人民文学出版社2003年版，第115页。
② 同上。

的咒语，进入了藏满金银财宝的山洞。如此充满情趣，使伍尔夫有关简·奥斯丁的想象和文字，被赋予了一种童话般的神奇和瑰丽。

当然，简·奥斯丁就是简·奥斯丁。在伍尔夫看来，过人的天赋与聪慧，使得简·奥斯丁无论看人、看人性、看世界，都能洞若观火、目光如炬。所以，在一个"易感"的年龄，与其年龄不相称的理性与成熟，使得奥斯丁即使早期的习作，都不会在幻想与仙境中迷失，更不曾有跌宕起伏的险象环生。伍尔夫这样评价少女时代的简·奥斯丁：

> 因此在十五岁她对他人很少幻想，对自己更是没有。她写的任何东西都很完美，不是与教区，而是与宇宙相联系。她冷静客观，高深莫测。当作家简·奥斯丁在书中以最非凡的素描笔法写下格里维尔夫人的一些对话时，没有一丝对牧师的女儿简·奥斯丁曾经受到的冷落所感到的怨愤。她的目光直接投向了那个标记，我们准确地知道那个标记在人性的坐标图上的位置。我们之所以知道，是因为简·奥斯丁紧紧保守着自己；她从来不越过她的界限。即使是在十五岁这样易感的年龄，她也没有因为害羞而出卖自己，因一时冲动的同情而删去某句讽刺，或在狂热的迷雾中模糊了轮廓。她仿佛用棍子一指说，冲动和狂热到那里为止；界限清清楚楚。但她不否认月亮、山峦和城堡的存在——在界限那边。她甚至有一点自己的浪漫。[①]

[①] ［英］弗吉尼亚·伍尔夫：《普通读者》Ⅰ，马爱新译，人民文学出版社2003年版，第115—116页。

如此，在伍尔夫的解读中，年仅十五岁的简·奥斯丁的书写，在从未迷失的客观冷静的背后，是对人性的洞察，是与宇宙的联系，尽管伍尔夫也读出了一点奥斯丁的小浪漫，那就是"月亮、山峦和城堡的存在"，但一旦界限分明，奥斯丁则绝不造次。在伍尔夫的眼里，奥斯丁手中的笔仿佛指挥家的小棍子，只需一点，无论是易感、冲动还是狂热，都在该止步的地方适可而止。

所以，如果把伍尔夫对简·奥斯丁最初写作的感觉略加概括的话（尽管这样的概括有违伍尔夫的本意，消解了其文字的灵动，甚至遮蔽了伍尔夫的才情和光芒），那么，这就是：作为作家，简·奥斯丁是一位天才，是一位经由仙女点化而成的天才；作为一位天才，初学写作的简·奥斯丁，也经历了所有作家都经历过的探寻与摸索；在艰难的尝试之后，奇迹诞生；简·奥斯丁如一颗珍贵宝石，焕发出熠熠光彩；不同于同龄作家的善感和易感，简·奥斯丁高深莫测，对世界、对人性有着超乎其年龄、超乎平常人的洞察和判断；简·奥斯丁的写作，不是为自己，是为所有人，又不为任何人；简·奥斯丁的写作，既为自己的时代，又为所有的时代。如此，在弗吉尼亚·伍尔夫的随笔中，简·奥斯丁那些看似平淡的场景和细节，成为塞满其宝贝盒子的一粒粒珍贵的宝石。而这些名贵宝石的拥有者，就是被仙女带着在世界了兜了一圈的那个小女孩。而这个小女孩，最后成为了一个天才，一个伟大的作家。

二　文学的永久性与为整个世界写作

当伍尔夫在简·奥斯丁即使早期的作品中，感觉到了天才要释放、奇迹会诞生的时候，伍尔夫看到的是什么呢？

爱德华一家去参加舞会。汤姆林森家的马车经过；她可以告诉我们人家给查尔斯"拿来了手套，叫他一直戴着"；汤姆·穆斯格罗夫带着一桶牡蛎退到了一个僻静的角落，十分惬意。她的天才开始释放。我们的感觉立刻兴奋起来：我们被只有她才能传达的那种特殊的强烈感所支配。但它是由什么构成的呢？一个乡下小镇的舞会；几对夫妇在会客室见面握手；吃吃饭喝喝茶；至于结局呢，一个男孩被一位年轻女士冷落，被另一位温柔相待。没有悲剧也没有英雄事迹。但不知为何这小小的场景具有与表面的沉闷不相称的动人魅力。①

这是伍尔夫在简·奥斯丁早期作品所看到的景象。当简·奥斯丁写作那部《沃森一家》时，是在写作《第一印象》之后。最初未曾问世的《第一印象》，成为了十多年后出版的《傲慢与偏见》。至于《沃森一家》，因为简·奥斯丁的不满意，最终没有写完。这时的简·奥斯丁，其写作还没有像后来那样成熟或者游刃有余。但是，就是从这部简·奥斯丁不满意、未完成、不成功，甚至质量稍差的作品中，伍尔夫对作者的天才有了更多层面的理解，发现了其平淡沉闷表面下的动人魅力和天才光芒。

对于一般的读者而言，《沃森一家》是很难看到了。在简·奥斯丁问世的六部作品《傲慢与偏见》、《理智与情感》、《诺桑觉寺》、《曼斯菲尔德庄园》、《爱玛》、《劝导》中，《傲慢与偏见》可以说是简·奥斯丁拥有读者最多的小说。当然，不妨有一些读者出于偏爱，

---

① ［英］弗吉尼亚·伍尔夫：《普通读者》Ⅰ，马爱新译，人民文学出版社 2003 年版，第 116—117 页。

会欣赏《曼斯菲尔德庄园》、《爱玛》或者《劝导》。对于普通读者来说，如果只读简·奥斯丁一部作品的话，大抵就是《傲慢与偏见》了。可以说，《傲慢与偏见》是简·奥斯丁作品中最有趣、最完美、最具代表性的作品，因而也是阅读奥斯丁的首选作品，甚至是理解简·奥斯丁的普及性读物。当然，这里所谓普及性读物，丝毫没有贬低《傲慢与偏见》的意思，丝毫无损于这部作品的完美与深刻。这里所谓普及，意思是读者之多之广泛。因此，以这部最具代表性和普及性的作品为文本，进入简·奥斯丁王国中的那些场景与画面，领略其动人魅力，大概是最为适宜的了。

家住朗伯恩的贝内特先生和贝内特太太有五个女儿，简、伊丽莎白、玛丽、基蒂、莉迪亚。小说开始时，五个女儿正处于待嫁的年龄。贝内特太太最着急的是如何把五个女儿嫁出去。此时，附近的内色菲尔德庄园被出租，租下这座房子的宾利，就成为周围有待嫁女儿的太太们尤其是贝内特太太想象中理所当然的女婿。与宾利一起住在庄园里的还有其姐姐宾利小姐、好朋友达西。一对房客的到来，在本来平静的乡间荡起了波澜。然后，次第出现的英俊优雅的军官威克姆先生、贝内特先生的表侄柯林斯先生、伊丽莎白的好朋友夏洛蒂、达西的姨妈凯瑟琳夫人等。随着小说的展开，如开篇所谓"有钱的单身汉总要娶位太太"这一举世公认的真理，就在四对不同类型的婚姻中，亦庄亦谐且亦讽亦谑地被证实了。

这是《傲慢与偏见》中的大致内容。就情节看，一个展开了四对爱情或婚姻故事的小说，其情节、其场景、其画面是由什么构成的呢？习惯的理解，婚恋小说中的故事一定是一波三折、兜兜转转、枝蔓丛生直至最终引人入胜的。但实际上，与伍尔夫在简·奥斯丁早期不成熟的作品中所读到的景象相类似，即使在这部堪称完美的经典之作中,读者看到的构成小说故事的场景和细节,也不过是乡下小镇的舞会、见见面握握手、吃吃饭喝喝茶。如果在吃饭喝茶之外再加上一点什么的话,那就是写写信聊聊天、弹弹琴跳跳舞,至多再加上登门拜访或外出旅行。每天发生在乡下小镇、乡绅住宅中的庸常琐事,在《傲慢与偏见》中成为构成这部完美名著的核心内容。

按照习惯的思维逻辑,联系到伍尔夫在《现代小说》和《班奈特先生和布朗太太》中对偏重物质与偏重精神、爱德华时代的作家与乔治时代作家的划分,联系到伍尔夫的小说理念以及其一贯的对精神的强调,对于在小说中写日常生活的作家应该是不以为然的。如同伍尔夫在《现代小说》中所表达的对威尔斯先生、贝内特先生和高尔斯华绥先生的失望:"如果我们给这些书都贴个标签,标上'偏重物质'一词,我们是借此表示,这些书上写的事都不关紧要,而它们却花了很大的技巧和很多心血,使得鸡毛蒜皮转眼即过的东西看起来真实经久。"① 更有讥诮意味的是,伍尔夫以富有小说意味的笔法描述贝内特先生对生活的捕捉:"贝内特先生带着他那套捕捉生活的良好技术装备来追踪,方向稍稍追偏了一点吗?结果让生活逃掉了;而没有生活,恐怕别的一切都不值得去写。"②

让生活逃掉,没有生活,是伍尔夫在《现代小说》中对威尔斯、贝内特、高尔斯华绥三位作家的判断,因为这是鸡毛蒜皮。但是,同样写着生活琐事的简·奥斯丁小说,难道不是鸡毛蒜皮吗?伍尔夫何以对简·奥斯丁作品中类似鸡毛蒜皮的场面与情节大加欣赏,

---

① [英]弗吉尼亚·伍尔芙:《伍尔芙随笔全集》I,石云龙、刘炳善、李寄、黄梅译,中国社会科学出版社 2001 年版,第 136 页。
② 同上。

而对贝内特等作品中的细节描述不无讥诮？这就是伍尔夫的慧眼独具、见地卓著之处。在伍尔夫看来，在威尔斯、高尔斯华绥、贝内特先生等作家的作品里，看不到我们所追求的东西，三位作家所关注的是肉体而不是精神。或者用最直白的表达就是，他们的作品是流于生活表面的。所以，对于这些偏重物质的作家，尽可能早且有礼貌地转过身来背对着他们大步走开，即使走近荒漠，如此，才有利于拯救英国小说的灵魂。

与《现代小说》中所列威尔斯等作家不同，简·奥斯丁的小说看上去是一些生活琐事，也的确是生活琐事，但在这些生活琐事的背后，是简·奥斯丁对人物性格的塑造，每一个人物都带着自己的鲜活与生动，带着自己独特的生命方式。所以，在简·奥斯丁这里，其平凡而琐碎的生活背后，有着伟大艺术的最重要因素，那就是永久的文学性，赋予其琐碎的生活以最持久的生命方式。可以说，在所有伟大的作家中，没有一个作家能够像简·奥斯丁这样敏感且明确地意识到日常生活的深刻与微妙，也很少有作家在如简·奥斯丁写作的年龄，就清楚地知道自己应该写什么？什么是自己所擅长的？自己的领地在哪里？正如伍尔夫在其幽默俏皮的想象里所描述的，简·奥斯丁是被仙女带着在世界上兜了一圈，然后成为了一个写作天才，这就是简·奥斯丁的天赋。天赋之外，对自我、对世界、对自己才能的清醒认知，使得简·奥斯丁知道自己的领域在哪里，知道自己适合写什么不适合写什么。就这样，这位年轻的女作家，安然沉静地固守于自己的天地，写出了既属于自己又属于世界的伟大作品。所以，伍尔夫这样高屋建瓴地评价简·奥斯丁：

> 认识到日常琐事的深刻性，简·奥斯丁选择描写这些琐事，

描写宴会、野餐和乡村舞会,不是再自然不过的吗?……她从未为摄政王或其图书馆长写作,而是为整个世界写作。她很清楚她的才能是什么,按作家的要求看它们适合描写什么素材,因为作家对成品的标准是很高的。有些印象在她的领域之外;有些感情她无论通过怎样的努力和技巧也表现不了。例如,她不能让一个女孩热烈地谈论标语和礼拜堂。她不能全心全意地投入一个浪漫的时刻。她有各种方法来回避激情的场面。对自然界及其美景她以独有的侧面方式来处理。她描述一个美丽的夜晚,而一次也没有提到月亮。但当我们读到那工整的寥寥数语:"没有云的夜晚的清辉与树林的暗影的对比",立刻感到这个夜晚像她简单地告诉我们的那样"肃穆、宁静、可爱"。[①]

不是吗?当读者在阅读着那本被视为奥斯丁杰作的《傲慢与偏见》时,在小说中,随着两个年轻人的到来,我们看到的是一个一个的班纳特小姐—班纳特小姐—班纳特小姐们的故事。一次次的宴会、舞会、拜访、郊游、谈话、吃吃饭喝喝茶以及可笑的柯林斯先生与班纳特太太。在这些司空见惯、周而复始的生活琐事中,读出了人物的机智、见识、乐观、机心、愚蠢、可笑、轻佻与浅薄,以及自以为是与不可一世。在平凡的情景中,看到了人性的弱点和闪光。就像伍尔夫所高屋建瓴地评价的那样:"她从未为摄政王或其图书馆长写作,而是为整个世界写作。"正是为整个世界写作,所以,简·奥斯丁在自己的那一方天地里,以一支笔打下了文学的天下,并赢

[①] [英]弗吉尼亚·伍尔夫:《普通读者》Ⅰ,马爱新译,人民文学出版社2003年版,第120—121页。

得了全世界的读者。就这样，一代一代的读者会像毛姆所说的那样一页接着一页地往下读，急切地想知道下文如何。在这样的阅读体验中，忘掉表面生活的相似，而从中体会到一种如伍尔夫所谓的"更深刻的乐趣"。

三 对人类价值观的敏锐辨别

与简·奥斯丁在平淡甚至单调的生活中表现出众生相联系在一起的，是简·奥斯丁对人性的深刻的洞察和揭示，是对人类价值的敏锐辨别，这就是伍尔夫所说的简·奥斯丁作品中"更深刻的乐趣"。当女作家在书写着其笔下的人物时，看似笔调轻松幽默，实际上有着作者的价值判断。正如英国批评家安·塞·布拉德雷在其《论奥斯丁》中所说："简·奥斯丁有两个明显的倾向，她是一个道德家和一个幽默家，这两个倾向经常是掺混在一起，甚至是完全融合的。"[1] 这里，安·塞·布拉德雷所谓的道德家，可以理解为简·奥斯丁在作品中对人物、对人性的揭示和评判；而其所谓的幽默家，则是众所周知的简·奥斯丁作品中几乎一贯的讽刺手法。值得注意的是，当简·奥斯丁在作品中表达其价值观时，不是道德说教。作者的判断和态度，是在其司空见惯的日常生活描述中，在那些由吃吃饭喝喝茶所构成的场景中自然而然地流露出来。这样的价值辨别，不只是在简·奥斯丁的完美经典之作如《傲慢与偏见》等作品里，甚至在其尚未完成的作品中亦同样如此。对此，伍尔夫敏锐地捕捉到了。在伍尔夫看来，简·奥斯丁的"辨别是那么准确，讽刺是那么正当，以致它虽然贯穿始终，却几乎逃过了我们注意。没有一点

---

[1] 朱虹编选：《奥斯丁研究》，中国文联出版公司1985年版，第63页。

琐碎、没有一些怨恨将我们从沉思中吵醒。愉悦奇怪地与好笑相混合。美照亮了这些愚人"①。

当然，如果把伍尔夫对简·奥斯丁尚未成熟的作品之评价，复制在其堪称完美的作品《傲慢与偏见》这里，完全可以说是有过之而无不及。简·奥斯丁的这部经典作品，完全当得起伍尔夫对其所有作品的称许与赞赏。不是吗？当读者在阅读着小说《傲慢与偏见》时，当面对着贝内特一家：贝内特先生、贝内特太太以及他们的女儿们，当看着他们一家人吃饭喝茶聊天参加舞会接待客人出门拜访，如此等等，读者看到的，俨然是一幅人生百相图。古怪的、变幻莫测的贝内特先生，既乖觉诙谐，好挖苦人，又不苟言笑；智力贫乏的贝内特太太，孤陋寡闻，喜怒无常，每遇不称心的事情就要别人体谅她那脆弱的神经；至于他们的五个女儿，虽然每一个都是贝内特小姐，但其不同不止于外在相貌，更在其性格品质。其中，大女儿简，既美丽善良又心肠仁慈、性情柔顺娴静，其外表总是笑盈盈的，其性格最大的特点就是遇事总往好处想，在简的眼里所有人都是好人；二女儿伊丽莎白是小说的中心人物，外貌虽然不及姐姐美丽，但却聪明颖慧，性情活泼，且凡事自有主见。这一人物是简·奥斯丁最喜欢的人物。而且，在很多人眼里，其原型就是简·奥斯丁本人。一定程度上，"她确实把自己的欢乐、勇气、机敏和见识都赋予了伊丽莎白这个人物"②。三女儿玛丽：是五个女儿中长相最平平者，但虚荣心强。之所以练琴读书，不过是意在众人面前卖弄。且既无天赋，又无情趣，还自恃见解高明。言行举止之间，带着一

---

① [英]弗吉尼亚·伍尔夫：《普通读者》Ⅰ，马爱新译，人民文学出版社2003年版，第119页。
② [英]毛姆：《毛姆读书随笔》，刘文荣译，上海三联书店1999年版，第110页。

种迂腐气息与自负派头；四女儿基蒂和五女儿莉迪亚，看似活泼活跃，实则轻浮甚至放浪。两个人最大的兴趣就是跳舞或者热衷于结识穿着红制服的军官，尤其是莉迪亚，尚不过二八年华，却因生性轻浮，不知天高地厚，胆大妄为，叽叽喳喳，疯疯癫癫，轻佻风流，没羞没臊，其与威克姆的私奔完全是为了一时情欲。

这就是《傲慢与偏见》中的贝内特一家，每一个人都带着自己鲜明的个性，既呈现出人性的弱点，又散发着人性的光芒。尤其是贝内特家的五个女儿，仿佛她们不仅出现在简·奥斯丁的小说里，而且会时刻出现在我们的生活中，甚至就在每一位读者的身边。古今中外，大抵每一代女性中，都有贤淑仁慈的简，有丽质慧心聪明绝顶的伊丽莎白，有迂腐且无趣的玛丽，还有花蝴蝶一样轻浮轻佻的基蒂和莉迪亚。就这样，她们一直存在着，环绕着读者身边，其音容笑貌，呼之欲出。个性迥异的五个贝内特小姐，就像现实女性中的你我她。每一个女性读者，甚至都可以在自己身上找到她们其中某一个人的影子。至于五个女儿的母亲贝内特太太，被很多学者认为是简·奥斯丁作品中"最富有喜剧色彩的人物之一"，"一个令人开心的角色"。随着作品情节的展开，几乎所有的读者都会情不自禁地，一方面鄙视她，另一方面又有点同情她。读过《傲慢与偏见》的读者，在记住了伊丽莎白和达西的同时，留下深刻印象的肯定就有贝内特太太。这一人物所以给读者留下难以忘却的印象，就在于"在奥斯丁的亲朋好友以及一代又一代的读者中，这样的女人何止千万"[①]！

正是这些存在于读者当中的人物，形成了简·奥斯丁作品中丰富的生命世界。至于在作品中自然而然地流露出来的对五个贝内特小姐

[①] 朱虹编选：《奥斯丁研究》，中国文联出版公司1985年版，第92页。

的不同态度,既表现在作者为她们安排的不同结局上,同时也体现在作者间接给予读者的认知和感受上。当读者读着《傲慢与偏见》时,随着情节的展开,对作品中的人物或欣赏、或赞许、或嘲笑、或不以为然、或鄙视。而所有的倾向性都来源于作者对人物的塑造,来源于读者的内心感受,其中包含的既有作者奥斯丁"对人类价值观的敏锐辨别",更有读者的价值判断。在这样一个由作者—作品—作品中的人物—读者循环往复的世界里,伍尔夫所谓"最持久的生命形式"以及"最深刻的乐趣"实现了。"奥斯丁所表现的感情比表面上深刻得多。她激发我们去提供书中没有的东西。她提供的看上去是一些琐事,但却含有某种东西,它在读者的脑海中扩展,给外表琐碎的生活场景赋予最持久的生命形式。重点永远放在人物性格上。……对话的曲折发展给我们造成悬念。我们的注意力一半放在当时,一半放在将来。当最后,爱玛的表现证实了我们对她的最高期望时,我们好像目睹了一个最重要的事件那样激动。实际上,在这本未完成的、大体上质量稍差的故事中包含了简·奥斯丁的伟大艺术的所有要素。它有文学的永久性。忘掉表面的生动与生活的形似,剩下来可提供的是一种更深刻的乐趣,对人类价值观的敏锐辨别。"[①]

但是,在所有伟大的作家中,简·奥斯丁的伟大之处是最最难以捕捉到的。因为,"她不是热情奔放的天才;她不像艾米莉·勃朗特那样,只要打开门就可以让人感觉到她。她谦卑而快乐地捡拾着搭巢用的树枝和稻草,把它们整齐地摆在一起。树枝和稻草本身有一点干枯和灰暗。大房子和小房子;茶会、宴会、偶尔的

[①] [英]弗吉尼亚·伍尔夫:《普通读者》Ⅰ,马爱新译,人民文学出版社2003年版,第117页。

野餐；……恶习、冒险、激情被挡在外面。但是在这一切平凡、一切琐屑之中，她没有回避任何东西，没有任何东西被忽略"[1]。在这一段关于简·奥斯丁的评论中，伍尔夫将奥斯丁与勃朗特姐妹之一的艾米莉·勃朗特做了比较。众所周知，写出了《呼啸山庄》的艾米莉·勃朗特，"是那种拒绝现实生活而靠高水平的想象力来维持激情的、诗意地生存的天才"[2]。构成《呼啸山庄》情节主线的是深入骨髓的爱情和近乎疯狂的复仇。所以，暴烈乖戾的性格、极度疯狂的行为、悲剧性的激情，就成为《呼啸山庄》最鲜明的特征。如伍尔夫在其随笔《〈简·爱〉与〈呼啸山庄〉》中所评价的艾米莉·勃朗特："她的天才是一种最罕见的能力。她能够使生命摆脱对事实的依赖；寥寥数笔就画出一张面孔的灵魂，从而不需要有身体；一说荒野就能使狂风呼啸，电闪雷鸣。"[3] 这里，"狂风呼啸，电闪雷鸣"，像极了《呼啸山庄》中的狂野、咆哮、恐怖的氛围。这样的氛围，不只是伍尔夫所谓只要打开门就可以感觉到，甚至未曾打开门或者门已经全然关闭，都能够强烈地感觉到回荡在作品中的那种极度激烈、极尽疯狂的情绪。与艾米莉·勃朗特作品的惊心动魄不同，简·奥斯丁的作品，无论情节还是情绪，都是极度平淡且平凡的。正如福斯特所认为的那样：简·奥斯丁是纤弱的，文质彬彬的。除了在她少女时期写的小说，她是不会让暴力冲突的场面摆到前台的。的确，简·奥斯丁从来不写暴力的场面，至于原因，与其"纤弱"有关但又不完全有关。对此，伍尔夫的评价和解读更为到位，那就

---

[1] [英]弗吉尼亚·伍尔夫：《普通读者》Ⅰ，马爱新译，人民文学出版社2003年版，第118页。
[2] 陈晓兰主编：《外国女性文学教程》，复旦大学出版社2011年版，第13页。
[3] [英]弗吉尼亚·伍尔夫：《普通读者》Ⅰ，马爱新译，人民文学出版社2003年版，第137页。

是简·奥斯丁对自己能力的聪明认知。至于如何去做,伍尔夫以捡拾树枝和稻草用来搭巢做了形象的描述,而且这些树枝和稻草本身还有一点干枯和灰暗。这就是简·奥斯丁用来建筑其小说世界的材料。但就是这样一些平淡甚至暗淡干枯的材料,经由简·奥斯丁的一支生花妙笔,举重若轻,最终成为了塑造出鲜明个性、揭示出人性不同侧面、同时又蕴蓄着深刻价值观的作品。

四 一贯的讽刺作家,以鞭子似的语言

几乎所有的读者、研究者都注意到了简·奥斯丁作品中所体现出的讽刺艺术。所以,关于简·奥斯丁的讽刺和幽默,轻松笔调、漫画式的夸张手法、滑稽人物、喜剧性格、情节的喜剧性处理以及反讽等,许多学者都对此做了多方面探讨。如:"奥斯丁的讽刺艺术,不仅表现在某些人物的喜剧性格上,也不仅表现在众多情节的喜剧性处理上,而且还融汇在整个故事的反讽构思中,让现实对人们的主观臆想进行嘲讽。"[①] 再如:简·奥斯丁"主要是一个讽刺家,能用无比轻快的笔触揭示生活在她周围的那些人们身上的可笑而又可爱的怪癖和缺点"[②]。对于简·奥斯丁的讽刺,有学者认为是与其道德评价有关,如安·塞·布拉德雷所说的简·奥斯丁明显的两个倾向,即道德家和幽默家。但在 D. W. 哈丁看来:"她并没有一般讽刺家具有的那种说教的意图,她也不是要向人们布道,而是要为她自己的批判态度找到某种形式。"[③] 可以说,关于简·奥斯丁的

[①] [英] 简·奥斯丁:《傲慢与偏见》,孙致礼译,译林出版社 2000 年版,译者序,第 5 页。
[②] 朱虹编选:《奥斯丁研究》,中国文联出版公司 1985 年版,第 86 页。
[③] 同上书,第 91 页。

讽刺,几乎在所有论及其创作的探讨中,都毫无例外地涉及了。尽管涉及的角度和层面不同。

概括全面有之,分析到位有之,但在这所有的概括和分析中,能够直达简·奥斯丁幽默讽刺极致的,当属伍尔夫。甚至可以这样说,很少有评论家对奥斯丁的讽刺特点描述或者论述得如此生动、如此形象、如此犀利快意一语中的。

> 她是整个文学史上最一贯的讽刺作家。……她一个接一个地塑造出她的傻瓜、她的道学先生、她的俗人、她的柯林斯先生、她的沃尔特·艾略特爵士、她的班尼特夫人。她用鞭子似的语句环绕着他们,抽打着他们,削出了他们永恒的轮廓。但他们留在那里;没有借口,没有怜悯。……有时让人觉得她的人物生下来只是为了让简·奥斯丁享受将他们斩首的莫大快乐。①

这就是伍尔夫感觉中的简·奥斯丁的讽刺,用鞭子似的语句抽打着其笔下的傻瓜和俗人,并享受将他们斩首的快乐。如此淋漓酣畅,斩钉截铁,这样的评述,只有感觉敏锐、语言晓畅如伍尔夫者,才能体会得到并表达出来。如果说在《简·奥斯丁》一文中,伍尔夫多以简·奥斯丁尚未完成的作品《沃森一家》作为解读文本的话,在此,伍尔夫将奥斯丁讽刺的主角徽章,直接颁发给了《傲慢与偏见》中的两个蠢人:第一名,柯林斯先生;第二名,班奈特太太。实际上,一旦提到简·奥斯丁《傲慢与偏见》中的蠢人、傻瓜和俗

---

① [英]弗吉尼亚·伍尔夫:《普通读者》Ⅰ,马爱新译,人民文学出版社2003年版,第118—119页。

人，几乎所有的读者首先想到的就是柯林斯和班奈特夫人。甚至可以说，因为简·奥斯丁出色的描写，那个在《傲慢与偏见》中出场并不很多的柯林斯，简直就是蠢人与傻瓜的第一或者不二人选。至于班奈特夫人，几乎时时刻刻都出现在班奈特家庭故事的每一个场景中，成为点缀小说中所有班奈特小姐故事的一个背景和不可或缺的角色。自始至终，时时处处，无所不在。

难能可贵的是，当《简·奥斯丁》一文以极尽犀利和生动的笔法评述解读着简·奥斯丁的讽刺时，伍尔夫以非同一般的敏锐，捕捉到了简·奥斯丁讽刺的看似轻描淡写，实则举重若轻。这就与大多讽刺作品的夸张与漫画不同。在简·奥斯丁的作品中，其情节是现实的，其讽刺也是轻松快乐的，既没有刻意地夸张，也不曾着意地漫画。出现在其作品中被讽刺被嘲笑被鞭挞的人物，就是现实生活中常见的人物。蠢人柯林斯先生，是班奈特先生远道而来的侄子；不可一世的凯瑟琳·德布尔夫人，是达西的姨妈；"智力贫乏、孤陋寡闻、喜怒无常"的班奈特夫人，就是作品中五个班奈特小姐的母亲。与简·奥斯丁在平淡的生活中塑造人物性格、揭示人性、价值观辨别相一致的是，即使是讽刺、即使是嘲笑，在简·奥斯丁的小说中，也是于日常生活的平淡场景中显示出来，即使她在享受将蠢人俗人斩首的莫大快乐的时候，亦是如此。然后，"愉悦奇怪地与好笑相混合。美照亮了这些愚人"[①]。"她心满意足；她不会改动任何人的一根头发，或是移动世界上的一块砖头或一片草叶，因为这世界给她提供了这么大的乐趣。"[②]

---

① [英] 弗古尼亚·伍尔夫：《普通读者》Ⅰ，马爱新译，人民文学出版社2003年版，第119页。
② 同上。

的确，熟悉《傲慢与偏见》的读者，如果回味柯林斯先生几次出场或者露面的话，这位作品中一号蠢人的所作所为，不过是登门拜访、吃饭聊天、参加舞会、求婚等，而这一切，都是发生在现实生活中最平常不过的情节。但就是在这一系列庸常的细节和场景中，一个智商平庸、情商更低的"一身兼有傲慢与恭顺、自负与谦卑的双重性格"的蠢才出现了。与《傲慢与偏见》中其他人物的自然出场不同，柯林斯的出场，是以一封写给班奈特先生的信开始的。就是这封所谓"求好修和"的书信，写得极为迂腐又颇费心思。遣词造句之间，一个谦卑与自负的蠢人，未见其人，先闻其声，愚人个性，呼之欲出。

与其书信所达到的效果相得益彰的，是班奈特一家对这封书信的态度和判断，由此可以看出读信人的个性和见识。在其眼里所有人都是好人的简，尽管对柯林斯先生是否能补偿他们心存疑问，但还是感慨"他这番好意也真是难得"；玛丽则从写作的角度看这封信，自然似乎找不出什么毛病，但特别对柯林斯在信中所用"橄榄枝"这一概念加以阐释，认为虽不新颖，却也恰当，由此看得出玛丽自以为大有学问实则迂腐之极；一心要结识穿红制服军人的基蒂和莉迪亚，不仅对书信不感兴趣，一段时间已经对穿其他颜色服装的人都不感兴趣了；一家人中，态度出人意料者倒是班奈特夫人，本来对柯林斯的怨愤因其书信而打消不少，并准备心平气和地接待客人。所有人中，清醒敏锐者只有伊丽莎白与父亲班奈特先生。伊丽莎白从柯林斯"对凯瑟琳夫人是那样顶礼膜拜，而且好心好意地随时准备给教民举行洗礼、婚礼和葬礼"中感觉到了有趣，并认定柯林斯一定是一个古怪人，文笔浮夸。即使对继承财产表示歉意，也不相信他会放弃。班奈特先生，则非常敏锐地意识到在柯林斯书信里的"既卑躬屈膝又自命不凡的口气"①。

本来,家人之间的书信往来是再平常不过的事情,但在简·奥斯丁的笔下,一封书信及其所引起的反应,无论是写信人还是读信者,自卑与自负、迂腐与卖弄、仁慈与善意、清醒与敏感,都在书信抵达的那一刻呼之欲出。简·奥斯丁讽刺的鞭子,在远远地抽打了柯林斯先生的同时,轻轻地一扬,又顺便不露声色地抽打了一下迂腐的玛丽和花蝴蝶一样轻佻的基蒂和莉迪亚。而这一切,都是于家人的读信和对话中,自然而然地完成的。没有奇特想象,也没有夸张漫画。但人物的个性、作者的态度与辨别力,在一系列不动声色的细节和对话的聚合中显示出来。由此而彰显的平淡中意味深长的美感、深度和复杂性,为一般旗鼓大张的讽刺作家所不能及。对此,伍尔夫这样评述:"实际上,那种难以捕捉的性质是由许多很不相同的部分组成的,需要特殊的天才把它们结合起来。与简·奥斯丁的才智相配的是她那完美的鉴赏力。她的傻子就是傻子,她的势利小人就是势利小人,因为他偏离了她心目中健康和理智的模型,她将这模型准确无误地传达给我们,即使是当她使我们发笑的时候。没有哪个小说家更多地使用对人类价值的正确感受力。她以一颗无过失的心、无懈可击的品位、近乎严厉的道德作衬托,揭示那些偏离善良、诚实和真挚的行为,它们属于英国文学中最可爱的描写。……她小说的深度、美感和复杂性便是由此而来。"②

---

① [英]简·奥斯丁:《傲慢与偏见》,孙致礼译,译林出版社2000年版,第62页。
② [英]弗吉尼亚·伍尔夫:《普通读者》Ⅰ,马爱新译,人民文学出版社2003年版,第119页。

五 轻松风趣背后的惆怅与忧伤

在《简·奥斯丁》一文中，伍尔夫以一种晓畅风趣、行云流水般的笔法，书写着她感觉中的简·奥斯丁，轻松的笔调几乎贯穿于随笔的大半篇章。但是，当伍尔夫近乎轻快犀利地分析了简·奥斯丁的平淡与深刻、幽默与讽刺之后，在文章的最后部分，伍尔夫又以丰富的想象，为简·奥斯丁这位英年早逝的女作家，想象了一个未曾到来的未来。这就为《简·奥斯丁》这篇随笔，平添了一种感伤的情绪。在轻快风趣的笔调中，有了一种淡淡的但又是无尽的惆怅与忧伤。

熟悉英国文学的读者都知道，19世纪的英国文坛，在出现了狄更斯、萨克雷、哈代等文学大家外，还出现了一批才华横溢的女作家。可以说，19世纪英国文学的光芒与丰富多彩，很大程度上，是由这些成就卓异的女性来创造的。这些女作家，被伍尔夫及后来几乎所有的女性文学的研究者认定是简·奥斯丁、夏洛蒂·勃朗特、艾米莉·勃朗特及乔治·爱略特。在美国学者桑德拉·吉尔伯特和苏珊·古芭那部著名的著作《阁楼上的疯女人 女性作家与19世纪文学想象》中，她们是四位一马当先的女骑手；在伍尔夫的《妇女与小说》一文中，她们是"四位伟大的女性小说家"。正是在《妇女与小说》中，伍尔夫曾经就18世纪之前女性文学的几乎空白如此发问："为什么18世纪以前没有女性的作品源源不断出现呢？为什么自那以后她们就几乎像男人一样常常写作，并且生产出了一部又一部英国小说的经典之作呢？"[①] 在伍尔夫看来，女性文学的缺席，

---

① [英]弗吉尼亚·伍尔芙：《伍尔夫随笔全集》Ⅳ，王义国、张军学、邹枚、张禹九、杨羽译，中国社会科学出版社2001年版，第1627页。

很大程度上，在于法律和习俗造成了这种间歇性的缄默和发声。

这里，女性文学何以缺失和缄默暂且不论。对于19世纪的英国文坛来说，一个显而易见的事实是，当简·奥斯丁、勃朗特姐妹、乔治·爱略特这四位杰出的女作家进行创作的时候，她们中的每一位都以自己独特的才华，创造着属于19世纪英国文学的辉煌。但与此同时，一个令人遗憾的现实是，除却乔治·爱略特（1819—1880）活过了知天命之年外，其他几位女作家都是英年早逝。夏洛蒂·勃朗特（1816—1855）39岁，艾米莉·勃朗特（1818—1848）30岁，安妮·勃朗特（1820—1849）29岁，即使她们中的年龄最长者简·奥斯丁（1775—1817）也刚刚进入不惑之年。与此构成鲜明对比的是，隔着一条英吉利海峡，在大海的另一边，法国的斯达尔夫人（1766—1817）活到了知天命之年，乔治·桑（1804—1876）则是年逾古稀。几乎同一时期英法两国女作家不同的生命长度，仿佛在印证着斯达尔夫人在其著名的《论文学》一书中对西欧文学之南方文学与北方文学的划分。斯达尔夫人认为地理环境对文学有着根本的影响：南方文学的乐观情调得益于南方的空气、丛林与溪流；北方文学的气质阴郁，源自北方土壤的贫瘠和天气的阴沉。如果借用斯达尔夫人的观点，不妨可以这样推论：南方的气候环境及文学的乐观情绪，使得法国女性作家更多奔放和自由，因此身体康健生命长久；北方的地理特征及文学的阴郁气质，使得英国作家多含蓄而内敛，尽管情感丰富但郁郁不得畅舒，因而多生命短暂。

像所有欣赏并热爱简·奥斯丁的读者一样，伍尔夫多么希望这位天才的女作家能够活得更长久一些。伍尔夫甚至设想，如果简·奥斯丁活得更长久一些，她会写出怎样的作品？作为作家，伍尔夫深知刚刚进入不惑之年的奥斯丁，正处于创造力最充沛最生机勃勃的年龄。

倘若假以天年，毫无悬念地，肯定会写得更多，甚至在内容和风格上还会有所变化。因为，在伍尔夫看来：

> 她的天才异乎寻常地均衡。她完成的小说中没有一部失败之作，她的诸多章节里很少有哪一章明显低于其他章的水平。但是，她毕竟四十二岁就去世了。她在才华鼎盛时期死去，未曾经历往往使作家生涯的最后阶段成为最有意思的阶段的那些变化。生气勃勃、不可抑制、有充沛的创造力，如果活得长一些的话，她无疑会写得更多。我们不禁猜想她会不会写得不一样。界限已经划定，月亮、山峦和城堡在那一边。但她有时会不会想越一下界？她会不会开始，以她自己那愉快的有才气的方式，考虑来一次探索之旅？[1]

至于一直以愉快的有才气的方式写作的简·奥斯丁，如果多活几年会写出什么作品，伍尔夫特别以其《劝导》作为设想的文本依据。在简·奥斯丁的六部作品中，《劝导》是其最后完成的一部作品。这部作品动笔于1815年，1816年完成。此时，距简·奥斯丁1817年去世，只有大约一年的时光。至于小说的出版，则是在作者去世后的1818年。《劝导》写作的阶段，是简·奥斯丁生活相对安适的时期，但也是其生命接近尾声的阶段。从简·奥斯丁的生平资料中可以看出，在1816年年初，奥斯汀已经患病。也许是身患疾病，也许是预感到生命的不能长久，体现在作品《劝导》中的，则是简·奥

---

[1] ［英］弗吉尼亚·伍尔夫：《普通读者》Ⅰ，马爱新译，人民文学出版社2003年版，第121页。

斯丁作品中少有的忧伤。当然，奥斯丁的忧伤，肯定不是声泪俱下而是若隐若现地弥漫在作品中的。这样的情绪，普通读者感觉到了，批评家感觉到了，大批评家也感觉到了。当然，伍尔夫也感觉到了。

这里所说对《劝导》中的忧伤感觉到的大批评家是指哈罗德·布鲁姆。布鲁姆在其著名的《西方正典　伟大作家和不朽作品》一书中，曾著专文《经典记忆：早期的华兹华斯与简·奥斯丁的〈劝导〉》论及《劝导》。在布鲁姆的感觉里，《劝导》如同所有简·奥斯丁小说的喜剧风格，女主角结局圆满。"然而每次我重新读完这部无可挑剔的小说后，总是会感到十分难过。"[①] 在布鲁姆看来，《劝导》中贯穿着一种"彼此怀念的淡淡忧伤"。

与多数读者甚至大批评家布鲁姆不同的是，伍尔夫的直感，使其不仅在奥斯丁的晚期作品《劝导》中感受到了这种忧伤，甚至在其早期的作品中，伍尔夫就以属于女作家的细腻和敏感，感觉到了奥斯丁云淡风轻的笔墨中所蕴含的深邃与宁静，一种情感和情绪的充盈闪烁以及潮涨潮落。

> 从这些对比中产生了一种美，一种严肃性，它不仅和她的才智一样引人注目，而且是其不可分割的一部分。……她让我们感到惊奇，为什么一个普通的善行，由她描述出来，会变得如此意味深长。在她的名著中，这种才能发挥到完美的程度。这里没有任何异常的事情；……但是，在琐碎、平凡中，他们的话语突然充满了意义，这一刻成为两人生命中最难忘的时光。

[①] ［美］哈罗德·布鲁姆：《西方正典》，江宁康译，译林出版社2011年版，第205页。

它充盈、闪耀、发光；它深邃、宁静，微微颤抖地悬在我们眼前；然后，女仆们走过，这一幕集中了生活中所有幸福的场景又渐渐退去，成为普通日子里潮涨潮落的一部分。①

所以，伍尔夫以一位同样敏感甚至更为敏感的女作家的感同身受，想象着写《劝导》时的奥斯丁：

让我们由最后一部完成的小说《劝导》，来看看她如果多活几年会写出什么样的作品。在《劝导》中有一种特殊的美和特殊的乏味。那种乏味往往标志着两个不同时期之间的过度。作者有一点厌倦。她对自己的世界已经太熟悉了；不再有新鲜的发现。……她不再新鲜地感到生活中的趣味。她的心思不完全在对象上面。但是，我们虽然感到简·奥斯丁以前做过这些，而且做得更好，但同时也感到她在试图做一些她从未尝试过的东西。……她开始发现世界比她想得更大、更神秘、更浪漫。……她经常写到大自然的美和忧伤，以前习惯于描写春天，现在则经常描写秋天。②

行文至此，神秘、浪漫、大自然的美和忧伤以及秋天，给这篇本来风趣的文章蒙上了一层阴影。或者说阴影也不确切。对于伍尔夫所描述的奥斯丁来说，即使是忧伤，也不会是阴郁或者阴沉。但即使仅仅是月光如水、风影婆娑，以及神秘和浪漫，敏感的读者还是感

---

① ［英］弗吉尼亚·伍尔夫：《普通读者》Ⅰ，马爱新译，人民文学出版社 2003 年版，第 120 页。
② 同上书，第 121 页。

觉到了。所以,毫无疑问地,简·奥斯丁作品笔调的前后变化是显而易见的。曾经习惯了写春天的作者,此时则是经常描写秋天;曾经的兴致盎然开始有了一点厌倦或者"神情"黯然。这里的"神情"不妨理解为精神和情绪。春天不再,秋意渐浓。这让已经习惯了奥斯丁轻松笔调的读者,包括布鲁姆和伍尔夫,都感到"十分难过"和莫名的忧伤。

但至于何以有这样的变化,不同的批评家对此有不同的理解,包括布鲁姆和伍尔夫两位杰出的批评家。在布鲁姆看来,"在《劝导》中奥斯汀笔下女主人公的性格并没有发生变化,但她显然带有更多的问题,因为考虑到生命的局限而蒙上了一层从未有过的忧伤。《劝导》时而显露的优雅悲情或许与简·奥斯丁不佳的健康状况有关,表明了她对自己英年早逝的预感"[1]。在布鲁姆这里,奥斯丁的优雅悲情来自对疾病、对生命局限以及对自己英年早逝的预感。

而在伍尔夫这里,奥斯丁何以有"大自然的美和忧伤",如果说在《简·奥斯丁》一文中,伍尔夫没有给出解释的话,而在其另一篇随笔《妇女和小说》中,伍尔夫却有意无意地触碰到了这个话题。当伍尔夫在《妇女和小说》中,将简·奥斯丁、夏洛蒂·勃朗特、艾米莉·勃朗特和乔治·爱略特并称为"四位伟大的女性小说家"时,伍尔夫说到的一个令人遗憾的事实是,四位伟大的女性小说家"都不曾生育子女,其中两人从未结婚"[2]。这句话看起来云淡风轻,像是一笔带过。但实际上,却蕴蓄着伍尔夫对四位女性小说家、尤

---

[1] [美]哈罗德·布鲁姆:《西方正典》,江宁康译,译林出版社2011年版,第209页。

[2] [英]弗吉尼亚·伍尔芙:《伍尔夫随笔全集》Ⅳ,王义国、张军学、邹枚、张禹九、杨羽译,中国社会科学出版社2001年版,第1629页。

其是简·奥斯丁和艾米莉·勃朗特一生孤独、情感无依的深切同情和无限惋惜，更有对四位女作家内心世界的感同身受。这样的同情、惋惜和感受，是女作家之于女作家的，更是伍尔夫之于艾米莉·勃朗特和简·奥斯丁的。

所以，当联想到奥斯丁的生命历程、创作历程以及情感经历，奥斯丁晚期作品中的莫名忧伤，布鲁姆把握住了，伍尔夫也感觉到了。一生孤独、未曾婚嫁的简·奥斯丁，年轻时代唯一刻骨铭心的爱情经历，最终成为其"一生中最大的失望"。当她在小说中，以不同凡响的才思才情才华，书写着她的伊丽莎白、爱玛、范妮们的爱情故事时，内心深处不时涌动着的，一定也有年华易逝、曾经沧海的潮汐或者潮涨潮落。甚至是否可以这样理解，简·奥斯丁作品中的那些爱情故事，一定程度上，就是女作家寻找爱情和家园的想象性描述。其作品中那些结局如伊丽莎白和达西们一波三折但最终圆满的爱情故事，是奥斯丁渴望抵达但未曾抵达的港湾和家园。所以，1815年，当女作家在开始写作《劝导》时，年届不惑仍孑然孤独，这对于奥斯丁来说，无异于现代人意义上的孤独漂泊、无家可归。这的确是生命的秋天，而且是清冷的秋天。所以，忧伤与惆怅，成为这个时期奥斯丁创作中挥之不去的情绪，大概也是自然而然的了。

但是，伍尔夫还是期望并想象着，如果简·奥斯丁能多活几年。如果奥斯丁能多活几年——毫无疑问是名气大增，可能会留在伦敦，出入宴会，会见名人，结交朋友，读书旅行，"带着大量观察所得回到僻静的乡间小屋，供闲暇时回味"。如果说这一切是想象和设想的话，毫无疑问地，"所有这些会对简·奥斯丁没有写的六本小说产生什么影响呢？她不会描写犯罪、激情或历险。她不会因出版商的催求或朋友的吹捧而草率马虎或不真诚地写作。但她会懂得更多"①。

但遗憾的是,所有关于女作家的想象和期待,都停在了1817年那个夏末。所以——

"打住吧,这些猜测都是徒劳的:这位最完美的女艺术家、不朽名著的作者'正当她开始对自己的成功感到信心之时'溘然长逝。"②

第三节　哈代——诗人,画家,温情与仁爱的灵魂

在伍尔夫的文学批评随笔中,关于哈代,可以说是其所有文学批评随笔中情绪最饱满、情感最深挚的篇章。这主要表现在其随笔《托马斯·哈代的小说》一文中。这篇辑录在《普通读者》Ⅱ中的随笔,文章一开篇,伍尔夫就将自己所有的敬意毫无保留地给予了刚刚去世的托马斯·哈代:

哈代的逝世使英国小说失去了首领,我们这样说的意思是,惟有他才享有举世公认的崇高地位,惟有他才适合人们由衷地表示崇敬。当然,谁也不会认为这样说过分,而恰好是这位与世无争、生活淡泊的老人自己,面对此时人们的交口赞誉,也许会十分尴尬不安。同样毫无疑问,可以说他活着的时候是使

---

① [英]弗吉尼亚·伍尔夫:《普通读者》Ⅰ,马爱新译,人民文学出版社2003年版,第122页。
② 同上书,第123页。

小说这门艺术成为受人尊敬行当的惟一小说家;他活着的时候,谁也没有理由轻视他所从事的小说创作。然而,这也不全是他具有独特天才的结果,还有别的原因,有的源自他谦逊和诚实的品性,有的则源自他恬淡的生活,偏居多塞特郡一隅,不求闻达。正是由于具有天赋和品格这两方面的原因,他独特的天资才得以施展,人们才把他当做艺术家来崇敬,当做一位伟人来爱戴。①

开篇第一句"哈代的逝世使英国小说失去了首领",满蓄着对哈代去世的惋惜之情。值得注意的是,伍尔夫的这篇随笔,写于 1928 年 1 月,而哈代去世的时间是 1928 年 1 月 11 日。也就是说,当伍尔夫写作这篇《托马斯·哈代的小说》时,距离哈代去世不到一个月时间。如此迅速的反应,而且写的是一位当代作家,而且还充满敬意,这在伍尔夫写当代作家的文章中几乎是一个例外。众所周知的一个现象是,伍尔夫在自己的文学批评随笔中,与对以往作家的评论相比,对自己同时代作家的评论数量上要少得多。这大抵是因为在伍尔夫看来,当代作家大多还未进入经典作家之列。但对于托马斯·哈代(1840—1928)这位与自己几乎同时代的作家,伍尔夫不仅在自己的随笔中多次论及,而且在哈代去世之后,迅速写出了《托马斯·哈代的小说》一文。实际上,在伍尔夫这里,是将哈代列为经典作家之列的。

当伍尔夫在《托马斯·哈代的小说》的开篇,表达了对托马

---

① [英]弗吉尼亚·伍尔夫:《普通读者》Ⅱ,石永礼、蓝仁哲等译,人民文学出版社 2003 年版,第 232 页。

斯·哈代至高无上的敬意时,就像伍尔夫随笔中所写的那样,这样的敬意,不仅因为哈代作为小说作家的才华,而且在于哈代的品质:谦逊,诚实,恬淡,与世无争,不求闻达。这样的品质,对于像哈代这样一位在文学史上拥有不朽声名和地位的作家来说,的确是在天资之外最值得尊敬的品格。当然,伍尔夫看到了这种品格,并看到了这种品格之于哈代"天资才得以施展"的重要。

所以,文章一开始,伍尔夫就为自己写哈代的文章,确定了一种尊敬和赞许有加的基调,而且这种基调贯穿于其整篇文章中,自始至终。这样说的意思是,对伍尔夫文学批评随笔略有了解的读者,大概都能体会到伍尔夫文学批评随笔的一个特点,那就是,伍尔夫尽管思维活跃、风趣率性,文章写来常常兴之所至。但当评价在她看来有所不足的作家时,行文之间,常常是兜兜转转地有所保留。在不失真诚坦率的同时,又表达得曲折婉转。读伍尔夫的随笔,有时会把握不住作者的思路,有时又感觉扑朔迷离:是欣赏?是肯定?是略有微词?但对于哈代,伍尔夫的赞誉表达得非常直接,毫不含糊。那就是:哈代是"活着的时候是使小说这门艺术成为受人尊敬行当的惟一小说家","惟有他才享有举世公认的崇高地位,惟有他才适合人们由衷地表示崇敬"。

关于哈代,伍尔夫有两篇文章:一是辑录在《普通读者》Ⅱ中的《托马斯·哈代的小说》,二是辑录于《船长临终时》中的《托马斯·哈代的一半》。前一篇最能体现伍尔夫对哈代批评的高度和深度,以及情感的真挚和深邃。像伍尔夫所有写作家的批评随笔一样,关于哈代,伍尔夫不会在随笔中对其生平经历及创作过程作出全面的评述。但透过文章,又分明看得出伍尔夫对哈代个性禀赋以及作品风格的把握和理解。出现在《托马斯·哈代的小说》一文里的,有哈代早期作品《绿荫下》；有被认为是哈代小说创作走向成熟标志的《远离尘嚣》；有中期创作中表现出其艺术风格变化的《还乡》、《卡斯特桥市长》；有晚期创作中的《德伯家的苔丝》和《无名的裘德》。而《德伯家的苔丝》对于大多中国读者来说，是哈代的代表性作品。但上述划分都是文学史的，伍尔夫没有这样写。在伍尔夫的文学批评随笔里，看不出对哈代生平经历的描述，看不出对其作品故事情节、主题思想和艺术特点的评述。对于哈代，伍尔夫没有一二三或者ABC的分析。但是，在《托马斯·哈代的小说》一文中，哈代的个性、哈代的作品、哈代作品中的风格和气象，伍尔夫又都写出来了。

当然，伍尔夫写出的是自己对哈代诗意的理解和温暖的感觉。正是这样的理解，出现在《托马斯·哈代的小说》一文里的，是伍尔夫诗意丰沛的文字。面对着这样的文字，任何解读和阐释都可能有添足之嫌而且笨拙、言不及义。但是，评论难免条分缕析。如果把伍尔夫对托马斯·哈代的理解和感觉做一个分析的话，那就是，在伍尔夫这里，其一，哈代是一位诗人，一位诗性的天才；其二，哈代是一位"英格兰风景画家"，其作品中的自然描写和"田园牧歌式的气息"，使其作品富有魅力；其三，哈代是"英国小说家中最伟大的悲剧作家"，有一颗充满温情与仁爱的灵魂。

一　一位诗人，一位诗性的天才

当说到哈代是一位诗人的时候，很容易联系到哈代的创作经历。"哈代以诗歌开始他的文学创作，后转而从事小说创作，晚年又转而从事诗歌创作。他一生创作长篇小说14部，短篇小说集4部，诗集

8部，史诗剧《列王》3部"①。这是出现在文学史中的对哈代一生创作的总结。如果单就小说创作和诗歌创作而言，14部小说之于一位小说家，8部诗集和3部史诗剧之于一位诗人，都已经是非常可观的文学成就。况且哈代是诗人兼小说家，集14部小说和8部诗集3部史诗剧于一身。当然，在文学史上，有很多作家的文学创作是从诗歌开始的，如勃朗特三姐妹，如维克多·雨果，所谓少年情怀总是诗。尤其是雨果，自少年时代就表达了要立志成为夏多布里昂的愿望。在多数读者的心目中，雨果是以浪漫主义小说《巴黎圣母院》和史诗般的作品《悲惨世界》在文学史上拥有崇高文学地位的。但实际上，诗歌创作也几乎贯穿于雨果的一生。作为诗人，可以说，雨果既是抒情诗人，又是史诗诗人，而且是一位伟大的诗人。在这一点上，哈代与雨果相似。当然，在文学史上，更多的是小说家从青年时代的诗歌转向小说后，就不再致力于诗歌。但哈代和雨果，是将诗歌创作贯穿其一生的。两位大作家略有不同的是，雨果直至晚年，都在同时从事小说和诗歌写作。其生命几乎贯穿整个19世纪的维克多·雨果（1802—1885），直到19世纪七八十年代，都有诗歌和小说出版。哈代也是先由诗歌开始文学创作，然后是小说，直至19世纪90年代；然后，年过半百、已是知天命之年的哈代放弃了小说，再转而回到诗歌写作，直至20世纪一二十年代，已经80多岁及至耄耋之年的哈代，又有多部诗集出版。他生前出版的最后一部诗集《人生小景》，出版时间是1925年，这时的哈代是85岁。最后一部诗集《冬话》（1828）是在哈代去世之后出版的。由

---

① 朱维之、赵澧、黄晋凯主编：《外国文学史简编》，中国人民大学出版社2015年版，第162页。

此可见，哈代的文学创作是自诗歌开始又以诗歌结束，诗歌创作几乎伴随了哈代的一生。所以，说哈代是一位诗人，大概是毫无疑义的。

但一位作家或者一个人是否是诗人，并不在于写诗歌的多少、写诗时间的长短或者是否写诗歌。或许有的人写诗很多或者一生都在写诗，他（她）可能是诗人但也未必是诗人；有的人写诗不多或者不写诗，他（她）可能不是诗人也可能是一位真正的诗人。在这一点上，伍尔夫是有自己的深层理解的。所以，在伍尔夫的随笔里，当说到哈代是一位诗人的时候，伍尔夫用的是"诗人的气质"、"诗人的天赋"、"诗性的天才"的表达。伍尔夫懂得，无论哈代写诗多少，是写诗还是不写诗，哈代都是一位诗人。因为，哈代的诗人品格在这里，诗人的情怀在这里，而情怀是最不可夺的。也许是英格兰南部山丘的绵延起伏，也许是因为读书而产生的疑惑和智慧的痛苦，所以，对自然、对世界、对人生、对情感的感觉和疑惑，在哈代这里，就转化为这位具有诗人品格的作家笔下诗意沛然的艺术世界。

二 一位"英格兰风景画家"

哈代是一位"英格兰风景画家"，其作品中的自然描写和"田园牧歌式的气息"，使其作品富有魅力。作为诗人，作为英格兰南部山丘的忠实儿子，春夏秋冬的四季变化，多塞特郡周围的田野、山丘，古老乡村的风光和习俗，以及英格兰农民的田园生活，都映照在诗人哈代的眼睛里，出现在作家富有想象力的笔下。即使在其早期的作品里，伍尔夫都发现了哈代对于自然描写的出色才能：

这本小说最令人瞩目的是书中回荡着瀑布的轰鸣。首次崭露的这种才能还将在其后几部小说里大量显示。他已经证明自己擅长观察大自然，且精细入微。他明白雨滴打在根茎上与落到耕地里的差异；他知道风掠过不同树木的枝桠会发生不同的声响。但在更大意义上，他体会到大自然是一种力量，意识到大自然蕴含着某种精神，会对人类命运产生同情、嘲讽或无动于衷。①

这是诗意的理解和诗性的裁判。当伍尔夫说哈代是一位"英格兰风景画家"的时候，其实，在伍尔夫的感觉中，哈代不仅是风景画家，同时也是一位音乐家。哈代不仅看到了大自然的景象，还听到了大自然的声音。所以，他听得出雨滴打在根茎上和落到耕地里的差异，风掠过不同树枝时所发生的不同的声响。当然，哈代无论眼前还是耳畔的大自然，都蕴蓄着一种精神。在哈代这里，伍尔夫感觉到了"大自然是一种力量"，"大自然蕴含着某种精神"。在与大自然的心灵交通中，"会对人类命运产生同情、嘲讽或无动于衷"。所以，作为诗人，而不仅仅是风景画家：

他的身心如此投入大自然，他能听见附近树林中一头秃鹰杀死一只小鸟的哀鸣。这声哀叫"穿透寂静，但并没有融入寂静"。我们又会听到一声枪响越过海面，仿佛是回声从遥远的地方传来；在夏日宁静的早晨，这听起来既陌生又带有不祥的征兆。②

---

① [英]弗吉尼亚·伍尔夫：《普通读者》Ⅱ，石永礼、蓝仁哲等译，人民文学出版社2003年版，第233页。
② 同上书，第234页。

这是伍尔夫随笔中作为自然之子、风景画家的哈代笔下的大自然，也是作为诗人的哈代感觉中的大自然，带着自然的景色、声音和寂静。当然，对于一位诗人来说，有声的自然可以聆听，无声的自然或许正是在寂静中，此时无声胜有声地令人遐想。作为英格兰风景画家，哈代的眼前是山谷、原野、是田园牧歌式的景象；作为诗人，在其自然描写里，有对岁月易逝、人生有限、人生生存空间有限的哀感。在小鸟的哀鸣、枪声和寂静中，伍尔夫读出了诗人的感觉。所以，哈代的风景描写是画家的，更是诗人的：

> 哈代比别的任何小说家更擅长呈现自然世界，使人感到人类生存的有限空间被自然景观所环绕，尽管可以分开来看，却赋予他的作品以厚重而又庄严的美。苍翠的英格兰南部的广袤原野上点缀着牧民的茅舍和逝去的坟冢，映衬着无垠的天空，像是波涛不兴的宽阔海面，却又显得稳固而亘古常青，起伏延绵伸向无尽的远方；而在山峦之间，散落着静谧的村庄，白天可见处处炊烟袅袅升起，夜晚可见一片黑暗之中闪烁着星星点点的油灯。加里布埃尔·奥克在山坳里照看他的羊群，他仿佛是永恒的牧羊人，繁星是永不熄灭的灯塔，他守在羊群边，老是望着它们。①

也许是为哈代的风景和情绪所打动，也许是兴之所至，当伍尔夫面对着哈代作品中的风景如画风景如诗时，行文至此，伍尔夫的字里

---

① ［英］弗吉尼亚·伍尔夫：《普通读者》Ⅱ，石永礼、蓝仁哲等译，人民文学出版社 2003 年版，第 236 页。

行间也蕴藉着一种饱满的诗情："但是，山谷里的大地总是洋溢着激情和生机。农场上一片繁忙，谷仓里在贮存食粮，田野里交织着牛群羊群哞哞咩咩的大声叫唤。大自然丰富多产，灿烂辉煌，蓬勃生气，没有任何恶意，一直是劳动大众的'伟大母亲'。"[①]

这就是伍尔夫眼里哈代的风景画：牧民的茅舍，逝去的坟冢，无垠的天空，袅袅升起的炊烟，星星点点的灯火，繁星像永不熄灭的灯塔。在这一切背景之上，是一位永恒的牧羊人。当伍尔夫用了"永恒的牧羊人"的描述时，时间仿佛在这里凝滞，原野和大地无尽地伸向远方，一切都归之于寂静。然而，山谷里的大地却焕发着生机：农场繁忙，牛羊成群，大自然的馈赠让这片田野生机勃勃。面对着这样的画面，所有的解读和阐释都未免苍白、笨拙、言不及义。只能说的是，当伍尔夫在行文中多次言说着哈代的诗人气质、诗人天赋和诗性天才的时候，当伍尔夫将哈代称为英格兰风景画家的时候，这时的伍尔夫，其实也是画家，也是诗人。在对于自然和人生的感觉上，哈代也好，伍尔夫也好，他们，都是诗人艺术家。

当然，在伍尔夫这里，哈代是田园牧歌式风景画家的同时，又是敏感于自然征兆和现实人生的诗人和作家。"他既是诗人，又是现实主义者；既是英格兰南部山丘的忠实儿子，又由于好读书、易生疑惑和失意而饱受折磨；既热爱传统习俗和古朴村民，又注定得亲眼目睹先辈的信仰和精神逐渐衰微以至荡然无存。"[②] 所以，在自然风景画的背后，在感受着大自然的馈赠和勃勃生机的同时，作为一

[①] [英]弗吉尼亚·伍尔夫：《普通读者》Ⅱ，石永礼、蓝仁哲等译，人民文学出版社2003年版，第236页。

[②] 同上书，第234页。

位关注社会关注现实的作家,哈代敏感地意识到了,在威塞克斯这片古老的土地上,破产的农民正在面对着日益发生变化的世界。对于他们命运、出路的探索和困惑,就成为哈代作品表现的主要内容和主题。这时的哈代,就不再是一位田园牧歌式的风景画家,而成为了一位关注普通人生的现实主义者。

三 一颗充满温情与仁爱的灵魂

哈代是"英国小说家中最伟大的悲剧作家",有一颗充满温情与仁爱的灵魂。1874年出版的《远离尘嚣》,"不仅是哈代早期小说在思想和艺术上达到高峰的标志,而且表明哈代过去、现在和未来都是作为一个地方主义作家进行创作的"[①]。这个"地方"就是古称为威塞克斯的哈代的家乡多塞特郡。在《远离尘嚣》中,哈代展现的是正在迅速消逝的乡村生活模式,而这样的模式本来是淳朴的,有着为哈代所赞赏的古老乡村的风俗和传统。这是哈代理想中的社会,但正在被急剧发展着的工业文明所侵蚀。实际上,即使在"远离尘嚣"的地方,原来的田园牧歌式的生活已经不复存在。破产农民、普通人的悲剧开始在这里上演。当然,伍尔夫也看到了哈代作品中悲剧的原因。曾经洋溢着生机和激情的山谷、曾经牛羊成群的乡村逐渐失去往日的生机。正如伍尔夫在随笔中所写的:"乡村是幸福生活的最后堡垒,一旦消亡,人类便不再有任何希望。"[②] 作为一位伟大的现实主义者,哈代看到了动荡的农村生活以及发生在这里的悲剧。对于哈代创作从早期的摸索到成熟,伍尔夫也感觉到了。像意

[①] 聂振钊主编:《外国文学史》(三),华中师范大学出版社2010年版,第157页。
[②] [英]弗吉尼亚·伍尔夫:《普通读者》Ⅱ,石永礼、蓝仁哲等译,人民文学出版社2003年版,第237页。

识到所有作家的成长和成熟一样,伍尔夫也感觉到了哈代的成熟过程。"因此,哈代的天才究竟发挥得如何难以断定,他造诣是不均衡的,可是当他的成熟时刻到来,他的成就是辉煌的。他的小说《远离尘嚣》全面而又充分地表明了这一时刻。选材得当,技巧适宜,诗人的气质加上村民的朴实,精力旺盛,冷静深思,博闻强识,这一切因素全都调动了起来,写出一部足以名列英国伟大小说之间的作品,经得起时尚的任何变化。"[①]

在诗情画意的英国乡村田园生活的背景上,哈代几乎所有重要作品《远离尘嚣》、《还乡》(1878)、《卡斯特桥市长》(1886)、《德伯家的苔丝》(1891)、《无名的裘德》(1895)写的都是悲剧,而且多是下层人的悲剧。其中,悲剧的原因有时代环境的因素,也有个人情感包括欲望的因素。美丽善良、自然纯朴的苔丝的遭遇和毁灭;渴望知识、拥有梦想的裘德的失望和痛苦;对外面世界充满向往的游苔莎的孤独和压抑。正是对这样一些人物的悲剧性描写,使得哈代成为了"英国小说家中最伟大的悲剧作家"。

不仅作为批评家,而且作为小说家,伍尔夫看到了哈代写人物时的独特性。这就是哈代的"每一部小说都有三四位主导人物,像避雷针那样竖立着吸引各种宇宙元素的能量"[②]。何其富有力度的功夫,伍尔夫用了"避雷针"的比喻,而且是吸引各种宇宙的元素。哈代塑造人物时的张力、笃定和从容都在这里了。在此,伍尔夫如数家珍地历数了哈代《远离尘嚣》、《还乡》、《卡斯特桥市长》、《无名的裘德》中的人物。在伍尔夫看来,这些出自哈代笔下的人物,

---

[①] [英]弗吉尼亚·伍尔夫:《普通读者》Ⅱ,石永礼、蓝仁哲等译,人民文学出版社2003年版,第235—236页。

[②] 同上书,第237页。

第四章 深度解读中的性情言说

尽管有其相似的地方,但几乎每一个人物都"作为个体而生存,同时又是互不相同的个体;……无论芭斯谢芭多么可爱而又迷人,她仍然是个弱者;无论亨查德多么顽固而又误入歧途,他仍然是个强汉。这便是哈代想象力的最根本部分,是他许多小说的精粹所在。女人总是柔弱些,缺乏骨气,需要依附强者,却又会模糊他的视野"[①]。在哈代的作品里,伍尔夫看到了其人物身上的生命活力在自由地泼洒,即使是芭斯谢芭牵连他人受苦,但就在她揽镜自视的那一瞬间,"映射出了生命的全部光辉和绚丽"。而这恰恰是哈代作品的吸引力和魅力之所在。

当然,哈代是诗人,即使是在写小说的时候。对于一位诗人而言,最至高无上的品格就是爱、悲悯和同情心。所以,当哈代在其作品中写着他笔下的那些人物时,其诗人气质、其温情与仁爱,使得他对其小说中的男男女女都充满了理解和关怀。自然,这样的关怀带着哈代的温存,所以,"他对女性比对男性表现出更多温柔与关怀,但他对男性也许抱有更强烈的兴趣"[②]。或许是诗人情怀,或许是天性中特有的细腻和温柔,哈代在描写那些女人时,即使美貌转瞬即逝,即使命运十分悲惨,但在她们身上,都有一种独特的美。而伍尔夫敏锐地捕捉到了这样的美:

> 当生命的光辉闪耀在她们身上的时候,她们的步履轻盈自在,她们的笑声爽朗甜蜜。她们拥有融入自然怀抱的本领,成为大自然静穆与庄严的组成部分——或者升上天空,同云彩一

[①] [英]弗吉尼亚·伍尔夫:《普通读者》Ⅱ,石永礼、蓝仁哲等译,人民文学出版社2003年版,第237页。

[②] 同上书,第237—238页。

样游动，或者降至原野，成为花簇锦绣的林地。①

出现在哈代笔下女人轻盈的步履和爽朗的笑声，也正是伍尔夫所看到所听到的。这样的描写是哈代的，解读却是伍尔夫的。在哈代的每一部小说中，都有三三两两的男人和女人们的爱情故事。将哈代的小说串起来，出现在读者面前的是那些令人难忘的男男女女们。当然，哈代的诗人情怀，使得他在描写作品中男女主人公的相爱时，充满了温情和激情。而读哈代的作品，"我们重温他们的种种激情，记起他们多么深沉地相爱，又常常造成悲剧性的后果。我们忘不了奥克对芭斯谢芭忠贞不渝的爱情，忘不了韦狄、特洛伊和费茨皮尔那一类男人冲动狂乱却又转瞬即逝的性欲，……可是，我们却不记得他们是如何相爱的，……爱情是他在所有小说铸造的人类生活的重大内容之一，却演成了灾难。爱总是来得突然，而且有排山倒海之势，还有什么可说的"②。哈代作品里的爱情"突然"且有"排山倒海"之感，但这样的爱情却没有"人间喜剧的种种细枝末节"，在伍尔夫看来，这就是具有诗人天赋的哈代所特有的。以伍尔夫对于哈代和其他大家的理解，哈代没有简·奥斯丁的精致完美，没有美瑞狄斯的聪慧风趣，没有萨克雷的广阔视野和托尔斯泰的理性，因为：

他没有把光芒直接投射到人的心坎上，而是越过人心照到了石南荒原的阴暗处，照到了摇曳在暴风雨中的树上。当我们

---

① [英]弗吉尼亚·伍尔夫：《普通读者》Ⅱ，石永礼、蓝仁哲等译，人民文学出版社2003年版，第238页。
② 同上书，第238—239页。

回首再看客厅，炉边的一群人已经散离。无论是男人或女人，都孤身只影地与暴风雨拼搏，在别人最不关注的时候，才最充分地显露出自己的真相。①

这是作为小说家和诗人的哈代之人物描写给人的感觉。但是，当我们说哈代是诗人的时候，他是来自乡村来自山野的诗人，带着他乡村村民的朴实，带着他集诗人和多塞特郡村民于一身的敏感以及固执任性、桀骜不驯。所以，对于哈代作品中的人物，读者的了解"远不如对皮埃尔、娜塔莎或贝基·夏普"②。而且，如果让这些来自乡土世界的人物，出现在有闲阶级的客厅、俱乐部或者舞会，哈代就会局促不安。但哈代分明知道他们是"如何对待时间、死亡和命运的"。这些固守在英国乡村里的人物，他们每天面对的都是大地上的事情。因此，"他们对大地、暴风雨和四季有敏锐感受"③。在"对待威胁人类的重大问题"上，他们都有一种庄重或者神圣感。他们，因为单纯，对于眼前的世界和外面的世界以及未知的世界，有更强的神秘感；对自然、对生命、对命运，有更多的敬畏心。所以，在哈代的作品里，伍尔夫看到苔丝穿着睡袍，"带着近乎威严庄重的神情"诵读浸礼教会的祷告词；玛蒂·索思"把一束鲜花奉献到温特博思的坟头"。面对着这一切，伍尔夫感觉到了哈代悲剧的力量："这些人物的谈吐俨然有圣经般的庄重和诗歌的气息，他们身上有一种无法界定的力量，爱或恨的力量，表现在男人身上便构成了对

---

① [英]弗吉尼亚·伍尔夫：《普通读者》Ⅱ，石永礼、蓝仁哲等译，人民文学出版社2003年版，第239页。
② 同上。
③ 同上书，第240页。

抗人生的原因,在女人身上则意味着忍受无限苦难的能力。正是这种力量主宰着人物个性,使我们不再有必要去探寻隐藏背后的更优良的品质。这是一种构成悲剧的力量。如果我们要把哈代放在他的同辈作家中间,我们只好称他为英国小说家中最伟大的悲剧作家。"①

哈代是悲剧作家是无疑的,也是如伍尔夫所谓"英国小说家中最伟大的悲剧作家"。作为悲剧作家,哈代有着自己作为乡村诗人的视角。所以,他笔下的悲剧人物与古希腊悲剧和莎士比亚悲剧中的人物不同:古希腊悲剧多取材神话,所以,普罗米修斯、俄狄浦斯王这些神话中的人物就成为了希腊悲剧的主人公;在莎士比亚的悲剧中,主人公大多是如哈姆雷特、李尔王、麦克白等王公贵族。而哈代的人物,来自他所生活所熟悉的世界。他们就是"普普通通、不起眼的人,走在大街上不会招人转身回顾"②。哈代了解并理解他们的喜怒哀乐,了解他们感情的表达方式,他们性情的稳定和情感的专一。哈代写出了他们的命运和情感。所以,"谁也无法否认哈代的魅力——小说家的真正魅力。他使我们深信不疑,他笔下的人物是受他们自己的激情和癖好所驱使的普通人,但他们具有某种与我们所有人相通的象征性。这便是诗人的天赋"③。

面对哈代的小人物悲剧,读者会有一种无力感。这种小人物的悲剧不是希腊悲剧式的,不是莎士比亚式的。但是,即使是小人物,他们悲剧性的崇高丝毫不亚于古希腊诸神和莎士比亚悲剧中的哈姆雷特

---

① [英]弗吉尼亚·伍尔夫:《普通读者》Ⅱ,石永礼、蓝仁哲等译,人民文学出版社2003年版,第240页。
② 同上书,第238页。
③ 同上。

们。在命运的巨翼下，普通人、王公贵族，甚至悲剧中的俄狄浦斯王都一样无奈；在情感的深邃和丰富性上，那位在山坳里繁星下照看羊群的"仿佛是永恒的牧羊人"，那位在夜晚打着灯笼、赶着马车、走在绵绵的远道上的苔丝，那位裘德，那些哈代笔下的小人物们，丝毫不亚于在哲学殿堂里著书立说的哲学教授。在伍尔夫眼里，人的丰富性和悲剧性是在内心世界里的。所以，与我们通常理解哈代作品中悲剧根源的社会性或客观性不同，伍尔夫对于哈代悲剧有自己独特的认知。《无名的裘德》被认为是哈代小说中最令人悲痛的一部。但在伍尔夫看来，这部作品"一个灾难紧接另一个灾难"，尽管十分悲惨，但却不具备悲剧性。"在这里，我们看不见托尔斯泰批评社会时的那种深度、广度和对人类的了解，以至他的谴责简直无可争辩。在这里，让我们看到的是人类常有的残忍性，而不是诸神固有的大不公。"①

在此，伍尔夫用了"诸神固有的大不公"的表达，使其对哈代悲剧的理解，有着如同希腊悲剧一样的崇高意味。紧接着，伍尔夫将《无名的裘德》和《卡斯特桥市长》做了比较。在伍尔夫的解读中，裘德是在和社会的种种习俗抗争，"而亨查德不是在与别人争斗，他与之争斗的是身外的力量。……他抗拒命运，……我们从小说开始到结尾一直意识到这是个崇高的问题，而且它以最具体的形式呈现在我们面前。……只要其中的抗争跟亨查德的一样，是与命运的法则而非人间的法律较量，只要抗争是在户外进行，需要的是体力而非智力，这场抗争便有伟大之处。……真正的悲剧情感必须发自我们自己心里"②。这里，引文的断断续续，对伍尔夫关于哈代

---

① [英]弗吉尼亚·伍尔夫：《普通读者》Ⅱ，石永礼、蓝仁哲等译，人民文学出版社 2003 年版，第 242 页。
② 同上书，第 242—243 页。

悲剧性的阐释，未免有零碎之感。但是，如果把伍尔夫对哈代悲剧的感觉做一个概括的话，那就是，裘德们的悲剧是看得见的，亨查德们的悲剧是感觉得到但又是摸不着的，是不可把握的，是有名或莫名的，是无形的甚至不可知的。而这就是伍尔夫笔下的"诸神固有的大不公"，即命运、人性以及人的内心。如此，哈代的小说尤其是威塞克斯小说即使有局限，但留给读者的是"更宏大的东西"。"哈代给予我们的远远不止一时一地的生活记录，而是整体世界和人类命运的景象。"①

无独有偶，在《托马斯·哈代的小说》一文之后，紧接着出现在伍尔夫《普通读者》Ⅱ中的《我们应该怎样读书？》一文，其中也有对哈代的评价。在这篇随笔中，伍尔夫"翻开那些杰出小说家的作品，比如笛福、简·奥斯丁、哈代的作品"②，出现在三位英国作家作品中的，是完全不同的艺术世界。在笛福这里，是海阔天空和紧张历险；在简·奥斯丁这里，是客厅以及客厅中的人物。但"一旦当我们转向哈代的世界，我们马上置身于荒原沼泽之中，头上繁星点点。在这里我们心灵的另一面呈现出来：在孤独寂寞中出现的阴暗一面，而不是在相依相伴中呈现的轻快一面。在哈代的世界里我们的联系不在于人际之间，而是面对大自然和命运"③。在《我们应该怎样读书？》里，大自然和命运再次以其无限和神秘，出现在哈代的世界里，出现在读者面前，成为伍尔夫心目中哈代作品的独特魅力。

关于哈代，还有哪位读者、哪位批评家读得比伍尔夫更深刻更

---

① [英]弗吉尼亚·伍尔夫：《普通读者》Ⅱ，石永礼、蓝仁哲等译，人民文学出版社2003年版，第244页。
② 同上书，第247页。
③ 同上。

会心更富有诗意呢？伍尔夫读出了哈代心灵的丰富与高贵。行文至此，所有关于哈代、关于伍尔夫对哈代的解读之解读，大抵都类似于喋喋不休。如此，不妨沿着伍尔夫《托马斯·哈代的小说》中的最后一段文字，走进哈代的作品。以此作为哈代肖像的点睛之笔，大概是最合适不过的了。

当我们完全投身其中，认真地掂量我们获得的整体印象，其艺术效果是震撼人心的，令人心满意足的。我们从人生强加于我们的琐碎与束缚解放了出来，我们的种种想象伸展而又得到了升华，我们真正感到了幽默，不禁开怀大笑，我们深深地吸吮了大地的美色。同时，我们也被领进了一个悲伤而忧思的精神深处，即使处在最凄苦的时候，也能严正地自持，即使当大多数人都变得愤怒的时候，也绝不会丧失对遭受痛苦的男人和女人的深切同情心。因此，哈代给予我们的远远不止一时一地的生活记录，而是整体世界和人类命运的景象，当它们呈现给一位具有强大想象力的人，一个拥有深刻思想和诗性的天才，一个充满温情与仁爱的灵魂。①

第四节 屠格涅夫——高贵而孤独的巨人的背影

对于外国作家的解读和批评，伍尔夫将文字和笔墨较多地给予

---

① ［英］弗吉尼亚·伍尔夫：《普通读者》Ⅱ，石永礼、蓝仁哲等译，人民文学出版社2003年版，第244页。

了俄国作家屠格涅夫。这当然和伍尔夫对俄罗斯文学的热爱及对俄国作家的敬意有关。这种热爱和敬意，集中地体现在伍尔夫《普通读者》Ⅰ中的《俄国人的角度》中。但在《俄国人的角度》中，写出的是伍尔夫对俄罗斯文学的感觉印象和整体把握，以及对契诃夫、陀思妥耶夫斯基和托尔斯泰等大家的理解。至于屠格涅夫，则集中体现在《屠格涅夫的小说》、《屠格涅夫掠影》和《胆小的巨人》三篇文章中。

一　他是多么复杂地属于他的祖国

在《屠格涅夫的小说》里，文章一开篇，呈现在读者面前的是伍尔夫对置身于两种文化中的屠格涅夫之深刻的理解：

> 50多年前，屠格涅夫在法兰西去世了，他的遗体被埋葬在俄罗斯。假如我们记得他从法兰西受益了多少，也一定会记得他是多么复杂地属于他的祖国。……这个身着巴黎文明礼服大衣的高贵的身影，似乎始终凝视着远方视野更开阔处的房屋，他的脸上，却有一种有意克制、但仍记得自己来自何处的野生动物的神情。[①]

长期侨居法兰西，但根系却深深地植于俄罗斯这片广袤的土地上。这就是伍尔夫心目中的屠格涅夫，也是为许多读者所熟悉的屠格涅夫，这与《俄国人的角度》中的解读不同。在《俄国人的角度》这

[①] ［英］弗吉尼亚·伍尔芙：《伍尔芙随笔全集》Ⅱ，王义国、张军学、邹枚、张禹九、杨羽译，中国社会科学出版社2001年版，第863页。

篇关于俄罗斯文学的扫描式的文章中,触目可及并打动作者和读者的是俄罗斯文学中的"灵魂"。灵魂,在契诃夫那里,是灵魂受伤,灵魂被治愈,灵魂没有被治愈;在陀思妥耶夫斯基那里,是更有深度更有分量的极度不安和狂躁,是受折磨的不幸的灵魂;在托尔斯泰这位图拉省的大贵族笔下,总有一位叫奥列宁、彼埃尔或者叫列文的人,在不停地发问:为什么活着,这有什么意义。所以,在《俄国人的角度》中的俄罗斯作家,在伍尔夫的理解中,是有着灵魂深度和力度的作家,甚至如陀思妥耶夫斯基让人透不过气来,像托尔斯泰吸引人但难以接近。

与《俄国人的角度》中的俄国作家相比,如果说陀思妥耶夫斯基给人的感觉是悲悯是纠结甚至是压抑,托尔斯泰让人在厚重和悲悯之后是深深的思考,相对而言,屠格涅夫的作品给人的感觉却平静很多。但伍尔夫透过屠格涅夫的作品,透过其《罗亭》、《父与子》、《烟》、《前夜》等作品,读出了在其表面的平静背后那种蔓延到心灵深处的情感:"阅读的间隙我们举目窗外,被书中事物所激起的情绪更深地回到我们心中,因为这种情绪的放送是借助于语言之外的其他媒介实现的,它通过树木、云彩、狗吠声、夜莺的歌声发出……"① 这样的感觉和印象,恰如其分地写出了屠格涅夫作品独特的美。在看似轻松平静或漫不经心的表面下,蕴蓄着稠密的、含意丰富的情绪。这样的笔调和风格,一定程度上源于"屠格涅夫是那种拥有正确的表达方式的人,最重要的是,这种表达不是经由观察得来,而是源于无意识的深渊"②。在伍尔夫的评价尺度里,艾米莉·勃朗特、哈

---

① [英]弗吉尼亚·伍尔芙:《伍尔芙随笔全集》Ⅱ,王义国、张军学、邹枚、张禹九、杨羽译,中国社会科学出版社2001年版,第864页。
② 同上书,第865页。

代、麦尔维尔属于文坛上诗人化的小说家。虽然《呼啸山庄》、《还乡》等作品"给了我们更多压倒一切的激情洋溢的人生经验,比屠格涅夫提供给我们的全部还要多。可是,屠格涅夫不仅用诗意的文笔打动我们,他的作品或许比那些作家更能够完全地使我们满足,它们不曾腐朽地在我们的时代完善着自身"①。

伍尔夫之所以欣赏屠格涅夫,一定意义上是因为屠格涅夫的创作在表现方式上契合了伍尔夫所肯定的小说理念。在伍尔夫看来,"屠格涅夫并不将作品视作不间断的事件流动,而将它们当成是从某个中心人物身上流露出的情感的连续过程"②。当然,在文学史上,屠格涅夫是属于19世纪批判现实主义的作家。现实主义,尤其是批判现实主义的特点是对时代对生活的反映、对社会现实的批判以及塑造典型环境中的典型人物。正如高尔基所说:"屠格涅夫是个优秀的现实主义者,我曾经不只一次说过,一个现实主义作家,不由自主地受着他自己的印象所支配,便往往觉察不到:在描写他所珍视和熟识的东西的时候,他会把熟识的写得恰如其实在的样子——换句话说,小说的素材的美或鲜明性不容许他去歪曲。"③ 在19世纪前期的俄罗斯文学中,在"多余人"形象画廊里,普希金的叶甫盖尼·奥涅金率先登场;莱蒙托夫的毕巧林以叛逆的富有个性的姿态独步其后;然后是屠格涅夫作品中罗亭的热情和信念,以及面对现实时的缺乏行动;最后,冈察洛夫的奥勃洛摩夫以其懒惰成性甚至做梦也在睡觉,象征性地结束了"多

---

① [英]弗吉尼亚·伍尔夫:《伍尔芙随笔全集》Ⅱ,王义国、张军学、邹枚、张禹九、杨羽译,中国社会科学出版社2001年版,第867页。
② 同上。
③ [俄]高尔基:《俄国文学史》,缪灵珠译,上海译文出版社1979年版,第296页。

余人"形象的书写。

就像"奥涅金是普希金的画像,毕乔林是莱蒙托夫的画像"①一样,"屠格涅夫本人身上就带有罗亭的特点",或者说罗亭一定程度上也有屠格涅夫的影子。因此,尽管同为多余人,但因为作家个性的不同,出现在"多余人"形象画廊里的人,每一个都是独特的这一个。罗亭也不例外。罗亭就是不可复制不可重复的这一个。但与其他多余人奥涅金、毕乔林、奥勃洛摩夫本质上相同的是,罗亭是所有罗亭们的写照。高尔基在其《俄国文学史》中,在第七章"贵族阶级的自我批评"部分,曾经就罗亭和屠格涅夫做过专门的评述。在谈到罗亭时,高尔基这样评价:"这位良善的俄国贵族屠格涅夫,便把四十年代至五十年代许多俄国贵族的生活和冒险,就在罗亭一人身上描划出来。"② 正是如此,罗亭在折射出屠格涅夫影子的同时,也是一个时代一群人的肖像。

可以说,屠格涅夫的作品如《罗亭》、《贵族之家》、《前夜》、《父与子》等,毫无疑问地是契合了当时俄国批判现实主义文学的特点,且在人物塑造上,从罗亭到英沙罗夫,都及时地反映出俄罗斯文学中人物形象的变化。这正是屠格涅夫作为一位现实主义作家的深度和力度所在。但相比于俄罗斯其他作家如普希金的叛逆与激情、果戈里"含泪的笑"、陀思妥耶夫斯基的悲悯与压抑、托尔斯泰的深刻与广袤、契诃夫看似幽默轻松实则在阴暗灰色的生活中流露出的抑郁和哀伤,屠格涅夫作品的基调要清新柔和许多。

---

① [俄] 高尔基:《俄国文学史》,缪灵珠译,上海译文出版社1979年版,第273页。
② 同上书,第304页。

> 静悄悄的夏日的早晨。太阳已经高悬在晴朗的天空中；但是田野上还闪耀着晶亮的露珠，刚苏醒的谷地散发着芬芳清新的气息，树林里还潮湿，没有喧闹声，清晨的鸟儿在高声欢唱。缓缓倾斜的丘岗自上而下覆盖着刚刚开花的黑麦，在岗顶上可以看见有一个不大的村子。一个年轻女人沿着一条狭窄的乡间小道，朝这个村子走去。她身穿细纱白裙，头戴圆草帽，手里拿着阳伞。……
>
> 她不急不忙地走着，仿佛在享受散步的乐趣。四周高高的黑麦摇曳摆动，发出轻柔的簌簌声，滚动着长长的麦浪，闪现出一会儿是银绿色一会儿是红色的波光；高空中百灵鸟发出清亮的啼鸣声。①

这是出现在屠格涅夫《罗亭》开篇的文字，清新、自然、柔和。但这种柔和不是轻飘飘的远离现实，而是如伍尔夫所言：

> 他的作品有时显得轻飘飘的，充斥着迷惑，也许还有伤感。但它们寓在"美的永久居所"，因为他用一个作家存在的最基本的部分选择写作这一事业，所以，除了他的嘲讽他的淡然，我们也永远不会怀疑他的情感深度。②

他的人物不仅追问人生的意义，同时还思索俄罗斯的问题。知识分子总是为着俄罗斯在工作，他们通宵达旦，争论俄罗斯

---

① [俄] 伊·屠格涅夫：《罗亭》，石国雄译，译林出版社1996年版，第1页。
② [英] 弗吉尼亚·伍尔芙：《伍尔芙随笔全集》Ⅱ，王义国、张军学、邹枚、张禹九、杨羽译，中国社会科学出版社2001年版，第870页。

的未来,直到东方发白,晨光照在他们的大茶炊上。"他们为这个令人不快的话题愁啊愁啊,好像小孩子反反复复嚼着一块橡皮头。"《烟》里面的波特金如此评说。屠格涅夫虽然身在异乡漂泊,却魂牵梦绕俄罗斯——他那近乎病态的敏感原是出于自卑与压抑的情结。①

在屠格涅夫的作品里,很少有过激表现的情绪和情感,但这并不影响其作品情绪的稠密和情感的深厚。与一般知识分子"追问人生的意义"相同而又不同的是,屠格涅夫小说中的人物,在人生意义之外,还在思索着俄罗斯——俄罗斯的现在,俄罗斯的未来。实际上,就像文章开篇伍尔夫对屠格涅夫的理解,他是多么复杂地属于自己的祖国,尽管穿着巴黎文明的礼服,眼睛却始终凝视着远方更辽阔的原野。所以,屠格涅夫的情感是平静的,但却是深沉的,其情感的深度,无论是读者还是伍尔夫都不会怀疑。所以,即使是写爱情,在男女之爱之外,读者看到的是俄罗斯广袤的田野和继续着的生活。就像伍尔夫在其随笔中写到叶连娜对英沙罗夫的爱怜,她的期待、懊丧以及绝望:"在他笔下男女主角的爱情能够使我们心悦诚服,这在小说人物中是不多见的。这是异常纯洁异常激烈的激情。"② 即使表现强烈的情感,在伍尔夫看来,屠格涅夫在书写时,其文笔仍然是自然且从容的,让读者在身临其境的同时,意识到生活在继续:

---

① [英]弗吉尼亚·伍尔芙:《伍尔芙随笔全集》Ⅱ,王义国、张军学、邹枚、张禹九、杨羽译,中国社会科学出版社2001年版,第868页。
② 同上。

> 与此同时其他的事情依然在发生着。田野上小生灵们歌唱着,一匹马咬着嚼子,蝴蝶翩翩起舞。我们似乎不自觉地意识到生活仍在继续,男人女人本身使我们感觉更强烈,他们并不是人生的全部,而只是生活的一部分。①

的确,读屠格涅夫的作品,读者往往会为其作品中独特的美所吸引,并且着迷于其"深厚的抒情风格"。

与伍尔夫在其《俄国人的角度》中关于俄罗斯文学灵魂深度的认识一致的是,在谈到屠格涅夫时,虽然没有出现如"灵魂、受折磨的、不快乐的灵魂"之类的文字,但伍尔夫所以在俄罗斯作家中能特别关注屠格涅夫的小说,显而易见地在于屠格涅夫作品所显示的灵魂深度。只不过,在《屠格涅夫的小说》一文里,伍尔夫是运用了心灵、想法、情感、稠密的情绪、无意识的深渊、情感的连续过程等表达方式。可以说,屠格涅夫虽为现实主义作家,但在不着意"不间断的事件流动",而看重"人物身上流露出的情感的连续过程"这一点上,是深得伍尔夫这位现代主义的意识流作家欣赏的。这也就是何以在伍尔夫所心存敬意的俄罗斯作家中,在陀思妥耶夫斯基之外,屠格涅夫是伍尔夫著文着墨最多的作家之原因。

二 月光,花园,含义隽永的一刻

如果说《屠格涅夫的小说》一文,是对屠格涅夫个性气质、精

---

① [英]弗吉尼亚·伍尔芙:《伍尔芙随笔全集》Ⅱ,王义国、张军学、邹枚、张禹九、杨羽译,中国社会科学出版社 2001 年版,第 868 页。

神归属、主要作品及艺术风格作总体评述的话，那么《屠格涅夫掠影》、《胆小的巨人》两篇文章，则是就屠格涅夫的个别篇目、身世及个性的某一特点做更深入的评价。《屠格涅夫掠影》一文所言及的个别篇目，在伍尔夫眼中并非屠格涅夫最出色的作品，但同样蕴蓄着屠格涅夫独特的魅力。这就是：

> 它们同样具有伟大作品的基本特征——它们自成其为世界。通过它们，我们可以透视屠格涅夫创造的是怎样的一个世界，他的眼光又在哪些方面不同于其他的人。
>
> 和大多数俄国作家一样，他是忧郁的。在他的小说里，现实的场景之外似乎还有一个更大的空间，它从窗外涌进来、压迫着人，将他们孤立开来，使他们失去行动的能力，变得消极，也变得真诚、宽容。这样的背景氛围在许多俄国文学作品中都能感受到。但屠格涅夫却赋予了它一种惟他的作品独有的特质。他们就那么围着茶炊坐着，跟往常一样聊着天，语调轻柔、忧伤、迷人。这是屠格涅夫笔下的人物常见的谈话风格。忽然，一个人停下来，站起身，向窗外望去。"月亮出来了吧"，她说，"瞧，白杨树梢的月光。"于是我们也抬头望去，果然——白杨树梢有一层月光。①

在伍尔夫看来，即使是引文都无法传达屠格涅夫的美。的确，就像伍尔夫在其《俄国人的角度》开篇所说："法国人和美国人与我们有这么多共同点，我们还经常怀疑他们能否理解英国文学。那么，必须承

---

① [英] 弗吉尼亚·伍尔芙：《伍尔芙随笔全集》Ⅳ，王义国、黄梅、江远、戚小伦译，中国社会科学出版社 2001 年版，第 1932—1933 页。

认,英国人能否理解俄国文学就更加令人怀疑,尽管英国人对俄国文学如此热衷。"① 的确,这是一个深谙文字之美之独特性的作家对于文学翻译的深刻理解。其实,不只对于文学作品而言,不同民族语言之间文化的隔膜是永在的。对于语言文学作品而言,翻译的遗憾与"隔膜"是永在的。对于像屠格涅夫这样诗人化的小说家而言,其作品的诗意,其含义隽永的美,其平淡的表面下的意味深长,其只属于俄罗斯语言的韵律、节奏和只可意会不可言传的意味,大概是只有通过阅读原文且与作家心灵相通才能够体会得到的。"任何引文都无法充分地传达出那种意境,因为每一段文字都是故事不可分割的一部分。而且,我们多次感到屠格涅夫似在和译者捉迷藏,他一次又一次地从译者的笔缝中溜走。这不怪加内特夫人。英语毕竟不是俄罗斯民族的语言。但我们总觉得那段描写月光下的花园的原文肯定不像英译中这么无可奈何地清晰、精确,它肯定还要流畅;富于韵律、变化和透明感。不过呢,大致的印象还是在那儿,尽管可能在翻译的过程中损失了一些美感。我们发现屠格涅夫对感觉的把握非常出色:他把月光,茶炊旁的人们,歌声,花儿,还有花园的温暖——他把这一切融为一体,汇成含义隽永的一刻,虽然周围依然是寂静的空间,而他在最后转过身去,轻轻地耸了耸肩。"②

当伍尔夫在这段文字的最后,在出色地把握了屠格涅夫文字的流畅、富有韵律、变化和透明感之后,在描述了茶炊旁的月光、歌声和花园的温暖之后,在含义隽永的时刻,在寂静的空间,伍尔夫

---

① [英]弗吉尼亚·伍尔夫:《普通读者》Ⅰ,马爱新译,人民文学出版社 2003 年版,第 148 页。
② [英]弗吉尼亚·伍尔芙:《伍尔芙随笔全集》Ⅳ,王义国、黄梅、江远、戚小伦译,中国社会科学出版社 2001 年版,第 1933—1934 页。

所写屠格涅夫"在最后转过身去,轻轻地耸了耸肩"的描述,实在是神来之笔。这样的神来之笔只可意会不可言传,所谓意蕴深厚、意犹未尽。这样的文字和表达,大概只有同样是诗人小说家诗人批评家的伍尔夫才能书写出来。

与伍尔夫随笔所拥有的意蕴深厚和意犹未尽相呼应的是,在这段文字里,伍尔夫用了这样一句"原文肯定不像英译中这么无可奈何地清晰、精确,它肯定还要流畅;富于韵律、变化和透明感"。其实,这里何止是对加内特夫人的译文与屠格涅夫原文之间的"隔"的理解,也是所有文学翻译与经典作品之间的"隔"的理解。这里,甚至都可以理解为阅读伍尔夫文学批评随笔的读者,在试图"清晰、精确"地把握伍尔夫那些流畅、"富于韵律、变化和透明感"的随笔时的那种"隔",或者就是伍尔夫所说的"无可奈何"。这是伍尔夫文学批评随笔之于读者的困惑,同时也是伍尔夫文学批评随笔之于读者的魅力。

三 广袤而深邃的艺术世界

至于《胆小的巨人》一文,伍尔夫不着意于屠格涅夫作品的评述,而探讨更多的是,面对同是俄罗斯作家,如何把握或者理解屠格涅夫的独特性,尤其是相对于契诃夫、陀思妥耶夫斯基等作家的独特性。在伍尔夫充满想象又不无根据的假设中,英国人眼中的俄国文学更多地是从契诃夫、陀思妥耶夫斯基那里得到的。对此,伍尔夫形象的比喻是:"俄国文学就是一群人在一间什么也看不清的屋子里无休无止地喝着茶讨论着什么是灵魂"[①]。但屠格涅夫的不同在

[①] [英]弗吉尼亚·伍尔夫:《伍尔芙随笔全集》Ⅳ,王义国、黄梅、江远、戚小伦译,中国社会科学出版社2001年版,第1935页。

于他是一个国际公民。在此,伍尔夫以饶有想象力的笔法写出了屠格涅夫与母亲的关系,并且以不无幽默的笔调写出了屠格涅夫与终生挚爱的歌唱家波丽娜·维亚尔多的亲密感。在伍尔夫笔下,屠格涅夫胆小怕事、衣着邋遢却极度慷慨,他的一生充满了忧郁和孤独。但正是这样的经历,使其生活保有了一定的自由度。当然,最重要的是,这位永远是宴会上的迟到者,他热爱艺术。

> 正是对艺术的执著的爱使他那么不同于英国人想象中的俄国人。在屠格涅夫看来,小说最好就像那古老的树上所结的最后一颗熟透的果子。它含蓄、内敛,它的每一个词都是经年累月沙里淘金的结果。他所有的书都很小很薄,口袋里就能放得下。但书中给人的印象却是天地广大,足以容得下真实世界中的男男女女、他们头顶的天空,还有四周的广袤原野。①

几乎所有了解俄罗斯文学的读者都有体会,相对于欧洲其他国家的文学如意大利、法国、英国乃至德国,俄罗斯文学给人的第一感觉是厚重。俄罗斯文学的厚重不仅在于其灵魂的深度、悲悯与同情心,甚至包括其多数作品的鸿篇巨制以及长河型与史诗性。单就篇幅而言,俄罗斯作家的一个很大特点是其作品的篇幅:《战争与和平》的长河型史诗般的规模;《安娜·卡列尼娜》、《卡拉马佐夫兄弟》的长篇巨制;即使是单卷本的《复活》、《罪与罚》,比起一般的单卷本小说,在篇幅上都是非同一般的规模。但屠格涅夫是一个例外,

---

① [英]弗吉尼亚·伍尔芙:《伍尔芙随笔全集》Ⅳ,王义国、黄梅、江远、戚小伦译,中国社会科学出版社2001年版,第1936页。

其几乎所有的长篇小说大抵是中篇的篇幅,十二三万字至多十五六万字,如伍尔夫所说,口袋里就能放得下。但就是在如《罗亭》不过12万多字的小说中,作者塑造出了文学史上著名的"多余人"形象,与叶甫盖尼·奥涅金、毕乔林、奥勃洛摩夫等并列在俄罗斯文学"多余人"形象的画廊,成为世界文学史上著名的既高贵又孤独的典型人物。而且,即使同样是多余人,罗亭之与奥涅金、之与毕乔林、之与奥勃洛摩夫都是不可重复的。罗亭以其才思激情、崇高理想和能言善辩但又缺乏担当,在多余人的形象画廊中成为独具特色的"这一个"。其中,屠格涅夫的影子、俄国贵族知识分子的精神特质、人性的弱点与光芒,在罗亭这一贵族青年身上集中地折射出来。所以,罗亭不是一个人的肖像,而是一个时代一群人的肖像。与俄罗斯其他作家如托尔斯泰、陀思妥耶夫斯基任何长篇巨制中的人物,如彼埃尔、列文、拉斯柯尔尼科夫等相比,在精神世界的丰富性、深刻性与复杂性上,罗亭都不相上下。正是《罗亭》这部"口袋里就能放得下"的"很小很薄"的小书,呈现给读者的是"天地广大"的世界,是"真实世界中的男男女女、他们头顶的天空,还有四周的广袤原野"。

也许,屠格涅夫的作品与陀思妥耶夫斯基、托尔斯泰的作品相比,对读者的冲击力大抵没有那么强烈。屠格涅夫的作品给人的感受是平淡的,但在其平静平和、优美婉转、含蓄内敛的表面下,是绵密的情绪,是广大的天地,是广袤的原野,是清澈的表层下一个天地广大的世界。所以,就像对英国作家哈代心存敬意一样,当评述俄国作家时,伍尔夫也是把自己的敬意和赞赏几乎没有保留地给予了屠格涅夫。

因此，屠格涅夫能够从容地探讨一系列棘手的问题，比如父与子的关系、新秩序与旧世界的关系等，其手法之优美婉转、涵盖面之宽广令我们英国的作家汗颜。他的处理是如此大度、如此平和，没有一丝勉强我们感情的地方，因之我们对他也没有任何不满之处，……过了这么多年，《父与子》依然占据着我们的情感。在它那清澈的表层下面是无底的深度；它的简约中包含了一个广大的世界。①

是的，这就是伍尔夫眼中的屠格涅夫，"眼睛像天空一样湛蓝"的屠格涅夫。当这个温和、高贵的俄国人以同样温和甚至大度的笔调写出了如《贵族之家》、《罗亭》、《前夜》等意蕴丰富、情绪稠密但却优美平静的作品后，如伍尔夫所说："他把这一切融为一体，汇成含义隽永的一刻，虽然周围依然是寂静的空间，而他在最后转过身去，轻轻地耸了耸肩。"② 留给读者的是一个巨人高贵的背影，而这个背影的背景，一定是俄罗斯的。是俄罗斯的月光、花园、天空、原野，以及屠格涅夫为读者创造出的广袤而深邃的艺术世界。

---

① ［英］弗吉尼亚·伍尔夫：《伍尔芙随笔全集》Ⅳ，王义国、黄梅、江远、戚小伦译，中国社会科学出版社 2001 年版，第 1937 页。
② 同上书，第 1934 页。

参考文献

1. ［英］弗吉尼亚·伍尔芙：《伍尔芙随笔全集》Ⅰ，石云龙、刘炳善、李寄、黄梅译，中国社会科学出版社 2001 年版。
2. ［英］弗吉尼亚·伍尔芙：《伍尔芙随笔全集》Ⅱ，王义国、张军学、邹枚、张禹九、杨羽译，中国社会科学出版社 2001 年版。
3. ［英］弗吉尼亚·伍尔芙：《伍尔芙随笔全集》Ⅲ，王斌、王保令、胡龙彪、肖宇、童未央译，中国社会科学出版社 2001 年版。
4. ［英］弗吉尼亚·伍尔芙：《伍尔芙随笔全集》Ⅳ，王义国、黄梅、江远、戚小伦译，中国社会科学出版社 2001 年版。
5. ［英］弗吉尼亚·吴尔夫：《普通读者》Ⅰ，马爱新译，人民文学出版社 2003 年版。
6. ［英］弗吉尼亚·吴尔夫：《普通读者》Ⅱ，石永礼、蓝仁哲等译，人民文学出版社 2003 年版。
7. ［英］弗吉尼亚·伍尔芙：《存在的瞬间》，刘春芳、倪爱霞译，花城出版社 2016 年版。
8. ［英］弗吉尼亚·伍尔夫：《一间自己的屋子》，王还译，生活·读书·新知三联书店 1989 年版。

9. ［英］维吉尼亚·吴尔夫:《书和画像》,刘炳善译,生活·读书·新知三联书店 1994 年版。

10. ［英］弗吉尼亚·伍尔芙:《伍尔芙日记选》,戴红珍、宋炳辉译,百花文艺出版社 2012 年版。

11. ［英］昆汀·贝尔:《伍尔夫传》,萧易译,江苏教育出版社 2005 年版。

12. ［英］林德尔·戈登:《弗吉尼亚·伍尔夫——一个作家的生命历程》,伍厚恺译,四川人民出版社 2000 年版。

13. ［英］奈杰尔·尼科尔森:《伍尔夫》,王璐译,生活·读书·新知三联书店 2014 年版。

14. ［英］哈里斯:《伍尔夫传》,高正哲、田慧译,时代文艺出版社 2016 年版。

15. ［英］昆汀·贝尔:《隐秘的火焰:布鲁姆斯伯里文化圈》,季进译,江苏教育出版社 2006 年版。

16. 瞿世镜编选:《伍尔夫研究》,上海文艺出版社 1988 年版。

17. 瞿世镜:《意识流小说家伍尔夫》,上海译文出版社 2015 年版。

18. 伍厚恺:《弗吉尼亚·伍尔夫:存在的瞬间》,四川人民出版社 1999 年版。

19. 易晓明:《优美与疯癫:弗吉尼亚·伍尔夫传》,中国文联出版社 2002 年版。

20. 杨莉馨:《20 世纪文坛上的英伦百合——弗吉尼亚·伍尔夫在中国》,人民出版社 2009 年版。

21. 杨莉馨:《伍尔夫小说美学与视觉艺术》,中国社会科学出版社 2015 年版。

22. 郝琳:《唯美与纪实　性别与叙事——弗吉尼亚·伍尔夫创作研

究》，科学出版社 2012 年版。

23. 潘建：《弗吉尼亚·伍尔夫：性别差异与女性写作研究》，人民文学出版社 2013 年版。

24. 吕洪灵：《走进弗吉尼亚·伍尔夫的经典创作空间》，人民出版社 2013 年版。

25. ［美］伊莱恩·肖瓦尔特：《她们自己的文学：英国女小说家：从勃朗特到莱辛》，韩敏中译，浙江大学出版社 2012 年版。

26. ［美］桑德拉·吉尔伯特、苏珊·古芭：《阁楼上的疯女人：女性作家与 19 世纪文学想象》，杨莉馨译，上海人民出版社 2015 年版。

27. ［美］哈罗德·布鲁姆：《如何读，为什么读》，黄灿然译，译林出版社 2011 年版。

28. ［美］哈罗德·布鲁姆：《西方正典》，江宁康译，译林出版社 2011 年版。

29. ［美］哈罗德·布鲁姆：《史诗》，翁海贞译，译林出版社 2016 年版。

30. ［美］哈罗德·布鲁姆：《文章家与先知》，翁海贞译，译林出版社 2016 年版。

31. ［美］哈罗德·布鲁姆：《影响的剖析：文学作为生活方式》，金雯译，译林出版社 2016 年版。

32. ［美］大卫·邓比：《伟大的书——西方经典的当代阅读》，苇杭译，国际文化出版公司 2006 年版。

33. ［英］毛姆：《毛姆读书随笔》，刘文荣译，上海三联书店 1999 年版。

34. ［英］E. M. 福斯特：《小说面面观》，冯涛译，上海译文出版社

2016年版。

35. 汝信主编：《简明西方美学史读本》，中国社会科学出版社2014年版。

36. 程锡麟、方亚中：《什么是女性主义批评》，上海外语教育出版社2011年版。

37. 申丹、韩加明、王丽亚：《英美小说叙事理论研究》，北京大学出版社2005年版。

38. 聂振钊主编：《外国文学史》（一——四），华中师范大学出版社2010年版。

39. 陈晓兰主编：《外国女性文学教程》，复旦大学出版社2017年版。

40. 朱维之、赵澧、黄晋凯主编：《外国文学简编》（欧美部分），中国人民大学出版社2015年版。

41. ［美］罗伯特·斯比勒：《美国文学的循环》，汤潮译，北京师范大学出版社1993年版。

42. ［俄］高尔基：《俄国文学史》，缪灵珠译，上海译文出版社1979年版。

43. ［英］乔叟：《坎特伯雷故事集》，方重译，人民文学出版社2004年版。

44. ［英］简·奥斯丁：《傲慢与偏见》，孙致礼译，译林出版社2000年版。

45. 朱虹编选：《奥斯丁研究》，中国文联出版公司1985年版。

46. ［加］卡罗尔·希尔兹：《简·奥斯丁》，袁蔚译，生活·读书·新知三联书店2014年版。

47. ［英］玛甘妮塔·拉斯奇：《简·奥斯丁》，黄美智、陈雅婷译，百家出版社2004年版。

48. ［美］沃尔特·惠特曼：《草叶集：沃尔特·惠特曼诗全集》，邹仲之译，上海译文出版社 2015 年版。

49. ［俄］伊·屠格涅夫：《罗亭》，石国雄译，译林出版社 1996 年版。

50. ［俄］契诃夫：《契诃夫戏剧集》，焦菊隐译，上海译文出版社 1980 年版。

附录一　与伍尔夫相遇

　　遇到伍尔夫是一种有意味的阅读经验。在这里，我说的不是伍尔夫的小说，而是她的散文或者文学批评随笔。在《伟大的书——西方经典的当代阅读》中，邓比意识到"沃尔夫的文字美丽、独特、高贵……其伟大之处毫无疑问，而且对文学人文这样一门西方经典的概论课程来说，是个光辉灿烂的终点。在那本书里可以听见整个西方文学传统呼吸的声音"。

　　邓比的话印证了许多人不约而同的阅读经验。读伍尔夫的小说，最初，难免感觉全是情绪、情绪、情绪。但与其小说意识流的迷离朦胧不同，伍尔夫的随笔却轻灵活泼、妙趣横生。可以说，伍尔夫的随笔在批评文章中是最感性、最容易接受也是最"好读"的。

　　当然，"好读"不是标准。关键是品位、智慧、才情，以及行文中所显示出的感受力——除却视野和见地，几乎所有的读者在读伍尔夫随笔时，都强烈地感觉到了这种独特的、无与伦比的感受力。正如邓比所说，伍尔夫"写作时总是处在神经极度敏锐的状况，而且笔下永远离不开心情和感受的各种状态"。"她是天才，但也奇怪又疯狂"。对于伍尔夫而言，这种敏锐到极致的感受力是与生俱来的，是只属于伍尔夫的。这是伍尔夫写作的福音，也是伍尔夫命运的魔障。

在我阅读伍尔夫的时候，我感兴趣的是她写作家作品的文章。在这些文章中，显示出伍尔夫为福斯特所称道的"广博的知识和深厚的文学感受力"。当然，同样让人惊叹的还有伍尔夫超越常人的阅读量。

这里，英国作家先不要说了，说说伍尔夫谈到的俄国作家吧。尽管伍尔夫对英国人能否理解俄国文学表示怀疑，因为在翻译的过程中，丢掉的可能是最微妙的风格和个性特点，但还是相信有非常有力、非常感人的东西留下来了。那么，这种有力而且感人的东西是什么呢？在《俄国人的角度》一文里，伍尔夫这样写道：

> 灵魂是俄国小说的主要特点，在契诃夫的作品中精细微妙，可以有无数种的幽默和病态。在陀思妥耶夫斯基的作品中则更深邃博大，易患上暴烈的疾病和狂热，但仍然是首要问题……我们是灵魂，受折磨的、不快乐的灵魂……

而在托尔斯泰那里：

> 生命支配着托尔斯泰，就像灵魂支配着陀思妥耶夫斯基一样。在所有鲜艳夺目的花瓣中心伏着这是蝎子——"为什么生活？"书中总有某个奥列宁、皮埃尔或者列文，集所有经历于一身，把世界放在手上把玩，即使在享受这些的时候，他也不停地询问这有什么意义，我们的目的是什么……因此我们的快乐中夹杂着恐惧，在三位伟大的俄国作家中，托尔斯泰最令我们

着迷，也最令我们不快。

这就是伍尔夫笔下的俄国文学，这就是伍尔夫感觉中的契诃夫、陀思妥耶夫斯基、托尔斯泰。19世纪俄国最伟大最有个性的作家都在这里了。当然，还有普希金。伍尔夫以她最诗意最高屋建瓴的理解力，说出了俄罗斯文学最令人着迷的特点——灵魂。而这，也正是我们在读契诃夫、陀思妥耶夫斯基以及托尔斯泰的作品时强烈地感觉到的。

不是吗？当我们读着契诃夫的小说或者还有戏剧，耳畔掠过《樱桃园》里那仿佛从天边外传来的琴弦崩断似的声音，心情也因着这声音而忧郁而缥缈而寂静；当我们读着陀思妥耶夫斯基的小说，随着他的拉斯柯尔尼科夫一起感觉压抑、紧张、痛苦并且心被揪得很紧很紧（不是吗？在读陀思妥耶夫斯基的作品时，谁都感觉到了那种喘不过气来的窒息和压抑）；当我们跟着托尔斯泰的彼埃尔和列文们（不是吉提，不是娜塔莎，也不是安娜）一起问，"人为什么活着"，"这有什么意义"的时候。当我们合上书，抬起头来，在秋日的暖阳下，心变得迷惑、沉静而充盈，伍尔夫曾经感觉到的，我们也感觉到了。只是，伍尔夫捕捉到了。伍尔夫，也只有伍尔夫，以她独特的感性文字写出来了。

毫无疑问，伍尔夫的批评随笔，无学究气和八股气，无高雅微妙的理论，更无被布鲁姆讥讽为"洋溢着道貌岸然的陈词滥调"的"虚伪套话"。这样的批评，以感受力唤醒了感受力，让我们的思维变得灵动开阔、富有弹性，使阅读和欣赏变得更靠近心灵也更属于自己。

因此，一旦遇到伍尔夫，就永远的遇到了。对于伍尔夫这样一位如邓比所谓"是天才,但也奇怪又疯狂"的作家,有一点是重要的,那就是,"你要么就'深刻地'读她,要么就根本什么也没读到。"

原载于《读书》2015 年第 3 期

附录二　安谧的精神由天上降下来

对弗吉尼亚·伍尔夫的阅读和欣赏，在我已是由来已久。因为给学生开外国女作家专题课，我在课堂上讲的是伍尔夫的小说，是意识流。但在阅读的情趣上，我更喜欢的是她的随笔。她的那些发自心灵的性情文字，常常成为我最想读书又最不想读书时的即兴读物。她的"一间自己的屋子"，对于我（我想，可能对于很多女性），都有着意味深长的心灵自我意味和精神空间意味。

但真的潜下心来以伍尔夫的随笔为主题写些文字，却让我犹豫着。我知道，散文和随笔是最不容易把握和评论的文体。因为什么都可以写成随笔和散文。在我们通常的诗歌、散文、小说、戏剧这样的文学分类中，散文是最不好谈论的。直到这个夏天。

这个夏天，我和我的家人有过一次短暂的欧洲旅行。目的地是法、意、瑞，自然经过和逗留的还有奥地利的因斯布鲁克，袖珍小国列支敦士登，以及夜色笼罩中的卢森堡。在城市与城市、景致与景致之间，旅行的大巴在欧洲的土地上穿行。眼前闪过的是阿尔卑斯山袅袅的雾霭，是湍湍的莱茵河寂静地穿过伯尔尼，是旅途中不时出现的教堂尖顶。

我喜欢这些教堂尖顶。

对于多数旅行者而言,去欧洲,看的最多的是教堂。但相对于大教堂的庄严、繁复与哥特式,我更喜欢那些小教堂,喜欢它们所拥有的那份宁静和安谧。在我的感觉里,能够瞻仰圣彼得、圣马可以及圣母百花大教堂固然是难得的阅历和经历,但散落在旅途两旁若隐若现的教堂尖顶,就像乡间小舍,让我在兴奋与疲惫的旅行当中,有一种身心回到家园的感觉。内心深处有一种受其恩泽与抚慰的温暖和感动。

我甚至想象,如果可能,我将在旅行当中,拍下所有的教堂尖顶。于是……

当我将手中的相机频频对准窗外那些不时出现的教堂的时候,常常的情形是,教堂的尖顶刚刚在远处出现,倏忽就消逝在疾驶的车窗后面。意识流一般,我的脑海中闪现出弗吉尼亚·伍尔夫《墙上的斑点》中的句子:"这种情形就像坐火车一样,我们在火车里看见路旁郊外别墅里有个老太太正准备倒茶,有个年轻人正举起球拍打网球,火车一晃而过,我们就和老太太以及年轻人分了手,把他们抛在火车后面……"

我所以想起这些句子,是因为我在给学生讲伍尔夫的小说时,曾经特别放过《墙上的斑点》的录音。我的耳边甚至还响起了它的背景音乐,那些如河流一样邈远的音乐。我的思绪就意识流式地漂向伍尔夫——她的小说,她的意识流,还有她的那些我熟悉的文字,我喜欢的句子:

那么这就是我,一两个星期以前,正是绝好的十月天气,坐在一条河岸上沉思。我所说的那条硬领,妇女和小说,逼着

  我对于这引起各种偏见和情感的题目下结论,把我的头压倒地上去了。我的左边,我的右边都长着各种灌木,金黄色和大红的,如火如荼地开着花朵,甚至也好像为火的炎热所焦灼。在远一点的岸边垂杨因永久的悲哀而在那里暗泣……

  那个秋天的早上的天气是真可爱;树叶子翩翩然闪着红色落到地上去……当我走过礼拜堂的门前,风琴正不失壮丽地在怨诉。在那种明静的空气里,连基督教的悲哀听着都只像悲哀的回想,而不像悲哀的本身。连那多年的老风琴的呻吟似乎都为和平所包围了……

这些我熟悉和喜欢的句子,感性、隽永又带着一些小小的感伤。在读这些句子的时候,时光仿佛在寂静地流逝或默默地凝滞。这样的句子出现在伍尔夫的《一间自己的屋子》里,让她的这一以"妇女和小说"为题的演讲,少了些批评家的理性思辨,但却以令人遐思的想象和直觉诗意的表达方式,传达出只属于作家自己的体验、感悟和独特情绪。

  而此刻,在旅途中,当我面对着那些乡间教堂,想到伍尔夫的时候,我想,我为什么不可以写写她的随笔?就像我在旅途中偏爱乡间的尖顶教堂。我完全可以不为着学术研究和所谓的科研业绩,去写那些正襟危坐、自己不想写别人也不想看的论文,而仅仅为着自己的性情来写点什么。就像布鲁姆所提倡的那样,按照爱默生视为阅读原则的"那盏内心之光来阅读",来欣赏。当然,是性情文字。就像伍尔夫的欣赏哈代、奥斯丁和勃朗特姐妹。就像伍尔夫因着体验、感悟和想象的阅读与写作。

不是吗？正是独特的体验和想象，伍尔夫在她的那些关于作家的散文随笔中，让我们这些"普通读者"看到的，是那个让"我们深深地吸吮了大地的美色"，"被领进了一个悲伤而忧思的精神深处，即使处在最凄苦的时候，也能严正地自持"，也不会丧失深切同情心的哈代；是那个在所有伟大的作家中，其伟大之处最最难以捉摸，但却具有文学的永久性的奥斯丁；是饱含激情地说出"我爱"、"我恨"、"我痛苦"的夏洛蒂；是不仅仅说"我爱"，"我恨"，"我痛苦"，还要说"我们，整个人类"和"你们，外部力量……""一说荒野就能使狂风呼啸，电闪雷鸣"的艾米莉；然后是俄国的，那个写出"灵魂有病，灵魂被治愈，灵魂未被治愈"的契诃夫，和那个"我们是灵魂，受折磨的、不快乐的灵魂"的陀思妥耶夫斯基；以及"不停地询问这有什么意义，我们的目的是什么"，"最令我们着迷，也最令我们不快"的列夫·托尔斯泰……

其实，在我们的课堂上，在我们常见的论文中，关于奥斯丁、哈代，关于那些我们所熟悉的英国和俄国作家，有很多类似结论的评价，如主题思想、作品内容，如艺术特色、作家地位。正确是兀自正确了，正确得毋庸置疑。但当我们阅读时，总感觉比作品少了一些什么。在那些严密而正确的论证中，我们的批评家努力要证明的，似乎是理论怎样煞有介事地把本来如生命一样鲜活、个性独具又诗意丰沛的文学作品，解释得缺乏灵性和个性。文学的诗性、丰富性消失了，同样消失的还有作品的灵魂，因而就少了打动读者的力度。

这就像伍尔夫说到契诃夫："读契诃夫时，我们发现自己不断地念到'灵魂'这个字眼。它散布在书页间。一个老酒鬼多次使用它：'……你的职位很高，高不可攀，可是你没有真正的灵魂，我亲爱的孩子……它里面没有力量。'"（弗吉尼亚·吴尔夫：《普通读者》Ⅰ，马爱新译，人民文学出版社2003年版，第152页）如果我们把伍尔夫的话换一种说法，是不是也可以这样说：你的论述很高明，高不可攀，可是你没有真正的灵魂，我尊敬的评论家，它里面没有力量。

是啊，我们多么期待看到有灵魂因而有力量的评论，就像别林斯基之于俄罗斯文学，就像恩格斯之于但丁、莎士比亚、歌德以及巴尔扎克。就像弗吉尼亚·伍尔夫之于哈代、勃朗特姐妹以及契诃夫。

说到伍尔夫对契诃夫的理解，忽然就想到了高尔基的一段话，这段话被哈罗德·布鲁姆认为是他所读到的对契诃夫的最佳观察。高尔基说："我觉得，在契诃夫面前，大家都感到一种下意识的愿望，希望变得更单纯，更真实，更属于自己。"（哈罗德·布鲁姆《如何读，为什么读》，译林出版社2011年版，第23页）

大家就是大家。大家的个性可能不同，看问题的角度不同，但在见地的深邃与丰富上，却有着惊人的相似。同样有异曲同工之妙的还有伍尔夫对俄国文学的理解。"灵魂是俄国小说的主要特点。在契诃夫的作品中精细微妙，可以有无数种的幽默和病态。在陀思妥耶夫斯基的作品中则更深邃博大，易患上暴烈的疾病和狂热，但仍然是首要问题……我们是灵魂，受折磨的、不快乐的灵魂……重要的是灵魂，它的激情，它的骚动，它那美与丑的惊人混合。如果我们忽然高叫或大笑，或激动地哭泣，这不是再自然不过的吗？"（弗吉尼亚·吴尔夫：《普通读者》Ⅰ，马爱新译，人民文学出版社2003年版，第152—153页）

当我在阅读伍尔夫随笔的时候，我发现，我的思路在打开，我甚至有伍尔夫意识流小说一样的瞬间顿悟——这不就是我感觉到的契诃夫、陀思妥耶夫斯基吗？这不就是我曾经读过的哈代、勃朗特姐妹和奥斯丁吗？那些常常被我们提及并引用的论述和见解，伍尔夫以她敏感诗意又充满想象的文笔，以她举重若轻又举轻若重的感性文字表达出来，而又没有丝毫的八股气和学究气，没有被哈罗德·布鲁姆讥讽为"洋溢着道貌岸然的陈词滥调"的"虚伪套话"。那些被我们似乎感觉到了但又表达不出的体验和感觉，在伍尔夫看似随性散漫实则高屋建瓴的洞见中一语中的。这就像伍尔夫读契诃夫的作品，他（她）就这样写了，而当我们阅读时，"视野变得开阔，灵魂获得了惊人的自由感"。

这个夏天，当我为着弗吉尼亚·伍尔夫而要写些什么的时候，我知道，我对她的感觉就像伍尔夫的对俄国小说，不是用头脑，"因为用头脑是容易的"，而是用心灵。这样的感觉，让我的阅读和欣赏变得更单纯更属于自己。我甚至有了这样的感悟——真正的阅读和写作应该是心灵意义上的倾听和倾诉，彼此找到回家的感觉。就像旅途中看到乡间小舍、炊烟摇曳以及教堂尖顶时，我们所感到的温暖召唤和内心安谧。

而"安谧的精神像一朵云彩由天上降下来"。这是伍尔夫《一间自己的屋子》中的句子，正可以表达我这个夏天的心情。这样的安谧，让我的这个夏天变得单纯而富足。在如此富足而单纯的心境中，我正可以沉静下来，在一间属于自己的屋子里，体会并且写下此情此心。

原载于《名作欣赏》2013 年第 2 期

附录三　慧眼独具的"普通读者"

阅读弗吉尼亚·伍尔夫的《普通读者》是一种愉快而惬意的体验。这使我暂时忘掉了众所周知的伍尔夫作为意识流小说家的身份。要知道，一直以来，这样的身份是像标签一样贴在伍尔夫身上的。在课堂上，在文学史中，在学者们的论文和著作里，在我们只要说到伍尔夫的时候。当然，名副其实。不要说她的《达洛卫夫人》、她的《到灯塔去》，单是短短一篇《墙上的斑点》，就足以成为意识流小说的经典。但面对这样的经典，面对着那些"匪夷所思"的意识流，多数的读者，也难免因其扑朔迷离而望而却步。即使是面对大名鼎鼎的普鲁斯特、乔伊斯、福克纳，即使是弗吉尼亚·伍尔夫，即使是几乎所有的文学史都将他们定位为大师。但大师有时是令人望而生畏的。大师也难免让人在肃然起敬的同时又敬而远之。就阅读经验而言，伍尔夫的意识流小说与《普通读者》给予读者的是完全不同的经验。譬如行走，前者，常常不着边际；后者则是惬意轻松，一路走来仿佛林间信步，处处枝叶缤纷，不是渐入佳境，而是佳境频至，美不胜收。

在我阅读《普通读者》的时候，我特别注意了伍尔夫关于作家作品的文章。如《简·奥斯丁》、《〈简·爱〉与〈呼啸山庄〉》，如《托马斯·哈代的小说》。对于许多的中国读者来说，简·奥斯丁、勃朗特姐妹以及哈代，是非常熟悉并特别欣赏的英国作家。勃朗特姐妹不必说了，简·奥斯丁就更无须饶舌，仅仅因为她的达西和伊丽莎白，在几乎所有的女性读者心中，她的《傲慢与偏见》简直就是一部非常完美并且永远时尚的小资经典。

在这里，我想说的是伍尔夫对哈代的解读和欣赏。在19世纪英国作家中，哈代是与狄更斯处于几乎同等地位的作家。通常的情形是，除却勃朗特姐妹，当我们的文学史要把19世纪英国两位男性作家作为专节讲述的话，前期是狄更斯，后期则是哈代。当然，我无意评说两位作家的高低，文学作品本来就是见仁见智。但我相信，当读者真的阅读了他们的作品，对于哈代的热爱，会远远超过对他同时代的作家狄更斯。恰如伍尔夫所言：

> 当我们完全投身其中，认真地掂量我们获得的整体印象，其艺术效果是震撼人心的，令人心满意足的……我们深深地吸吮了大地的美色。同时，我们也被领进了一个悲伤而忧思的精神深处，即使处在最凄苦的时候，也能严正地自持，即使当大多数人都变得愤怒的时候，也绝不会丧失对遭受痛苦的男人和女人的深切同情心。

于是，我们会由衷地爱上这位天才般的英国作家，会为他笔下的小人物的悲剧所感动。面对着他的淑、他的裘德、他的苔丝们的无助和无奈，我们的感动甚至要超过诸如对王子哈姆雷特和贵族夫人安娜悲剧的感动。当然，同样让人流连和感动的，还有这位既是诗人，又是英格兰南部山丘忠实儿子的哈代笔下的山谷、村庄、原野，他的静谧的、有着古朴村民的多塞特郡。

但遗憾的是，当我们试着说出对一位作家无比热爱的理由时，长久的思维定势，让我们即使关于文学的文字也远离了文学，难得看到富有个性的、自我而诗意的表达。在评论文章里，在文学史中，在我们可敬的、貌似千篇一律的教科书里。

而弗吉尼亚·伍尔夫的《普通读者》带给读者的，是令人耳目一新的感受。这首先是因为伍尔夫对待作家作品的姿态。在《普通读者》的代序里，伍尔夫就引用了约翰逊博士的说法表明自己的阅读姿态："我很高兴能与普通读者产生共鸣，因为在所有那些高雅微妙、学究教条之后，一切诗人的荣誉最终要由未受文学偏见腐蚀的读者的常识来决定。"如此开宗明义、旗帜鲜明的表达，看得出伍尔夫的阅读姿态——低调而自信。不是吗？当伍尔夫将自己定位为普通读者时，这一看似"普通"的姿态，却透着要突破所谓"高雅微妙"之学究教条的骄傲与自信。她的几乎每篇文章，表达的都是不同凡响的见地。

在《托马斯·哈代的小说》的开篇，伍尔夫就不容置疑地写道："哈代的逝世使英国小说失去了首领，我们这样说的意思是，惟有他才享有举世公认的崇高地位，惟有他才适合人们由衷地表示崇敬。"之所以有如此赞誉，是因为在伍尔夫看来，哈代是在"他活着的时候是使小说这门艺术成为受人尊敬行当的惟一小说家"。如此态度坦率的评价，写出了一位作家对另一位作家的激赏和尊敬。

然后是哈代的作品。许多年了，我们习惯了那些在文学史上惯用的对作家作品的评价。在这样的评价和描述里，如果不是因为作品的情节、人物、片段或词句，我们甚至都不能把这一作家和其他作家区分开来。对一个作家的评价完全可以放到另一个作家或者同类作家身上。就如同当我们说到关于自然景物的描写,抽掉作品,我们甚至分不清我们说的是哈代还是屠格涅夫。在每天都在批量生产着的学术论文里,触目可及的是不乏八股气的人云亦云。久而久之,文学评论的个性、灵性、文学性消失了。而伍尔夫的才智、敏感和体味,使她在哈代早期即使并不成熟的作品中,就敏锐地捕捉到了作家的独特,并且予以诗意的表达:

> 这本小说最令人瞩目的是书中回荡着瀑布的轰鸣。首次展露的这种才能还将在其后几部小说里大量显示。他已经证明自己擅长观察大自然,且精细入微。他明白雨滴打在根茎上与落到耕地里的差异;他知道风掠过不同树木的枝桠会发生不同的声响。但在更大意义上,他体会到大自然是一种力量,意识到大自然蕴含着某种精神,会对人类命运产生同情、嘲讽或无动于衷。

然后是《绿荫树下》,在伍尔夫看来:

> ……小说显得成熟了,与前一部相比,富有魅力和田园牧歌式的气息。这位作家似乎已经成了英格兰风景画家,他那些画面里随处可见农舍田庄……他的身心如此投入大自然,他能听见附近树林中一头秃鹰杀死一只小鸟的哀鸣……

如此细微感性的描述,恐怕只有做过小说家的作者才能感受得到,甚至是只有如伍尔夫这样敏感的作家才能够捕捉得到的。读这样的文字,真的是如闻天籁一般,同样感受得到的,还有字里行间处处弥散着的大自然的芬芳气息。

然后是对哈代作品中人物的把握。当伍尔夫如数家珍一样地在她的文章中说着芭丝谢芭、尤苔莎、淑、裘德、亨查德等哈代家族的人物时，看得出，伍尔夫对他们的熟稔已如同自己的家人和朋友。他们的情感、欲望，他们人性的弱点，他们"忠贞不渝的爱情"以及"冲动狂乱却又转瞬即逝的性欲"。她掂得出这个家族的成员与其他家族的区别；她特别懂得哈代笔下的那些女性，在伍尔夫看来：

> 无论芭丝谢芭多么可爱而又迷人，她仍然是个弱者；……当芭丝谢芭的马车停在作物田间路道，她微笑着对着小镜欣赏自己的芳颜，我们也许知道——知道才明白哈代的魅力——到头来她会遭遇多么无情的苦难，并且牵连他人受苦。可是，这一瞬间映射出了生命的全部光辉和绚丽。而且，这种情形一再地出现在他的小说里。

曾几何时，我们的评论文章有过如此到位的评价？我们可以有一大堆关于一个作家的知识，如生平、创作分期、世界观、作品情节、人物形象以及艺术特色。我们可以对这一些所谓的知识说得头头是道，煞有介事，但我们很难做到如伍尔夫这样对作家、对作品、对作品中的人物及其人性的洞悉。平庸的解读难以撩拨读者那根连接着神经末梢的、让人怦然心动又隐隐心痛的心弦。而伍尔夫拨弄到了。她的文字，让读者懂得了"哈代给予我们的远远不止一时一地的生活记录，而是整体世界和人类命运的景象"。让读者在阅读之余悠然神会，感受她对作家作品的沉浸、痴迷和热爱，进而被感染，被打动，进而也同样欣赏并敬重如哈代这样的"一位具有强大想象力的人,一个拥有深刻思想和诗性的天才,一个充满温情与仁爱的灵魂"。

当我在说着伍尔夫的时候,不经意地,我的脑海中出现的还有伍尔夫之女权主义者的身份。在我的感觉里,女权主义的字眼,总是与颠覆和叛逆联系在一起。在她们声张和捍卫着女性自我的时候,她们自卫和富有挑战意味的姿态,甚至还有些咄咄逼人。但是,在我端详着伍尔夫那些端庄、优雅的侧面画像,在我阅读着她的文字,在我了解着她的遗传、身世、个性,甚至她的最后纵身一扑,将自己投向湍急河流的结局时,我想,我感觉中的伍尔夫已经是一个充满矛盾的伍尔夫了——慧心丽质的、知性而书卷气的、气质优雅的伍尔夫,同时又是率性的、不乏叛逆和颠覆锐气的伍尔夫。其实,每个优秀的作家都是一个矛盾。不是吗?正是这样的矛盾,才造就了如伍尔夫一样的独特作家,才有了她散布于《普通读者》中的那些鞭辟入里、充满洞见又发诸性情、清新隽永、灵气十足的文字。

读伍尔夫的这个夏天,正是杭州的七月,梅雨过后炎热的暑假。感觉中,读伍尔夫应该是在秋末或者初冬,细雨迷蒙抑或薄雾皑皑的日子里,在壁炉旁,捧一杯英国式的下午茶。但就是在这样的夏日,伍尔夫的文字让我听到了瀑布的轰鸣、听到雨滴打在根茎上,以及风掠过不同树木的枝丫而发出的"不同的声响",让我领略了哈代笔下的英格兰风景,那引人遐思的"苍翠的英格兰南部的广袤原野上点缀着"的"牧民的茅舍和逝去的坟冢"。在愉悦和充满期待的想象中,试着参悟如伍尔夫所说的大自然是一种力量,大自然蕴含着的某种精神。这样美好的阅读体验,使我在这个夏天,把自己也想象成一位"普通读者",在会心的阅读中,领悟《普通读者》所带给我的意味深长的惬意和感动。

所到之处,到处都是美不胜收的风景。

原载于《名作欣赏》2012 年第 5 期

在一间自己的屋子里
（代后记）

与伍尔夫的最初相遇，是在上个世纪末，在北方。与多数读者由意识流小说走近伍尔夫不同的是，我的接触伍尔夫，却是通过她的散文随笔或文学批评随笔。每天傍晚散步时经过的那间书屋，隔开了一座城市华灯初上时的喧嚣。正是在这里，我遇到了她的《一间自己的屋子》（生活·读书·新知三联书店1989年版）和《书和画像》（生活·读书·新知三联书店1994年版）。时光荏苒，转眼就到了另一个世纪，我拥有了第三套伍尔夫散文随笔或文学批评随笔《普通读者》Ⅰ和《普通读者》Ⅱ（人民文学出版社2003年版）。在很长一段时间里，这几本书成为我阅读、理解、欣赏伍尔夫的案头读物。

即使后来，当我拥有了四卷本的《伍尔芙随笔全集》时，最初的《一间自己的屋子》和《普通读者》Ⅰ、《普通读者》Ⅱ，仍然是我经常反复阅读的。久而久之，由这三本小书读到的文字，常常成为我解读伍尔夫及其他女作家的话题，如"慧眼独具的'普通读者'"，"在一间自己的屋子里诗意地栖居"，以及"安谧的精神由天上降下来"。就这样，在经意与不经意之间，对伍尔夫文学批评随笔的阅读，就由最初的漫不经心，渐渐变为由衷地喜欢、欣赏乃至情绪上的共鸣。沉浸其间，甚至让我有了这样的体会：阅读和写作，是心灵意义上的倾听和倾诉，彼此找到回家的感觉。

但真的沉下心来以伍尔夫的文学批评随笔为题写些什么，却让我犹豫着。我知道，对于作品评论来说，散文或者随笔，是最不容易把握的文体。直到2011年的夏天。那年夏天，我和我的家人有过一次短暂的欧洲旅行。当旅行的大巴在欧洲的土地上穿行，出现在眼前的，是天空中大团大团的云朵，是远方的阿尔卑斯山，是旅途中不时闪过的教堂尖顶。每当我将手中的相机频频对准窗外的时候，常常的情形是，拍摄的景象刚刚在远处出现，倏忽就消逝在疾驶的车窗后面。意识流一般，我的脑海中闪现出弗吉尼亚·伍尔夫《墙上的斑点》中的句子："这种情形就像坐火车一样，我们在火车里看见路旁郊外别墅里有个老太太正准备倒茶，有个年轻人正举起球拍打网球，火车一晃而过，我们就和老太太以及年轻人分了手，把他们抛在火车后面。"

我所以想起这些句子，是因为我在给学生讲伍尔夫的小说时，曾经放过《墙上的斑点》的录音。我的耳边甚至还响起了它的背景音乐，那些如河流一样邈远的音乐。我的思绪就意识流式地漂向伍尔夫，还有她的那些我熟悉的文字。而那时，在旅途中，当我想到伍尔夫的时候，我就想，我为什么不可以写写她的散文随笔或者文学批评随笔，她的那些我喜欢的文字。我完全可以不为着学术研究和所谓的科研业绩，去写那些正襟危坐的论文，而仅仅为着自己的性情写点什么。当然，是性情文字。就像伍尔夫的欣赏哈代、奥斯丁和勃朗特姐妹，就像她的"普通读者"的姿态，就像伍尔夫因着体验、感悟和想象的阅读与写作。就这样，因着性情，兴之所至、断断续续地,关于伍尔夫,关于伍尔夫的文学批评随笔,就有了一些我自己的文字。

真正以"伍尔夫文学批评随笔研究"作为课题,是在2014年教育部人文社科项目立项之后。在此之前,对伍尔夫的阅读,大多是因着性情甚至漫不经心的。但真的要把对伍尔夫的感觉付诸文字,则绝非之前的性情阅读那么轻松,那么兴之所至。可以说,此时的读伍尔夫,既是对其文学批评的解读,又是对其批评对象及所论话题的把握、比较和判断。面对伍尔夫的文学批评随笔,作为读者,常常在由衷地感慨伍尔夫知识之广博、视野之开阔的同时,也难免像读其意识流小说一样,有不着边际之感。

当然,不言而喻的难度背后的原因是,伍尔夫文学批评随笔所拥有的"广博的知识和深厚的文学感受力",以及其"才华横溢得令人不可思议";与之相应的,则是笔者面对这样一个浩瀚无边的对象所产生的紧张感,把握的不着边际,以及才力不逮。

书稿写作过程的艰辛远远超出了我的想象。多年来的阅读和欣赏,一旦诉诸文字,往往是缥缈的感觉。尽管对于文学而言,感觉是更重要的,所谓最单纯,最丰富,同时也最难把握。而且,随着阅读的拓展和深入,不断出现的意想不到的话题和思绪,常常溢出了之前的构思和设想,漫过并大大超出了我的视野。所以,迷失,困惑,思绪纷乱,就成为我写作中的常态。

在此,我要感谢我的先生张云鹏。一直以来,他的对我时常懈怠的不能"容忍",对我因着性情而来的感觉迷离甚至思绪纷乱的毫不客气,每每让我在极为恼火的同时又心存感激。感谢女儿。感谢女儿不需要理由的、从未间断的理解、体贴和分担,还有她的对文学的感觉,是我生命和写作中的光。我要特别感激我的外孙女小豆豆。写作书稿最紧张的日子,正是豆豆蹒跚学步、牙牙学语的一段时间。从未有过的难以想象的忙碌,让时间变得像金子一样宝贵。但或许,正是这种极度的忙碌,才有了我之前不曾有过的专心致志、心无旁骛,才有了一段时间里精神的高度紧张,以及随之而来的思维的活跃、弹性与力度。当然,伴随着劳作与辛苦的,常常是内心温软、喜悦、欢欣、难以名状的幸福和满足的不期而至。书稿写作的日子,和豆豆在一起的日子,世界变得单纯而丰富。

　　回想写作的过程乃至最初与伍尔夫的相遇,许多年过去了。期间,有太多的"存在"与"非存在"的瞬间和时光。我不知道我是否真的读懂了伍尔夫?但我还是要感谢伍尔夫,感谢与伍尔夫的相遇。她的那些感性的才思飞扬的文字,这些文字所闪耀的精神光芒,伴随了我许多年的时光。伍尔夫的文学批评随笔,于我而言,恰如"一间自己的屋子"。沉浸其中,安谧的精神由天上降下来。于是,就有了这部题为"作为'普通读者'的伍尔夫"的书稿。

　　本书是教育部人文社会科学研究规划基金项目"伍尔夫文学批评随笔研究"(编号:14YJA752003)的最终成果,感谢教育部为本课题研究所提供的资金支持。从立项到书稿出版,五年的时间,有太多的记忆值得铭刻。感谢在此过程中给予我关心和鼓励的同人、同事和朋友们。感谢我所在的学校中国计量大学及人文社科学院给予本课题的鼓励和支持。感谢中国社会科学出版社的编辑陈肖静女士和美编孙婷筠女士,感谢她们的善解人意,感谢她们认真细致并富有才华的劳动和付出。

胡艺珊

2019 年初夏于杭州